Petra Schier

Nur eine Fellnase
vom Glück entfernt

Roman

HarperCollins

2. Auflage 2022
Originalausgabe
© 2021 by HarperCollins in der
Verlagsgruppe HarperCollins Deutschland GmbH, Hamburg
Umschlaggestaltung von Zero Werbeagentur, München
Umschlagabbildung von Matthew Bechelli, cynoclub, S Photo, slonme /
Shutterstock; Tina Terras & Michael Walter / Gettyimages
Gesetzt aus der Stempel Garamond
von GGP Media GmbH, Pößneck
Druck und Bindung von GGP Media GmbH, Pößneck
Printed in Germany
ISBN 978-3-7499-0384-9
www.harpercollins.de

Für Tanja und ihren Djuke,
die lebende Inspiration für meinen Duke.

1. Kapitel

»Das ist jetzt nicht dein Ernst, oder?« Entgeistert starrte Caroline Maierbach ihre beste Freundin Ella Jensen an, mit der sie zusammen am Tisch in dem kleinen Konferenzraum im Geschäftshaus der *Foodsisters* saß.

Auch Hannah Pettersson, die Dritte im Bunde des erfolgreichen Kleeblatts, sah Ella perplex an. »Die Hanke wirft uns raus?«

»Nicht die Hanke«, korrigierte Ella in einer Mischung aus Wut und Verzweiflung. »Verhoigen. Er hat ihr praktisch sofort, nachdem sie die Insolvenz ihres Unternehmens beantragt hat, angeboten, alle drei Geschäftshäuser hier in der Goldschmiedgasse aufzukaufen. Er scheint seine Spitzel überall zu haben, dass er so schnell davon erfahren hat, und wie es aussieht, konnte sie sein großzügiges Angebot nicht ausschlagen.« Ella wedelte ein wenig mit dem Schreiben, das die Vermieterin ihnen geschickt hatte. »Angeblich hat er bereits Pläne mit den drei Gebäuden, die ja praktischerweise alle nebeneinanderliegen.«

Hannah seufzte. »Die gehörten ja auch früher alle mal zusammen. Was machen wir denn jetzt?«

»Frag mich was Leichteres.« Ella rieb sich mit der flachen Hand über die Stirn. »Frau Hanke hätte uns den Mietvertrag doch niemals gekündigt. Schon gar nicht, nachdem wir so viel in das Haus, den Kühlraum und den Carport investiert haben. Sie schreibt, dass es ihr unendlich leidtut. Verhoigen wird uns ganz sicher die Verlängerung des Mietvertrags absagen, sobald der Verkauf unter Dach und Fach ist, was vermutlich schon im Lauf dieser Woche geschehen wird. Das würde bedeuten, dass wir spätestens Ende September hier raus sein müssen.«

Caroline ließ sich gegen die Lehne ihres Stuhls sinken. »Verdammter Schiet. Wie sollen wir denn in drei Monaten neue Geschäftsräume finden, einrichten und nebenher auch noch unser Tagesgeschäft weiterführen?«

»Ganz zu schweigen von unseren Investitionen hier«, fügte Ella bedrückt hinzu und zerrte und zupfte ein wenig an ihrem langen schwarzen Haar herum. »So gut unser Geschäft auch laufen mag, diese Sache könnte uns den Todesstoß versetzen.«

»Einfach so.« Wütend presste Caroline die Lippen zusammen. »Das kann doch wohl nicht wahr sein! Wir müssen uns einen Anwalt nehmen.«

Ella nickte, schüttelte aber fast zeitgleich den Kopf. »Das können wir zwar versuchen. Aber ich habe keine große Hoffnung, dass wir da etwas ausrichten werden. Der Mietvertrag ist nun mal so gestaltet, dass die Verlängerung spätestens zwei Monate vor Ablauf von einer der beiden Seiten versagt werden muss. Wenn Verhoigen die Frist verstreichen lässt, hätten wir weitere drei Jahre hier sicher, aber ihr glaubt doch nicht im Ernst, dass er eine solche Frist verstreichen lässt. Nicht wenn er schon längst andere Pläne für das Haus hat. Da kommt diese Woche garantiert etwas Schriftliches von ihm, und dann haben wir das Nachsehen.« Sie schluckte gegen das deutlich vernehmbare Zittern ihrer Stimme an. »Wir haben doch den Gewerbemietvertrag damals extra auf Herz und Nieren prüfen lassen, damit es keine Schlupflöcher gibt.«

»Ja, weil wir nicht ahnen konnten, dass Frau Hanke jemals insolvent gehen würde«, fügte Hannah mit Grabesstimme hinzu. »Das ist ja auch bloß passiert, weil sie jetzt mehrfach größere Schäden an ihren Gebäuden hatte und Verhoigen sie mit seiner besch…« Sie atmete kurz ein und wieder aus. »Mit seiner sogenannten Expansionspolitik derart unter Druck gesetzt hat, dass sie Mieter verloren hat.«

»Bestimmt kauft er auch noch andere ihrer Gebäude.« Caroline bemühte sich standhaft, ganz ruhig zu bleiben. Ella war kurz davor, auszuflippen, das sah man ihr an, und Hannah würde vermutlich gleich in Tränen ausbrechen. Da würde es kaum helfen, wenn sie selbst auch noch den Kopf verlor. »Wenn er so weitermacht, hat er am Ende ganz Lichterhaven aufgekauft.«

»Mal nicht den Teufel an die Wand!« Erbost schüttelte Ella den Kopf. »Irgendjemand muss ihn doch stoppen können.«

»Wir ganz offensichtlich nicht.« Caroline richtete sich wieder auf. »Ich denke, wir sollten uns also auf das Schlimmste gefasst machen und uns überlegen, wie wir jetzt vorgehen.«

»Wie sollen wir denn vorgehen?« Hannah war blass geworden, was den Kontrast zu ihrem zu einem schicken kurzen Bob geschnittenen, leuchtend roten Haar noch verstärkte. Tatsächlich rollte ihr eine erste Träne über die Wange. »Selbst wenn wir auf die Schnelle neue Geschäftsräume fänden, können wir es uns doch gar nicht leisten, noch mal komplett von vorne anzufangen. Oder?« Besorgt blickte sie erst Ella, dann Caroline an.

»Leicht wird es nicht.« Ella verzog die Lippen. »Wir haben ja noch Kredite für Kühlraum, Carport und unseren Lieferwagen am Laufen. Ganz zu schweigen von der EDV-Anlage.«

»Vielleicht können wir einiges davon einfach mitnehmen«, schlug Caroline vor. »Das Auto und die EDV-Technik sowieso. Aber möglicherweise kann man auch die Aggregate aus dem Kühlraum ausbauen und den Carport anderswo wieder aufbauen.«

»Und unsere wunderschöne Küche.« Hannah wischte sich mit den Fingerspitzen weitere Tränen von der Wange.

»Klar, manches lässt sich anderswo wieder einbauen«, stimmte Ella zu. »Aber das kostet auch wieder ein Heidengeld. Außerdem haben wir ja noch keine neuen Geschäftsräume. Ich wüsste jetzt auch kein Haus, das sich auf Anhieb eignen würde.«

»Ich auch nicht.« Caroline faltete die Hände auf der Tischplatte. »Aber wir sollten sofort anfangen, uns umzuhören.«

»Über die Hälfte der Gewerbeflächen in Lichterhaven gehören Verhoigen.« Ella trommelte mit den Fingern auf dem Tisch herum. »Mit ihm möchte ich lieber kein Geschäftsverhältnis eingehen.«

»Vielleicht bleibt uns keine Wahl«, gab Caroline zu bedenken, doch ihr Magen rebellierte allein bei diesem Gedanken. »Wir müssen schnell handeln, andernfalls …«

»Andernfalls können wir unsere bestehenden Aufträge nicht erfüllen«, vollendete Hannah mit einem unterdrückten Schluchzen den Satz. »Und dann sind wir am Ende auch noch pleite.«

»Ach, Schatz!« Rasch rückte Caroline dicht neben ihre Freundin und legte ihr einen Arm um die Schultern. Da Ella genau das Gleiche tat, endeten sie in einer Dreierumarmung. Caroline schluckte tapfer gegen den Drang an, ebenfalls in Tränen auszubrechen. »Wir schaffen das schon irgendwie.«

»Aber wie denn?« Hannah schniefte.

Ella stieß einen Knurrlaut aus. »Ich könnte Carl Verhoigen erwürgen!«

Caroline hatte Ellas Hand ergriffen und drückte gleichzeitig Hannahs Schulter. »Wir finden einen Weg!« Ihre Stimme schwankte ein bisschen, dennoch gab sie sich so entschlossen wie nur möglich. »Die *Foodsisters* geben nicht so einfach auf. Ihr wisst doch: Wenn das Leben uns Zitronen reicht …«

»… machen wir Zitronenkuchen daraus«, vollendete

Hannah mit einem halben Lachen den Satz. Abrupt richtete sie sich auf. »Ach herrje!«

»Stimmt.« Caroline erhob sich. »Wir müssen uns an die Arbeit machen. Heute Nachmittag steht die große Braumeier-Geburtstagsfeier an, und ich muss noch den Biskuit für die Zitronenrollen backen.«

»Und ich muss die kalten Platten vorbereiten.« Auch Hannah erhob sich von ihrem Stuhl.

Ella nickte ihnen zu, faltete das Schreiben der Vermieterin zusammen und schob es in den Umschlag zurück. »Ich fahre gleich mal rüber zum Gemeindehaus und lege letzte Hand an die Dekoration. Gegen halb elf werden die Blumen für die Gestecke für die morgige Hochzeit geliefert. Ich weiß nicht, ob ich bis dahin schon wieder zurück sein werde.«

»Wir kümmern uns darum«, versprach Hannah und war bereits zur Tür hinaus.

Auch Ella hastete die Treppe hinab ins Erdgeschoss und verschwand den Geräuschen nach in dem großen Raum, der ihr als Refugium für die Herstellung ihrer Dekorationen und des Blumenschmucks diente. Nur Augenblicke später verließ sie das Zimmer wieder und verschwand durch die Hintertür nach draußen.

Caroline ließ sich auf die Tischkante sinken und sah sich bedrückt um. Sie hatten sich vor fünf Jahren gemeinsam als Partyservice selbstständig gemacht, und bisher war alles wunderbar gelaufen. Der Laden brummte, wie sie es immer ganz stolz nannten. Er lief mittlerweile sogar so gut, dass sie Aufträge ablehnen mussten, weil sie trotz mehrerer Aushilfen an den Rand ihrer Kapazitäten stießen. Außerdem hatten sie bereits einmal darüber nachgedacht zu expandieren. Das direkte Nachbargebäude wäre hierzu ideal gewesen. Es hatte bis vor einem halben Jahr eine Metzgerei beheimatet, die jedoch in ein anderes Ladenlokal umgezogen war, nachdem es einen größeren Wasserschaden in Erdgeschoss und

Keller gegeben hatte. Wenn Frau Hanke nicht bereits finanziell so angeschlagen gewesen wäre, hätte sie ihnen das Haus nach der Renovierung ganz bestimmt ebenfalls vermietet.

Die Expansion wäre ein mutiger Schritt gewesen, aber man musste nun einmal investieren, um weiterhin erfolgreich zu sein. Vielleicht hätten sie sich mittelfristig sogar eine oder zwei fest angestellte Kräfte leisten können. Manches Mal war aus den Reihen ihrer Kundschaft sogar schon die Frage laut geworden, ob sie nicht vielleicht ein Café oder Bistro oder Ähnliches eröffnen wollten, zusätzlich zum Catering, damit man auch außerhalb von Festlichkeiten die gute Küche und das vorzügliche Gebäck der *Foodsisters* genießen könne.

Davon hatten sie aber bisher Abstand genommen, denn ihr Service beinhaltete ja immerhin auch die komplette Dekoration und den Blumenschmuck zu jeder Veranstaltung, nicht nur Hannahs wohlschmeckende Gerichte und Carolines Bäckerinnen- und Konditorinnenkunst. Sie wollten alle drei gleichberechtigt zusammenarbeiten, denn das hatte ja schließlich auch zu ihrem bisherigen Erfolg geführt. Bei einem Café oder Bistro müsste Ella zurückstecken. Sie war zwar auch ihre Frontfrau, die sie nach außen hin vertrat, aber es wäre unfair, sie womöglich nur noch darauf festzulegen. Sie konnte aus Blumen die zauberhaftesten Kreationen zaubern und hatte auch für jegliche Art von Dekoration ein besonderes Händchen, dem man anmerkte, wie sehr sie ihre Arbeit liebte.

Wie sollte es nun also weitergehen? Wenn sie nicht in kürzester Zeit Ersatzräume für ihr Unternehmen fanden, würden sie bereits angenommene Aufträge absagen müssen. Etwas, das bislang noch nie vorgekommen war.

Caroline wurde das Herz schwer, wenn sie daran dachte, dass sie alles verlieren könnten. Das durfte einfach nicht passieren. Es musste doch einen Ausweg aus dieser Misere geben!

Innerlich seufzend, machte sie sich nun auch auf den Weg in die Küche. Sie musste irgendwie versuchen, die negativen Gedanken zu verdrängen, denn sonst würden ihr die Kuchen und Torten, die für die heutige Geburtstagsfeier eines siebzigjährigen Mitbürgers bestellt worden waren, garantiert nicht gut gelingen.

Vielleicht sollte sie sich lieber auf das Treffen mit Christina Brungsdahl konzentrieren, das für den Abend anberaumt war. Caroline hatte sich bei der Inhaberin der örtlichen Hundeschule erkundigt, ob sie ihr vielleicht bei der Suche nach einem fellnasigen Freund behilflich sein könnte.

Seit Ella und ihr Freund Jörn sich gemeinsam um den liebenswürdigen Bearded Collie Barnabas kümmerten, den Ella von ihrer verstorbenen Großmutter geerbt hatte, war in Caroline ebenfalls der Wunsch nach einem Hund gewachsen. Schon als Kind hatte sie einen haben wollen, doch ihre Eltern hatten stets Katzen bevorzugt. Caroline jedoch liebte Hunde über alles und fand, dass es an der Zeit war, ihr Leben mit einem Vierbeiner zu teilen – wenn sie schon keinen passenden Mann fand. Sie war jetzt dreißig Jahre alt und, obgleich nie intensiv auf der Suche gewesen, nun doch allmählich ein wenig frustriert, was die Männerwelt anging. Hin und wieder traf sie jemanden, den sie nett fand und auf den sie sich dann auch schon mal einließ, doch der Funke war noch nie wirklich übergesprungen, und die betreffenden Beziehungen waren immer rasch wieder im Sande verlaufen.

Dabei fand sie sich nicht einmal sonderlich anspruchsvoll. Ehrlich, treu und humorvoll sollte ein Mann sein, in den sie sich verlieben könnte. Und er sollte sie sowohl als Frau als auch als Individuum respektieren. Machohafte Allüren konnte sie überhaupt nicht ausstehen, vermutlich weil sie davon in ihrem Elternhaus zu viel hatte ertragen müssen. Ihr

Vater war, obgleich ihr liebevoll zugetan, ein schrecklich altmodischer Mensch, der noch am uralten Rollenverständnis von Mann und Frau festhielt und nicht verstehen konnte, weshalb seine Tochter lieber an sechs Tagen in der Woche hart für ihr Unternehmen arbeitete und ihr Leben selbst bestimmte, als einen gut verdienenden Mann zu ehelichen, Kinder zu bekommen und ein Leben als Hausfrau und Mutter zu führen – so wie ihre eigene Mutter. Svantje Maierbach war eine herzensgute Frau und dem Lebensentwurf ihrer Tochter einen Fingerbreit mehr aufgeschlossen als ihr Mann. Dennoch kam sie niemals auch nur auf die Idee, ihr eigenes Dasein als vom Einkommen ihres Mannes abhängige Ehefrau infrage zu stellen.

Darüber hinaus waren ihre Eltern während Carolines Kindheit und Jugend überaus streng gewesen, hatten darauf gepocht, dass sie sich stets an die vielen von ihnen aufgestellten Regeln hielt. Beide Elternteile waren konservativ-katholisch erzogen worden – ungewöhnlich in der eher evangelisch geprägten Umgebung Lichterhavens – und hatten diese Werte und Einstellung auch auf ihre Tochter angewendet. So hatte es Caroline im Vergleich zu ihren beiden besten Freundinnen immer besonders schwer gehabt, sich wirklich frei zu bewegen oder zu entfalten. Ihre Eltern hatten ihr enge Grenzen gesetzt, auf strikten Gehorsam bestanden und ihr viele Dinge nicht erlaubt, die alle anderen Kinder – nicht nur ihre Freundinnen – ganz selbstverständlich hatten tun dürfen. Nur selten war ihr beispielsweise gestattet worden, mit den anderen Kindern zur sogenannten Piratenbucht zu gehen, um sich dort auszutoben und Abenteuer zu erleben. Auf Partys oder auf Strandfeste hatte sie auch nur in Ausnahmefällen und unter strengen Auflagen gehen dürfen. Einen Freund hatte sie bis zum Ende ihrer Schulzeit ebenfalls nicht gehabt, weil ihr Vater ihr den Umgang mit jungen Männern außerhalb der Schule untersagt hatte.

Sie wusste, dass ihre Eltern sie liebten und nur das Beste für sie wollten, dennoch war ihre Kindheit und Jugend oft anstrengend und frustrierend gewesen, und die engstirnige Denkweise von Vater und Mutter hatte nie zu Carolines Naturell gepasst. Deshalb war sie schon kurz nach dem Abitur ausgezogen, um ihre Bäckerinnen- und Konditorinnenausbildung in Cuxhaven, Bremerhaven und für eine kurze Weile auch in Kiel zu absolvieren. Sie hatte auf eigenen Beinen stehen und sich abnabeln müssen. Das war ihr auch recht gut gelungen, wie sie fand. Inzwischen hatten ihre Eltern es weitgehend aufgegeben, sie beeinflussen zu wollen. Sie hatten eingesehen, dass ihre Tochter aus der Art geschlagen war, wie sie es mit einem theatralischen Seufzen zu nennen pflegten, und hielten sich überwiegend aus ihrem Leben heraus. Zumindest solange sie nicht mit einem Mann zusammen war, denn sobald ihre Eltern so etwas witterten, versuchten sie, sie doch wieder davon zu überzeugen, dass ein Leben als treusorgende Ehefrau höchst erstrebenswert sei.

Aus dem Käfig ihres Elternhauses auszubrechen hatte Caroline viel Kraft gekostet, und sie sah nicht ein, weshalb sie sich jemals wieder in irgendeiner Form einengen lassen sollte. Auch nicht der Liebe wegen. Wobei sie bezweifelte, dass sie überhaupt fähig wäre, sich in jemanden zu verlieben, der sie nicht als vollwertige, gleichberechtigte Person sah, die in allen Bereichen selbst über sich bestimmen konnte.

Doch obgleich es in Lichterhaven und Umgebung eigentlich genügend Männer gab, die diesem Profil zumindest größtenteils entsprachen und darüber hinaus auch sympathisch waren, hatte sich noch keiner gefunden, der Carolines Herz berührt hätte. Manchmal nahm sie wahr, dass man sie hinter vorgehaltener Hand als zu kühl, zu rational und womöglich sogar als gefühlskalt bezeichnete. Was natürlich Unsinn war. Sie hatte ein Herz und Gefühle wie jede andere

Frau auch. Sie ließ sich nur nicht oft zu Gefühlsausbrüchen hinreißen und blieb lieber zurückhaltend und pragmatisch. Das hob sie besonders von ihren beiden besten Freundinnen ab, denn Ella war die Temperamentvolle, Aufbrausende von ihnen und Hannah die Romantische, Gefühlsbetonte. Sie ergänzten sich alle drei auf wunderbare Weise, deshalb hatte ihre Freundschaft auch schon seit dem Kindergarten Bestand.

Carolines Liebesleben litt aber nun einmal unter ihrer zur Schau gestellten Nüchternheit, die sie sich unter anderem angewöhnt hatte, weil sie als Kind und auch noch als Teenager, hauptsächlich bedingt durch ihre strenge Erziehung, sehr schüchtern gewesen war.

Inzwischen hatte sie sich selbst, anfangs mühsam, später mit Entschlossenheit, beigebracht, diese Schüchternheit abzulegen und kompromisslos für sich selbst einzustehen. Hin und wieder eckte sie damit an, doch das war ihr allemal lieber, als sich weiterhin als Mauerblümchen zu fühlen. Romantisches Interesse weckte sie damit allerdings ebenso selten wie zu jener Zeit, als sie noch so schrecklich zurückhaltend gewesen war. Vielleicht hatte sie auch ein wenig Angst davor, sich selbst zu sehr aufzugeben, wenn sie sich mit ganzem Herzen auf einen Mann einließ. Denn wer wusste schon, wohin so etwas führen würde?

Bei einem Hund bestand hingegen keinerlei Gefahr, dass dieser sie nicht bedingungslos lieben und ihr ein treuer Gefährte sein würde, ganz gleich, was auch immer geschehen würde.

Sie hatte bereits im etwas außerhalb der Stadt gelegenen Tierheim vorgesprochen und sich die dortigen Fellnasen angesehen, doch der Funke war nicht so recht übergesprungen. Deshalb wollte sie nun mit Christina sprechen, die ein einzigartiges Gespür für Tier und Mensch hatte und manchmal Tiere zwischen Privatpersonen vermitteln konnte.

Das Surren des Mixers riss sie aus ihren Gedanken. Hannah war schon fleißig bei der Arbeit, und allmählich musste auch Caroline sich wirklich um den Biskuit kümmern. Entschlossen stieß sie sich von der Tischkante ab und machte sich auf den Weg in die Küche.

2. Kapitel

Wisst ihr, was? Ich finde alles blöd. So wirklich, richtig, umfassend blöd. Jetzt bin ich schon seit geschlagenen drei Wochen hier in dieser sogenannten Hundepension. Drei Wochen! Vor einer Woche hätte Herrchen mich hier abholen sollen. Das hat er fest versprochen, und auch, dass diese Christina sich gut um mich kümmern wird. Und Ralf und Lea und Tino und Nina. Das stimmt ja auch. Diese Menschen sind alle furchtbar freundlich zu mir. Insofern hat Herrchen Wort gehalten, was auch gut ist, weil ich ein bisschen … nun ja. Die Welt da draußen macht mir manchmal ein bisschen Angst.

Ich weiß selbst, dass das blöd ist, und Herrchen meint manchmal frustriert, ich sei ein Riesenbaby und ein Bangeschisserchen. Das ist nicht besonders nett, aber ich fürchte, so ganz unrecht hat er damit nicht. Was kann ich aber dafür, wenn ich mich vor einem unheimlichen Schatten fürchte oder vor einem lauten Knall oder vor diesen riesigen lauten Dingern, die hier oft vorbeirollen und die die Menschen Trecker nennen? Hallo? Die sind doch wohl total gefährlich, oder etwa nicht? Vor allen Dingen, wenn sie hintendran auch noch so scheußliche Hänger oder Maschinen haben. Und, ja, ich habe mich auch schon mal vor einer Maus erschreckt. Aber nur, weil sie so plötzlich aufgetaucht ist und, hey, was soll ich denn anderes machen als flüchten, wenn ich zuerst warnend belle, dieses kleine Ding aber überhaupt nicht reagiert und einfach weiter auf mich zurennt? Die könnte giftig sein oder plötzlich wachsen oder beißen oder … Ihr wisst, worauf ich hinauswill, oder? Die Welt ist ein gefährlicher Ort für einen sensiblen Rottweiler wie mich.

Mein Herrchen weiß das und versucht immer, mir das abzugewöhnen, indem er viel mit mir arbeitet. Dabei hasse ich Arbeiten, vor allem, wenn es auf dem sogenannten Hundeplatz geschieht. Da muss man lauter Kommandos einüben und ausführen und ganz eng an Herrchens Seite laufen und ihn ohne Unterbrechung ansehen und dabei einen richtigen Stechschritt vorlegen. Oder in so blöde Lederhandschuhe beißen und daran herumzerren, bis Herrchen oder der Trainer sagt, dass man aufhören soll.

Ich verrate euch mal etwas: Es mag Hunde geben, die das großartig finden, aber ich gehöre ganz sicher nicht dazu. Ich möchte viel lieber gestreichelt werden und kuscheln, und definitiv liege ich lieber auf der Couch oder an einem schattigen Plätzchen und genieße das Nichtstun, als mich sportlich zu betätigen. Mal abgesehen vom Spazierengehen, das mag ich. Und Buddeln – das ist auch toll. Aber Arbeiten? Nö.

Deshalb ist Herrchen auch oft genervt und hat mich nicht zu seinem Wander- und Kletterurlaub mitgenommen, weil eh klar ist, dass das nichts für mich ist.

Ich war auch früher schon mal in einer Hundepension, aber das war nur für fünf Tage und bei Weitem nicht so schön wie hier. Ich habe mein eigenes Schlafkissen von zu Hause, mein Lieblingsfutter und mein Spielzeug, und jeden Tag darf ich mit Leah oder Nina einen schönen Spaziergang machen. Ein paarmal waren wir sogar an dem riesigen Meer. Meine Güte, das ist unglaublich. Wasser, so weit man sieht. Oder gar kein Wasser, sondern so was seltsam Schlammig-Matschiges, das wohl Watt heißt. Keine Ahnung, wohin das Wasser manchmal verschwindet, aber mir kann es nur recht sein. Wasser ist nämlich auch so etwas Gefährliches und mir überhaupt nicht geheuer. Zumindest nicht, wenn es gleich in solchen Mengen vorkommt. Ein Teich oder Tümpel ist voll *okay, da kann man drin plantschen, aber so ein Megawasser? Geht mir weg damit.*

Leah wollte mal mit mir in dieses Watt gehen, ganz am Anfang, als ich gerade zwei Tage hier war. Ich habe mich aber geweigert. Sicherheitshalber, wisst ihr. Denn auch so viel Matsch auf einer Fläche ist mir nicht geheuer. Ein kleines Erdloch zum Buddeln und sich Einsauen ist perfekt, aber so viel Schlick am Stück kann doch nicht normal sein, oder? Da krabbeln bestimmt irgendwelche Viecher drin herum, und obendrüber fliegen diese lauten Vögel. Möwen heißen sie. Die sind auch nicht ohne. Manchmal stoßen sie pfeilschnell ins Watt hinab und fangen sich ihr Futter. Was beweist, dass da Viehzeug drin herumlungert. Und ganz oft fliegen die Mö-wen auch wie die Verrückten ganz dicht über meinen Kopf hinweg, und wenn ich mich dann ducke, was ja nur verständ-lich ist, lachen sie mich aus. Ja, genau! Die lachen! Ich schwöre es. Nee, also deshalb bleibe ich dem Watt auch lieber fern. Mir reichen schon die Gefahren und unheimlichen Begeg-nungen an Land, da braucht es nicht auch noch welche in Wasser und Schlick.

Tja, aber um auf mein Herrchen zurückzukommen: Ich vermisse ihn jetzt doch ziemlich arg, auch wenn er manchmal streng mit mir ist und es irgendwie blöd findet, dass ich kein »richtiger« Rottweiler bin. Dabei weiß ich ehrlich gesagt gar nicht, was ein »richtiger« Rottweiler sein soll. Ich finde, ich bin einer. Soll mir doch mal einer das Gegenteil beweisen!

Herrchen hat also fest versprochen, dass ich hier nur zwei Wochen bleiben muss, und jetzt sind es schon drei und immer noch keine Spur von ihm weit und breit. Christina und Leah und Nina und alle anderen sind seit ein paar Tagen auch so seltsam, wenn sie in meine Nähe kommen. Irgendwie noch netter, aber auf eine merkwürdige Art. So als hätten sie Mitleid mit mir. Ich glaube, da stimmt etwas nicht. Wenn ich bloß wüsste, was. Aber es muss mit meinem Herrchen zu tun haben.

Ob er mich hier vergessen hat? Das kann ich mir nicht vorstellen. Er hat mich noch nie vergessen. Wie auch? Es gab ja nur uns beide. Na ja, hin und wieder kam auch mal jemand vorbei – ein Freund oder eine Freundin von Herrchen. Aber nicht zu oft und meistens haben wir uns beide gehabt und sonst niemanden. Aber was soll denn jetzt aus mir werden, wenn Herrchen nicht mehr zurückkommt? Er kann doch nicht einfach so wegbleiben! Ich brauche ihn doch.

O Mist, jetzt muss ich ein bisschen jammern. Aber nur ganz leise. Nicht, dass man mich auch noch für eine Heulsuse hält.

***

»Leah, schau doch mal bitte nach Duke. Ich glaube, er winselt wieder mal«, hörte Henning Magnusson eine weibliche Stimme sagen, noch bevor er das Gelände von Christinas Hundeschule betrat. Links und rechts von der breiten Zufahrt wuchsen Hundsrosenbüsche, die seinen Blick versperrten. Als er sie passiert hatte, sah er Christina Brungsdahl nur wenige Schritte entfernt am Zaun der vorderen Trainingswiese stehen. Ihre schlanke Gestalt steckte in einer Jeanslatzhose und einem blau-weiß gemusterten T-Shirt, und das lockige hellbraune Haar war zu einem Pferdeschwanz gebunden. Neben ihr stand ein Doppelkinderwagen, in dem ganz offensichtlich die Zwillingsmädchen lagen, die sie im vergangenen September zur Welt gebracht hatte.

»Er vermisst sein Herrchen.« Leah Staller, eine schlanke blonde Frau Mitte vierzig, die seit einigen Jahren zusammen mit ihrem Mann das Team der Hundetrainer ergänzte, seufzte deutlich hörbar. »Wenn man ihm doch nur erklären könnte, was passiert ist. Aber ändern würde das vermutlich auch nichts.« Sie nickte ihm kurz zu und ging rasch davon.

Christina drehte sich überrascht zu Henning um. Offenbar hatte sie seine Schritte auf dem gepflasterten Untergrund nicht gehört. »Nanu, hallo, Henning. Was führt dich denn hierher?«

Henning grinste und trat näher an Christina und den Kinderwagen heran. »Die pure Neugier. Ich habe gerade Feierabend gemacht und bin eigentlich auf dem Heimweg. Den Umweg hierher habe ich spontan gemacht, weil ich mal mit dir reden wollte. Und außerdem muss ich doch mal wieder diese zuckersüßen Zwillinge besuchen. Ich habe sie jetzt schon ein paar Wochen nicht gesehen und wette, sie sind schon wieder wie verrückt gewachsen. Jedes Mal, wenn ich Jörn oder Lars oder Ben über den Weg laufe, schwärmen sie in den höchsten Tönen.«

Christina lachte. »Also, dass Ben von seinen Töchtern schwärmt, kann ich ja nachvollziehen. Ich habe noch nie einen Mann gesehen, der so verliebt in zwei Babys gewesen ist. Aber Jörn und Lars?«

»Du würdest dich wundern.« Hennings Grinsen verbreiterte sich. »Männer sind Softies, wenn es um Babys geht. Ich kenne keinen, der da nicht schwach wird. Und eure beiden Mädchen sind ...« Er trat nah an den Kinderwagen heran und linste hinein. »Mein Gott, jetzt schon Schönheitsköniginnen!«

»O Mann, sag ihnen das doch nicht!« Kichernd schüttelte Christina den Kopf. »Im Leben kommt es nicht nur auf Schönheit an.« Sie hüstelte. »Auch wenn ich zugeben muss, dass du nicht ganz unrecht hast.«

Vorsichtig hielt Henning einem der beiden Mädchen seinen Zeigefinger hin, woraufhin die Kleine mit einem freudigen Glucksen zugriff und an dem Finger herumzerrte. Er mochte Kinder, hatte aber kaum Erfahrungen mit ihnen, wenn sie noch so winzig waren. Früher hatte er oft mit Jungen und Mädchen ab acht oder zehn Jahren auf der Kartbahn trainiert, wenn sein enger Zeitplan als Formel-1-Fahrer es zugelassen hatte.

Seit er sich zur Ruhe gesetzt hatte, wie er es nannte, obgleich er nicht vorhatte, jetzt eine ruhige Kugel zu schieben, vermisste er diesen Umgang mit Kindern und Jugendlichen ein wenig. Lichterhaven hatte keine Kartbahn; die nächste befand sich in der Nähe von Cuxhaven. Manchmal überlegte er sich bereits, ob er diesen Zustand nicht vielleicht eines Tages würde ändern können. Am besten beriet er sich noch einmal mit seinem Manager und mit seinem Finanzberater.

Nun reichte er auch dem anderen Mädchen einen Zeigefinger und staunte, mit welcher Kraft das Baby schon daran zu ziehen in der Lage war. »Ich bin mir ziemlich sicher, dass die beiden nicht nur schön, sondern auch extrem intelligent sind. Was sollen sie denn auch anderes sein bei solchen Eltern?« Er zwinkerte Christina zu.

»Oje, wo soll ich anfangen?« Christina glückste wieder. »Wenn sie nach ihrem Vater schlagen, werden sie exzentrische Künstlerinnen. Das dürfte anstrengend werden.«

»Du hast doch darin schon einiges an Übung.« Sanft entzog er den beiden Mädchen seine Finger wieder und richtete sich auf. »Außerdem wird dein Anteil an Genen ausgleichend wirken.«

»Warten wir es ab.« Liebevoll lächelte Christina auf ihre beiden Töchter hinab. »Anstrengend ist es ja jetzt schon, weil immer alles hoch zwei gerechnet werden muss. Hunger, Windeln, nicht schlafen wollen …« Sie seufzte. »Schlaf ist sowieso überbewertet.«

»Ich kann mir vorstellen, dass das mit Zwillingen alles andere als leicht ist. Mich erstaunt, dass du dich schon wieder hier in der Hundeschule herumtreibst. Eigentlich hättest du dir doch wirklich eine Elternzeit verdient.«

»Die haben Ben und ich irgendwie untereinander aufgeteilt. Zumindest so gut es geht.«

»Irgendwie?« Er runzelte fragend die Stirn.

»Na ja, Ben kann doch seine Kunst nicht so leicht kontrollieren wie ich meinen Trainingsstundenplan. Wenn er überraschend von einer Vision heimgesucht wird, muss er arbeiten, sonst wird er irre. Zum Glück haben wir inzwischen ein gutes System gefunden, wie er mir rechtzeitig Bescheid gibt, wenn der Drang zu arbeiten ihn überkommt. Hinterher übernimmt er dann doppelte Schichten und ermöglicht es mir, mich auszuruhen oder, wenn nötig, mich hier in der Hundeschule richtig reinzuknien.«

»Ich sehe schon, von euch könnten sich so manche Elternpaare eine Scheibe abschneiden.«

»Keine Ahnung.« Christina hob die Schultern. »Es klingt einfacher, als es ist. Wir sind trotzdem oft gestresst und übermüdet.«

»Aber tauschen würdet ihr auch nicht wollen«, vermutete er und sah, wie es in Christinas Augen aufleuchtete.

»Um keinen Preis der Welt!« Sie legte den Kopf ein wenig schräg. »Solange die beiden Mäuse noch so brav sind und nicht herummosern, solltest du mir rasch erzählen, weshalb du mit mir reden wolltest.«

»Stimmt.« Sinnierend warf er einen Blick auf die vordere Trainingswiese, auf der im Augenblick zwei Männer mit jeweils einem winzigen Dackel an der Leine anscheinend die allerersten Grundübungen erlernten. Ralf Staller stand ihnen als Trainer zur Seite und erklärte ihnen etwas sehr ausführlich. »Ich suche einen Hund.«

»Du suchst?« Forschend blickte sie ihn an. »Hast du einen verloren oder …«

»Nein. Ich möchte mir gerne einen anschaffen. Im Tierheim war ich bereits, aber irgendwie war nicht der richtige dabei. Versteh mich nicht falsch, dort sind viele tolle und interessante Hunde untergebracht, die es verdient haben, ein schönes Zuhause zu bekommen, aber irgendwie … Ich weiß auch nicht.«

»Der Funke ist nicht übergesprungen?«, half Christina nach.

Erleichtert nickte er. »Ja, genau. Ich war sogar zweimal dort, um sicherzugehen, aber … nun ja.«

»Und nun willst du wissen, ob ich nicht jemanden kenne, der einen Hund abzugeben hat.«

»Du hast doch so viele Kontakte, und ich habe läuten hören, dass du hin und wieder privat vermittelst.«

Sie nickte vage. »Manchmal. Dennoch kann auch ich dir keine Garantie geben, dass wir den richtigen Hund für dich finden. Was soll es denn sein? Ein Welpe oder ein bereits erwachsener Hund? Groß, klein, fordernd oder eher gemütlich? Warum willst du einen Hund, und hast du bereits Erfahrung, oder bist du Anfänger?«

»Puh!« Lachend fuhr er sich mit gespreizten Fingern durch sein kragenlanges, wie immer etwas widerspenstiges blondes Haar. »Wo soll ich anfangen?« Als sie ihn nur erwartungsvoll anblickte, neigte er leicht den Kopf. »Also gut. Ich bin fortgeschrittener Anfänger, würde ich sagen. Als ich noch ein Kind war, hatten wir zwei Hunde. Eine Schäferhündin und einen Australian Shepherd. Tinka und Lolly.«

»Lolly?« Um Christinas Mundwinkel zuckte es.

»Frag mich nicht, woher der Name kam. Wahrscheinlich vom Züchter, von dem meine Eltern den Hund hatten. Die beiden Hunde waren sehr verschiedene Charaktere, aber ich bin mit ihnen aufgewachsen und kam gut mit ihnen zurecht. Als es dann mit meinem Rennfahren immer mehr wurde und die beiden irgendwann an Altersschwäche gestorben sind, wollten meine Eltern sich keinen neuen Hund mehr anschaffen. Das war wohl auch besser so, denn der Rennzirkus hat uns ja doch sehr vereinnahmt. Speziell meinen Vater und mich.« Er stockte kurz und spürte dem Schmerz nach, den der Verlust seines Vaters vor fast zehn Jahren verursacht hatte und der seither vielleicht ein wenig gelindert war, jedoch wahrscheinlich nie ganz vergehen würde. Energisch riss er sich von den Erinnerungen los.

»Ich weiß also, was es bedeutet, einen Hund zu halten, aber was die Erziehung angeht, muss ich wahrscheinlich noch einiges lernen, denn das haben damals ja meine Eltern übernommen, weil ich dazu noch zu klein war.« Er hielt kurz inne. »Warum will ich einen Hund haben? Tja ...« Das war eine gute Frage, über die er noch gar nicht so genau nachgedacht hatte. Diese Idee war ihm mehr oder weniger spontan in den Kopf gekommen. »Ich denke einfach, dass es Zeit ist, einen Hund in mein Leben aufzunehmen. Klingt das bescheuert?«

»Nein, überhaupt nicht.« Ein weicher Zug um Christinas Lippen verriet, dass sie ihn ganz genau verstand. »Das ist eine gute Begründung.«

»Wirklich?« Sein Lächeln geriet ein wenig schief. »Ich dachte, es klingt albern.«

»Eher ein bisschen ungewöhnlich für jemanden ... äh ... wie dich.«

»Jemanden wie mich?« Er wusste genau, was sie meinte. Sein Ruf eilte ihm, wie immer, voraus. Noch bis vor einem Jahr hatte er erfolgreich Formel-1-Rennen gefahren und sich dabei ein Image als Macho und Frauenheld erworben. Erst letzten Sommer war er in seinen Heimatort Lichterhaven zurückgekehrt, um dort eine Autowerkstatt zu eröffnen. Nebenbei absolvierte er in Abendkursen die Meisterschule, um die Werkstatt in vollem Umfang führen und auch Auszubildende aufnehmen zu dürfen.

»Der harte Kerl ... Rennfahrer durch und durch ...« Sie hob die Achseln. »Du weißt doch selbst am besten, wer du bist, oder etwa nicht?« Ehe er antworten konnte, fuhr sie fort: »Soll es denn wieder ein Schäferhund oder ein Australian Shepherd sein, oder hast du andere Vorstellungen?«

Er hätte gerne noch etwas erwidert, ihr versichert, dass

sein Ruf, den er sich in fast zwanzig Jahren systematisch auf-
gebaut hatte, nicht mit dem übereinstimmte, der er wirklich
war, doch er unterließ es. Am ehesten würde er die Menschen
in Lichterhaven davon überzeugen, dass mehr in ihm steckte,
als man an der Oberfläche sehen konnte, indem er entsprechend handelte.

»Ich habe eigentlich gar keine Vorstellungen, was die
Rasse angeht. Es kann auch ein Mischling sein, ganz egal.«
Sein Blick fiel wieder auf die beiden Männer mit den Dackel-
welpen. »So winzig wie die dort muss er aber vielleicht nicht
gerade sein. Die erinnern mich irgendwie an bellende Tisch-
feuerzeuge.«

Christina prustete, versuchte aber gleichzeitig, eine strenge
Miene aufzusetzen. »Na, na, keine Beleidigungen bitte! Die
beiden werden auch noch größer.«

»Kann ja sein, aber … okay, kein Dackel, Pinscher oder
irgendetwas, das aussieht, als müsse man es in einer Trageta-
sche mit sich herumschleppen.« Er grinste wieder. »Ansonsten bin ich für alles offen.«

»Gut, also …« Christina richtete ihren Blick in eine unbestimmte Ferne. »Ich weiß von einer Familie, die in der Nähe
unseres Gewerbegebiets wohnt. Die haben gerade Großpu-
delwelpen. Ich habe drüben neben der Anmeldung eine
Pinnwand mit Fotos. Ob inzwischen noch einzelne Welpen
nicht vermittelt sind, weiß ich aber nicht.«

»Pudel?« Er versuchte, nicht zu lachen.

»Sehr intelligente Tiere.«

»Ich weiß.«

Sie lächelte leicht. »Familie Bayer unten im Möwenweg
hat auch Welpen. Bassets. Da hatten aber auch schon mehrere Leute angefragt. Wenn du dich interessierst, müsstest du
wahrscheinlich schnell sein.«

»Ein Basset?« Er überlegte erneut. »Klingt ganz interessant, aber … Ich weiß nicht so recht. Was hast du sonst noch

im Angebot?« Er hatte bereits eine Idee, wollte aber lieber nicht mit der Tür ins Haus fallen.

»Im Angebot? Bei dir piept's wohl.« Sie kicherte. »Komm mit rein, dann überlegen wir weiter.« Christina schob den Kinderwagen in Richtung des großen, zweigeschossigen Hauses, in dem sich neben dem Empfang auch Seminarräume und im rückwärtigen Bereich die Tierarztpraxis ihrer Schwester Luisa befanden. Die gläserne Eingangstür stand weit offen, um die angenehme Frühsommerluft hereinzulassen. Am Empfangstresen saß eine hübsche junge, leicht mollige Frau Anfang zwanzig mit rotblonden Locken. Als sie ihn erkannte, weiteten sich ihre Augen ein wenig, und sie schien nervös zu werden, sich dies jedoch nicht anmerken lassen zu wollen.

Diese Reaktion erlebte er häufig, obwohl er nun schon seit fast einem Jahr wieder in Lichterhaven lebte. Die Menschen sahen in ihm nach wie vor nur den weltberühmten, reichen Formel-1-Star. Dass er den Rennzirkus hinter sich gelassen und damit viele Fans entsetzt hatte und sich nun einigermaßen erfolgreich als Jungunternehmer versuchte, schien kaum jemanden zu veranlassen, die natürliche Scheu und sogar Ehrfurcht vor ihm abzulegen. Zu den Ausnahmen zählten nur ein paar enge Freunde und Menschen, mit denen er aufgewachsen war. Und selbst unter ihnen gab es einige, die in Schockstarre verfielen, sobald er irgendwo auftauchte.

»Carmen, wie sieht es aus, gibt es irgendwelche Terminänderungen, oder bleibt heute alles wie geplant?« Christina hatte den Kinderwagen neben die lebensgroße Skulptur aus weißem Marmor geschoben, die sie selbst als Teenager zeigte, wie sie mit ihrer damaligen Collie-Hündin Polly spielte. Die Hündin tänzelte dabei hoch aufgerichtet auf den Hinterläufen, und es sah aus, als ob sie mit Christina einen Tanz aufführte. Ben, Christinas Ehemann, hatte diese Skulptur erschaffen. Henning hatte sie bisher nur auf Bildern im

Internet gesehen und musste feststellen, dass sie in natura noch viel beeindruckender war. Die Lebensfreude von Mädchen und Hund, die liebevolle, geradezu telepathische Verbindung zwischen ihnen war regelrecht zu spüren.

»Wow«, entfuhr es ihm, und er trat unwillkürlich näher, um weitere Details zu entdecken, wie den geflochtenen Strick, den Christina in der Hand hielt und nach dem Polly zu haschen schien.

Christina lächelte nur, trat an die Pinnwand seitlich hinter dem Empfangstresen und zupfte einen Papierschnipsel von einem der angepinnten Flyer ab. »Hier.« Sie reichte ihm den Fetzen Papier, auf dem eine Handynummer und eine E-Mail-Adresse aufgedruckt waren. »Margot Bayer. Falls du dich doch noch für die Bassets interessieren solltest.«

»Okay, danke dir.« Er schob den Zettel in seine Hosentasche. »Ich denke mal darüber nach.«

»Heute läuft alles nach Plan«, verkündete Carmen mit etwas Verspätung. Ihre Stimme klang ein bisschen gepresst, und sie schielte immer wieder zu ihm hin. »Wir, äh, haben zwei Anfragen für den Mantrailingkurs ab Juli, und Inge Leuthaus hat angerufen und darum gebeten, dass du sie zurückrufst. Es geht um die junge Bracke, die ihr Mann sich zugelegt hat. Sie möchten mit der jagdlichen Ausbildung so bald wie möglich beginnen und wollen wissen, ob sie die hier absolvieren können.«

»Theoretisch ja.« Christina runzelte die Stirn. »Wenn ich eine passende Trainerin dafür finde. Eik ist total ausgebucht, und Elissa auch. Ich frage mal bei Therese nach, ob sie Zeit und Lust hat, noch mal bei uns einen Kurs anzubieten. Schreibst du mir bitte eine Erinnerung in meinen Terminplaner? Dann kümmere ich mich morgen früh gleich darum.«

»Na klar, mache ich.« Carmen hüstelte und blickte wieder zu Henning. »Wollen Sie sich auch einen Hund zulegen?«

Er nickte und trat auf den Tresen zu. »Ich habe mit dem Gedanken gespielt, ja.«

»Heiliger Bimbam, der Hund tut mir jetzt schon leid!«

Sowohl Henning als auch Christina fuhren beim Klang der spöttischen Stimme herum. In der Eingangstür stand Caroline Maierbach und maß Henning mit nicht gerade freundlichen Blicken.

Henning verspürte einen Stich in der Magengrube, ließ sich jedoch nichts anmerken, sondern lächelte sein ihm zur Gewohnheit gewordenes Siegerlächeln. »Hallo, Caro. Lange nicht gesehen.«

»Caroline für dich.« Sie kräuselte die Lippen. »Und, tja, leider nicht lange genug.«

»Oha.« Christina zog übertrieben den Kopf ein. »Bitte keine Schlägereien in meinen heiligen Hallen.«

»Wer will sich denn schlagen?« Henning lachte. »Ich bin ganz friedlich.«

»Und ich mache mir an jemandem wie dir ganz bestimmt nicht die Hände schmutzig.« Caroline verschränkte die Arme vor der Brust und wirkte damit ein klein wenig amazonenhaft auf ihn, wie sie mit leicht gespreizten Beinen und vorgerecktem Kinn im Eingang stand.

Henning staunte nicht schlecht. Auch nach einem Jahr konnte er sich nicht daran gewöhnen, dass das einst so schüchterne und unsichere Mädchen sich zu einer derart selbstbewussten – und ihm ganz offensichtlich immer noch wenig zugetanen – Frau entwickelt hatte. Vielleicht lag es daran, dass sie einander nicht sehr oft über den Weg gelaufen waren, seit er nach Lichterhaven zurückgekehrt war. Er hatte sich bewusst auf seine Werkstatt und die Abendschule konzentriert und nicht viele Ablenkungen zugelassen. Schon gar keine weiblichen Ablenkungen. Und erst recht nicht durch Caroline. Diese Büchse der Pandora hatte er vorerst lieber fest verschlossen gelassen. Nun schien sie aber aufgesprungen zu sein, wie er im Hinblick auf seinen deutlich veränderten Blutdruck feststellen musste. Ganz unschuldig daran war er wohl nicht, denn dass sie heute hier sein würde, hatte er bereits von gemeinsamen Freunden erfahren.

»Dann ist die Gefahr hoffentlich gebannt.« Neugierig ließ Christina ihren Blick zwischen ihm und Caroline hin- und herwandern. Es war offensichtlich, dass sie sich fragte, woher Carolines Feindseligkeit rühren mochte. Henning ahnte es, ging aber nicht darauf ein.

»Von meiner Seite aus bestand nie eine Gefahr.« Er lächelte Caroline friedfertig zu. »Was führt dich denn in diese heiligen Hundeschulenhallen? Willst du dir auch einen Hund zulegen?«

Auf ihrer Stirn entstanden tiefe Furchen. »Ich wüsste nicht, was dich das angeht, aber, ja, zufällig spiele ich mit dem Gedanken.«

Christina bedeutete ihm und Caroline, wieder mit ihr ins Freie zu gehen. »Ich wollte Caro heute mit einem Bewohner unserer Hundepension bekannt machen.« Sie zögerte kurz, blickte zu Caroline, dann wieder zu ihm. »Wir suchen für Duke ein neues Zuhause, andernfalls muss ich ihn ins Tierheim geben.«

»Duke?« Er lachte. »Das klingt so nach altem Adel. Noch ein Pudel?«

Christina prustete. »Um Längen gefehlt. Duke ist ein … nun ja, ein Rottweiler.«

Henning hob die Augenbrauen. »Warum sagst du das so seltsam?«

»Weil …« Christina warf einen Blick über die Schulter zu Carmen. »Kannst du kurz auf die Zwillinge aufpassen? Wenn sie zu quengeln anfangen, ruf mich einfach. Wir sind hinten in der Pension.«

»Okay, mach ich.« Carmen lächelte ihr zu.

»Also …« Christina wandte sich wieder Henning und

Caroline zu. »Duke ist eine Waise, sozusagen. Er kam vor knapp drei Wochen zu uns und war damit einer der allerersten Pensionsgäste. Du hast doch sicherlich schon mitbekommen, dass wir, also hauptsächlich Leah und Ralf, hinten ein neues Gebäude errichtet haben, um darin eine Hundepension zu eröffnen.« Sie deutete vage in die Richtung hinter dem Haupthaus.

Henning nickte nur.

»Na ja«, fuhr sie fort. »Es ist so, dass sein Besitzer zu einer Klettertour in die Alpen gereist und dort leider tödlich verunglückt ist.«

»Ach du Sch…reck.« Henning schauderte. »Gibt es niemanden sonst, der sich um den Hund kümmern könnte?«

»Nein.« Bedauernd schüttelte Christina den Kopf. »Wir wurden von der Schwester des Halters informiert, die aber in Peking lebt und dementsprechend auch nichts ausrichten kann. Sie scheint die einzige noch lebende Verwandte zu sein, und viele Freunde schien der Mann auch nicht gehabt zu haben. Zumindest keine, die Duke bei sich aufnehmen wollen.«

»Weil er ein Rottweiler ist?« Ahnungsvoll hob Henning die Augenbrauen. »Er ist aber nicht gefährlich, oder? Manche Menschen machen diese Hunde ja leider scharf.«

Christina schüttelte erneut den Kopf, diesmal energisch. »Um Himmels willen, nein! Eher ganz im Gegenteil. Er ist … Kommt am besten einfach mal mit und lernt ihn kennen.« Sie übernahm die Führung und ging um das Gebäude herum. Nach nur wenigen Schritten wurde links neben den Trainingswiesen und dem großen Schuppen ein anderthalbstöckiger Neubau sichtbar, dessen strahlend hellgelber Putz noch ganz frisch war und beinahe blendete. »Das Haupthaus und der Schuppen werden in Kürze auch frisch gestrichen«, erzählte Christina etwas zusammenhanglos, während sie auf das Haus zuschritt. »Das wird allmählich mal wieder Zeit, und danach haben wir dann alle Gebäude in der gleichen

Farbe. Das macht sich besser auf Werbefotos.« Sie hielt vor der Tür an und wandte sich ihnen zu. »Bleibt erst mal bitte im Hintergrund und redet nicht viel. Auch keine zu schnellen Bewegungen bitte. Wir müssen abwarten, wie Duke auf euch reagiert.«

»Oha.« Henning schwante nichts Gutes. Ein Hund, dem man sich derart vorsichtig nähern musste, war dann doch eher nichts für ihn. Für Caroline aber wahrscheinlich auch nicht, oder etwa doch? Er warf ihr einen kurzen Seitenblick zu. Sie schien ähnlich gespannt zu sein wie er.

»Wartet am besten hier.« Christina führte sie durch eine kleine Diele in einen Raum, der wie ein gemütliches Wohnzimmer eingerichtet war. Neben Sitzmöglichkeiten für Menschen gab es aber auch mehrere verschieden große Hundekissen und zwei kleine gepolsterte Weidenkörbchen. Auf dem Couchtisch stand eine runde Schüssel, die mit diversen Hundeleckerlis und Kauknochen gefüllt war. Hier und da lagen Bällchen und Kauspielzeuge am Boden herum. »Das ist unser Gemeinschaftszimmer«, erklärte Christina. »Hier empfangen wir neue Gäste und stellen sie denen vor, die schon länger bei uns wohnen. Zumindest ist es so geplant. Wir haben ja erst seit zwei Monaten geöffnet und noch nicht so viele Hunde hier zu Gast gehabt. Hier und im Obergeschoss haben wir Platz für bis zu zehn Hunde gleichzeitig. Zwölf, wenn sie klein und sehr verträglich sind.« Sie deutete auf die Couch und die beiden Sessel. »Setzt euch, ich bringe Duke gleich herein. Bitte bleibt erst mal ganz still und wartet ab, was er macht. Wenn er auf einen von euch zukommt, bitte auch nicht ruckartig bewegen, sondern erst mal nur schnüffeln lassen und leise mit ihm reden. Ich gebe euch dann Anweisungen, wie es weitergehen könnte. Okay? Bereit?«

»Klar.« Caroline lächelte ihr zu und nahm auf der Couch Platz.

Henning nickte nur schweigend und setzte sich mit etwas Abstand neben sie. Prompt erntete er dafür einen scheelen Seitenblick, ging aber nicht darauf ein.

Als Christina den Raum verlassen hatte, wandte er sich aber doch Caroline zu. »Du willst dir also einen Hund anschaffen?«

»Du offenbar auch.« Sie maß ihn mit abschätzenden Blicken. »Ich habe Duke zuerst gesehen. Oder vielmehr von ihm gehört.«

»Schon klar.« Er neigte leicht den Kopf. »Ich bin ja nur zufällig hier und … O Mann!« Er verschluckte sich fast, als in diesem Moment bereits Christina mit Duke an der Leine das Zimmer betrat und die Tür leise hinter sich schloss. Entgeistert starrte Henning auf den riesenhaften Rottweiler, der gut und gerne sechzig Kilo auf die Waage brachte. Er besaß einen riesigen Kopf und eine schwere, gedrungene Gestalt – und einen überaus skeptischen Blick.

Was machen wir denn jetzt hier? Ich hatte mich gerade damit abgefunden, dass Leah mich mit einem Kauknochen vom Jaulen abgelenkt hat. Und jetzt? Wer sind diese Menschen? Die gucken so komisch. Duke tänzelte ein wenig und machte ein paar Schritte rückwärts, bis er mit dem Hinterteil gegen die Tür stieß. Mit einem erschrockenen Fiepen sprang er einen Satz vorwärts, erschrak offenbar erneut, weil er direkt vor dem Couchtisch landete, und versuchte daraufhin, sich hinter Christina zu verstecken. Das wirkte allerdings vollkommen albern, weil die schlanke Christina natürlich für solch einen riesenhaften Hund keinerlei Schutzschild bot. Dennoch presste er seinen Kopf fest in ihre Kniekehlen. *Hilfe, was war das eben? Hat mich da jemand geschubst? Ach nein, das war die Tür, wie peinlich. Warum gucken diese Menschen denn immer noch so komisch? Ich hab doch gar nichts gemacht. Hm, eigentlich sehen sie ja ganz freundlich aus. Ob ich sie mal beschnüffeln*

soll? Vielleicht mögen sie mich ja. Ich mag die meisten Men-
schen auch gern.

»Darf ich vorstellen?« Christina tat, als sei überhaupt
nichts geschehen. Ihre Stimme klang allerdings sehr sanft.
»Dies ist Duke. Komm mal hinter mir hervor, Duke.« Sie trat
vorsichtig einen Schritt beiseite. »Dann kannst du unsere
beiden Besucher begrüßen.«

Okay, na gut, dann sage ich mal Hallo zu euch. Duke hob
ein wenig den Kopf und musterte erst Henning, dann Christina sehr lange und aufmerksam.

Henning ertappte sich dabei, dass er beinahe die Luft
angehalten hätte. Etwas in dem wachsamen und zugleich
unglaublich freundlichen Blick des Hundes machte ihn neugierig. Obgleich Duke riesig war und gefährlich hätte wirken
können, machte er auf ihn mehr einen verwirrten, verlorenen
und leicht tollpatschigen Eindruck.

Caroline neben ihm atmete hörbar ein und wieder aus.
Ging es ihr ähnlich? Er bewegte sich nicht, so wie Christina
es empfohlen hatte, sodass er sich keine Gewissheit verschaffen konnte.

»Duke, das hier sind Caroline und Henning. Die beiden
möchten dich gerne näher kennenlernen.« Christina entfernte
den Karabinerhaken der Leine von Dukes fast handbreitem
Lederhalsband.

Finde ich gut. Duke rührte sich immer noch nicht, wedelte
aber mit der Rute.

»Keine Sorge, er tut euch nichts«, redete Christina in
freundlich-beschwingtem Tonfall weiter. »Er ist jetzt knapp
über zwei Jahre alt, sehr gut erzogen und furchtbar freundlich zu allen Menschen.«

*Warum sollte ich wohl auch unfreundlich sein? Ich mag es
nur nicht, wenn die Leute unfreundlich zu mir sind. Aber
ansonsten mag ich euch Zweibeiner ziemlich gerne.*

»Nur zu Anfang ist er manchmal noch etwas skeptisch, bis

er sein Gegenüber einschätzen kann«, erklärte Christina. »Duke beherrscht den kompletten Grundgehorsam und liebt Spaziergänge. Allerdings mag er die Nordsee nicht – oder noch nicht – und auch nicht das Watt.« Sie lächelte schief. »Und er hat etwas gegen die Dunkelheit, zumindest draußen.«

»Was?«, entfuhr es Henning ein wenig zu laut.

Prompt machte Duke einen Schritt rückwärts und legte den Kopf schräg. *Warum schreist du denn so?*

»Pst!« Caroline stieß Henning den Ellbogen in die Seite.

Ja, genau, sagt dem Mann mal, dass ich nicht taub bin! Duke kam die zwei Schritte wieder vor und machte dann zwei weitere auf die Couch zu. Mit langem Hals schnüffelte er in Hennings und Carolines Richtung. *Soll ich?* Er drehte den Kopf und sah fragend zu Christina auf.

Sie nickte ihm zu. »Na los, Duke, geh mal zu deinen neuen Freunden«, sie hielt nach der Betonung dieses Wortes eine Sekunde inne. »Geh mal gucken und schnuppern.«

Na gut, wenn du meinst. Dann mal los.

Wieder hielt Henning fast die Luft an, als der schwere Rottweiler vorsichtig auf ihn zukam, dicht vor ihm stehen blieb und den Kopf erneut leicht zur Seite neigte. Wieder wurde er einer eingehenden Musterung unterzogen, und schließlich schnüffelte Duke an seinem Knie und an seinen Händen. Dabei schwang seine Rute fröhlich hin und her.

Hm, okay, riecht schon mal ganz angenehm. Und die Frau? Ohne Rücksicht auf den Couchtisch, der dabei zur Seite verschoben wurde, drängelte Duke sich an Hennings Knien vorbei zu Caroline, musterte auch sie aufmerksam und schnüffelte an ihr. *Hm, ja, riecht auch gut. Ein bisschen lecker, irgendwie nach Kuchen.*

»Huch!« Caroline zuckte leicht zusammen, als Duke ihr mit nasser Zunge über den Handrücken leckte.

Mhm, nee, die Hand schmeckt nicht süß, sondern nach

Menschenfrau. Aber irgendwas riecht verboten gut. Woher kommt das denn bloß?

Zur allseitigen Überraschung drängte Duke sich noch näher an Caroline heran und schnüffelte geräuschvoll an ihr herum.

Caroline unterdrückte ein Lachen. »Das kitzelt!«

»Er scheint dich im wahrsten Sinne des Wortes gut riechen zu können.« Christina lachte. »Hast du ein süßes Parfum drauf? Ich habe vorhin gar nicht darauf geachtet.«

»Nein, überhaupt nicht.« Caroline kicherte wieder, als Duke ihr seinen Kopf gegen den Bauch stieß und dort weiterschnüffelte.

Henning lehnte sich ein wenig in ihre Richtung und schnupperte ebenfalls. »Mmh, ich rieche Zitrone und Vanille. Kein Wunder, dass der Hund dich mag. Da würde ich glatt auch mal anknabbern wollen.« Noch während er die Worte aussprach, wusste er, dass er Caroline damit auf die Palme bringen würde. Und er hatte recht.

»Behalt deine Knabbergeräte gefälligst bei dir!« Sie sah ihn strafend an, blickte dann aber wieder auf Duke, der zwei Schritte seitwärts gemacht hatte und dabei den Couchtisch erneut ein wenig verschob. »Ich habe heute Zitronenrolle und Bienenstich mit Vanillepuddingfüllung gebacken. Vielleicht riecht er das. Ich bin gleich nach der Arbeit hergekommen.«

»Aha, das wird es sein.« Christina lachte vergnügt auf. »Damit hast du ihn auf jeden Fall schon mal für dich eingenommen.« Sie schnipste mit den Fingern. »Hey, Duke, lass die arme Caroline mal ein bisschen atmen. Sei kein solches Trampeltier.«

Trampeltier? Was ist das? Sie riecht nun mal einmalig gut! Duke drehte den schweren Kopf in Christinas Richtung, und als er ihre Handbewegung sah, machte er gehorsam zwei weitere Schritte, diesmal rückwärts. *Na gut, aber diesen Duft muss ich dringend später noch mal erforschen. Vielleicht hat diese Caroline irgendwo Leckerchen in den Taschen versteckt.*

Nun stand Duke wieder direkt vor Henning und stieß seine Nase gegen dessen Knie. *Nö, der Mann hier riecht nicht so lecker, aber trotzdem ganz angenehm, auch bei der zweiten Riechprobe. Er sieht auch irgendwie interessant aus. Ganz anders als mein Herrchen. Er scheint ziemlich groß zu sein und hat freundliche Augen. Und große, kräftige Hände. Die hatte mein Herrchen auch. Hm ... Herrchen. Ich vermisse ihn so arg. Wann kommt er wohl wieder? Es dauert jetzt schon sooo lange. Viel länger als er gesagt hat.*

Duke stieß unvermittelt ein heftiges Schnauben aus und ließ seinen Kopf auf Hennings Oberschenkel sinken.

»Nanu, was denn jetzt?« Verblüfft blickte Henning auf den Hund, dessen Kopf allein schon ein nicht unerhebliches Gewicht hatte.

Ich bin traurig, was denn sonst? Schnüff.

Dukes Kopf schien noch schwerer zu werden. Vorsichtig hob Henning die linke Hand und strich damit über Dukes breiten Schädel und den Nacken. Prompt wurde der Kopf noch schwerer.

Oh, gut, du tröstest mich. Das finde ich nett. Mach ruhig weiter; ich werde gerne gestreichelt. Ziemlich außerordentlich gerne sogar!

»Da hast du jetzt was angefangen.« Grinsend ließ Christina sich auf den Sessel ihm schräg gegenüber sinken. »Duke ist ein richtiger Schmusebär. Wenn du einmal anfängst, ihn zu streicheln, kann es passieren, dass er dir nicht mehr von der Seite weicht.«

»Ist schon in Ordnung.« Vorsichtig streichelte Henning weiter. Dukes Fell war kurz und sehr weich und glatt. Darunter aber spürte er die Kraft des großen Hundes. Nach einer Weile räusperte er sich. »Er hat also Angst vor der Dunkelheit? Wie soll man das verstehen?«

Christina wurde wieder ernst. »So, wie ich es gesagt habe. Duke ist das, was man mit flapsigen Worten einen Bangeschisser nennt. Der Fachausdruck wäre Angsthund, aber das wäre schon sehr übertrieben, denn so schlimm ist es auch wieder nicht. Er ist einfach von Natur aus ein bisschen ängstlich, vor allem bei neuen Erfahrungen. Das kann aber manchmal auch von Vorteil sein, weil er eben kein Draufgänger ist und immer erst mal zögert, beobachtet und abwartet, bevor er handelt.«

Puh, sie kennt mich aber gut! Ich bin wirklich von Natur aus so. Muss man aber nicht unbedingt breittreten, finde ich. Ich bin so, wie ich bin. Mein Herrchen hat das manchmal gestört. Deshalb hat er ja mit mir so viel geübt. Danach hatte ich dann vor vielen Sachen keine Angst mehr, vor anderen aber leider immer noch. Christina übt auch mit mir, aber natürlich noch nicht so lange, und hier ist sowieso alles anders, weil ich ja hier gar nicht zu Hause bin. Außerdem ist sie viel freundlicher, und bei ihr muss ich auch nicht dauernd bei Fuß gehen und in Handschuhe beißen.

»Ein Angsthund?« Aufmerksam blickte Henning auf den Rottweiler hinab, der sich schwer gegen ihn lehnte und ganz offensichtlich die Streicheleinheiten genoss. »Das kann man sich bei so einem großen Hund kaum vorstellen.«

»Wie gesagt, er reagiert nur in manchen Situationen ängstlich oder geht einfach rückwärts, wenn ihm etwas nicht geheuer ist. Der Körperbau eines Hundes lässt kaum auf dessen Seele schließen.« Christina hob die Schultern. »Ich bin schon mal sehr froh, dass er euch beide sofort zu mögen scheint. Sollte einer von euch Interesse daran haben, ihn zu übernehmen, müsst ihr allerdings so einiges über ihn wissen.«

»Wovor er Angst hat«, ergänzte Caroline.

»Vielmehr, wovor er sich erschrecken oder worauf er skeptisch reagieren könnte.« Christina grinste schief. »Das ist allerdings im Grunde einfach zu beantworten: vor allem, was neu für ihn, schnell oder laut ist.«

»Äh ...« Henning runzelte die Stirn.

Christina zählte auf: »Schnelle Autos oder Motorräder, Traktoren, Lkw, Pferde, Kühe, Bäume im Wald, wenn sie knirschen oder sonstige ungewöhnliche Geräusche machen, Meerwasserwellen, Schlick, Schatten, vor allem, wenn sie sich bewegen, laute Stimmen und Geräusche, Gewitter, Silvesterknallerei, knisterndes Feuer, heulender Wind unter Umständen hin und wieder auch, ähm, Mäuse ...«

»Mäuse?«, echoten Henning und Caroline gleichzeitig und sahen einander verdutzt an.

Es ist nicht nett, dass du das herumerzählst. Es war nur diese eine Maus, die mich angreifen wollte. Eine gefährliche Kampfmaus!

Christina hob die Schultern. »Geht einfach davon aus, dass er manchmal, insbesondere an neuen Orten, schreckhaft ist. Dabei ergreift er aber grundsätzlich immer die Flucht, geht also nicht nach vorne und auf das los, was ihm Angst macht. Insofern ist er also nicht gefährlich für seine Umwelt. Allerdings muss man mit einkalkulieren, dass er sich und andere versehentlich verletzen kann, falls er durch eine kopflose Flucht einen Unfall verursacht. Das ist zwar wohl bisher noch nie vorgekommen, aber man muss es bedenken. Grundsätzlich ist also eine Hundehaftpflichtversicherung mit hoher Deckungssumme angeraten, nur für den Fall der Fälle. Immerhin ist er kein Leichtgewicht und kann schon allein durch seine Körperkraft so einiges kaputt machen, selbst wenn er es gar nicht will. Ich würde zudem gerne mit ihm an seinem Selbstbewusstsein arbeiten, was bedeutet, ich gebe Duke nur an jemanden ab, der oder die bereit ist, mit ihm und mir regelmäßig zu trainieren, damit sein Hundeleben insgesamt noch ein bisschen leichter wird und er auch in ungewohnten Situationen ruhig bleibt. Sein Herrchen hat da wohl schon so einiges geleistet, wie er mir erzählt hat, als er Duke hierhergebracht hat.« Sie hielt kurz inne. »Das führt mich zum nächsten Punkt: Duke trauert. Er kann natürlich nicht wissen, dass sein Herrchen tödlich verunglückt ist, aber er merkt, dass er hier allein gelassen wurde, und das setzt ihm sehr zu.«

Natürlich setzt mir das zu. Wir würdest du dich fühlen, wenn man dich an einem fremden Ort allein lassen würde? Duke stieß einen Laut aus, der fast wie ein Seufzen klang. *Tödlich verunglückt? Was heißt das? Herrchen ist tot? Was genau ist denn dieses Totsein? Kommt er deshalb nicht mehr wieder? Etwa nie mehr?* Duke hatte den Kopf ein wenig angehoben und blickte Christina fragend an.

Rasch beugte sie sich vor und streichelte ihn an der Schulter. »Du weißt genau, dass wir über dich und dein Herrchen reden, nicht wahr?«

Selbstverständlich weiß ich das. Ich will, dass mein Herrchen wieder hier ist. Kommt er nicht doch bald wieder?

Seufzend lehnte Christina sich wieder im Sessel zurück. »Es bricht mir das Herz, wenn ich ihn manchmal so traurig sehe. Hin und wieder weint er auch.«

»Er weint?« Verblüfft hob Caroline den Kopf.

»Jault.« Henning nickte verstehend. »Ich weiß noch, dass Lolly das immer gemacht hat, wenn meine Mutter mal für ein paar Tage nicht da war.«

»Lolly?« Erstaunt sah Caroline ihn von der Seite an.

»Unser Australian Shepherd, als ich noch ein Kind war.« Er lächelte ihr zu und hoffte, sie damit freundlich zu stimmen.

Tatsächlich zuckte es kurz um ihre Mundwinkel, doch sie konzentrierte sich gleich wieder auf Duke. »Man kann also mit ihm üben, nicht mehr vor allem Angst zu haben?«

»Selbstverständlich kann man das.« Christina nickte eifrig. »Bei allen Angstquellen wird es vielleicht nicht funktionieren oder nur teilweise, aber im Alltag lässt sich schon so einiges entschärfen. Das sollte man auch, sowohl im Interesse des Hundes als auch im eigenen. Also ... Wie ist es? Wollt ihr es versuchen? Ich könnte ...«

»Christina? Kommst du bitte mal rüber? Die Zwillinge haben angefangen zu weinen und lassen sich nicht beruhigen. Leah ist schon da und versucht zu helfen, aber sie meinte, ich soll dich holen.« Carmen hatte die Tür einen Spalt geöffnet. Prompt hob Duke den Kopf, blieb ansonsten aber ruhig.

Ach, es ist bloß Carmen. Die ist aber heute hektisch.

»Ich komme sofort.« Christina erhob sich und befestigte die Leine wieder an Dukes Halsband. »Also?« Fragend sah sie erst Caroline an, dann Henning.

Beide nickten gleichzeitig und warfen einander prompt wieder einen Blick zu.

Henning zuckte mit den Achseln. »Ich will hier niemandem im Weg stehen.«

»Ach, seit wann?« Carolines Augenbrauen wanderten kurz in die Höhe.

»Noch nie. Dir schon mal gar nicht, und ich kann mich auch nicht entsinnen, dass ich das je getan hätte.«

»Was dein Glück ist.« Sie verschränkte die Arme vor der Brust, löste sie aber gleich wieder. »Also, ich würde mich schon für Duke interessieren. Er ist ein bisschen größer, als ich gedacht habe ...«

»Stimmt, selbst für einen Rottweiler ist er imposant«, bestätigte Christina und ging ihnen mit Duke voraus bis vor den Hauseingang. »Aber er ist wirklich handzahm. Du musst dir aber darüber bewusst sein, dass er, wenn er aus irgendeinem Grund lossaust, überirdische Kräfte entwickelt.« Sie wandte sich an Henning. »In dem Fall kannst nicht einmal du ihn mehr halten.« Sie seufzte. »Das klingt furchtbar negativ. Er hetzt nicht bei jedem kleinen bisschen los. Da muss schon einiges passieren, dass er den Kopf verliert.

Aber auch in kleinen Schrecksituationen müsst ihr stets ganz bei ihm sein. Ihr müsst vorausschauend handeln und mögliche Gefahrenquellen erkennen, bevor sie akut werden. So etwas lernt man aber recht schnell, wenn man weiß, worauf man achten muss.« Sie hob den Kopf und lauschte. Von Ferne war zweistimmiges Babygeschrei zu vernehmen. »Ich muss jetzt wirklich nach meinen Töchtern sehen.« Sie blickte Henning und Caroline fragend an. »Lasst es euch durch den Kopf gehen. Wer von euch morgen um die gleiche Zeit wieder hier ist, kriegt eine Chance. Wäre das in eurem Sinne?«

Henning blickte zu Caroline, die nur mit den Achseln zuckte und dann nickte. Also nickte auch er.

Caroline sah zu Duke hinab, der brav neben Christina saß und ein wenig mit der Rute wedelte, als er sich der Aufmerksamkeit bewusst wurde.

Was denn jetzt? Gehen wir spazieren, oder darf ich zu meinem Kauknochen zurück?

»Mario!« Christina winkte einen ihrer Angestellten, einen schlaksigen jungen Mann mit braunen Haaren, zu sich heran. »Bringst du Duke bitte wieder in sein Zimmer? Ich muss los.«

Mario kam näher und übernahm die Leine. »Klar doch. Hallo, Duke, mein Dicker. Alles klar?«

Ich bin gar nicht dick! Ein bisschen schwer vielleicht. Aber ja, sicher, es ist so weit alles in Ordnung. Oh, gehen wir jetzt wirklich zurück zu meinem Knochen? Gute Idee! Willig ließ sich Duke von Mario wieder ins Haus führen, die Tür klappte hinter ihnen zu.

»Wir sehen uns dann morgen ... oder auch nicht. Entschuldigt mich.« Christina hob zum Gruß die Hand und war bereits im Laufschritt auf dem Weg zu ihren Kindern.

Etwas unschlüssig schob Henning die Hände in die Taschen seiner Jeans und wippte auf den Fußballen. »Tja ...«

»Tja …« Caroline schob ihre Hände ebenfalls in die Taschen ihrer dunkelblauen Stoffhose. »Ich muss los.«

»Ich auch.« Er warf einen Blick auf seine Armbanduhr und überlegte, ob es sinnvoll war, jetzt noch mal zur Werkstatt zu fahren, entschied sich aber dagegen. Er hatte einiges, worüber er nachdenken musste. »Ich schätze, wir haben denselben Weg. Zumindest ein Stück weit.«

»Warum das denn? Ich dachte, du hast drüben beim Gewerbegebiet eine Wohnung.« Verwundert sah Caroline ihn an.

»Die Wohnung habe ich wieder aufgelöst. Die Renovierung der Villa meines Großvaters ist zu weiten Teilen abgeschlossen, und die Brandschäden vom vergangenen Jahr sind beseitigt. Was jetzt noch zu machen ist, kann ich auch nebenher noch erledigen. Deine Wohnung liegt doch im Finkenweg, das ist nur zwei Straßen vom Kranichweg entfernt.« Eine Tatsache, die er bislang immer tunlichst ignoriert hatte. Alles, was mit Caroline Maierbach zu tun hatte, hatte er im vergangenen Jahr weit von sich geschoben. Die Büchse der Pandora. Anscheinend ließ sie sich tatsächlich nicht mehr verschließen, doch das hatte er mit seiner Anwesenheit hier ja bewusst provoziert. »Na komm schon, gehen wir das Stück gemeinsam. Ich beiße nicht.« Er konnte es allerdings nicht lassen. »Oder wenn, dann nur auf ausdrücklichen Wunsch.«

Erwartungsgemäß zeichnete sich auf Carolines Lippen ein spöttischer Zug ab. »Auf den Wunsch kannst du warten, bis du schwarz wirst.« Trotz der Spitze in ihrer Stimme ging sie neben ihm her zur Straße, und sie schlugen gemeinsam den Heimweg ein. »Ich habe Duke zuerst gesehen.«

Er warf ihr einen amüsierten Blick zu. »Das sagtest du bereits.«

»Das ist kein Hund für einen wie dich.«

»Einen wie mich?«

Sie verschränkte die Arme vor der Brust. »Einen Angeber wie dich. Duke hat offensichtlich eine empfindsame Seele.«

»Das ist mir aufgefallen.«

»Gut. Dann lass ihn in Ruhe. Er braucht ein Zuhause, in dem man sich um ihn kümmert und ihm viel Liebe und Zuwendung schenkt.«

Er kräuselte leicht die Lippen. »Und du bist der Ansicht, dass mir das nicht möglich ist, weil …?«

»Weil du ein arroganter, machohafter Draufgänger bist. Deshalb.«

»Und du scheinst dich seit unserer Schulzeit zu einer amazonenhaften Beißzange entwickelt zu haben.«

»Beißzange?« Wütend funkelte sie ihn an. »Bloß weil ich nicht mehr schüchtern in der Ecke hocke und die Klappe halte? Ich sag dir mal was, Henning Magnusson: Du magst es ja gewohnt sein, dass dir die Frauen reihenweise zu Füßen fallen und den Boden anbeten, auf dem du wandelst. Aber mich hast du mit deiner Masche noch nie beeindruckt. Damals während der Schulzeit habe ich mich vielleicht nicht getraut, dir das zu sagen, aber diese Zeiten sind vorbei. Also verschone mich mit deinem Süßholzgeraspel und deinen dämlichen Sprüchen. Die ziehen nämlich nicht mal ansatzweise bei mir. Nicht mal, wenn ich zwei Promille Alkohol im Blut hätte, fände ich auch nur einen Satz aus deinem Mund beachtenswert.« Sie atmete tief durch. »Amazonenhaft?«

»Das ist eigentlich ein Kompliment. Ich mag kämpferische Frauen.« Er versuchte ein beschwichtigendes Lächeln, obwohl er ahnte, dass es nicht viel bringen würde.

»Was du nicht sagst. Soweit ich weiß, umgibst du dich mehr mit der Sorte vollbusiges, IQ-armes Boxenluder.«

Er hätte beleidigt sein können, wenn nicht sein Image genau auf dieser Beschreibung gefußt hätte. Ein Image, das er sich hatte antrainieren müssen, das ihm eine Zeit lang sogar ganz recht gewesen war, abgesehen von der IQ-Armut. Mit dummen Menschen umgab er sich nur ungern, gleich welchen Geschlechts sie waren. »Die meisten Boxengirls sind gar nicht so dumm, wie du annimmst. Viele von ihnen studieren oder haben durchaus anspruchsvolle und angesehene Berufe.«

»Und rutschen trotzdem in ihrer Freizeit dreiviertelnackt auf Motorhauben herum, um von jemandem wie dir bemerkt zu werden? Meiner Ansicht nach ist das an Dummheit kaum zu überbieten.«

»Schon wieder sagst du *jemand wie ich*.« Nachdenklich blickte er geradeaus. »Vielleicht kennst du mich ja gar nicht so gut, wie du glaubst.«

»Das denke ich schon. Man musste in den vergangenen anderthalb Jahrzehnten nur mal eine Formel-1-Berichterstattung ansehen oder eins dieser Lifestyle-Magazine aufschlagen, und schon war man genauestens im Bilde.«

Er nickte vor sich hin. »Dass dort vieles künstlich aufgebauscht wird, ist dir aber schon klar, oder?«

Sie sah ihn abschätzend von der Seite an. »So viel bauschen kann man ganz sicher nicht, dass ohne den Fernsehflitter plötzlich ein völlig anderer Mensch übrig bleiben könnte.«

»Und wenn ich dir versicherte, dass du mich tatsächlich nicht gut kennst?«

»Dann würde ich antworten, dass du mir das erst mal beweisen müsstest.«

Ein freudiges, wenn auch im Augenblick nicht ganz willkommenes Ziehen breitete sich in seinem Inneren aus. »Diese Herausforderung nehme ich gerne an.«

»Das war keine Herausforderung! Vergiss das bloß gleich wieder.« Sie hielt einen Moment inne. »Warum willst du überhaupt einen Hund?«

Fasziniert sah er sie von der Seite an. Von dem schüchternen Mädchen war offenbar nicht einmal mehr ein Schatten übrig geblieben. Trotzdem – oder vielleicht gerade deswegen –

beschleunigte sich sein Puls. »Warum willst *du* dir einen Hund anschaffen?«

Caroline zog die Schultern ein wenig hoch. »Weil ich finde, dass jetzt die Zeit für einen Hund in meinem Leben ist.«

Er lächelte leicht. »Dieselbe Antwort habe ich Christina gegeben, als sie mich vorhin gefragt hat.«

Überrascht merkte Caroline auf. »Das ist keine fixe Idee?«

»Nicht im Geringsten. Ich überlege schon eine Weile, mir einen Hund zuzulegen. Was für einen, darüber habe ich aber noch nicht nachgedacht. Ich war schon im Tierheim, zweimal sogar.«

»Ich auch.« Unterdrückt räusperte Caroline sich. »So viele tolle Hunde, aber …«

»Es hat nicht gefunkt.« Er nickte und freute sich, dass sie offenbar mehr gemeinsam hatten als vermutet. Zumindest wenn es um Hunde und deren Anschaffung ging.

Wieder warf sie ihm einen verwunderten Blick zu. »Nein, hat es nicht. Trotzdem hat Christina mir zuerst von Duke erzählt.«

»Und mir zuletzt.« Grinsend ließ er ihr an der Deichtreppe, die sie inzwischen erreicht hatten, den Vortritt. Über den asphaltierten Weg auf der Deichkuppe konnte man die Strecke bis zu seiner Villa auf angenehme Weise zurücklegen. Jetzt, Mitte Juni, waren schon einige, aber nicht zu viele Touristen in Lichterhaven unterwegs. Das warme Wetter hatte aber auch viele Einheimische aus ihren Häusern gelockt. Auf den Liegewiesen bis hinunter zum Uferweg war noch immer einiges los. Stimmen und Gelächter wehten mit der leichten Seebrise zu ihnen herauf, als sie die Treppe erklommen hatten. Auch auf dem Deichweg begegneten ihnen immer wieder Spaziergänger, Fahrradfahrer und Jugendliche auf Rollerblades.

Die Sonne wechselte sich mit einigen watteähnlichen Wölkchen am Himmel ab, die Möwen kreisten über ihnen und stießen ihre unverkennbaren Schreie aus. In der Luft lag der Geruch von Salz und Nordsee. Im Augenblick hatte gerade die Ebbe eingesetzt, doch noch spiegelte sich das Sonnenlicht in den kaum merklichen Wellen, mit denen das Wasser gegen die Uferbefestigung plätscherte. Einige Unverdrossene wateten sogar schon im kalten Nass.

»Ich will dir Duke ganz sicher nicht streitig machen«, fuhr er schließlich fort, nachdem sie sich gen Westen gewandt hatten. »Christina scheint ja erst einmal abwarten zu wollen, ob es uns ernst ist und wer mit dem Hund am besten zurechtkommt. So gesehen sind wir gleichberechtigte Konkurrenten, meinst du nicht auch?«

Caroline hielt ihren Blick geradeaus gerichtet. »Kann schon sein. Duke ist ja wirklich riesig. Ich habe noch nie einen so großen Rottweiler gesehen.«

»Ich auch nicht.« Froh, dass der kämpferische Ton in ihrer Stimme ein wenig nachgelassen hatte, blickte er ebenfalls nach vorn. »Kaum zu glauben, dass so ein großes Tier so ängstlich sein soll. Kannst du dir vorstellen, dass er vor einer Maus die Flucht ergreift?«

Caroline unterdrückte hörbar ein Glucksen. »Nein. Aber wenn Christina das sagt, muss es wohl stimmen.« Sie hielt einen längeren Moment inne. »Ich mag Duke irgendwie. Er ... Ich weiß auch nicht ...«

»Er hat was«, stimmte Henning zu.

»Mhm.«

Eine ganze Weile gingen sie schweigend nebeneinanderher. Henning hätte gerne gewusst, was in Caroline vorging, vor allem, als er bemerkte, dass sich auf ihrer Stirn ein paar Furchen abzuzeichnen begannen. Doch er schwieg und staunte nicht schlecht, als sie schließlich von sich aus wieder das Wort ergriff.

»Vielleicht wird auch gar nichts daraus. Aus meinen Plänen, einen Hund zu adoptieren«, fügte sie auf seinen fragenden Blick hinzu. »Wahrscheinlich ist es dumm, gerade jetzt darüber nachzudenken, wo wir sowieso schon genug Probleme haben.«

Erstaunt musterte er sie von der Seite. »Du hast Probleme?«

»Ja. Nein. Nicht ich, sondern wir.« Sie verzog ein wenig unwillig die Lippen, so als wäre ihr jetzt erst klar geworden, wem sie sich gerade anvertraute. »Ella, Hannah und ich fliegen wahrscheinlich in Kürze aus unserem Geschäftshaus raus. Frau Hanke, unsere Vermieterin, ist insolvent und wird die Häuser in der Goldschmiedgasse vermutlich kurzfristig an Carl Verhoigen verkaufen.« Ihre Miene wurde finster. »Das könnte das Ende der *Foodsisters* bedeuten. Dabei läuft es gerade erst so richtig gut.«

Henning stutzte. »Wenn Verhoigen die Gebäude übernimmt, muss er doch euren Mietvertrag ebenfalls übernehmen.«

»Ja, wenn der Vertrag nicht in Kürze verlängert werden müsste. Oder vielmehr kann er jetzt noch fristgerecht Einspruch gegen die Verlängerung einlegen, dann sind wir Ende September fällig.« Sie schluckte hörbar. »Anscheinend hat er bereits Pläne für die Gebäude, also wird er nicht zögern, uns auf die Straße zu setzen.«

»Mist.« Bedauernd senkte Henning den Kopf, hob ihn aber gleich wieder. »Könntet ihr nicht einfach umziehen? Vielleicht findet ihr woanders passende Geschäftsräume.«

Caroline hob ruckartig ihren Kopf. Verärgert sah sie ihn an. »Dass wir darauf nicht selbst gekommen sind!« Sie schüttelte den Kopf. »So viele passende Räumlichkeiten gibt es in Lichterhaven nicht. Und wenn, dann gehören sie Verhoigen, und mit dem wollen wir keine Geschäfte machen. Ganz abgesehen davon haben wir eine Menge Geld in unser Equipment, in den Kühlraum, die Küche, Einrichtung, IT-Anlage, Carport und so weiter investiert. Wir können uns jetzt gerade

49

keine großen Sprünge leisten.« Ihre Stimme schwankte leicht, und sie wich seinem Blick aus. »Wir hatten uns gerade einen Namen gemacht und eine Balance zwischen Ausgaben und Einnahmen erreicht, sodass wir ruhig schlafen konnten. Das war nicht einfach. Wir haben all unser Herzblut und unsere Arbeitskraft, und eben auch Geld in die *Foodsisters* investiert, und nun kommt Verhoigen daher und macht alles mit einem Streich zunichte.« Sie blieb stehen und wandte sich von ihm ab und der Nordsee zu.

Henning blickte für einen langen Moment auf ihren Rücken, die hochgezogenen Schultern. Für einen Augenblick wurde der Drang, sie zu berühren, übermächtig, deshalb schob er sicherheitshalber seine Hände in die Taschen seiner Jeans und trat vorsichtig hinter sie, ohne ihr zu nahe zu kommen. Eine Weile blickte er ihr nur schweigend über die Schulter. Am Horizont bildeten sich ein paar Quellwolken, in der Ferne zog ein Hochseefrachter vorbei. Man hörte Kinderlachen, und über ihnen zog ein Segelflieger mit leisem Gebrumm seine Runden.

»Tut mir leid«, sagte er schließlich leise in Ermangelung einer anderen Idee, wie er ihr Trost spenden könnte.

»Muss es nicht.« Sie zog den Kopf ein wenig zwischen die Schultern. »Es betrifft dich doch überhaupt nicht.«

Doch, es betraf ihn, auch wenn es sie vielleicht erschrecken würde. »Wir sind vielleicht nicht die besten Freunde, aber deshalb kann ich doch nachempfinden, wie sehr dich diese Sache bedrückt.«

»Ach ja, das kannst du?« Sie drehte den Kopf, um ihn anzusehen. »Ausgerechnet du? Du surfst doch schon seit deiner Kindheit auf der Erfolgswelle und hast garantiert noch nie auch nur ansatzweise solche Probleme gehabt, oder?«

Er runzelte die Stirn. »Du tust gerade so, als wäre ich mit einem goldenen Löffel im Mund geboren worden. Meine Eltern hatten nie viel Geld und haben sich krummgelegt, um mir das Rennfahrertraining zu finanzieren. Ich habe hart dafür gearbeitet, es so weit zu bringen. Wie kommst du darauf, dass ich für euer Problem keine Empathie aufbringen könnte?«

»Weil Empathie für dich ein Fremdwort ist.« Mit einer ruckartigen Bewegung fuhr sie zu ihm herum und gleich darauf wieder ein wenig zurück, weil er so nah bei ihr stand. »Mich erstaunt, dass dieses Wort sich überhaupt in deinem Wortschatz befindet. Seit ich dich kenne, warst und bist du ein machohafter Aufreißer … und ein arroganter Arsch. Entschuldige also, wenn ich bezweifle, dass du dich auch nur für fünf Cent in meine Situation oder die meiner Freundinnen hineinversetzen kannst. Für dich sind Frauen doch eh nur ein hübsches Anhängsel und nette Bettwärmer. Mit solchen, die sogar geschäftstüchtig sind, hast du dich noch nie abgegeben. Im Gegenteil. Wenn ich auch nur daran denke, welche ätzenden, frauenverachtenden Sprüche du früher immer geklopft hast … Und daran hat sich über die Jahre kaum etwas geändert. Du kennst deinen Ruf doch wohl selbst am allerbesten, oder etwa nicht?«

Er nickte langsam – und schweigend. Sie hatte recht. Er hatte den Ruf eines chauvinistischen Arschlochs. Eines reichen, gut aussehenden Machos, der Frauen bestenfalls als Spielzeuge betrachtete. Und er fragte sich, ob er aus der Nummer jemals wieder herauskommen würde. »Du scheinst meine Karriere ja genauestens verfolgt zu haben.« Noch während er sprach, wusste er, dass er Öl ins Feuer gegossen hatte. Ein Reflex. Die flapsige, provokante Art war ihm – leider – inzwischen zur zweiten Natur geworden.

»Bilde dir bloß nichts darauf ein.« Caroline schoss einen wütenden Blick auf ihn ab. »In Lichterhaven kommt man kaum darum herum, fast wöchentlich mit den neuesten Informationen über den berühmten Goldjungen versorgt zu werden. Deshalb muss ich noch lange nicht begeistert davon

51

sein.« Sie verschränkte die Arme vor der Brust. »Bin ich auch nicht. Nur falls du es nicht kapiert haben solltest.«

»Habe ich, keine Sorge.« Schweigend bedeutete er ihr, den Weg nach Hause wieder aufzunehmen.

Sie zögerte eine Sekunde, dann ging sie erneut neben ihm her.

»Ich habe gehört, dass ihr das Catering in dem neuen Konferenz- und Seminarzentrum am Ortsrand übernommen habt.« Er hoffte sehr, das Gespräch damit wieder auf festeren Untergrund lenken zu können. »Das ist doch zumindest etwas.«

»Ja, aber nicht praktikabel, wenn wir keine Vorratsräume und keine Kühlkammer mehr besitzen. Die Küche in dem Seminarzentrum ist zwar ordentlich eingerichtet, aber für alles, was wir vorbereiten und bevorraten müssen, ist dort nicht genügend Platz.« Ihre Stimme verriet, dass sie nicht mehr mit ihm darüber reden wollte.

»Tja.« Er hob die Schultern. »Ich bin mir sicher, ihr findet noch eine Lösung. Drei patente Frauen wie ihr.«

»Patente Frauen?« Ein weiterer skeptisch-giftiger Blick aus ihren schokoladenbraunen Augen traf ihn. »Was bist du? Den Sechzigerjahren entsprungen?«

Er grinste über ihre Empörung. »Willst du mich jetzt wegen meiner Wortwahl ausschimpfen? Ihr seid fähige, selbstbewusste, findige, kluge Frauen. Soweit es mir aus dem Schulunterricht noch bekannt ist, müsste patent genau der passende, zusammenfassende Ausdruck für alle diese Eigenschaften sein.«

»Patent bedeutet auch treu, brav und zweckdienlich«, fauchte Caroline. »Vielleicht hättest du das Wörterbuch ein bisschen intensiver studieren sollen.«

»Du bist also nicht treu?« Er grinste noch breiter. »Und auch nicht brav?«

»Du kannst mich mal!«

»Diese Aufforderung ist nun auch nicht wirklich zweck-dienlich«, gab er lachend zurück. »Komm schon, Caro, sei nicht so streng mit mir. Ich wollte dir und deinen Freundinnen ein Kompliment machen. Denn ob du es glaubst oder nicht: Ich bewundere, was ihr mit eurer Firma auf die Beine gestellt habt.«

»Weil du vermutlich nie gedacht hättest, dass wir über-haupt dazu fähig sind.«

Seine Miene wurde wieder ernst. »Unterstell mir nichts, was du nicht beweisen kannst, Caro.«

»Nenn mich gefälligst nicht Caro. Das dürfen nur meine besten Freunde, und zu denen gehörst du ganz sicher nicht.«

»Zu deinen Feinden gehöre ich aber auch nicht, *Caroline*.« Diesmal betonte er leicht übertrieben ihren Namen. »Du kannst die Krallen ruhig mal für ein Weilchen einfahren und mir glauben, dass ich auch ein paar gute Charaktereigen-schaften habe. Eine davon ist gutes Verhandlungsgeschick und eine andere das Improvisieren. Beides habe ich während meiner langen Karriere als Rennfahrer gelernt. Man kommt in diesem Metier nämlich nicht weit, wenn man seinen Kopf und seine Fähigkeiten nicht einzusetzen weiß. Vielleicht kann ich euch behilflich sein.«

»Glaubst du vielleicht, wir sind auf deine Hilfe angewie-sen? Weil du ach so erfolgreich bist und weil Männer sich angeblich besser durchsetzen können als Frauen?« Sie funkelte ihn immer noch ausgesprochen giftig an.

Allmählich drohte ihm der Kragen zu platzen. »Himmel-herrgott noch mal, Caroline, jetzt mach aber mal einen Punkt! Habe ich mit einem Wort irgendetwas in dieser Rich-tung angedeutet? Du bist ganz schön verbiestert. Wer in aller Welt hat dich denn derart angepikst, dass du mir ständig frauenverachtende Denkweisen unterstellst? Ich habe ledig-lich meine Hilfe angeboten, so wie ich das auch gegenüber jedem Mann getan hätte, der zu meinem Bekanntenkreis gehört und der in einer derart misslichen Lage wie ihr gerade steckt. Wenn du diese Hilfe nicht willst, ist das eine Sache, aber mir zu unterstellen, ich würde sie aus irgendwelchen niederen Gründen anbieten oder weil ich euch nicht für Frau genug halte, selbst mit der Situation fertigzuwerden, ist ganz schön hart. Was habe ich dir eigentlich getan, dass du, seit ich wieder in Lichterhaven bin, ständig so tust, als hätte ich nichts Besseres zu tun, als meinem ach so bekannten Ruf gerecht zu werden. Einem Ruf, den ich mir übrigens nicht ganz freiwillig zugelegt habe.«

»Ach nein?« Sie kniff die Augen ein wenig zusammen. Offenbar hatte sie nicht mit seiner heftigen Reaktion gerechnet.

»Nein, das war eine Marketingstrategie, zu der mich mein damaliger Manager gedrängt hat. Meine Konkurrenten damals waren Philipp Menning, ein schüchterner, verhuschter Kerl, und Andreas Tibor, der übertrieben weichgespülte Frauenversteher mit babyblauen Augen und dieser zuckersüßen Art, von der man schon beim Zuhören Karies bekam. Und es gab mich, den …« Er zögerte. »Den Draufgänger eben. Und, ja, die Machosprüche gehörten auch mit dazu. Richard, das ist der Manager, fand, dass diese Rolle mir am besten entsprach. Also hat er eine Persona für mich kreiert, in die ich nach und nach hineingewachsen bin. Nach außen hin zumindest. Das hat offensichtlich für meine Karriere gut funktioniert, ich will das überhaupt nicht abstreiten. Aber eine kluge Frau wie du sollte eigentlich wissen, dass ein Mensch nie nur eine Seite hat und dass das Showbusiness, zu dem der Rennzirkus nun einmal gehört, so gut wie nie den wahren Menschen hinter der Fassade zeigt. Also halt einfach mal die Luft an und schluck deine Antipathie für eine Weile hinunter. Wenigstens so lange, bis ich Gelegenheit hatte, dir zu beweisen, dass ich nicht der Riesenarsch bin, für den du mich hältst.«

***

Caroline staunte nicht schlecht über diesen Ausbruch. Henning Magnusson war sonst immer sehr beherrscht und behandelte die Welt ein bisschen von oben herab. Zumindest hatte sie diesen Eindruck gewonnen und sich nicht weiter damit befasst. »Warum willst du jetzt ausgerechnet mir beweisen, dass die Welt sich in dir getäuscht hat?«

Zwischen seinen Augen entstand eine senkrechte Falte. »Ich will nicht beweisen, dass die Welt sich in mir getäuscht hat, sondern dass *du* das getan hast. Wenn damit auch der Rest der Welt abgedeckt wäre, umso besser, das würde mir eine Menge Arbeit ersparen.«

Sie runzelte verwirrt die Stirn. »Warum? Ich meine … Warum ich? Du hast dich noch nie für mich interessiert. Ebenso wie umgekehrt.«

Sie sah, wie Henning einen Moment zögerte, dann entspannte er sich sichtlich und lächelte sogar leicht. »Weil ich meine Freunde nicht zu überzeugen brauche. Wenn mir das aber bei dir gelingt, dürfte die Wirkung deutlich aussagekräftiger sein als bei allen Menschen, die mir trotz meines ach so fragwürdigen Rufs wohlgesonnen sind.«

Sie grinste bissig. »Also gibst du zu, dass du auf eine gewisse Außenwirkung aus bist.«

Er legte den Kopf leicht schräg. »Sind wir das nicht alle? Aber erst einmal würde mir die Wirkung auf dich schon reichen.« Kurz hielt er inne. »Weshalb reagierst du so allergisch, sobald wir auch nur annähernd dieselbe Luft atmen? Bin ich dir mal irgendwann auf den nicht vorhandenen Schlips getreten, ohne es zu bemerken?«

»Nein.« So viel musste sie zumindest zugeben. Da er sie nie beachtet hatte, hatte er sie auch nicht ärgern können, zumindest nicht aktiv. »Mir gehen Männer wie du generell auf den Geist, weil …« Sie zögerte. Im Grunde ging ihn das alles nichts an. »Ich musste mir in meiner Kindheit und Jugend lange und oft genug anhören, wo als Mädchen oder Frau mein Platz ist und dass Gott den Mann als der Frau überlegen erschaffen hat. Ich kann es nicht mehr hören – und auch keine blöden Sprüche, die letztlich genauso darauf abzielen, wie toll sich die Kerle finden und wie wenig ihnen die Gleichberechtigung wert ist. Inzwischen bin ich alt genug, um selbst bestimmen zu können, mit wem ich mich umgebe. Machos mit überdimensionalem Ego gehören definitiv nicht dazu.«

Einige Atemzüge lang schwieg Henning, dann räusperte er sich vernehmlich. »Dein Platz als Frau?«

Sie stieß zornig die Luft aus. »Du weißt schon: Heim, Herd, Kinder.«

»Wir leben im einundzwanzigsten Jahrhundert.«

»Schön, dass dir das bereits aufgefallen ist.« Sie wich seinem Blick aus. »Ich musste lange kämpfen, um meine Eltern davon zu überzeugen, dass dem so ist.«

Inzwischen hatten sie die Deichtreppe erreicht, die der Lichterhavener Hauptstraße und dem Hafen am nächsten lag, und blieben stehen.

»Offensichtlich ist dir das gelungen.« Mehr schien er dazu nicht zu sagen zu haben, denn er deutete auf die noch geöffneten Imbissbuden und Foodtrucks in Hafennähe. »Ich denke, ich werde mir noch etwas zu essen mit nach Hause nehmen.«

Sie neigte den Kopf, einerseits verärgert, dass er nicht weiter auf das Thema einging, andererseits aber auch froh darüber. Für ein weitergehendes Gespräch oder gar ein neues Wortgefecht fehlte ihr heute die Kraft. Zudem knurrte auch ihr Magen und erinnerte sie eindringlich daran, dass sie seit dem Mittag nichts zu sich genommen hatte. »Das sollte ich vielleicht auch tun.«

Sie stiegen die Stufen hinab, und sofort wurde es deutlich wärmer, denn unmittelbar unterhalb der Deichkante war von der frischen Seebrise kaum noch etwas zu spüren. Einträchtig steuerten sie Kalles Fisch-Foodtruck an und orderten jeweils zwei Matjes- und Krabbenbrötchen.

Ehe Caroline sichs versah, hatte Henning bereits für sie mitbezahlt. Sogleich stieg wieder Gegenwehr in ihr auf. »Ich kann für mich selbst zahlen.«

»Das ist mir bewusst.« Friedfertig reichte Henning ihr ihre Papiertüte mit den Brötchen und schnappte sich dann die seine samt dem Wechselgeld. »Beim nächsten Mal bezahlst du, dann sind wir quitt.«

»Das setzt voraus, dass es ein nächstes Mal geben wird«, konterte sie, schon wieder angriffslustig. Sie wusste nicht recht, weshalb er sie heute so besonders reizte. Wahrscheinlich lag es daran, dass sie sich schon den ganzen Tag Sorgen um ihre berufliche Zukunft und die ihrer Freundinnen machte. Da konnte sie mit dem großen Formel-1-Star Henning Magnusson so gar nichts anfangen. Er hatte alles, was man sich nur wünschen konnte: Geld, Erfolg und nun auch noch ein neues Projekt, mit dem er spielen konnte. Wenngleich man ihm zugutehalten musste, dass er es mit der Werkstatt und seinem Meisterbrief sehr ernst zu meinen schien. Doch auch wenn er sicherlich hart für seinen bisherigen Erfolg gearbeitet hatte, wusste er doch nicht, was ihr die finanzielle und kreative Unabhängigkeit, die sie sich mit Ella und Hannah erarbeitet hatte, wirklich bedeuteten und wie sehr die Aussicht, das alles zu verlieren, in ihrer Seele schmerzte.

»Ich gehe einfach mal davon aus, dass sich ein nächstes Mal ergeben wird.« Er blinzelte und lächelte auf eine Weise, die so entwaffnend wirkte, dass sie beinahe zurückgelächelt hätte.

Verflixt, dieser Mann irritierte sie auf derart vielfältige Weise, dass sie gar nicht wusste, an welcher Stelle sie anfangen sollte, sich zu ärgern. Hauptsächlich über sich selbst, weil sie tatsächlich auf diese grässliche Masche hereinzufallen drohte. Kopfschüttelnd machte sie kehrt und ging zurück in Richtung Deich. Dabei öffnete sie die Papiertüte und steckte ihre Nase kurz hinein. Der würzige Fischduft ließ ihren Magen erneut vernehmlich knurren. »Mach dir nicht allzu große Hoffnungen. Die Wahrscheinlichkeit, dass wir uns in naher Zukunft noch einmal in der Nähe von etwas Essbarem treffen, ist denkbar gering. Also gebe ich dir das Geld am besten einfach gleich zurück.«

»Nein, lass mal, ich gehe das Risiko ein, auf den Kosten sitzen zu bleiben.« Abrupt blieb Henning stehen. »Na, so was. Sieh mal einer an!«

Verwundert hielt auch Caroline in ihrem Schritt inne. »Was ist denn?«

»Da drüben.« Henning deutete nach rechts in Richtung Hafengelände und setzte sich unvermittelt wieder in Bewegung.

»Was ist da drüben?« Verständnislos folgte Caroline ihm und versuchte herauszufinden, was seine Aufmerksamkeit so fesselte. Als sie zu ihm aufschloss und seiner Blickrichtung folgte, entdeckte sie seitlich vom Hafen das alte rote Backsteingebäude, in dem bis vor Kurzem ein Geschäft für Fischerei- und Segelbedarf untergebracht gewesen war. *Bootshaus* stand in altdeutschen Lettern auf dem verwitterten Schild über dem Eingang. Die Besitzerin war kürzlich verstorben, und ihre Erben hatten das Geschäft ins Gewerbegebiet verlegt. Hannah, deren Schwester Martina im Stadtrat saß, hatte erzählt, dass die Stadt Interesse an dem Gebäude hatte, um es für den Touristikverein umzubauen. Aber auch Carl Verhoigen hatte der Erbengemeinschaft bereits ein Angebot unterbreitet. Solche Neuigkeiten verbreiteten sich in Lichterhaven schneller als ein Lauffeuer.

Henning war direkt vor dem *Bootshaus* stehen geblieben und betrachtete es interessiert.

Caroline stellte sich neben ihn und versuchte noch einmal

herauszufinden, was ihn an dem alten Gebäude so dermaßen faszinierte. »Was ist mit dem Haus?«

»Nichts.« Er lächelte ihr zu. »Es wäre nur ideal für einen Catering-Service.«

»Spinnst du?« Verblüfft starrte sie ihn an. »Das Gebäude ist viel zu groß! Und es liegt weit außerhalb unseres Budgets. Die Lingenhoffs wollen eine Dreiviertelmillion Euro dafür haben.«

Henning ging vor dem Haus auf und ab, dann bog er um die rechte Ecke und verschwand hinter dem Haus. Caroline sah ihm unschlüssig nach, folgte ihm jedoch nicht. Hatte er den Verstand verloren?

Es dauerte nicht lange, bis er auf der linken Seite wieder auftauchte. »Viel Platz da hinten«, konstatierte er. »Ein großer Hof, Autostellplätze, eine Garage und etwas, das aussieht, als wäre es irgendwann mal ein Garten gewesen. Wenn ich mich recht entsinne, ist das aber schon fast zwanzig Jahre her. Jetzt ist es nur eine verwilderte Fläche.«

»Ich sag doch, viel zu groß und eindeutig viel zu teuer.« Sie wandte sich zum Gehen. »Ich muss jetzt wirklich nach Hause.«

Mit einem knappen Nicken schloss er zu ihr auf, und gemeinsam legten sie den restlichen Weg in mehr oder weniger einträchtigem Schweigen zurück. Erst an der Kreuzung, die in ihre Straße führte, ergriff er noch einmal das Wort. »Vielleicht kaufe ich es.«

Erstaunt sah sie ihn an. »Das *Bootshaus*?«

»Ja.« Er nickte knapp. »Es scheint mir eine gute Geldanlage zu sein.«

»Eine Geldanlage?« Skeptisch kräuselte sie die Lippen. »Was willst du denn damit machen? Ich dachte, du reparierst jetzt Autos und Oldtimer. Deine Werkstatt ist dafür doch groß genug und liegt im Gewerbegebiet bestimmt besser als hier in Hafennähe.«

»Das stimmt, aber es bedeutet ja nicht, dass ich nicht auch in andere Geschäftszweige investieren kann.«

»Was denn für welche?«

Er zuckte nur lächelnd mit den Achseln. »Was immer mir in den Sinn kommt.«

»Na, wenn du meinst.« Sie war nicht in der Verfassung, sich weiter damit zu beschäftigen. Der Tag war lang und anstrengend gewesen, und sie wollte nur noch ein heißes Bad nehmen, ihre Fischbrötchen essen und ins Bett gehen. Allerdings gab es eine Sache, die noch nicht geklärt war. »Was ist nun mit Duke?«

»Was soll mit ihm sein?«

Sie seufzte. »Christina erwartet, dass nur einer von uns morgen bei ihr auftaucht.«

»*Eine* von uns, meinst du wohl.« Er lächelte. »Bis dann, Caroline. Wir sehen uns.«

Sprachlos und schon wieder verärgert sah sie ihm nach, wie er mit ausholenden Schritten auf den Kranichweg zusteuerte steuerte. Plötzlich blieb er stehen und drehte sich noch einmal zu ihr um. »Übrigens«, rief er mit einem seltsamen Grinsen auf den Lippen. »Ich habe mehrere Patenschaften bei *Future for Girls* übernommen. Kannst ja mal googeln.« Damit drehte er sich wieder um und war kurz darauf hinter der Biegung, die der Kranichweg machte, verschwunden.

»*Future for Girls*?«, murmelte sie vor sich hin. War das nicht so eine internationale Organisation, die sich für Mädchen- und Frauenrechte einsetzte? Leicht irritiert ging sie auf das Mehrfamilienhaus zu, in dem sich ihre Wohnung befand. »Mist.« Verärgert kramte sie ihren Hausschlüssel aus der Hosentasche und schob ihn etwas zu aggressiv ins Schloss. Jetzt musste sie wohl oder übel tatsächlich eine Internetsuche starten.

3. Kapitel

Äh ... Was genau tun wir eigentlich jetzt? Ich meine, okay, es ist sonnig und nicht zu warm und auch nicht zu kalt. Rein wettermäßig gefällt es mir gut auf der Wiese, aber so ganz ist mir nicht klar, weshalb wir hier sind. Christina und ich sind nämlich ganz allein. Drüben auf der anderen Wiese sind mehrere Hunde und ihre Frauchen oder Herrchen mit Leah zugange. Was genau sie da machen, weiß ich nicht. Aber wir sind allein und machen gar nichts. Na ja, außer dass Christina den roten Fußball unter den Arm geklemmt hat. Den mag ich. Ich mag eigentlich alles, was lustig rollen kann. Also keine Autos oder so, sondern Spielzeuge. Autos sind unheimlich, besonders, wenn sie auf einen zugefahren kommen. Aber Bälle aller Art finde ich großartig. Leider scheint Christina nicht vorzuhaben, mir den Fußball zu geben. Also noch mal: Warum sind wir hier? Wuff?

Caroline durchquerte das wie immer weit offen stehende Tor zum Gelände der Hundeschule und hörte bereits von Weitem ein kurzes, aber dunkles Bellen, das eigentlich nur von Duke stammen konnte. Und tatsächlich erblickte sie ihn auf der vorderen Trainingswiese zusammen mit Christina, die anscheinend gerade auf sein Wuffen antwortete, denn sie redete lächelnd auf ihn ein. Als sie Caroline bemerkte, winkte sie ihr fröhlich zu. »Hallo, Caro, da bist du ja. Schau mal, Duke, da ist Caroline.«

Caroline? Die von gestern? Ach, tatsächlich. Hallo, wau, das ist aber nett. Duke bellte einmal kurz und wedelte mit der Rute, als Caroline auf das Gatter zuging, das zu der Wiese führte. Davor blieb sie stehen.

»Hallo, Christina, hallo, Duke. Was macht ihr denn hier draußen? Spielen?«

»Noch nicht.« Christina deutete auf das Gatter. »Komm ruhig herein. Ich habe Duke gerade erklärt, dass wir auf dich warten. Oder auf Henning. Aber anscheinend hat er es sich anders überlegt.« Sie blickte kurz auf ihre Armbanduhr. »Das macht es wohl ein bisschen einfacher. Ich habe mir gedacht, dass ihr euch heute ein bisschen besser kennenlernen könntet, um herauszufinden, ob ...« Sie hielt inne und blickte überrascht in Richtung Gatter. »Tja, so kann man sich irren.«

»Was meinst du?« Verwundert drehte Caroline sich um und erblickte Henning, der gerade das Gatter öffnete und hinter sich wieder verschloss.

»Guten Abend, die Damen ... und der Herr«, fügte er nach einem Blick auf Duke hinzu. »Ich hoffe, ich habe mich nicht zu sehr verspätet. In der Werkstatt gab es ein kleines Problem, das mich ... aber egal.« Er winkte ab.

Hallo, du. Henning heißt du, glaube ich. Du kommst uns heute auch schon wieder besuchen? Das ist aber ein Zufall. Nachdem Duke Caroline beschnüffelt hatte, wandte er sich nun Henning zu und schnupperte auch an ihm.

»Quatsch, du bist doch fast pünktlich.« Christina grinste. »Auch wenn ich eigentlich nicht damit gerechnet habe, dass ihr heute beide hier aufschlagt.«

Das hatte Caroline auch nicht. Vielmehr war sie nach Hennings gestrigem Abgang davon ausgegangen, dass er ihr das Feld überlassen wollte. Anscheinend hatte sie sich da verschätzt. Wie in so einigem anderen auch.

Am gestrigen Abend hatte sie über zwei Stunden vor ihrem Laptop verbracht und sich die Seiten von *Future for Girls* angesehen. Und nun wusste sie nicht, ob sie sauer sein sollte oder verlegen oder irgendetwas anderes. »Weshalb bist du hier?« Um ihre Verunsicherung nicht zu zeigen, verschränkte sie die Arme vor der Brust und maß Henning mit einem finsteren Blick.

Er ließ sich von ihrer abweisenden Miene nicht im Geringsten beeindrucken, sondern lächelte nur. »Aus demselben Grund wie du, nehme ich an. Ich würde Duke gerne adoptieren.«

Wunderbar. Caroline verdrehte die Augen. »Machst du das jetzt extra?«

Er legte den Kopf schräg. »Ich weiß nicht, was du meinst.«

»Tja, das ist ja ein Ding.« Christina trat zwischen Caroline und Henning. »Dann muss ich meine Pläne wohl ein wenig anpassen.« Sie warf erst Caroline, dann Henning einen eindringlichen Blick zu. »Seid ihr euch beide wirklich sicher, dass ihr Duke ein neues Zuhause geben wollt? Er kann gut und gerne zehn, zwölf Jahre alt werden. Vielleicht sogar älter, wenn seine Gesundheit mitmacht. Das bedeutet Verantwortung für eine lange Zeit – nicht zu vergessen ein beständiges, intensives Training mit mir oder jemandem aus meinem Team, damit Duke im Alltag entspannter wird.«

Entspannter? Wie geht das? Klingt ja spannend. Oder entspannend. Was üben wir denn da? Vielleicht mit dem Fußball, den du immer noch unter dem Arm versteckt hältst? Den könntest du mir langsam mal aushändigen. Der riecht nämlich nach Hund und ist garantiert ein tolles Spielzeug.

Christina gluckste, als Duke sie mit seiner feuchten Nase mehrfach anstieß und ein bisschen auf und ab hüpfte. »Hey, immer langsam, Duke! Du bist noch nicht an der Reihe. Sitz.« Ihrer Aufforderung folgte eine Geste mit aufgerichtetem Zeigefinger.

Och ... Na gut. Wie langweilig. Sogleich, wenn auch mit einem missbilligenden Schnauben, ließ Duke sich auf sein Hinterteil sinken – und landete prompt auf Hennings Fuß.

»Liebe Zeit, bist du schwer!« Henning lachte, bewegte sich jedoch nicht vom Fleck.

Huch! Was ist denn das? Duke drehte erschrocken den Kopf, sah zu Henning auf und dann auf dessen Füße hinab. *Ach so, dein Fuß. Ich dachte schon, ich hätte mich versehentlich auf einen Stein gesetzt. Aber was soll's, ist gar nicht so unbequem und anlehnen kann man sich sogar auch an deinem Bein.*

»Gut, also …« Christina sah sich kurz um. »Ich würde sagen, wir fangen ganz einfach an. Ihr geht gleich mal abwechselnd mit Duke an der Leine ein wenig auf und ab, im Kreis und so weiter und übt mit ihm die Grundkommandos durch. Da er von seinem früheren Herrchen bestens erzogen wurde, müsste das gut funktionieren.«

Was meinst du denn mit meinem früheren Herrchen? Ist er das denn jetzt nicht mehr? Weil er weg ist? Versteh einer die Menschen!

»Henning, da Duke es sich ja bereits auf deinem Fuß bequem gemacht hat, fängst du an.« Sie reichte Henning die Leine. »Geht einfach ganz locker ein-, zweimal um die Wiese herum oder auch kreuz und quer. Zwischendurch bleibst du immer mal wieder stehen und sagst Sitz oder Platz, wenn du möchtest, dass Duke sich setzt oder hinlegt. Mit dem Kommando *Auf* bringst du ihn dazu, wieder aufzustehen. *Komm* bedeutet, dass er mitkommen soll.« Sie nickte Henning zu. »Also los!«

»Alles klar.« Henning nahm die Leine locker in die Hand. »Auf, Duke!«

Äh, klar, wie du willst. Und was machen wir jetzt? Duke stand sofort auf und blickte aufmerksam zu Henning hoch.

»Komm! Wir gehen ein bisschen herum.«

Herumgehen? Wozu soll das gut sein? Aber immerhin besser, als nur herumzusitzen.

Caroline sah Mann und Hund mit einer Mischung aus

Skepsis und Verunsicherung zu, wie sie sich in Richtung hinterem Zaun entfernten.

»Nicht schlecht, was?« Christina stieß sie leicht mit dem Ellbogen an. »Der Anblick, meine ich. Henning ist vielleicht kein klassisch schöner Mann, dazu sind seine Gesichtszüge ein bisschen zu rau und kantig, aber er macht eine ziemlich gute Figur, findest du nicht auch?«

»Kann schon sein.« Caroline zuckte nur mit den Achseln.

»Und Duke passt optisch auch gut zu ihm.«

»Optisch?« Caroline sah Christina erstaunt an. »Ich wusste nicht, dass das für dich ein ausschlaggebender Punkt bei der Vermittlung eines Hundes ist.«

»Ist es auch nicht.« Christina lachte. »Es ist mir bloß aufgefallen. Ebenso wie ich bemerkt habe, dass du seit Hennings Ankunft ein bisschen verspannt bist. Du kannst ihn nicht leiden, oder?«

»Nein. Ja ... Ach ... Mist.« Verärgert über sich selbst schüttelte Caroline den Kopf. »Bisher war er mir eigentlich immer ziemlich gleichgültig.«

»Bisher?« Interessiert hob Christina den Kopf. »Sehr gut!«, rief sie unvermittelt Henning zu, als dieser in einem etwas schnelleren Schritt an ihnen vorbeikam. »Wechsle ruhig öfter mal das Tempo. Duke passt sich schon sehr gut an dich an.« Dann wandte sie sich wieder Caroline zu. »Hat sich neuerdings etwas daran geändert?«

»Nein.« Caroline seufzte innerlich. »Ich weiß auch nicht. Er geht mir meistens ziemlich auf den Geist mit seinen blöden Sprüchen und diesem Mega-Ego.«

»Mega-Ego?« Christina kicherte unterdrückt, behielt Mann und Hund aber weiterhin professionell im Auge. »Bisher hat er in meiner Gegenwart noch keinen blöden Spruch abgesondert. Ich weiß, dass er früher echt nervig sein konnte, wenn er es damit übertrieben hat. Aber seit er mit der Rennfahrerei aufgehört hat und wieder hier in

Lichterhaven ist, scheint er ruhiger geworden zu sein. Erwachsen vielleicht?«

»Findest du?« Nachdenklich beobachtete auch Caroline, wie Henning in einiger Entfernung stehen blieb und Duke offenbar anwies, sich hinzulegen, denn genau das tat Duke nur einen Moment später. »Er scheint gut mit Duke umgehen zu können«, gab sie schließlich zögernd und mit leichtem Bedauern zu.

»Na, na, höre ich da einen Hauch von Resignation heraus?« Überrascht sah Christina sie an. »Du hast es doch noch gar nicht versucht. Ohne Ablenkung kommst du garantiert genauso gut mit Duke zurecht wie Henning. Wirf mal nicht gleich die Flinte ins Korn. Das hier ist ziemlich einfach. Den Schwierigkeitsgrad steigern wir erst nach und nach.«

»Den Schwierigkeitsgrad?«

Christina nickte vage. »Duke ist vielleicht gut erzogen, aber wie ich gestern schon erklärt habe, trotzdem kein einfacher Hund. Es wird sich erst mit der Zeit herausstellen, wer von euch beiden wirklich einen Draht zu ihm bekommt.« Sie hob die Hand, um Henning auf sich aufmerksam zu machen, dann winkte sie ihn zu sich zurück. »Sehr gut für den Anfang, ihr beiden.« Als Henning und Duke bei ihnen angekommen waren, ging sie vor Duke in die Hocke und wuschelte ihm durchs Fell. »Du bist ja heute wirklich gut drauf, was? Dann zeig dich jetzt auch mal Caroline von deiner besten Seite.«

Was ist denn meine beste Seite? Ich bin doch nur mit Henning herumgelaufen und habe ab und zu Sitz und Platz gemacht oder bin ein bisschen mit ihm gerannt. Das Ganze jetzt auch noch mal mit Caroline? Wozu soll das gut sein? Ach, egal. So bekomme ich wenigstens ein bisschen Bewegung, wenn wir schon nicht spazieren gehen oder mit dem Ball spielen.

Nachdem Henning ihr die Leine in die Hand gedrückt

hatte, räusperte Caroline sich. Sie hatte durch Barnabas, den Hund ihrer Freundin Ella, inzwischen einiges an Hundeerfahrung sammeln können und beherrschte auch eine ganze Menge Handzeichen. Deshalb benutzte sie das Zeichen für *Auf*, während sie das Wort gleichzeitig aussprach, und ebenfalls das für *Komm*, woraufhin Duke sich sogleich bereitwillig in Bewegung setzte.

Anfangs fühlte sie sich ein wenig befangen, weil sie sich sowohl von Christina als auch von Henning beobachtet fühlte. Sie bemühte sich aber, sich zu entspannen und sich ganz auf den riesigen Rottweiler an ihrer Seite zu konzentrieren, der willig neben ihr hertrottete. »Na, Duke, was meinst du? Werden wir beide Freunde?«

Als er seinen Namen hörte, hob Duke neugierig den Kopf. *Na klar, warum nicht? Du riechst gut. Heute irgendwie nach Schokolade und Brot. Das mag ich. Und auch deine ruhige, sanfte Stimme. Meinetwegen können wir Freunde sein.*

»Huch!« Überrascht blickte sie auf Duke hinab, der sie wie zustimmend mit der Nase angestoßen hatte. »War das ein Ja?«

Na, sicher doch!

»Okay, also … Sitz!« Sie ließ zeitgleich wieder die passende Geste folgen, und sofort ließ Duke sich auf seinem Hinterteil nieder.

Bitte sehr. Schon komisch, dass wir so einfache Sachen üben. Die kann ich doch längst alle.

»Platz.« Diesmal bewegte Caroline nur tonlos die Lippen und machte erneut gleichzeitig die zugehörige Geste.

Duke gehorchte augenblicklich.

»Wow, toll, du bist ja wirklich super erzogen!« Lächelnd machte sie das Handzeichen für *Auf*, und Duke kam wieder auf die Füße. »Bist du ein toller, braver Hund!« Sachte streichelte sie Duke über den Kopf.

Sogleich wurde der Hals des Hundes immer länger, und er

schnaufte wohlig. *Mhm, ja, für Streicheleinheiten bin ich immer zu haben. Das mag ich total!*

In Caroline breitete sich ein angenehmes Gefühl wachsender Selbstsicherheit aus. Mit neuem Mut richtete sie sich auf. »Na los, komm!« Sie setzte sich wieder in Bewegung, und prompt folgte Duke ihr. Als sie ihre Schritte beschleunigte, passte er sich ihr mühelos an, ebenso, als sie wieder langsamer wurde. Nach zwei Runden um den Trainingsplatz steuerten sie wieder auf Christina zu. »Das hat Spaß gemacht.«

»Das hat man gesehen.« Zufrieden nahm Christina die Leine wieder an sich. »Zu guter Letzt wollen wir noch ein bisschen mit Duke spielen. Ich will sehen, wie er sich insgesamt verhält, wenn er ohne Leine mit euch interagiert.« Schon während sie sprach, löste Christina die Leine von dem Geschirr, das Duke heute trug. Dann warf sie den Fußball, den sie die ganze Zeit schon bei sich hatte, ein wenig in die Luft und fing ihn wieder auf. »Schau mal, Duke. Magst du den?«

Duke sah den Ball bereits hoch aufmerksam an. *Na klar! Endlich machst du mal was mit dem Ding. Her damit!*

»Los, hol den Ball!« Christina ließ den Ball fallen und kickte ihn geschickt und in hohem Bogen quer über die Wiese.

Wau, ja, endlich!

Mit der Gewalt einer Dampflok stürmte Duke los, hinter dem Fußball her.

»Duke liebt alle Arten von Bällen«, erklärte sie an Caroline und Henning gewandt. »Allerdings überleben die meisten Bälle diese Liebe nicht allzu lange. Duke, hierher!« Sie deutete vor sich auf den Boden.

Duke, der den Fußball inzwischen erreicht hatte, schnappte ihn sich und kam mit fliegenden Ohren zurückgeprescht.

»Stopp, Duke!« Gerade noch rechtzeitig hob Christina in einer abwehrenden Geste beide Hände.

Duke versuchte tatsächlich, mitten im Lauf stehen zu bleiben, schlitterte ein wenig und kam dicht vor ihren Füßen zum Stehen.

»Super, Duke!« Lachend tätschelte sie ihn am Hals, dann hielt sie ihm die offene Hand vor die Schnauze. »Gib aus.«

Bitte sehr. Duke drückte ihr den Ball regelrecht in die Hand, setzte sich und sah laut hechelnd zu ihr auf. Für Caroline sah es eindeutig so aus, als lächle er fröhlich.

»Bleib.« Christina schoss den Ball erneut quer über den Platz.

Menno, muss ich echt hier sitzen bleiben? Mit angelegten Ohren und sichtlich angespannt blickte Duke dem davonkullernden Ball nach. *Ich will hinterher! Das ist gemein.*

»Daran, dass er in solchen Situationen noch entspannter bleibt, können wir auch arbeiten.« Christina machte eine knappe Handbewegung. »Hol den Ball!«

Yay, endlich! Duke sauste so schnell los, dass Erde, Gras und Sand unter seinen Pfoten aufspritzten. Nachdem er sich den Ball erneut geschnappt hatte, kam er deutlich langsamer zurückgetrabt und legte ihn Christina vor die Füße.

»Fein, Duke, ganz toll gemacht.« Sie streichelte ihn wieder, angelte dabei aber mit dem Fuß nach dem Ball. »Und jetzt: Fußball spielen!«

O, wau, Fußball spielen ist suuuuper!

»Ihr könnt mitmachen«, rief Christina Caroline und Henning zu. »Wir drei gegen Duke.« Sie schoss den Ball in Hennings Richtung. Duke rannte bellend hinterher.

Henning fing den Ball gerade so ab und schoss ihn lachend zu Christina zurück. Fröhlich bellend setzte Duke ihm nach.

Wieder schoss Christina den Ball zu Henning, der diesmal eleganter reagierte und den Ball ein wenig herumdribbelte und dabei immer wieder vor Duke in Sicherheit brachte.

Dann schoss er den Ball zu Caroline. Sie schluckte erschrocken, als Duke wieder wie eine Dampflok auf sie zupreschte, fing den Ball aber ab und dribbelte ihn ebenfalls ein bisschen herum. Als sie ihn zu Christina zurückschoss, war Duke jedoch schneller, stürzte sich darauf und raste dann, den Ball in der Schnauze, mit triumphierend hochgerecktem Kopf davon. Am Zaun blieb er stehen, schüttelte sich und kam wieder zurück.

»Wartet mal ab, was er macht.« Aufmerksam sah Christina dem Hund zu.

Was ich mache? Na, ich will weiterspielen! Hier, bitte noch mal schießen. Er trabte zu Henning und legte ihm den Ball vor die Füße.

»Oh, danke sehr!« Lachend dribbelte Henning den Ball ein wenig zur Seite und schoss ihn dann erneut zu Caroline, die ihn geschickt abfing. Sie hatte nicht umsonst als Mädchen mehrere Jahre lang in der gemischten Lichterhavener Fußballmannschaft trainiert. Kichernd, weil Duke sie eifrig umkreiste und sehr geschickt versuchte, ihr den Ball abzujagen, dribbelte sie wiederum quer über die Wiese und schoss dann zu Henning zurück.

Henning versuchte, den Ball abzufangen, verfehlte ihn aber und musste einen Satz zur Seite machen, weil Duke ihn beinahe umgerannt hätte, als er dem rollenden Spielzeug nachjagte.

Ha, ich hab ihn, ich hab ihn! Stolz reckte Duke den Kopf und schüttelte ihn samt Ball ein paarmal heftig. *Uups, da kommt Luft raus. Hab ich ein Loch reingebissen?* Fröhlich trabte er zu Caroline und legte diesmal ihr den Ball vor die Füße.

Caroline tippte mit der Fußspitze gegen den Ball, der sich allerdings schon leicht verformt hatte. »Oje, der ist hin.«

Christina lachte und schnappte sich den Ball. »Wie ich schon sagte, Duke liebt Bälle, aber er killt sie auch ständig vor lauter Liebe.« Sie gab Duke einen liebevollen Nasenstüber mit dem Ball. »Du bist ein kleines Untier. Nein, die Spielstunde ist jetzt aus. Der Ball rollt nicht mehr.«

Schade. Duke setzte sich und legte den Kopf schief. *Und was jetzt? Ich hätte Durst. Und ein bisschen erschöpft bin ich auch.*

»Okay, also …« Christina schaute auf ihre Armbanduhr. »Ich denke, das reicht für heute. Duke hat bestimmt Durst bekommen. Na, Duke, was meinst du, wäre jetzt ein Napf Wasser das Richtige?«

Ja, wau, unbedingt! Erfreut wedelte Duke mit der Rute.

Christina befestigte die Leine wieder an seinem Geschirr. »Dann komm mal mit nach drin, da kriegst du was.« Sie wandte sich kurz um. »Wartet bitte einen Moment, ich bin gleich wieder zurück.«

Caroline folgte ihr bis ans Gatter und durchquerte es. Als sie sich umdrehte, erschrak sie, weil Henning sich direkt hinter ihr befand.

Er zwinkerte ihr zu und schloss das Gatter sorgfältig. »Du bist immer noch ziemlich geschickt mit dem Fußball.«

Erstaunt hob sie den Kopf und blickte geradewegs in seine strahlend blauen Augen. Leicht irritiert bemerkte sie, dass es ihr schwerfiel, seinem Blick auszuweichen. »Immer noch?«

»Na, du warst doch mit den *Lichterhavener Teufeln* drei Jahre lang in der gemischten Kreisliga.«

»Das weißt du?«

Er lächelte leicht. »Weiß das nicht jeder? Ich habe sogar ein paar Spiele angeschaut, wenn ich mal Zeit hatte. Ihr wart gut. Warum hast du aufgehört?«

»Du hast unsere Spiele angeschaut?« Verblüfft starrte sie ihn an.

Seine Miene wurde für einen kurzen Moment seltsam ernst, bevor sich auf seinen Lippen erneut ein Lächeln abzeichnete. »Na sicher doch. Ich war dein größter Fan.«

»Red keinen Quatsch!« Skeptisch erwiderte sie seinen Blick. »Du wusstest nicht mal, wer ich bin.«

Sein Lächeln wurde eine Spur ernster. »Und wie ich das wusste. Deshalb habe ich mich ja so gewundert, dass du das Team zu Beginn des letzten Schuljahres verlassen hast.«

Verunsichert musterte sie Henning. Es ärgerte sie, dass sie bei ihm nie wusste, ob er wirklich ernst meinte, was er sagte, ob er Süßholz raspelte oder sich einfach nur lustig machte. »Die Trainerin meinte, ich hätte einiges an Potenzial, und wollte mich für die Frauenkreisliga verpflichten. Sie fand, ich könnte vielleicht sogar noch weiter aufsteigen und in der Regional- oder sogar Landesliga spielen.«

»Ich sag ja, du warst talentiert. Warum hast du das ausgeschlagen?«

Caroline nickte vage. »Ich hatte Spaß am Fußball, wollte aber nie Karriere machen oder so etwas. So kurz vor dem Abitur habe ich mir dann überlegt, wie meine Zukunft aussehen soll. Im Grunde wusste ich das schon, weil feststand, dass ich mit Hannah und Ella zusammen etwas auf die Beine stellen will. Ich habe schon immer leidenschaftlich gerne gebacken, also lag es nahe, etwas in dieser Richtung zu machen. Vor allem, weil wir dann auf die Idee mit den *Food-sisters* kamen. Das hätte sich nicht mit dem Fußballtraining vertragen, also habe ich das aufgegeben.«

Verständnisvoll nickte Henning. »Man muss früher oder später solche Entscheidungen treffen. Hast du es je bereut?«

»Nein.« Mit Nachdruck schüttelte Caroline den Kopf. Dann hielt sie inne. »Und du? Ich meine, du hast dich ja schon viel früher entschieden, wie deine Karriere verlaufen soll. Hast du das je bedauert?«

Überrascht sah Henning sie an. Offenbar hatte er mit dieser Frage nicht gerechnet. Vielleicht auch einfach nicht damit, dass ausgerechnet Caroline sie ihm stellte. Er dachte eine Weile nach, bevor er antwortete. »Nein, den Schritt, eine

Profikarriere im Rennsport anzustreben, habe ich nie bereut. Aber ich habe es bedauert, deshalb einiges ... hinter mir lassen zu müssen.«

Sein ernster, eindringlicher Blick berührte Caroline auf seltsame Weise. »Deine Freunde?«

»Die auch.« Immer noch ruhte sein Blick eindringlich auf ihr, wandelte sich jedoch plötzlich in ein freches Grinsen. »Aber aufgeschoben ist nicht aufgehoben, wie man so schön sagt. Zumindest kann ich ja versuchen, das nachzuholen, was ich damals aufgeben musste. Oder vielmehr, was ich damals nicht einmal zu träumen gewagt hätte. Meinst du nicht auch?«

»Mhm ... Ja, sicher.« Sie wusste nicht recht, was sie von seinen Worten halten sollte. Fast hätte sie den Eindruck gewinnen können, dass er sie meinte, doch das war natürlich vollkommener Unsinn. »Wenn dir viel daran liegt ... also woran auch immer.«

»Tut es ... unbestreitbar.« Er räusperte sich. »Da kommt unsere Starhundetrainerin zurück.« Seine Miene verwandelte sich wieder in ein Abbild fröhlichen Gleichmuts. »Na, Chris, wie haben wir uns geschlagen?«

»Besser als erhofft.« Christina lächelte, doch gleichzeitig wirkte sie auch ein wenig ratlos. »Ich frage mich nur, wie wir jetzt am besten vorgehen. So wie ich das sehe, habt ihr beide großes Interesse an Duke, aber nur einer oder eine von euch kann ihn ja am Ende übernehmen. Wir müssen also mit Fingerspitzengefühl vorgehen, damit Duke bei der ganzen Sache nicht zu sehr verwirrt wird. Immerhin hat er gerade erst sein Herrchen verloren und ist deshalb sowieso nicht ganz er selbst.« Sie stockte, musterte erst Henning, dann Caroline. »Oder möchte einer von euch einen Rückzieher machen?«

»Nein.« – »Ich nicht«

Caroline und Henning hatten gleichzeitig gesprochen und sahen einander kurz an.

Christina nickte. »Also gut, dann muss ich mir einen Plan

ausdenken, wie wir vorgehen werden. Wahrscheinlich läuft es darauf hinaus, dass ihr abwechselnd herkommt, um euch einzeln mit Duke zu beschäftigen, bis wir herausgefunden haben, wer von euch den besseren Draht zu ihm hat. Ab und zu will ich euch aber auch gemeinsam mit ihm beobachten. Meistens erkennt man dann, zu wem er sich mehr hingezogen fühlt. In der Regel suchen die Hunde sich ihre Menschen selbst aus, auch wenn man es manchmal gar nicht so genau wahrnimmt und glaubt, man habe selbst die Entscheidung getroffen.« Erneut blickte sie vom einen zur anderen. »Wärt ihr damit einverstanden?«

»Sicher.« Henning nickte sofort.

Caroline neigte schließlich auch den Kopf. Was blieb ihr auch anderes übrig? »Okay.«

»Das soll aber bitte nicht in einen Konkurrenzkampf ausarten«, fügte Christina mahnend hinzu. »Versucht bitte nicht, Duke mit Leckerchen oder so etwas auf eure Seite zu ziehen. Es geht nicht darum, wer ihn am meisten verwöhnen kann, sondern darum, bei wem von euch beiden er letztlich sein neues, dauerhaftes Zuhause finden wird.«

Caroline schob die Hände halb in die Taschen ihrer Jeans. »Und wie geht es jetzt weiter?«

»Eine gute Frage.« Kurz blickte Christina nachdenklich in eine unbestimmte Ferne. »Habt ihr morgen Abend Zeit herzukommen? Dann beschäftigen wir uns noch einmal gemeinsam mit Duke, und anschließend machen wir für euch beide jeweils einen Zeitplan für eure Einzeltermine aus.«

»Gute Idee.« Henning zog sein Smartphone aus der Hosentasche und rief seinen Terminplaner auf. »Morgen kann ich erst eine halbe Stunde später.« Fragend sah er Caroline an. »Und du?«

Bedauernd biss sie sich auf die Unterlippe. »Ich kann morgen Abend gar nicht. Wir haben ein Catering im Gemeindehaus.«

»Das ist eine Sache, die du dir unbedingt überlegen musst«, mischte Christina sich ein. »Bist du dir sicher, dass du ausreichend Zeit für Duke hast und dass du notfalls eine Betreuung für ihn finden kannst? Das gilt auch für dich, Henning.«

»Schon klar.« Er nickte knapp. »Von meiner Seite aus ist das kein Problem.«

Caroline schielte zu ihm. Es würde ganz sicher ein Konkurrenzkampf werden. »Das habe ich alles bedacht, und es gibt mehrere Möglichkeiten, wie ich Duke unterbringen oder betreuen lassen kann, wenn ich mal länger als ein paar Stunden zu tun habe oder wegmuss. Aber morgen Abend geht es eben nicht. Noch habe ich ja nichts in dieser Hinsicht organisiert.«

»Dann übermorgen?« Fragend wandte Christina sich an Henning, der bereits erneut seinen Terminkalender checkte. »Da könnte ich eher am Nachmittag, so gegen drei. Abends habe ich meinen Meisterlehrgang.«

Caroline zog nun auch ihr Smartphone hervor und rief ihren Terminplaner auf. »Das müsste gehen. Ich muss zwar ein paar Sachen für den nächsten Tag vorbereiten, aber manches davon kann ich auch abends erledigen.«

»Dann halten wir das fest«, bestimmte Christina. »Übermorgen drei Uhr hier. Zieht euch passend an, die Wetterfrösche haben für die nächsten Tage Regen gemeldet.«

»Aye, aye, Ma'am.« Lachend salutierte Henning. »Wie ist es, Caroline, gehen wir den Weg zurück wieder zusammen?«

»Warum nicht.« Auch wenn Caroline nicht genau wusste, wie sie sich ihm gegenüber verhalten sollte, schloss sie sich ihm an, nachdem sie sich von Christina verabschiedet hatten. Alles andere wäre wohl auch kindisch gewesen. Sie wohnten nun mal im selben Viertel. »Ich habe es aber ein bisschen eilig, weil ich noch etwas vorhabe.«

»Heißes Date?«

Sie bedachte ihn mit einem bezeichnenden Blick. »Und wenn es so wäre? Geht dich das vielleicht etwas an?«

»Nein.« Er lächelte stoisch weiter. »Aber neugierig bin ich trotzdem. Ich wusste nicht, dass du einen Freund hast.«

»Habe ich auch nicht.« Mist. Sie hätte sich gerne auf die Zunge gebissen. Natürlich war sie ihm prompt auf den Leim gegangen.

»Also datest du jemanden?«

Sie verdrehte die Augen. »Ich date niemanden. Zufrieden? Heute ist im *Arche Noah* Live-Musik mit einer Scorpions-Coverband. Ella, Hannah und ich wollen dorthin. Jörn kommt auch mit, und wahrscheinlich auch Martina und Thorsten, wenn ihr Babysitter Zeit hat.«

»Stimmt, Jörn hat mir neulich davon erzählt.« Henning legte einen flotten Schritt vor. »Dann beeilen wir uns, damit du nicht zu spät kommst.« Er schwieg eine Weile, und Caroline entspannte sich wieder – allerdings nur, bis er erneut das Wort ergriff. »Und, ja, wenn du mich so fragst: sehr zufrieden.«

Sie zuckte regelrecht zusammen und drehte den Kopf viel zu ruckartig in seine Richtung. »Womit?«

»Damit, dass du derzeit niemanden datest.« Sein freches Grinsen verursachte ihr ein merkwürdig flaues Gefühl in der Magengrube. »Dann habe ich eine deutlich größere Chance, von dir erhört zu werden.«

»Erhört? Du?« Misstrauisch zog sie die Augenbrauen zusammen.

Er lachte rau. »Ich sehe schon, da muss ich mich ziemlich ins Zeug legen.«

»Vergiss es. Ich gehe nicht mit dir aus.« Sie hatte schneller gesprochen als gedacht, doch letztlich war das auch egal, denn ihr Verstand war mit ihrer Zunge vollkommen einer Meinung, nachdem sich beide endlich auf gleicher Höhe befanden.

»Ich habe dich ja auch nicht darum gebeten, oder?« Er zwinkerte ihr zu. »Noch nicht. Vielleicht schaffe ich es irgendwann, dich umzustimmen.«

»Warum willst du mit mir ausgehen?« Verdammt, das war die falsche Frage! Sie schluckte gegen dieses nervige flaue Gefühl an, das sich nun noch heftiger in ihr breitmachen wollte. Sie hätte ihn fragen sollen, ob er den Verstand verloren hatte.

Einer dieser intensiven Blicke aus seinen blauen Augen traf sie. »Weshalb will ein Mann wohl mit einer intelligenten, schönen Frau ausgehen? Oh, warte, vielleicht genau deswegen.« In seinen Augen funkelte es. »Außerdem muss ich einige Dinge nachholen, schon vergessen?«

Was er da andeutete, war so ungeheuerlich, dass sie sofort die Stacheln aufstellte. »Bist du jetzt verrückt geworden, oder was?«

»Verrückt ist die Sache schon ein bisschen«, gab er zu, nun wieder mit ernster Miene. »Vielleicht aber weniger, wenn du die ganze Geschichte kennen würdest.«

Ihr wurde noch flauer zumute. »Was für eine Geschichte?«

»Ich erzähle sie dir – irgendwann mal. Wenn du weniger entgeistert aussiehst und der Gedanke, dass ich mit dir ausgehen möchte, dich nicht mehr derart schockiert.«

»Ich bin nicht schockiert.« Doch, das war sie. Hatte sie irgendwann, irgendwo etwas verpasst? Nein, ganz sicher nicht. Viel eher spielte Henning irgendein Spielchen mit ihr. »Ich glaube eher, dass du den Verstand verloren hast.«

»Vielleicht. Ein kleines bisschen.« Nun blitzte es doch wieder in seinen Augen auf, ein bisschen schalkhaft, ein bisschen … nein, das war kein echtes Interesse. Er wollte sie bestimmt nur verwirren, so wie er es gerne mit Frauen tat, die ihm dafür dann dankbar zu Füßen herumkrochen.

»Dann such einen Psychiater auf«, zischte sie in der Hoffnung, die Verwirrung, die er ausgelöst hatte, irgendwie in den Griff zu bekommen, indem sie auf Konfrontationskurs ging. »Du scheinst dringend eine Therapie zu benötigen.«

Leider erntete sie nur ein amüsiertes Lächeln von Henning. »Eigentlich hatte ich an eine andere Form der Heilbehandlung gedacht, aber ich fürchte, es ist ein bisschen zu früh, an so etwas auch nur zu denken.« Verblüffend flink hatte er sie mit zwei Schritten überholt und sich ihr in den Weg gestellt. »Zumindest nehme ich das an.« Er trat einen Schritt auf sie zu, bis er dicht vor ihr stand.

Da sie gerade an der Deichtreppe angekommen waren, hatte er diese nun als natürliche Barriere hinter sich, und es fiel ihr schwer, ihm auszuweichen, ohne so auszusehen, als ob sie vor ihm davonlaufen würde. Also blieb sie stehen, wo sie war, musste jedoch gegen einen sehr seltsamen Aufruhr in ihrem Inneren ankämpfen, wohl weil er ihr viel zu nah war und ihr damit die Luft zum Atmen nahm. »Was für eine andere Form?« Sie war froh, dass zumindest ihre Stimme ihr gehorchte und zufriedenstellend verärgert klang.

Er antwortete nicht darauf, sondern hob stattdessen die Hand und strich ihr eine Strähne ihres welligen, stets ein wenig ungebärdigen braunen Haars hinters Ohr. Ehe sie auch nur reagieren konnte, war er zurückgewichen, hatte sich umgedreht und stieg vor ihr die Stufen hinauf. Auf halbem Weg drehte er sich zu ihr um. »Ich dachte, du hättest es eilig.«

Caroline schluckte. Schluckte noch einmal. War sie jetzt auch schon verrückt geworden? Weshalb hatte sich ihr Puls beschleunigt? Aus Ärger, gab sie sich sogleich die Antwort. Ärger über die Dreistigkeit, mit der dieser Mann sich an alles heranmachte, was weiblich war. Aber sie würde sich von diesem Unsinn nicht einlullen lassen. Das hatte sie früher nicht zugelassen, und es gab keinen Grund, daran heute etwas zu ändern. Also schloss sie hastig zu ihm auf, und als sie die Deichkuppe erreicht hatten, warf sie ihm einen, wie sie hoffte, vernichtenden Seitenblick zu. »Gib dir keine Mühe.

Für diese Art der Therapie stehe ich nicht zur Verfügung. Such dir zum Spielen eine Frau, die auf diesen Quatsch hereinfällt.«

»Wer hat etwas vom Spielen gesagt?« Sachte stieß er sie mit dem Ellbogen an. »Hey. Tut mir leid, wenn ich mit der Tür ins Haus gefallen bin. Das ist sonst nicht meine Art.«

»Ach. Ich dachte, das sei genau deine Masche.« Sie wich sicherheitshalber ein wenig zur Seite. »Ist das nicht dein Erfolgsrezept? Die Frauen mit dämlichem Gesäusel durcheinanderzubringen, sodass sie gar nicht bemerken, dass sie sich auf geradem Weg in die Einbahnstraße zu deinem Bett befinden? Und von dort aus gleich wieder hinaus ins Nirgendwo?«

Auf seiner Stirn entstanden mehrere Falten. »Ich habe nicht gesäuselt.« Obwohl er offenbar ein bisschen verärgert war, zuckte es um seine Mundwinkel. »Säuseln klingt außerdem ziemlich albern. Wie in aller Welt soll man es denn mit Säuseln schaffen, eine Frau ins Bett zu bekommen? Oder überhaupt irgendwohin?« Erneut überholte er sie flink und hielt sie mitten auf dem Deichweg auf. Mit schräg geneigtem Kopf und zu einer übertriebenen Grimasse verzogener Miene sah er sie an und verstellte seine Stimme zu einem albernen, viel zu hohen Tonfall. »Meine Herzallerliebste! Wärest du vielleicht so freundlich, mir zu erlauben, dich in mein kuscheliges weiches Bettchen zu begleiten, um dir die Kleider vom Leib zu reißen und dich zu vernaschen? Oh, bitte, meine Herzensgute, das wäre mein größter Wunsch!«

Caroline blieb wie angewurzelt stehen, starrte ihn ungläubig an. Als er auch noch mit den Wimpern zu klimpern begann, rang sie fassungslos nach Atem. Dann prustete sie los. »Du bist so ein Idiot, Henning!«

»Siehste. Säuseln funktioniert nicht.« Nun sprach er wieder in seinem normalen Tonfall und nickte beifällig. Dann grinste er breit, und in seinen Augen funkelte es fröhlich. »Deine Frechheit könnte mich allerdings herausfordern.«

»Meine Frechheit?« Mit dem Handrücken wischte sie sich eine Lachträne aus dem Augenwinkel. »Dir geht es wohl zu gut.«

»Mir geht es immer gut, wenn ich eine Frau von deinem Kaliber zum Lachen bringen kann.«

»Ach? Was ist denn mein Kaliber?« Entschlossen umrundete sie ihn und ging mit ausholenden Schritten weiter.

Selbstverständlich hatte er sie sogleich eingeholt. »Das weißt du selbst am allerbesten, Caroline. Ich werde jetzt nicht noch einmal mit lobenden Adjektiven um mich werfen. Zumindest nicht, bevor du nicht bereit bist, sie als Komplimente aufzufassen. Ich schlage also vor, dass wir das Thema wechseln.«

Das war ganz sicher besser, deshalb nickte sie zustimmend. Spontan wollte sie etwas über Duke sagen, doch Henning kam ihr zuvor. »Du hast gestern noch gegoogelt, oder?«

Nachdem sie bereits Luft geholt hatte, hielt sie irritiert inne und sortierte ihre Gedanken neu. »Wie kommst du darauf?«

»Weil du mir heute noch nicht ein einziges Mal vorgeworfen hast, ein Macho oder ein chauvinistischer Arsch zu sein.«

»Nur weil ich nicht dauernd darauf herumreite, bedeutet das nicht, dass beides nicht den Tatsachen entspricht.« Sie wich seinem Blick aus und richtete ihr Augenmerk auf die Liegewiesen unterhalb des Deiches und auf die Nordsee. Die Szenerie glich der vom Vortag frappierend, sah man einmal davon ab, dass der Himmel heute bedeckt war und niemand sich in das kalte Wasser zu trauen schien.

»Habe ich wenigstens ein, zwei Pluspunkte gesammelt?« Seine Stimme klang nun wieder ernst und ein wenig rauer als zuvor, was sie seltsam alarmierte und sie zuverlässig davon abhielt, ihn wieder anzusehen.

Stattdessen folgte sie mit ihrem Blick einem Containerschiff, das am Horizont entlangzog. »Du hast nicht bloß ein paar Patenschaften übernommen. Auf der Webseite steht unter dem Reiter *Wer wir sind* ganz weit unten, dass du der Gründer der Stiftung *Future for Girls* bist.« Das war so neu und überraschend für sie gewesen, dass sie diese Information immer noch nicht ganz verdaut hatte.

»Du hast sehr genau recherchiert.« Durch die raue Stimme klang der Hauch eines Lächelns.

Caroline richtete ihren Blick wieder geradeaus. »Warum weiß niemand davon?«

»Niemand würde ich nicht sagen.« Henning hatte die Hände in seine Hosentaschen geschoben. »Es ist kein Geheimnis.« Er stockte. »Oder vielmehr ist es inzwischen keines mehr. Die Stiftung lief anfangs auf den Namen Jonathan McBright, was ein Pseudonym ist, keine echte Person.« Sie hörte ihn unterdrückt seufzen. »Mein Ruf, du weißt schon.«

Nun sah sie ihn doch an. »Du wolltest deinem Ruf nicht schaden?«

»Ich durfte es nicht. Das war vertraglich festgelegt.« Er hob die Schultern. »Sieh mich nicht so entgeistert an. Viele Gelder von Sponsoren und Werbeträgern flossen hauptsächlich so üppig, weil ich meine Rolle in dem ganzen Zirkus so brillant gespielt habe. Wenn selbst eine kluge Frau wie du darauf hereingefallen ist, habe ich mich zumindest nicht schlecht geschlagen, oder?«

»Brillant.« Sie verzog spöttisch den Mund. »Wenn das gespielt gewesen ist, dann gebührt dir der Oscar.«

»Wenn ich plötzlich angefangen hätte, mich für soziale Themen starkzumachen, wäre das meinem Image nicht gut bekommen.«

»Was für ein Irrsinn!«

»Einer der Gründe, weshalb ich meinen damaligen Manager gefeuert und mich aus dem Rennsport zurückgezogen habe«, gab er überraschend zu. »Marcos Costales, du weißt schon, der Chef von *Costales Motors*, war übrigens erfreut darüber. Nicht, dass ich sein Team verlassen wollte, sondern dass ich endlich die Kurve gekriegt habe. So hat er es genannt. Er hat zwar eine Menge Geld mit mir verdient, vom Ruhm für sein Geschäft und das Formel-1-Team ganz zu schweigen, aber als Mensch stand er nie wirklich hinter dem Image, das ich mit eingebracht habe.«

»Das verstehe ich nicht.« Als eine etwas heftigere Windbö sie anfuhr, schauderte Caroline. »Eure Werbepartner hätten das Geld entzogen, wenn du dich öffentlich für deine Stiftung eingesetzt hättest? Wie engstirnig ist das denn bitte?«

»Da geht es rein ums Geschäft. Ich hätte vermutlich auch mein Image ändern können, aber das wäre aufwendig gewesen und hätte in finanzieller Hinsicht möglicherweise mehr geschadet als genutzt. Immerhin habe ich auf dem Weg, den ich eingeschlagen hatte, genügend Geld verdient, um die Stiftung überhaupt möglich zu machen.«

»Also bist du lieber jahrelang als Arschloch vom Dienst herumgelaufen? Das kommt mir alles sehr verlogen vor.«

Er nickte ihr zu. »Das ist es auch. Versteh mich nicht falsch. Nicht alle Formel-1-Fahrer haben solche Verträge oder bauen sich so konsequent ein bestimmtes Image auf. Das hat sich bei mir zu einer Zeit ergeben, als ich noch sehr jung war … und beeinflussbar. Vielleicht zu jung, wer weiß. Bis heute würde mir meine Mutter die Verträge wahrscheinlich gerne täglich um die Ohren hauen. Mir und meinem Vater, der maßgeblich daran beteiligt war. Diesbezüglich waren sie sich nie einig. Sie hat letztlich nur zugestimmt, weil ich ihr hoch und heilig versprochen habe, zu Hause meine Rennfahrer-Persona vollständig außen vor zu lassen. Ein dummer Spruch, und sie hätte mir vermutlich die Ohren bis zum Boden lang gezogen.« Er lachte verhalten. »Das wurde mit den Jahren immer schwieriger, weil man doch nach so langer Zeit einiges verinnerlicht.« Sein amüsierter Blick fiel auf sie. »Das ist wie eine zweite Haut, aus der man nicht mehr herauskommt, selbst wenn man es möchte. Mama war ziemlich sauer, als ich nach Papas Tod genauso weitergemacht habe wie vorher. Aber zu dem Zeitpunkt begann meine Karriere gerade so richtig Fahrt aufzunehmen. Ich wollte da nicht gegensteuern und alles zunichtemachen, wofür auch mein Vater so hart und unermüdlich gearbeitet hat. Er hat mich in allem unterstützt; ihm habe ich viel zu verdanken. Er war ein guter Mensch und ein guter Vater. Ob er auch ein guter Ehemann war, kann ich nicht mit Sicherheit sagen. Mama redet nicht sehr oft über ihn, aber zumindest scheint sie mir inzwischen verziehen zu haben, dass ich den einmal eingeschlagenen Weg bis zum Ende gegangen bin.«

»Dann hast du jetzt also mit dem Rennsport gar nichts mehr zu tun?« Als sich ihre Blicke kurz trafen, fühlte Caroline ein leichtes Flattern in der Magengrube.

Henning hob die Hände leicht an, ließ sie aber wieder sinken. »Meine Zeit im Rampenlicht ist vorüber. Zwar laufen immer noch einige Werbeverträge, aber wenn ich jetzt tue oder lasse, wonach mir beliebt, schade ich weder dem Team noch irgendjemandem sonst, der mit an meiner Karriere verdient hat, sondern allenfalls mir selbst, wenn mir von irgendeiner Seite der Geldhahn zugedreht wird.«

Argwöhnisch musterte Caroline ihn von der Seite. »Glaubst du, dass du mir das alles erzählst, wird dazu führen, dass ich dich plötzlich für einen Heiligen halte? Das wird nämlich nicht passieren. Du magst vielleicht ein paar Seiten haben, die ich noch nicht kannte, oder Dinge getan haben, die lobenswert sind, aber deshalb bist du trotzdem immer noch ein arroganter Schnösel mit überlebensgroßem Ego.«

Er hob in einer theatralischen Geste beide Hände. »Okay, okay, ich habe verstanden. Wenn du allerdings noch weiter auf meinem Ego herumtrampelst, ist es am Ende ganz matschig.«

Wider Willen prustete sie erneut. »Matschig?«

»Und platt wie eine Flunder.« Breit grinsend stieß er sie wieder leicht mit dem Ellbogen an. »Das würde dir gefallen, was?«

Diesmal grinste sie ebenso breit zurück. »Die Vorstellung hat was, das muss ich zugeben.«

Da sie inzwischen auf Höhe der Lichterhavener Hauptstraße angelangt waren, blieb Henning stehen. »Wenn du noch etwas vorhast, kann ich dich wohl nicht noch einmal zum Essen einladen – oder dich dazu bringen, meine gestrige Einladung zu erwidern, damit wir quitt sind?«

Aus einem unerfindlichen Grund bedauerte sie das beinahe ein wenig – aber wirklich nur beinahe. »Ich muss weiter.«

»Okay, dann sehen wir uns spätestens übermorgen in der Hundeschule.« Er zupfte unerwartet noch einmal an einer ihrer Haarsträhnen und strich sie ihr hinters Ohr, dann wandte er sich ab. »Bis dann!« Ehe sie reagieren konnte, hatte er sich bereits über die Deichtreppe so weit von ihr entfernt, dass sie ihm nur noch einigermaßen sprachlos nachblicken konnte. Ehe er sich womöglich umsah und bemerkte, dass sie ihm hinterherstarrte, wandte sie sich ab und setzte mit energischen Schritten ihren Weg fort.

4. Kapitel

Für einen Moment blieb Henning zögernd vor dem Eingang des *Arche Noah* stehen. Er war schon seit einer Weile nicht mehr hier gewesen, hauptsächlich, weil er zu beschäftigt gewesen war, um sich die Abende oder gar Nächte um die Ohren zu schlagen. Außerdem kam es immer noch häufig vor, dass Gäste von auswärts oder Urlauber ihn erkannten und ihn mit Autogrammwünschen bestürmten. Ganz in Ruhe einen Abend mit Freunden zu verbringen, war für ihn nach wie vor nicht ganz einfach.

Doch das war nicht der Grund, weshalb er vor dem Eingang stehen geblieben war und sinnierend die einem Schiffsrumpf nachempfundene Fassade des Gebäudes betrachtete, hinter der sich eine urige Mischung aus Tanzclub, Bar und Bistro verbarg. Er war sich nicht sicher, ob es sinnvoll war, sich der Gruppe aus alten Bekannten und Freunden anzuschließen, auch wenn Jörn ihn ausdrücklich eingeladen hatte. Er wollte nicht den Anschein erwecken, Caroline nachzulaufen, weil er sich vorstellen konnte, dass sie darauf nicht unbedingt positiv reagieren würde. Er wollte sie nicht bedrängen. Andererseits war die Gelegenheit, ihr etwas näherzukommen, heute Abend so günstig wie nie zuvor. Wenn er sie nicht ergriff, würde sie vorüberziehen und er vielleicht nie erfahren, ob das, wovon er so oft geträumt hatte, sich in der Realität auch nur ansatzweise so gut anfühlen würde wie in seiner Fantasie.

»'n Abend, Henning. Hast du dich doch entschlossen, dich uns anzuschließen?«

Die Stimme seines guten Freundes Jörn Paulsen riss ihn aus seinen Gedanken. Rasch drehte er sich zu ihm um. »Hallo, Jörn. Ella.« Er nickte der schlanken, schwarzhaarigen Schönheit an Jörns Seite zu, die daraufhin ihr langes Haar schüttelte und ihn strahlend anlächelte.

»Sieh einer an, der prominenteste Lichterhavener Bürger traut sich mal wieder in die freie Wildbahn. Ich dachte schon, du wärst jetzt zum Einsiedler mutiert.«

»Ich?« Lachend schüttelte Henning den Kopf. »Wohl kaum. Ich hatte nur viel zu tun und wenig Zeit für Freizeitvergnügen.«

»Jaja. Arbeit, Arbeit und nochmals Arbeit. Noch dazu dein Meisterkurs.« Schwungvoll warf sie ihr Haar über die Schulter zurück. »Pass auf, dass du kein langweiliges Hausväterchen wirst.«

Er grinste breit. »Mach dir mal keine Sorgen, das wird schon nicht so schnell passieren. Es sei denn, mir begegnet das passende sexy Hausmütterchen, dann könnte ich mir die Sache noch mal überlegen.«

Ella prustete. »So siehst du aus.«

»Apropos aussehen.« Er schenkte ihr ein anerkennendes Lächeln. »Das deine ist heute geradezu umwerfend. Dieses blaue Dingsda, das du anhast, treibt einem Mann schon beim bloßen Anblick den Blutdruck in gesundheitsgefährdende Höhen.«

»Vielen Dank.« Ella lächelte ihm zu und zupfte ein wenig an dem glänzenden silbrig blauen Stoff ihres eng anliegenden, nur bis zur Mitte ihrer Oberschenkel reichenden Kleides herum.

»Lass deine Stielaugen mal schön bei dir.« Jörn maß ihn mit gespielt strengem Blick. »Ich bin hier der einzige Mann, dessen Blutdruck die Erlaubnis hat, sich bei Ellas Anblick in ungesunde Höhen zu schrauben.« Mit einem liebevollen Lächeln zog er Ella dicht an sich. »Oder etwa nicht?«

Ella gab ihm einen sanften Kuss. »Gucken dürfen sie alle, aber nach Hause gehe ich nur mit dir.«

Auf Hennings amüsiertes Räuspern hin wandte Jörn sich wieder ihm zu. »Gehen wir rein?«

»Das war der Plan. Nach euch.« Henning schloss sich den beiden an, und als sie gemeinsam das *Arche Noah* betraten, fühlte er sich sogleich in alte Schulzeiten zurückversetzt. Das namengebende Thema zog sich konsequent durch die gesamte Einrichtung, von den Schiffsplanken an den Wänden über die rustikale, ebenfalls einem Schiffsrumpf nachempfundene Bar bis hin zu den paarweise angeordneten Tierfigürchen auf den Tischen, der entsprechenden Deko und den passenden Fotos und Bildern an den Wänden.

Auf der Tanzfläche tummelten sich bereits einige Personen, und trotz der noch vergleichsweise frühen Abendstunde waren mindestens zwei Drittel der Zweier- und Vierertische schon besetzt. Hinter der Tanzfläche gab es eine Bühne, die regelmäßig für Live-Events genutzt wurde und auf der heute die Lichterhavener Band *Scorpions Maniacs* ihr Konzert gab. Im Moment intonierten sie in Perfektion *Rock You Like A Hurricane*, sodass man für einen Moment tatsächlich hätte glauben können, die echten Scorpions gäben sich hier ein Stelldichein.

»Männi und seine Jungs sind immer noch so gut wie früher«, rief Henning Jörn zu, der zustimmend nickte.

»Wenn sie gewollt hätten, hätten sie selbst eine große Karriere machen können. Aber daran lag ihnen offenbar nicht viel. Ingo hat mir mal erzählt, dass sie die Musik einfach nur als geniales Hobby ansehen.« Er deutete auf einen Stehtisch an der Bar, an dem bereits Hannah, Martina, Thorsten und Caroline standen. »Dort hinüber müssen wir.«

Henning bemerkte sofort das misstrauische Stirnrunzeln, als Caroline ihn erblickte, und setzte ein, wie er hoffte, beschwichtigendes Lächeln auf. »Guten Abend zusammen«, grüßte er in die Runde.

Caroline musterte ihn von Kopf bis Fuß, ohne dass erkennbar war, ob sein Anblick ihr gefiel oder nicht. Er hatte sich für einfache schwarze Jeans, ein dunkelrotes Hemd und eine schwarze Lederjacke entschieden, die ihm garantiert im Lauf des Abends zu warm werden würde. »Warum bist du hier?« Ihre Stimme klang abweisend, wie er es inzwischen von ihr gewohnt war.

»Ich habe Henning eingeladen, sich uns anzuschließen«, antwortete Jörn an seiner Stelle. »Ich dachte, es täte ihm mal wieder ganz gut, unter Leute zu kommen.«

Ella kicherte. »Und das von dem Mann, der selbst nur mit viel weiblicher Überredungskunst dazu gebracht werden kann, dieses Etablissement aufzusuchen.«

Jörn hob beide Hände. »Hey, ich muss schließlich morgens in aller Herrgottsfrühe aufstehen. Das verträgt sich nicht gut mit durchzechten Nächten.«

»Du sollst ja gar nicht zechen.« Ella hakte sich bei ihm unter und winkte gleichzeitig eine vorbeieilende Kellnerin an ihren Tisch. »Eine Virgin Piña Colada für mich und ein alkoholfreies Pils für den Mann meines Herzens.« Sie sah Henning fragend an. »Für dich auch eins?« Als er nickte, hob sie zwei Finger. »Zwei Pils ohne Alkohol.«

»Kommt sofort.« Die Kennerin nickte ihr zu und eilte weiter.

»Also, noch mal«, griff Ella den Faden wieder auf. »Vom Zechen war nicht die Rede. Das würde sich auch schlecht mit den Plänen vertragen, die ich später noch für uns habe.« Sie klimperte vielsagend mit den Wimpern, sodass ringsum gelacht wurde. »Irgendjemand muss mir ja schließlich helfen, aus diesem Kleid wieder herauszukommen.«

Jörn fächelte sich mit der Hand Luft zu. »Frau, du bringst mich hier gerade um!«

Wieder lachten alle.

»Und du hast also rein zufällig Jörns Einladung angenommen?« Carolines spöttische Frage ließ Henning gleich wieder ernst werden. »Warum hast du das vorhin nicht schon gesagt?«

»Wärst du dann vielleicht nicht hergekommen?« Aufmerksam musterte er sie und bemerkte daher das kurze Zögern, bevor sie entrüstet den Kopf schüttelte.

»Deine Anwesenheit wird mich nicht davon abhalten, einen schönen Abend mit meinen Freundinnen zu verbringen.«

»Gut.« Er hätte sie liebend gerne berührt, ihr noch einmal diese entzückende widerspenstige Haarsträhne hinters Ohr gestrichen, doch er hielt sich davon ab, indem er die Hände in den Taschen seiner Jeans versenkte. »Ehrlich gesagt war ich mir nicht ganz sicher, ob es klug ist, heute herzukommen.«

»Ach.« Carolines Miene drückte Verblüffung aus.

»Was soll daran unklug sein, einen Abend unter Freunden zu verbringen?« Hannah war neben Caroline getreten und musterte Henning fragend. »Macht doch Spaß.«

»Das hoffe ich zumindest.« Henning warf Caroline einen kurzen Blick zu. »Falls nicht, bin ich wohl doch ein bisschen zu sehr mit der Tür ins Haus gefallen.«

»Mit was für einer Tür in wessen Haus?« Sogleich blickte Hannah neugierig vom einen zum anderen. Als Caroline ein Schnauben ausstieß, weiteten Hannahs Augen sich. »Sag bloß, er hat versucht, bei dir zu landen.«

Caroline warf ihm einen verärgerten Blick zu. »Nein.«

Henning seufzte unterdrückt. »Ich fürchte, für ein solches Unterfangen existiert noch keine sichere Landebahn.«

Ein weiterer finsterer Blick traf ihn. »Vielleicht liegt das an diesen und ähnlichen dämlichen Sprüchen«, fauchte Caroline.

»Moment mal.« Hannah machte mit den Händen das Time-out-Zeichen. »Was genau soll das heißen? *Noch* keine Landebahn?« Sie streckte den Arm aus und tippte Ella an. »Ella, komm mal bitte her.«

»O nein.« Caroline verdrehte die Augen und bombardierte Henning regelrecht mit wütenden Blicken. »Das hast du jetzt davon. Ganz toll.«

»Was ist denn?« Ella war sogleich zur Stelle.

Hannah deutete theatralisch zwischen Henning und Caroline hin und her. »Die zwei.«

Ella runzelte die Stirn. »Was soll mit den beiden sein?«

»Da läuft was.«

»Wie bitte?« Ellas Augen wurden kugelrund.

»Da läuft überhaupt nichts.« Der nächste Blick, der Henning aus Carolines Augen traf, war geradezu mörderisch. »Vergesst es einfach, okay?«

»Warum will er dann bei dir landen und meint, die Landebahn muss erst noch hergerichtet werden?« Feixend musterte Hannah sie.

Henning wusste nicht genau, ob er lachen oder sich ebenfalls ärgern sollte, und entschied sich schließlich dafür, die Hände beschwichtigend zu heben. »Immer mit der Ruhe. Caroline hat recht. Es läuft gar nichts zwischen uns. Von meiner Seite aus möchte ich gerne ein hoffnungsvolles *noch nicht* hinzufügen, unterlasse es aber, weil ich weiß, dass mir sonst wahrscheinlich alle Felle davonschwimmen werden. Lasst es bitte einfach gut sein, okay? Wir klären das unter uns.«

»Wie du meinst.« Ella sah ihn mit hochgezogenen Brauen an, und auch Hannahs Miene verriet, dass sie Caroline garantiert noch damit behelligen würden. Im Augenblick ließen sie die Sache jedoch tatsächlich auf sich beruhen, denn gerade begann Männi, der Leadsänger der *Scorpions Maniacs*, mit dem Song *Send me an Angel*. Hannah jubelte und stieß Henning grinsend an. »Was ist, kleines Gesangsduell?«

»Klar.« Lachend nahm er von der Kellnerin sein Bier entgegen, stellte es aber gleich auf dem Stehtisch ab und schnappte sich stattdessen zwei Grissini aus dem Glas auf dem Tisch, reichte eine der Gebäckstangen an Hannah weiter und benutzte die seine als imaginäres Mikrofon.

Kichernd tat Hannah es ihm gleich, und sie begannen, den Song lauthals mitzusingen.

Henning konnte recht gut singen, aber bei Weitem nicht so gut wie Hannah, die nicht nur eine tolle Stimme besaß, sondern darüber hinaus gefühlt sämtliche Liedtexte der Welt auswendig kannte. Aus den Augenwinkeln beobachtete er, dass Caroline ein wenig in den Hintergrund trat und ihnen immer noch skeptisch zusah, hin und wieder jedoch ein amüsiertes Lächeln nicht unterdrücken konnte.

Auch die nächsten drei, vier Songs nutzten Henning und Hannah für ihr Gesangsduell, das die anderen schließlich als unentschieden beurteilten, obgleich ehrlicherweise Hannah die Siegerin war.

»Soso, du hast dich also endlich getraut, den ersten Schritt zu wagen.« Nachdem sich die Gespräche wieder anderen Themen zugewandt hatten, war Jörn neben Henning getreten und reichte ihm das noch volle Bierglas. »Irre ich mich, oder ist Caroline davon nicht sonderlich begeistert? Wenn sie nicht interessiert ist, kannst du leider nichts machen.«

Nachdenklich blickte Henning in Carolines Richtung. Sie unterhielt sich gerade mit Hannahs älterer Schwester Martina und deren Ehemann Thorsten und wandte ihm dabei den Rücken zu. »Ich bin mir noch nicht ganz im Klaren, ob sie kein Interesse hat oder ob sie einfach nur wütend ist, weil … na ja, weil ich ich bin.«

Jörn, der gerade an seinem Bier genippt hatte, hustete in sein Glas. »Wie soll man das denn verstehen? Entweder sie steht auf dich oder eben nicht.«

»So einfach ist die Sache nicht.« Henning trank einen

großen Schluck und verzog die Lippen. »Puh, schon ziemlich warm.« Als Jörn ihn nur weiterhin fragend ansah, fügte er hinzu: » War es vielleicht bei dir und Ella so einfach?«

»Hm.« Jörn ließ sich, was typisch für ihn war, mit seiner Antwort Zeit. »Stimmt schon, wir hatten einige Anlaufschwierigkeiten. Hauptsächlich, weil Ella sich gegen den Gedanken gesträubt hat, eine feste Beziehung und noch dazu mit einem Lichterhavener einzugehen.« Ein Lächeln umspielte seine Lippen. »Glücklicherweise konnte ich sie umstimmen.«

»Siehst du.« Henning gestikulierte mit dem Bierglas. »Bei Caroline und mir liegt die Sache ähnlich. Zumindest insofern, dass sie grundsätzlich etwas gegen den Gedanken zu haben scheint, dass ich an ihr Interesse habe.«

»Weil du du bist?« Auf Jörns Stirn entstanden ein paar Falten.

»Weil mein Ruf nicht der allerbeste ist«, bestätigte Henning.

»Kunststück, den hast du ja auch über viele Jahre akribisch gepflegt.« Jörn schnaubte spöttisch. »War doch klar, dass das irgendwann negativ auf dich zurückfällt.«

»Ich weiß, dass du diese Strategie nie gutgeheißen hast.«

Jörn leerte sein Glas und stellte es auf dem Tisch ab. »Es war deine Entscheidung, diesen Weg einzuschlagen, und du bist damit ziemlich gut gefahren. Es steht mir nicht zu, das zu kritisieren.«

Henning stürzte den Rest des warmen Biers hinunter, schüttelte sich leicht und winkte der Kellnerin, um ein neues zu bestellen. »Doch, das tut es als mein Freund jederzeit. Du weißt, dass ich von meinem alten Image Abstand genommen habe, sobald es mir möglich war. Jetzt liegt es eben auch an mir, Caroline davon zu überzeugen, dass ich mehr als ein arroganter Schnösel mit übersteigertem Ego bin.«

»Wenn sie sich überhaupt davon überzeugen lassen will.«

Als die Kellnerin vor ihnen erschien, bestellte Henning zwei weitere Gläser Bier und fügte nach einer kurzen Frage an seine Freunde eine komplette Runde Getränke hinzu. Erst nachdem die Kellnerin wieder gegangen war, nahm er den Faden wieder auf. »Wie gesagt, ich bin mir noch nicht sicher, was sie will oder nicht will.«

»Wie kam es überhaupt dazu, dass du plötzlich zum Angriff übergegangen bist?« Jörn hüstelte. »Wenn man das denn so nennen will. Ella hat erzählt, dass ihr beide euch für diesen Rottweiler interessiert, den Christina in ihrer Hundepension aufgenommen hat. Stimmt es, dass der Besitzer verstorben ist?«

»Er ist bei einem Kletterurlaub tödlich verunglückt«, bestätigte Henning. »Anscheinend gibt es in seiner Familie oder in seinem Freundeskreis niemanden, der Duke haben will. Ein bisschen kann ich es verstehen. Hast du diesen Hund schon mal gesehen? Er ist ein regelrechter Koloss, bringt gut und gerne sechzig Kilo auf die Waage und sieht aus wie das Michelin-Männchen unter den Rottweilern. Solch ein Kopf!« Er deutete mit beiden Händen den Umfang von Dukes Kopf an und hätte dabei fast sein Bier verschüttet.

»Klingt beeindruckend. Ella sagt, Caroline hätte erzählt, dass das ein Problemhund ist, weil er ziemlich ängstlich ist. Bist du dir sicher, dass du dir ausgerechnet so ein Haustier anschaffen willst?«

»Noch habe ich ihn nicht ängstlich erlebt.« Nachdenklich ließ Henning seinen Blick über die Tanzfläche wandern, auf der die Leute gerade zu *Big City Nights* zappelten. »Aber wenn du ihm einmal begegnet bist, geht er dir irgendwie nicht mehr aus dem Kopf. Er hat so was Tollpatschig-Liebenswürdiges an sich.«

»Aha.« Jörn grinste. »Den Ausdruck auf deinem Gesicht kenne ich. Liebe auf den ersten Blick. Aber wie willst du es anstellen, dass du den Hund bekommst, wenn zugleich

Caroline ihn haben will? Ist das nicht ein Interessenkonflikt?«

Versonnen nickte Henning. »Ja, schon, irgendwie. Zumindest im Moment noch.«

»Oha.« Jörn merkte auf. »Da klingt aber ein ganz mutiger Gedanke durch. Bist du dir sicher, dass das gut geht? Ich meine … du hast mir noch immer nicht erzählt, warum du jetzt plötzlich diese … Sache aufgreifst. Ich weiß zwar, dass du damals während unserer Schulzeit mal für Caroline geschwärmt hast …«

»Geschwärmt ist vielleicht nicht das richtige Wort«, unterbrach Henning ihn.

»Na gut, dann warst du eben heillos in sie verliebt.«

»Heillos?« Bei dem Ausdruck runzelte Henning die Stirn.

Jörn stieß ihn mit dem Ellbogen an. »Fällt dir vielleicht ein besserer Ausdruck dafür ein? Unheilbar offenbar auch noch. Ich war mir nie sicher, ob du darüber hinweg bist …«

»War ich. Bin ich.« Henning warf einen erneuten Blick in Carolines Richtung, doch sie wandte ihm nach wie vor den Rücken zu – womöglich mit Absicht. »Ich musste es sein. Aber jetzt … Als ich ihr neulich bei Christina begegnet bin, ist die Büchse der Pandora ganz plötzlich aufgesprungen, und jetzt lässt sie sich nicht mehr schließen.«

»Die was?« Verständnislos sah Jörn ihn an.

»Du weißt schon. Die Büchse der Pandora mit allen Übeln der Welt und so … Nur dass es in meinem Fall kein Übel ist, sondern mehr ein … Geheimnis.« Achselzuckend trank Henning einen Schluck Bier und freute sich, dass es diesmal schön kalt war.

»Ich wusste nicht, dass du so poetisch veranlagt bist.« Schmunzelnd prostete Jörn ihm zu. »Aber ich bin gespannt, wie sich die Sache zwischen euch entwickelt – wenn überhaupt. Caroline ist eine Frau mit festen Prinzipien. Mit deiner üblichen Masche wirst du bei ihr kein Glück haben.«

»Wie schön, dass ihr alle meine sogenannte übliche Masche zu kennen scheint.« Missvergnügt blickte Henning in sein Glas.

»Kumpel, dazu musste man in den letzten zehn, zwölf Jahren nur mal ein Klatschblatt aufschlagen, und schon war man im Bilde.« Freundschaftlich stieß Jörn ihn erneut an. »Komm schon, das wird dich doch jetzt nicht umwerfen, oder? Wenn es dir wirklich ernst ist, zeig ihr das, und dann warte ab, was passiert.«

»Das war der Plan. Die Sache mit Duke hat mir jetzt eine … Gelegenheit verschafft, die sich sonst vielleicht nicht ergeben hätte.« Henning lächelte schief. »Apropos Ernsthaftigkeit: Caroline hat mir erzählt, dass die *Foodsisters* demnächst auf der Straße stehen.«

»Ja, leider ist die Vermieterin pleite, und der alte Verhoigen wird garantiert alle Register ziehen, um ihr die Gebäude alle so schnell wie möglich abzukaufen und für seine Zwecke zu nutzen. Schöner Mist. Ella hat deswegen sogar geweint.« Den letzten Satz hatte Jörn mit gesenkter Stimme ausgesprochen, damit niemand sonst ihn hörte. »Die drei haben so viel Herzblut und Geld in den Catering-Service gesteckt und jetzt das. Ich wünschte, ich hätte eine Idee, wie ich ihnen helfen kann.«

»Ich hätte da schon eine Idee.« Auch Henning senkte die Stimme ein wenig. »Allerdings hat Caroline mich für verrückt erklärt. Ich fürchte, sie wird grundsätzlich keine Hilfe von mir annehmen. Zumindest nicht unter den momentanen Umständen.«

»Warte mal.« Jörn hob die Hand, wie um Henning Einhalt zu gebieten. »Du willst ihnen doch wohl kein Geld geben, oder?«

»Nein, das wäre wohl auch nicht wirklich sinnvoll, denn sie benötigen ja weniger Geld als vielmehr einen neuen Geschäftssitz.«

»Und den hättest du anzubieten? Wo denn?«

»Noch habe ich ihn nicht, aber wie gesagt, ich hätte da eine Idee. Caroline will jedoch nichts davon hören.«

»Weil es eine Schnapsidee ist?«

Henning schüttelte den Kopf. »Nein, weil die Idee von dem arroganten Machoschnösel kommt.«

»Sie ist wirklich nicht gut auf dich zu sprechen, wie?« Jörn lachte trocken. »Was ist denn das für eine Idee?«

»Das alte *Bootshaus*.«

Jörn hielt inne. »Am Hafen? Was ist damit?«

»Ich könnte es kaufen.«

»Äh …« Perplex starrte Jörn ihn an. »Das ist ein riesiges Gebäude, vom Grundstück ganz zu schweigen. Wie soll das den *Foodsisters* helfen?«

Henning hob die Schultern. »Wenn ich es ihnen vermiete, könnten sie dort ihren Geschäftssitz einrichten. Vielleicht sogar ein Eventhaus. Dann könnten sie unter ihrem eigenen Dach Veranstaltungen mit Catering anbieten, anstatt zu den Leuten zu fahren.« Er stockte kurz, da sein Freund ihn immer noch sprachlos ansah. »War wirklich nur eine Idee. Man könnte verschiedene Veranstaltungsräume einrichten, vom kleinen Clubzimmer bis hin zum Ballsaal. Im Gemeindehaus finden zwar auch immer Veranstaltungen statt, aber wenn man da nicht ewig vorher anfragt, ist es ja ausgebucht. Ein solches Eventhaus könnte Lichterhaven ganz gut stehen. Und theoretisch könnte man auch noch eine Art Tagesgastronomie anfügen, wo die kulinarischen Köstlichkeiten, die die drei anbieten, verkostet und die Deko und Blumen von Ella auch außerhalb von Veranstaltungen erworben werden können.«

»Das ist aber mehr als nur eine einfache Idee, mein Freund.« Jörn klopfte mit den Fingern seiner freien Hand gegen sein Glas. »Vielmehr klingt es nach einem kompletten Geschäftsplan.« Er blickte zu seiner Freundin hinüber, die gerade mit Hannah herumalberte. »Soll ich Ella mal davon erzählen?«

»Würdest du das tun?« Henning stellte sein Glas auf den Tisch und schob die Hände in die Taschen seiner Jeans. »Vielleicht ist Caroline der Idee gegenüber aufgeschlossener, wenn sie über ihre beste Freundin an sie herangetragen wird.«

»Oder sie killt dich genau deswegen«, gab Jörn lachend zu bedenken. »Aber in meinen Ohren klingt die Idee gar nicht so übel. Ich trage sie meiner Herzensdame mal vor, dann sehen wir weiter.«

»Okay, danke.« Henning hielt die Kellnerin auf. »Ich möchte zahlen bitte.«

»Willst du etwa abhauen?« Verblüfft beobachtete Jörn, wie Henning seine Rechnung beglich und ein üppiges Trinkgeld obenauf packte.

»Ist wahrscheinlich besser.« Henning nickte Caroline kurz zu, als diese sich in diesem Moment in seine Richtung wandte. »Ich bin heute schon einmal mit der Tür ins Haus gefallen. Eine Wiederholung tut bestimmt nicht gut.« Damit wandte er sich an die Runde, rief allen einen kurzen Abschiedsgruß zu und machte, dass er wegkam.

**

»Nanu, warum hat Henning es denn jetzt plötzlich so eilig?« Ella trat neben Jörn und hakte sich bei ihm unter. »Es ist doch noch gar nicht so spät.«

»Er hat den Rückzug angetreten, nachdem er eine Geschäftsidee bei mir losgeworden ist. Ich glaube inzwischen, dass er nur deshalb überhaupt hergekommen ist.« Auch Jörn folgte seinem Freund mit Blicken, der kurz vor dem Ausgang von einer Gruppe junger Männer aufgehalten worden war. Fans offenbar, denn Henning hatte bereits in einer routinierten Geste einen Kugelschreiber aus der Innentasche seiner Lederjacke gezogen und begonnen, mit dem für ihn typischen heiteren Lächeln Autogramme auf hingehaltene Zettel und Bierdeckel zu schreiben.

»Inwieweit will er denn mit dir ins Geschäft kommen?« Ella nippte an ihrer Virgin Piña Colada. »Möchte er demnächst Fischrennen veranstalten?«

Jörn grinste. »Nicht mit mir will er ins Geschäft kommen, sondern mit euch.«

»Mit uns?«

»Den *Foodsisters*.«

»Benötigt er ein Catering?«

»Das weniger.« Er wurde wieder ernst. »Er hat einen Vorschlag gemacht, wie ihr euer Geschäft retten könntet.«

Ella merkte auf. »Er will unser Geschäft retten?«

»Lass uns nachher zu Hause in Ruhe darüber reden. Hier ist, denke ich, nicht ganz der richtige Ort dafür.«

»Warum nicht?«

Er warf einen Blick auf Caroline, die ebenfalls in Hennings Richtung geschaut hatte, sich aber rasch und wie zufällig wieder abwandte, als sie bemerkte, dass Jörn sie ertappt hatte. »Weil du Hannah und Caroline herholen würdest, damit ich ihnen allen davon erzähle, und dann ist dieser Abend verdorben.«

»Warum verdorben?« Nun klang Ella alarmiert. »Was hat er vor?«

»Noch gar nichts. Ich fürchte nur, dass Caroline ihn gleich abwürgen würde. Sie scheint allergisch auf ihn zu reagieren. Henning hat mich gebeten, erst nur dir davon zu erzählen.«

»Damit die Idee dann von mir kommt?« Skeptisch kräuselte Ella die Lippen. »Das fliegt doch auf, und dann ist Caro erst recht vergrätzt.«

»Das habe ich ihm auch gesagt, aber anscheinend hofft er

darauf, dass du so begeistert sein wirst – und Hannah im besten Falle auch –, dass ihr sie überzeugen könnt.«

»Jetzt wüsste ich nur gerne, wovon wir sie überzeugen sollen.« Ella legte den Kopf leicht schräg. »Komm schon, verrat es mir. Sonst bin ich den ganzen Abend hibbelig.«

Jörn zog sie an sich und küsste sie auf die Schläfe, dann ließ er seine Lippen sachte bis zu ihrem Ohr wandern. »Später, mein Schatz. Ich verspreche dir auch eine ausgleichende Nutzung aller Hibbelenergie, die du bis dahin anstaust.«

Ella erschauerte wohlig. »Das ist gemein ... und ganz schön frech von dir.« Sie drehte den Kopf, um ihn auf den Mund zu küssen. »Also gut, ich werde versuchen, geduldig zu sein. Wehe, es lohnt sich nicht – in vielerlei Hinsicht.«

5. Kapitel

»Habt ihr mal kurz Zeit?« Ella streckte den Kopf durch die Tür zur großen Küche, in der Caroline und Hannah bis eben noch Vorbereitungen für verschiedene Speisen und Gebäcke für eine Veranstaltung am kommenden Morgen getroffen hatten und jetzt das entstandene Chaos beseitigten.

Ellas aufgeregter Tonfall ließ Caroline den Kopf heben. Rasch hängte sie das Küchenhandtuch, an dem sie sich gerade die Hände abgetrocknet hatte, an einem Haken neben der Spüle auf. »Zeit wofür? Du wirkst so nervös. Ist etwas passiert? Hat Verhoigen sich etwa schon wieder gemeldet und will uns gleich morgen vor die Tür setzen? Ich sag dir, der Mann ist ein Scheusal. Das lassen wir uns nicht bieten. Wir nehmen uns einen Anwalt!«

Wie erwartet war bereits am Vortag ein Schreiben von Carl Verhoigen bei ihnen eingetroffen, in dem er der Verlängerung des Mietvertrags widersprochen und ihnen eine Frist für das Verlassen des in sein Eigentum übergegangenen Gebäudes gesetzt hatte. Seitdem war die Stimmung der drei Freundinnen, die sie am Dienstagabend im *Arche Noah* noch ein wenig hatten hochhalten können, auf einem neuen Tiefpunkt angelangt.

»Nein, keine Sorge.« Ella schüttelte den Kopf. »Es hat nichts mit Verhoigen zu tun. Ich würde euch nur gerne etwas zeigen.«

Hannah stellte einen Stapel Metallschüsseln in einen der Hängeschränke. »Okay, her damit. Was willst du uns zeigen?«

»Das geht nicht. Also nicht hier. Ich wollte vorschlagen, dass wir alle unsere Mittagspause ein wenig vorverlegen und eine kleine Exkursion machen.«

»Eine Exkursion?« Caroline und Hannah hatten gleichzeitig gesprochen und sahen einander mit amüsierter Miene an.

»Wohin denn?« Caroline sammelte auch noch die herzförmigen Gebäckausstecher ein, die sie für ihre Kekse verwendet und danach gespült hatte, und sortierte sie wieder in die entsprechende Schublade ein.

»Das erfahrt ihr, wenn wir dort sind.« In Ellas Augen blitzte es unternehmungslustig, was so gar nicht zu ihrer bisherigen eher gedrückten Stimmung passen wollte.

»Du machst es aber spannend.« Hannah schloss alle Schranktüren und trat auf die Freundin zu. »Nehmen wir das Auto?«

»Wir können zu Fuß gehen.« Ella winkte Caroline, ihr zu folgen. »Regenjacken werden wir aber brauchen. Das angekündigte Schietwetter hat sich pünktlich bei uns eingefunden.«

»Na gut, wie du meinst.« Nach einem letzten prüfenden Blick auf die wieder einigermaßen ordentliche Küche folgte Caroline den beiden Freundinnen, warf sich wie sie eine Windjacke mit Kapuze über und begab sich hinaus in den Nieselregen.

Ella schloss die Tür ab und platzierte gut sichtbar ein Schild, auf dem vermerkt war, dass sie in einer Stunde wieder für ihre Kundschaft da sein würden. Als sie daraufhin die Goldschmiedgasse hinab bis zur Einmündung zur Lichterhavener Hauptstraße eilte, machte sich in Carolines Magengrube ein seltsames Gefühl breit. Eine Vorahnung? »Wohin genau gehen wir denn nun?«

Ella warf ihr einen kurzen Blick über die Schulter zu. »Zum Hafen.«

»Was ist denn am Hafen?«, wollte Hannah wissen, während sich die Vorahnung in Caroline noch verstärkte.

»Spuck's schon aus, Ella«, forderte sie, doch Ella wedelte nur mit der Hand, um ihnen zu bedeuten, ihr zu folgen.

Seufzend eilte Caroline hinter ihr her und wechselte immer wieder mit Hannah fragende Blicke. Als Ella schließlich vor dem alten *Bootshaus* stehen blieb, verspürte Caroline ein heftiges Kneifen in der Magengrube. Hatte sie es doch gewusst!

»Vergiss es.« Abwehrend hob sie beide Hände. »Das ist eine Schnapsidee!«

»Was ist eine Schnapsidee?« Verständnislos sah Hannah sie an. »Und warum weißt du auf einmal, worum es hier geht? Hab ich etwas verpasst?«

»Nein, gar nicht. Wir können gleich wieder gehen.« Caroline wandte sich ab, doch Ella hielt sie am Ärmel fest.

»Nun warte doch mal. Jörn hat mir von einer interessanten Idee erzählt.«

»Jörn?« Zögernd drehte Caroline sich wieder um.

»Ja, neulich Abend. Ich musste erst ein wenig darüber nachdenken, weil es doch sehr gewagt erscheint. Aber andererseits … Es heißt doch, wer nicht wagt, der nicht gewinnt.« Ella machte eine ausholende Geste, die das *Bootshaus* samt Grundstück einschloss. »Also wollte ich gleich vor Ort mit euch darüber reden.«

»Worüber genau?« Hannahs Interesse war ganz eindeutig geweckt. Neugierig blickte sie an der Fassade des zweistöckigen Gebäudes empor. »Das Haus steht zum Verkauf oder stand es zumindest bis vor Kurzem. Das Schild ist aber jetzt weg.« Sie deutete auf den Platz, an dem das Hinweisschild des Immobilienmaklers gestanden hatte. »Eine dreiviertel Million wollen sie für den Schuppen haben, soweit ich weiß.«

»Was durchaus gerechtfertigt ist, würde ich sagen.« Ella

trat ein paar Schritte auf das Gebäude zu und drehte sich wieder zu Caroline und Hannah um.

»Willst du es vielleicht kaufen?« Hannah lachte überrascht. »Woher sollen wir denn so viel Geld nehmen?«

»Nein, nicht kaufen. Mieten.«

Hannah stutzte. »Ich dachte, die Lingenhoffs wollen nicht vermieten.«

»Nicht die Lingenhoffs.« Caroline schnaubte verärgert. »Henning.«

»Henning?«, wiederholte Hannah mit gerunzelter Stirn.

»Magnusson.« Caroline hätte ihm liebend gerne gegen das Schienbein getreten.

»Hat er das Haus gekauft?«

Ella nickte auf Hannahs Frage hin, schüttelte aber gleich darauf den Kopf. »Ich weiß nicht, ob er es schon gekauft hat. Dass das Schild weg ist, lässt aber darauf schließen.« Sie stockte und grinste dann grimmig. »Verdammt, der Kerl ist ganz schön von sich überzeugt.«

»Jetzt mal ganz langsam zum Mitschreiben.« Hannah trat ebenfalls auf das Gebäude zu und versuchte, durch eines der Schaufenster etwas im Inneren zu erkennen. »Henning Magnusson hat das *Bootshaus* gekauft, weil Jörn eine Idee für dessen Verwendung hat? Will er seinen Fischereibetrieb ausweiten? Und was hat das mit uns zu tun?«

Ella kicherte. »Nein, Jörn hat mir nur die Idee vorgetragen, die …«

»Die Henning ihm eingeflüstert hat«, vollendete Caroline den Satz. »Ich könnte ihn erwürgen.«

»Warum denn?« Noch immer schien Hannah die Zusammenhänge nicht zu begreifen.

Ella seufzte. »Eingeflüstert würde ich es jetzt nicht nennen, aber es stimmt schon, er hat die Idee an Jörn herangetragen, damit er sie mir unterbreitet und ich sie euch weitererzähle. Wie gesagt, ich habe gestern den ganzen Tag darüber nachgedacht, und ehrlich gesagt gefällt sie mir immer besser.«

»Na klasse.« Caroline seufzte. »Er kriegt anscheinend immer, was er will.«

»Nun sei doch nicht so biestig. Man könnte meinen, Henning hätte dir irgendetwas angetan.« Ella musterte sie verwundert, dann wurde sie ernst. »Hat er das vielleicht? Ist er dir mal zu nahe getreten oder … keine Ahnung?«

Rasch schüttelte Caroline den Kopf. »Nein, nein, keine Sorge. Ich bin nur … genervt von ihm und seiner ganzen Art. Sein Ego gehört mal unter den Rasenmäher und ordentlich gestutzt.«

Hannah lachte hell auf. »Das stelle ich mir gerade bildlich vor!« Auf Carolines verkniffene Miene hin wurde sie aber gleich wieder ernst. »Also gut, weiter im Text. Er kauft also das *Bootshaus* und vermietet es uns? Ich fürchte, nicht mal die Miete für so einen Kasten könnten wir uns leisten. Und was sollen wir überhaupt mit so einem großen Gebäude? Ich meine, wir brauchen zwar einigen Platz, aber doch nicht gleich so viel!«

»Wenn wir so weitermachen wollen wie bisher, stimmt das natürlich.« Ella nickte ihr zu, doch in ihren Augen glomm wieder dieser unternehmungslustige Funke. Eigentlich ein schöner Anblick, fand Caroline, nachdem sie zuletzt alle so niedergedrückt gewesen waren. »Jörn meinte, wir könnten expandieren. Ihr wisst doch, dass immer mal wieder Leute anfragen, ob es unsere leckeren Sachen oder meine Blumengestecke auch außerhalb von Festlichkeiten zu kaufen gäbe. Oder ob wir vielleicht einen passenden Veranstaltungsort wissen. Theoretisch könnten wir hier in dem Gebäude beides anbieten. ›Eventhaus‹ soll Henning es genannt haben, mit verschiedenen mietbaren Räumlichkeiten, vom kleinen gemütlichen Wohnzimmer bis hin zum pompösen Ballsaal. Das würde dann auch das Gemeindehaus entlasten, in dem ja jetzt schon so viele Veranstaltungen, Kurse und so weiter stattfinden, dass es dauernd bis zum Sankt Nimmerleinstag ausgebucht ist. Hinter dem Haus könnte man den Garten für Außenveranstaltungen herrichten. Hochzeiten unter freiem Himmel, Kindergeburtstage und so weiter.« Ella ergriff Carolines Hand, dann auch die von Hannah und zog die beiden mit sich um das *Bootshaus* herum zu dem verwilderten Hof- und Gartengrundstück. »Im Untergeschoss wäre vielleicht noch Platz für so eine Art Café mit Ladenlokal, wo die Leute sich über unsere Dienstleistungen informieren, meine Deko ansehen und auch kaufen und wo sie eure Speisen und Gebäcke verkosten könnten. Auf diese Weise könnten die Kunden vorab schon mal testen, ob ihnen unsere Küche und Deko zusagt, und außerhalb einer Veranstaltung könnten sie immer mal wieder ihre Lieblingsspeisen vom letzten Event essen oder das Gesteck, das ihnen so gut bei ihrer Feier gefallen hat, nachordern.« Ellas Wangen hatten sich vor Eifer leicht gerötet. »Wir müssten wahrscheinlich Personal fest einstellen, zumindest mittel- und langfristig, aber das hatten wir ja sowieso vor.«

»Wow«, war alles, was Hannah zunächst sagte.

Caroline knabberte an ihrer Unterlippe. Wie ärgerlich, dass diese Idee tatsächlich verlockend klang. Doch sie wollte, wie es ihre Art war, lieber auf dem Teppich bleiben. »Alles schön und gut.« Sie ließ die Hand der Freundin los und wanderte ein wenig durch das wadenhohe Gras. »Aber wie sollen wir das alles finanzieren? Das *Bootshaus* müsste komplett umgebaut werden. Wir müssten neue Sachen anschaffen, denn selbst wenn wir unser bisheriges Equipment weiter nutzen, reicht es doch nicht, um diese Pläne alle umzusetzen.«

»Da sprichst du einen wichtigen Punkt an.« Ella wurde ernst. »Ich weiß nicht, was genau Henning sich hinsichtlich der Miete vorstellt. Vermutlich wird er sie aber so ansetzen, dass wir sie uns leisten können. Ob wir von der Bank einen neuen Kredit erhalten, der ausreicht, um das Vorhaben zu stemmen, müssten wir erst herausfinden. Wir könnten einen Businessplan erstellen und es versuchen.«

»Und wenn das nicht funktioniert?« Caroline blieb mitten im Gras stehen und verschränkte die Arme vor der Brust.

»Wir könnten auch erst einmal mit diesem Café plus Floristikabteilung anfangen und den Rest nach und nach dazunehmen«, schlug Hannah vor. »Es verlangt doch niemand von uns, dass wir gleich alles auf einmal stemmen. Wenn wir aber die Räumlichkeiten schon mal haben, können wir sie nach und nach mit Leben füllen. Ich finde die Idee genial.« Sie legte den Kopf in den Nacken und blickte an dem Gebäude empor. »Die Bausubstanz ist ja auf jeden Fall noch sehr gut und …« Auf ihren Lippen erschien ein Lächeln. »Ich weiß auch schon, wie wir es nennen. Ich sehe es direkt vor mir.« Sie lief los, wieder zur Vorderseite des Hauses, sodass Caroline und Ella ihr rasch folgten. Direkt vor dem Eingang machte Hannah eine weit ausholende Geste mit beiden Armen. »Das alte *Bootshaus*-Schild kommt weg. Der Name ist sowieso von den Lingenhoffs besetzt. Deren neues Geschäft im Gewerbegebiet heißt ja auch so. Dafür hängen wir eins auf mit der Aufschrift *Die Foodsisters – Events und mehr*. Den Eventräumen geben wir florale Namen wie *Dahlienzimmer*, *Club Vergiss mein nicht*, *Rosensaal* und so weiter. Und hier auf der Seite, zum historischen Hafen hin, kommt die kleine Gastronomie mit Deko- und Blumenladen hin, natürlich mit separatem Eingang und vielleicht sogar mit einer Gartenterrasse. Und das nennen wir dann *Café Mauerblümchen*.«

»Mauerblümchen?« Ella schmunzelte. »Dann gehören da rund um die Gartenterrasse und links und rechts vom Eingang Trockenmauern mit bunten Blümchen hin.«

»Ganz genau.« Hannah lächelte breit. »Was meinst du, Caro?«

Caroline wand sich. Was die beiden Freundinnen da zusammenfantasierten, klang wirklich schön. »Nicht übel«, presste sie schließlich ein wenig unbehaglich heraus. »Mir gefällt nur nicht, dass wir dann auf Henning angewiesen sein werden.«

»Ach was. Wir nageln ihn auf einen langfristigen Mietvertrag mit Mietpreisbindung fest«, wischte Ella ihre Bedenken betont enthusiastisch beiseite. »Noch mal passiert uns so ein Fiasko nicht. Wir sichern uns bis ins letzte Detail ab, obwohl ich jetzt ehrlich gesagt bezweifle, dass Henning irgendwann mal insolvent wird. Seine Werkstatt scheint ein solides Unternehmen zu sein, und wenn man der Presse Glauben schenken darf, hat er zudem ein hübsches Sümmchen im achtstelligen Bereich auf der hohen Kante liegen. Formel-1-Fahrer scheinen im Geld geradezu zu schwimmen. Zumindest so erfolgreiche wie er.«

»Was an sich ja ein Wahnsinn ist.« Hannah schüttelte sich ein wenig. »Was macht man mit so viel Geld?«

Caroline schluckte. »Man kauft alte *Bootshäuser* und gründet wohltätige Stiftungen.«

»Stiftungen?« Überrascht drehte Ella sich zu ihr um.

»*Future for Girls*.« Caroline wusste nach wie vor nicht recht, was sie davon halten sollte. »Diese Stiftung, bei der man für die Zukunft von Mädchen und jungen Frauen aus aller Welt spenden oder sogar Patenschaften übernehmen kann. Kürzlich habe ich erfahren, dass Henning sie gegründet hat.«

»Was du nicht sagst.« Für einen Moment starrte Hannah sie mit halb offenem Mund an. »Das wusste ich gar nicht. Die engagieren sich doch auch weltweit aktiv für Mädchen- und Frauenrechte. Ich spende denen immer zu Weihnachten ein hübsches Sümmchen. Henning ist wirklich der Gründer? Ausgerechnet ...« Sie brach verlegen ab.

»Ja, ausgerechnet er.« Caroline nickte. »Ich konnte es auch

erst nicht fassen. Er sagt, er habe die Tatsache, dass er der Gründer ist, lange geheim gehalten und ein sogenanntes Pseudonym vorgeschoben, weil er vertraglich an sein mieses Macho-Image gebunden war.«

»Er war daran gebunden?« Ella runzelte die Stirn. »Wo gibt es denn so was?«

»Im Rennsport-Business offenbar.« Achselzuckend trat Caroline an eines der großen Schaufenster und versuchte, ähnlich wie Hannah zuvor, etwas im Inneren des Gebäudes zu erkennen. Die ehemaligen Verkaufsräume schienen allesamt leer zu stehen und wirkten riesig. »Anscheinend haben die Sponsoren aus Marketinggründen darauf bestanden, dass er seinen miesen Ruf pflegt, andernfalls hätten sie ihm ihre Gelder entzogen oder reduziert. Wenn man es recht bedenkt, ist das schon ein starkes Stück. Die haben sich mit ihren Werbekampagnen ja auch ganz gut die Taschen vollgemacht.«

»Und Henning hat da gegen seinen Willen mitgemacht?« Skeptisch zog Hannah die Nase kraus. »Kann ich mir kaum vorstellen.«

»Es wird ihm schon auch etwas Spaß gemacht haben.« Caroline zuckte mit den Achseln. »Er behauptet aber, dass er davon endgültig genug hat und dass es ihm jetzt auch egal sein kann, ob ihm die Sponsoren weglaufen oder nicht. Kunststück, er hat seine Schäfchen ja längst im Trockenen.«

»Glaubst du ihm das denn?« Ella trat neben sie, beschattete ihre Augen und linste ebenfalls ins Gebäudeinnere. »Begeistert klingst du nicht gerade.«

»Bin ich auch nicht oder war ich nicht. Daraus habe ich nie ein Geheimnis gemacht. Typen wir er gehen mir nun mal gegen den Strich.«

»Typen wie er?« Hannah tauchte auf ihrer anderen Seite auf. »So schlimm ist er nun auch wieder nicht. Und ganz offenbar ist er gar nicht so ein mieser Typ, wie du dachtest, wenn er sogar eine Stiftung ins Leben gerufen hat, die sich für Mädchen- und Frauenrechte einsetzt. Und öffentlichen Ruhm heimst er damit ja auch nicht ein. Ich wusste davon jedenfalls bis eben nichts. Das hätte sich doch herumgesprochen, wenn er damit Werbung gemacht hätte.« Sie hielt inne. »Überraschend ist es aber schon irgendwie. Er hat immer diesen großkotzigen Macho heraushängen lassen … Ich fand das eher amüsant im Gegensatz zu dir. Viele Gedanken habe ich mir aber nie darüber gemacht und schon gar nicht vermutet, dass er das alles womöglich nur gespielt hat, um irgendwelche Knebel-Werbeverträge einzuhalten. Das ist schon irgendwie irre. Ob so etwas überhaupt rechtens ist? Man kann doch niemanden zwingen, sein Leben lang ein mieser Typ zu sein. Oder doch zumindest ein arroganter, selbstverliebter Macho. Ob er wirklich mies war, können wir wohl kaum einschätzen. Dazu müssten wir die ganzen Frauen befragen, mit denen er sich die letzten zehn, fünfzehn Jahre umgeben hat. Die müssten es wohl am besten wissen. Die Presse bauscht ja immer alles riesig auf, und was in Klatschblättern steht, glaube ich sowieso nicht.«

»Ein Funken Wahrheit steckt meist darin«, gab Ella zu bedenken und unterbrach damit Hannahs überbordenden Redefluss. »Aber wenn ich mir so überlege, wie stolz Hennings Mutter auf ihn ist, kann ich mir kaum vorstellen, dass er wirklich so schrecklich ist. Ich mochte ihn eigentlich immer ganz gern, aber wir hatten auch nie so viel mit ihm am Hut, schon weil er nicht in unserem Jahrgang in der Schule war, sondern zwei Jahre über uns.«

»Er hat mir erzählt, dass es bei ihm zu Hause eine strikte Regel gab – oder gibt –, dass er dort keine blöden Sprüche oder machohaftes Verhalten an den Tag legen darf, weil seine Mutter ihm sonst die Hölle heißmachen würde.« Caroline wandte sich vom Fenster ab und ging ein paar Schritte in Richtung Hafen. Ella und Hannah waren sogleich wieder an ihrer Seite.

»Ein Mann, der die Wünsche seiner Mutter ehrt, ist viel wert«, frotzelte Hannah und erntete prompt teils irritierte, teils amüsierte Blicke ihrer Freundinnen.

»Du scheinst dich ja ziemlich ausführlich mit ihm unterhalten zu haben.« Aufmerksam wandte Ella sich Caroline zu. »Wundert es dich nicht, dass er dir so viel über sich erzählt?«

»Ja. Nein.« Caroline wand sich ein wenig. Sie wusste selbst noch nicht, was sie von alldem halten sollte, und konnte deshalb ihren Freundinnen keine Antwort geben, die nicht noch mehr Fragen aufwarf. Fragen, die sie lieber weit von sich geschoben hätte. Doch sie kannte Ella und Hannah gut genug, um zu wissen, dass die beiden keine Ruhe geben würden. »Er behauptet ... Es ist absurd und vollkommen an den Haaren herbeigezogen. Ich weiß nicht, weshalb er so etwas gesagt hat. Bei ihm weiß ich nie, woran ich bin und ob er etwas wirklich ernst meint.«

Hannah fasste sie am Arm und brachte sie dazu stehen zu bleiben. »Was hat er denn behauptet? Du sprichst in Rätseln.«

Ella schien schneller begriffen zu haben. »Er hat Interesse an dir bekundet.« Sie grinste breit. »Das hätte ich mir denken können. Deshalb hat er auch versucht, diese Geschäftsidee über mich an dich heranzutragen, weil er genau weiß, dass du nicht gut auf ihn zu sprechen bist.«

»Henning Magnusson will ... äh ...« Hannah starrte Caroline mit großen Augen an. »Er mag dich?«

In Caroline machte sich ein merkwürdiges flatterndes Gefühl breit. »Er hat so was angedeutet. Aber ... das kann nicht sein. Es ist vollkommener Blödsinn.«

»Warum denn?« Hannah hakte sich fest bei ihr unter. »Du bist bildhübsch ...«

»Dafür kann ich mir was kaufen.«

»Lass mich ausreden!« Energisch drückte Hannah Carolines Arm. »Bildhübsch, klug, eine begnadete Bäckerin und Konditorin und eine erfolgreiche Geschäftsfrau. Außerdem bist du unglaublich lieb und eine wunderbare Freundin und überhaupt. Weshalb sollte er dich nicht mögen?«

»Weil …« Caroline machte sich von Hannah los und ging mit energischen Schritten weiter bis zur Kaimauer des historischen Hafens, an der die Museumsschiffe ankerten. Wieder folgten die beiden Freundinnen ihr auf dem Fuße. »Er hat so Andeutungen gemacht, dass er … Nein, das ist Blödsinn. Oder nur ein mieser Trick, um mich zu verwirren.«

»Womit soll er dich denn verwirren wollen?« Ella legte ihr sachte eine Hand auf die Schulter. »Ich kann mir gar nicht vorstellen, dass er so was nötig hat.«

»Natürlich nicht. Er kann doch jede haben.« Caroline zog den Kopf zwischen die Schultern. »Er hat angedeutet, dass er jetzt Dinge nachholen will, auf die er verzichten musste, als seine Karriere damals Fahrt aufgenommen hat.«

»Na ja, das ist doch aber legitim, wenn er so lange …« Ella stockte. Hüstelte. »Oha.«

»Puh.« Auch Hannah schien begriffen zu haben. »Er behauptet, dass er früher mal … was von dir wollte?«

»Behauptet hat er gar nichts.« Caroline schluckte, weil ihr plötzlich wieder einfiel, wie Henning ihr sehr sanft, fast liebevoll, eine Haarsträhne hinters Ohr gestrichen hatte. Zweimal. »Bloß so komische Andeutungen gemacht.«

»Und das ärgert dich jetzt, weil du nicht weißt, ob er das ernst gemeint hat«, schloss Ella. »Da hilft eigentlich nur, ihn direkt zu fragen.« Nach einem Atemzug setzte sie hinzu: »Allerdings vielleicht besser nur, wenn du die Antwort wirklich hören willst.«

»Die Antwort?« Das merkwürdige Flattern in ihrem Inneren wollte einfach nicht nachlassen. Caroline hätte sich am liebsten selbst einen Tritt gegen das Schienbein versetzt. Was war nur mit ihr los?

»Was, wenn er wirklich mal in dich verliebt gewesen ist?«

Entsetzt fuhr Caroline zu Ella herum. »Du spinnst wohl! Er war doch nicht in mich verliebt, um Himmels willen.«

»Aber warum denn nicht?« Hannah legte ihr einen Arm um die Hüfte. »Wäre das wirklich so abwegig ... oder schrecklich?«

»Ja.«

»Und warum?«

»Weil ...« Caroline schüttelte den Kopf. »Das ist doch verrückt. Er kannte mich doch überhaupt nicht. Und ich ihn ebenso wenig.« Allerdings hatte er auch gesagt, dass er sich ihre Fußballspiele angesehen hatte. Doch diesen Gedanken schob sie gleich wieder weit weg.

»Vielleicht nur, weil er sich damals nicht getraut hat, dich anzusprechen«, schlug Ella vor.

Caroline kickte mit der Spitze ihres Schuhs leicht gegen die Kaimauer. »Nicht getraut? Henning Magnusson? Das ist lächerlich.«

»Ist es nicht«, beharrte Ella. »Du warst damals ja noch ziemlich schüchtern, und so gut wie jeder wusste, wie streng deine Eltern sind und dass sie eine Freundschaft – oder gar mehr – zu einem Jungen nie erlaubt hätten. Von deiner Einstellung gegenüber seinem Machogehabe ganz zu schweigen. Wenn er dich wirklich mochte, wird er das alles genau gewusst haben. Na ja, und wenn dann noch hinzukommt, dass er solche schrecklichen Verträge mit seinen Sponsoren abgeschlossen hatte und darüber hinaus wegen seines ständigen Trainings und der ganzen Rennen kaum noch Zeit in Lichterhaven verbracht hat, könnte ich schon verstehen, warum er nie etwas gesagt hat.«

»Genau«, pflichtete Hannah ihr bei. »Jetzt ist er aus dieser Tretmühle heraus und scheint sein Glück doch noch zu versuchen.« Sie zog Caroline leicht an sich. »Die Frage ist nur, ob er damit bei dir tatsächlich Glück hat oder nicht.« Da sie etwas kleiner war als Caroline, sah sie mit schräg gelegtem Kopf zu ihr auf. »Hat er?«

Caroline wich ihrem Blick aus. »Hat er was?«

»Glück mit dem Versuch?«

»Nein.«

»Oh, oh.« Ella ergriff Carolines Hand. »Das kam aber jetzt ein bisschen arg schnell und klang noch dazu eher wie ein Jein.«

Caroline blickte zu Boden, dann wieder auf die Museumsschiffe. »Henning Magnusson ist nicht mein Typ. Außerdem ist unsere Mittagspause gleich zu Ende. Wir sollten zurückkehren.«

»Stimmt, sollten wir.« Ella küsste sie auf die Wange. »Aber vorher möchte ich zu bedenken geben, dass es nicht immer darauf ankommt, ob ein Mann dein Typ ist – oder ob du das glaubst. Sieh Jörn und mich an! Ich dachte auch, dass er so was von nicht zu mir passen würde, und jetzt ...« Versonnen blickte sie ebenfalls auf die Schiffe und ließ ihren Blick dann hinüber zur Anlegestelle der Ausflugskutter wandern. Um diese Zeit waren alle Schiffe mit Touristen in Richtung der Seehundbänke oder zu anderen Sehenswürdigkeiten unterwegs. Auf einem der Kutter, der der Familie Paulsen gehörte, war Jörn der Kapitän.

»Bald ist euer Jahrestag!« Hannah lachte. »Hattet ihr da nicht so ein Abkommen, was an dem Tag passieren soll?«

»Nicht direkt an unserem Jahrestag.« Ella lächelte leicht. »Wann genau der ist, wissen wir ja selbst nicht so ganz genau. Aber es stimmt schon, bald ist wieder das Stadtfest und auch das Feuerwehrfest, und damit jährt sich auch der Tag ...«

»... an dem du Jörn offiziell und vor allen Leuten auf der Festbühne erlaubt hast, dich in aller Öffentlichkeit zu küssen.« Hannah lachte auf. »Davon reden die Leute heute noch.«

»Ich weiß.« Ellas Lächeln vertiefte sich.

Hannah seufzte aus tiefstem Herzen. »Glaubst du wirklich, er wird dir an dem Tag ...«

»Pst!« Ella legte rasch einen Finger an die Lippen. »Wir sind an dem Abend drüben an der Ufermauer bei den Liegewiesen verabredet. Seit vergangenem Jahr haben wir darüber kein Wort mehr verloren. Ich lasse es einfach auf mich zukommen.«

»Das ist so romantisch!« Wieder seufzte Hannah. »Warum passiert mir so etwas nicht?« Mit spöttisch verzogenen Lippen blickte sie an sich hinab. »Wahrscheinlich, weil ich erst mit achtzig aussehe, als ob ich überhaupt alt genug zum Heiraten – oder was auch immer – bin.«

»Quatsch.« Caroline stieß sie leicht mit dem Ellbogen an, froh, dass das Thema sich auf die Freundin verlagert hatte. »Es gibt durchaus Männer, die dich großartig finden und nicht glauben, dass du noch minderjährig bist.«

»Die kannst du aber an einer Hand abzählen.« Hannah zupfte an ihren kurzen, leuchtend roten Haaren. »Vielleicht noch an zweien, wenn du die Urlauber mitrechnest. Meine Güte, ich werde in ein paar Monaten dreißig und hatte noch nie eine langfristige Beziehung. Das ist doch traurig, oder? Und alles nur, weil die Natur beschlossen hat, dass ich für immer wie siebzehn aussehen soll.«

»So ein Quatsch!« Lachend küsste Ella nun auch sie auf die Wange. »Das ist ganz bestimmt nicht der Grund.«

»Ach nein, was denn dann?«

Ella hob die Schultern. »Vielleicht stellst du auch einfach zu hohe Ansprüche an das männliche Geschlecht. Ein bisschen so wie Caro, nur dass sie halt nur Männer mag, die null Komma null Machoallüren haben, während du auf den sprichwörtlichen Prinzen auf dem goldenen Ross wartest.«

»Auf den was?« Hannah stieß ein ungläubiges Lachen aus. »Goldene Rösser gibt es übrigens nicht.«

»War ja auch nur ein Beispiel«, schränkte Ella ein. »Du bist einfach so krass romantisch veranlagt, da kann ein Mann aus der Realität nicht mithalten. Der Prinz, der dich wach küsst, muss wohl erst noch gebacken werden.« Sie warf Caroline einen amüsierten Blick zu. »Vielleicht versuchst du das mal. Du bist doch unser Backprofi.«

Caroline wehrte mit einem schiefen Grinsen ab. »O nein, da halte ich mich raus. Ich habe genügend eigene Probleme.«

»Mit Männern?« Ella lachte. »Oder vielmehr nur mit dem einen Mann, der dir möglicherweise gerade anfängt, den Hof zu machen?«

Genervt verdrehte Caroline die Augen. »Können wir das Thema bitte ruhen lassen?«

»Nope, können wir nicht.« Entschlossen ergriff Ella je eine Hand der Freundinnen. »Aber wir müssen es wohl vertagen, weil es wirklich allmählich Zeit wird, wieder an die Arbeit zu gehen. Nicht mal gegessen haben wir etwas, aber egal. Vielleicht reicht es noch für ein rasches Sandwich, wenn wir zurück sind. Was meint ihr, sollen wir mal einen neuen Businessplan erstellen und bei der Bank vorstellig werden? Es würde mich schon reizen, Hennings Idee nachzugehen.«

»Ja, ich finde, das sollten wir auf jeden Fall tun.« Hannah nickte enthusiastisch.

Caroline dachte etwas länger darüber nach, nickte dann aber ebenfalls. »Die Idee an sich ist ja nicht schlecht.«

»Nur der Initiator gefällt dir nicht«, schloss Ella und lächelte wieder. »Oder vielleicht doch?«

6. Kapitel

Oder vielleicht doch? Ellas Stimme hallte nun schon seit Stunden in Carolines Kopf wider. Inzwischen war sie schon ganz kirre davon, aber wie ein Ohrwurm wurde sie diesen Satz einfach nicht mehr los. Selbst jetzt, als sie neben Christina am Rand der Trainingswiese stand und dabei zusah, wie Henning und Duke ein paar einfache Übungen miteinander absolvierten, musste sie ständig daran denken.

Sie hatte nie Interesse an Henning Magnusson gehabt. Natürlich war sie auch bis zu einem gewissen Grad von seinem Erfolg als Rennfahrer beeindruckt gewesen, aber sein übergroßes Ego und die Prinzipien, die sie sich zugelegt hatte und die sie strikt auf ihr Leben und auch auf Männerbekanntschaften anlegte, hatten sie stets davon abgehalten, sich auch nur gedanklich näher mit ihm zu befassen. Sie hatte es nicht leicht gehabt, sich von ihrem Elternhaus abzunabeln und zu emanzipieren. Diese Unabhängigkeit stand bei ihr an allererster Stelle. Deshalb wäre ihr nie in den Sinn gekommen, sich ausgerechnet auf einen Mann wie ihn einzulassen.

Vielleicht hatte sie ihn teilweise falsch eingeschätzt, vielleicht nicht die ganze Wahrheit und die Hintergründe gekannt, okay. Das war aber noch lange kein Grund, jetzt in das gegenteilige Extrem zu verfallen und diesem flatternden Gefühl Raum zu geben, das ärgerlicherweise einfach nicht mehr weggehen wollte. Immer wenn sie Henning sah oder an ihn dachte, stellte es sich zuverlässig ein.

Warum hatte er seine Pfoten nicht bei sich behalten

können? Es hatte ganz eindeutig angefangen, als er ihr die Haarsträhne hinters Ohr gestrichen hatte. So etwas hatte noch nie zuvor ein Mann bei ihr getan. Warum auch? Sie war weder übermäßig romantisch veranlagt noch der Typ Frau, bei dem Männer solche Gesten anwandten. Auch wenn sie mit Sicherheit nicht hässlich war, würde sie sich doch auch nicht als eine Frau betrachten, die die Männer betörte oder in übermäßig zärtliche Gefühle ausbrechen ließ. Vielleicht hatte sie ganz bewusst an diesem Image gearbeitet, denn sie wollte ja nicht allein wegen ihres Aussehens gemocht werden und auch nicht in irgendwelche altbackenen Rollenklischees verfallen, wonach der Mann nur eine romantische Geste zu machen brauchte, um sie dazu zu bringen, ihm zu Füßen zu sinken. Das hatte nicht einmal speziell etwas mit Henning zu tun, sondern galt grundsätzlich. Denn wenn sie erst einmal anfing, sich im Wohlgefallen eines Mannes zu sonnen oder besonders geschmeichelt auf solche Gesten zu reagieren, war der Weg nicht mehr weit, Zugeständnisse zu machen, die dazu führten, dass sie doch in ein Klischee abrutschte und sich am Ende nicht mehr auf Augenhöhe mit dem jeweiligen Mann befand, sondern deutlich darunter.

Mit ihren Eltern hatte sie das leuchtende Beispiel vor Augen, wie so etwas funktionierte. Ihre Mutter war immer mit Leib und Seele Hausfrau gewesen, und anscheinend hatten ihr die durchaus liebevollen Gesten ihres Vaters als Bestätigung ihres Daseins vollkommen ausgereicht, um zufrieden zu sein. Selbst als sie vor etwa zehn Jahren angefangen hatte, halbtags in einem Souvenirladen in der Innenstadt zu arbeiten, hatte sie sich zuvor mehrfach bei ihrem Mann versichert, dass er nichts dagegen hatte, und weiterhin penibel darauf geachtet, dass sie ihre häuslichen Pflichten, wie sie sie nannte, zu seiner Zufriedenheit ausführte. Als ob Eugen Maierbach nicht auch fähig gewesen wäre, mal die Wäsche zu waschen, das Haus zu putzen oder das Abendessen zu kochen. Aber das gehörte sich in seinen Augen einfach nicht. Er war das Familienoberhaupt und der Mann im Haus. Als Hauptbrötchenverdiener hatte er von den Frauen in seiner Familie stets erwartet, dass sie sich um die ihnen zugedachten Aufgaben kümmerten, ohne dass er extra darauf hinweisen musste. Wenn er es doch einmal tat, dann selten verärgert, sondern in der Regel sehr freundlich und auf eine Weise, die darauf angelegt war, ein schlechtes Gewissen hervorzurufen und ein negatives Gefühl zu hinterlassen. Caroline hatte als Kind und auch noch als junges Mädchen Angst gehabt, der Vater würde ihr bei fehlendem Gehorsam einfach seine Liebe entziehen. Tat sie jedoch, was er wollte und wie er es wollte, schenkte er ihr viel Aufmerksamkeit und brachte sie auch gerne zum Lachen. Es hatte Jahre gedauert, bis sie hinter diese fast schon perfide Strategie geblickt und begriffen hatte, dass sie das Recht hatte, ihr Leben auf eine andere als die von ihrem Vater erwartete Weise zu führen.

Selbstverständlich liebte ihr Vater sie auch jetzt noch, doch seine Enttäuschung darüber, dass sie sich seiner schützenden und leitenden Hand, wie er es nannte, so rigoros entzogen hatte, zeigte er noch immer deutlich.

Sie hatte sich entschieden und würde nicht einen Millimeter klein beigeben. Entweder es fand sich ein Mann, der damit klarkam, oder sie würde irgendwann als einsame, wunderliche Frau mit zig Katzen – oder Hunden – enden. An diesem Entschluss würde auch ein Flattern in der Magengrube nichts ändern, denn auch wenn sie vielleicht bei Henning von falschen Voraussetzungen ausgegangen war, bedeutete das nicht, dass er plötzlich ein Mann war, der in ihr Leben passte. Das tat er ganz bestimmt nicht.

Oder vielleicht doch?

»Halt die Klappe!« Sie erschrak, weil sie die Worte versehentlich laut ausgesprochen hatte.

»Wie bitte?« Prompt wandte Christina sich ihr zu.

»Nichts. Entschuldige bitte. Ich war nur gerade in Gedanken.« Verlegen biss Caroline sich auf die Unterlippe. »Vielmehr habe ich so was wie … einen Ohrwurm, den ich einfach nicht loswerde.«

Christina lachte. »Das kenne ich. So etwas kann ganz schön nerven. Was für ein Song ist es denn?«

»Kein Song.« Caroline winkte ab. »Nur etwas, das Ella heute Mittag zu mir gesagt hat. Vergiss es einfach.«

»Okay. Ich versuche mal, dich davon abzulenken.« Christina winkte Henning und Duke zu sich heran. »Das war schon sehr gut. Ich würde sagen, dass ihr beide heute mal eine kleine Runde mit Duke zusammen spazieren geht. Ich habe euch eine Route zusammengestellt, die harmlos sein dürfte, damit das Risiko minimiert wird, dass er sich vor irgendetwas Neuem erschreckt. Was meint ihr, traut ihr euch das schon zu? Normalerweise ist er auf Spaziergängen unkompliziert, auch bei Hundebegegnungen. Es sei denn, der andere Hund ist leinenaggressiv, dann kriegt Duke manchmal doch ein bisschen Angst und will flüchten. Ich bleibe bei diesem ersten Mal in einiger Entfernung hinter euch, nur zur Sicherheit, aber ihr lernt ganz schnell, wie ihr mit ihm umgehen und reagieren müsst, und könnt dann auch ohne mich losziehen.«

Caroline nickte. »Warum nicht?«

»Von mir aus gern.« Auch Henning neigte zustimmend den Kopf. »Wenn Duke auch einverstanden ist, machen wir das.«

Was? Wie? Einverstanden? Ich? Duke, der sich neben Henning gesetzt hatte, hob neugierig Kopf und Ohren. *Worum geht es denn?*

»Das ist er ganz bestimmt.« Christina strich Duke über den Rücken. »Nicht wahr, mein Junge, du gehst gerne spazieren.«

Duke wedelte erfreut mit der Rute, sodass sie über den Boden wischte. *Ja, klar, Spazieren mag ich sogar sehr gern. Wohin gehen wir denn? Bitte nicht in den unheimlichen Wald, ja? Da gruselt es mich ein bisschen.*

»Seht ihr?« Lachend befestigte sie die Lederleine an Dukes Geschirr. »Dann lasst uns gleich mal aufbrechen. Geht hier zwischen den Trainingsplätzen durch bis zu dem Feldweg, der rüber in Richtung Deich führt, und dann am Deich entlang bis zur Schafweide. Die umrunden wir einmal gegen den Uhrzeigersinn und kehren oben auf dem Deichweg zurück und dann die paar Schritte durch den Ort wieder bis hierher. Das ist ungefähr eine halbe Stunde und für den Anfang genug. Die Schafe haben wir auch schon kennengelernt, und wenn sie nicht gerade wie verrückt auf uns zurennen, müsste Duke in ihrer Gegenwart ganz ruhig bleiben. Er war neulich irritiert, nachdem sie geschoren worden waren, weil sie jetzt so anders aussehen. Das ist doch so, Duke? Die Schafe sind okay, oder?« Sie streichelte noch einmal über den breiten Rücken des Rottweilers.

Die Schafe? Duke sah aufmerksam zu ihr hoch. *Das sind doch diese komischen nackigen Viecher? Die sind merkwürdig. Am einen Tag sahen sie noch aus wie grauweiße Plüschkissen, und am nächsten war ihr Fell plötzlich weg. Das muss man sich mal vorstellen! Einfach so nackig. Mir wäre das viel zu kalt. Aber gefährlich sehen die Schafe wirklich nicht aus. Ich habe sogar mal eins durch den Zaun beschnüffelt, das war lustig.*

»Hier.« Nachdem sie die Trainingswiese verlassen hatten, übergab Christina die Leine an Caroline und schloss das Gatter. »Geht ihr schon mal vor. Ich sage nur schnell Carmen Bescheid, dass ich für ein Weilchen weg bin, dann komme ich nach. Denkt bitte daran, was ich euch ganz zu Anfang unserer heutigen Trainingsstunde dazu erklärt habe, wie ihr euch verhalten sollt, falls etwas Unvorhergesehenes passieren oder

Duke sich erschrecken sollte.« Schon spurtete Christina los in Richtung des Seminarhauses.

Caroline umfasste die Leine mit entschlossenem Griff und straffte die Schultern. »Dann mal los, würde ich sagen.« Sie warf Henning einen kurzen Blick zu. »Was ist, Henning? Du bist so still heute.«

»Still? Hm …« Henning schloss zu ihr auf, und sie gingen nebeneinander zwischen den abgezäunten Trainingsplätzen hindurch auf den Feldweg zu, der hinter der Anlage der Hundeschule vorbeiführte. »Kann sein.«

»Stimmt etwas nicht?« Hennings seltsames Verhalten hatte Caroline schon beim Eintreffen an der Hundewiese überrascht. Er wirkte ernst und in sich gekehrt; ein Anblick, den sie überhaupt nicht von ihm gewohnt war.

»Nein. Doch … Alles in Ordnung.«

»So siehst du aus.« Erneut musterte sie ihn. »Hat dich jemand geärgert?«

»Nein. Nicht direkt.« Er rieb sich übers Kinn und wirkte mit einem Mal regelrecht besorgt. »Wie gut kennst du Inga Paulsen? Ihr wart in der Schule in einem Jahrgang, oder?«

»Jörns Schwägerin?« Caroline rief sich das Gesicht der blonden Frau ins Gedächtnis. »Sie und ihr Mann Max waren eine Klasse unter uns. Warum fragst du? Was ist mit ihr?«

»Ich weiß nicht.« Wieder rieb er sich übers Kinn, dann warf er einen kurzen Blick über die Schulter, wie um sich zu vergewissern, dass niemand lauschte. »Ist sie … Ich meine … Sind Max und Inga glücklich?«

»Glücklich?« Das war aus seinem Mund eine verblüffende Frage. »Wie kommst du denn jetzt darauf?« Als er nicht antwortete, zuckte sie mit den Achseln. »Keine Ahnung. Sie haben ja zwei Kinder, fünf und drei Jahre alt. Und sie bauen sich den Hof auf mit all den Tieren und dem Ackerbau und so. Soweit ich das beurteilen kann, sind sie ein ganz gutes Team. Warum fragst du?«

»Weil …« Gedankenverloren streichelte er Duke, der zwischen ihnen her trottete, über den Kopf. »Ich weiß nicht, wie ich mich verhalten soll. Jörn ist mein bester Freund seit ewigen Zeiten, und Max war immer ein bisschen wie mein kleiner Bruder. Jetzt weiß ich nicht, ob ich mich da einmischen oder einfach die Klappe halten soll.«

Alarmiert blieb Caroline stehen. »Die Klappe worüber halten?«

Hey, was ist denn jetzt los? Warum bleibst du denn so plötzlich stehen? Duke schnaufte leise und setzte sich. *Ich dachte, wir gehen spazieren!*

»Oh, entschuldige, Duke, ich wollte nicht an deiner Leine rucken.« Rasch setzte sie sich wieder in Bewegung und tätschelte dabei entschuldigend den Hals des Rottweilers. Als sie dabei hinter sich blickte, sah sie, dass Christina etwa fünfzig Meter hinter ihnen ging und ihr lächelnd ein Daumen hoch zeigte.

Schon gut, ich war nur überrascht. Jetzt geht es ja weiter, und auch wenn es dauernd so lästig nieselt, finde ich so einen Spaziergang doch sehr schön. Mit euch beiden sowieso. Allmählich gewöhne ich mich richtig an euch. Schön, dass ihr mich so oft besuchen kommt. Mal sehen, wohin wir gehen.

»Über Inga und …« Henning räusperte sich umständlich. »Helge.«

»Helge Mennersen, Jörns Stellvertreter als Wehrführer bei der Freiwilligen Feuerwehr?« Ein ungutes Gefühl beschlich Caroline. »Was ist mit den beiden?«

»Ich habe sie gestern Vormittag zufällig gesehen, als ich mit einem Kunden eine Probefahrt in seinem restaurierten Mercedes-Oldtimer gemacht habe.« Diesmal strich er sich mit gespreizten Fingern durch sein dichtes blondes Haar und verwuschelte es dabei. »Sie waren … also … Sie kamen gerade aus Helges Haus und …«

»Und?« Beinahe wäre Caroline wieder stehen geblieben. »Was?«

Er räusperte sich erneut. »Sie haben sich geküsst, und soweit ich sehen konnte, war Inga, nun ja, noch nicht wieder ganz angezogen. Zumindest sah es so aus, als würde sie ihre Bluse zuknöpfen.«

»Ach du Sch...iet.« Caroline biss sich auf die Unterlippe. »Bist du dir ganz sicher, dass es Inga war?«

»Ich bin mit dem Benz nicht gerade im Überschallflug an ihnen vorbeigeprescht. Es war genügend Zeit, sie zu erkennen.«

»O Mann.«

»Genau.« Er nickte mit betretener Miene und ließ ihr und Duke den Vortritt, als sie eine hölzerne Brücke überquerten, die über einen Bach führte.

»So ein Mist.« Sie dachte an Max und die beiden kleinen Kinder. »Das hätte ich nicht von ihr gedacht. Und ausgerechnet mit Helge? Der ist doch viel älter als sie, mindestens fünfzehn Jahre, und außerdem schwirrt er doch von Frau zu Frau wie eine Biene auf einer Blumenwiese.« So wie sie es auch Henning vorwarf. Nein, Helge und Henning waren zwei grundverschiedene Männer. Zumindest hatte sie noch nie gehört, dass Henning etwas mit einer verheirateten Frau angefangen hätte.

»Soll ich Jörn davon erzählen?« Im Vorbeigehen riss er ein Ästchen von einem Holunderbusch und begann es zu zerpflücken.

»Ich weiß nicht.« Sie überlegte und warf noch einmal einen kurzen Blick auf Christina, die sich immer noch etwa fünfzig Meter hinter ihnen hielt und ihr zulächelte. »Vielleicht ist es besser, wenn du nichts sagst. Das ist eine Privatsache zwischen Inga und Max.«

»Ich weiß.« Er warf das zerrupfte Holunderästchen achtlos weg. »Andererseits würde ich es schon gerne wissen, wenn jemand meine Frau beim Fremdgehen erwischt.«

»Erwischt hast du sie ja nicht.«

»Aber so gut wie.«

»Mhm.« Sie richtete ihren Blick geradeaus. Sie näherten sich bereits der Schafweide. Da der Regen etwas stärker wurde, versuchte sie, mit einer Hand die Kapuze ihrer Windjacke über den Kopf zu ziehen.

»Gib mir die Leine.« Zuvorkommend nahm ihr Henning die Leine aus der Hand, sodass sie Haare und Kapuze in Ordnung bringen konnte. Da sie dem Deich näher kamen, nahm auch der Wind deutlich zu, sodass sie ihre Kapuze zusätzlich festzurrte.

»Ich glaube trotzdem, dass es besser ist, wenn du dich heraushältst. Vielleicht weiß Max auch schon, was los ist.«

»Dann hätte Jörn es mir erzählt.« Nachdenklich spielte Henning mit dem Ende der Leine. »So ein Mist.«

Sie senkte den Blick. »Ja.«

»Das wird hart für Max und besonders für die Kinder.«

Da dem nichts hinzuzufügen war, gingen sie eine Weile schweigend den Feldweg entlang und umrundeten die Schafweide, auf der die Tiere sich zum Schutz gegen den Regen unter einer kleinen Baumgruppe aneinanderdrängten.

»Da weiß man gleich wieder, warum es Schafskälte heißt.« Caroline schauderte ein wenig, da der Wind deutlich auffrischte.

»Zumindest wärmen sie sich gegenseitig.« Henning warf ihr einen Seitenblick zu. »Falls du frierst, stelle ich mich gerne als menschliche Wärmflasche zur Verfügung. Auch wenn du … nicht so nackt bist wie die armen Schäfchen.«

Ruckartig wandte sie ihm das Gesicht zu. »Wolltest du gerade leider sagen?«

Er grinste breit. »Ich habe gerade noch mal die Kurve gekriegt.«

Sie musste sehr an sich halten, um nicht zu lachen. Sein übertriebener Unschuldsblick war einfach umwerfend. »Was bringt dich auf die Idee, dass ich mich von einer *Flasche*«, sie betonte das Wort ganz besonders, »wie dir wärmen lassen würde?«

»Ein Mann darf doch wohl noch hoffen.« Als sie die Deichtreppe erreichten, ließ er ihr wieder den Vortritt. »Auch wenn das mit der Flasche gemein war.«

»War es das?« Sie beeilte sich, die Stufen hochzusteigen, und drehte sich, oben angekommen, zu ihm um. »Ich wusste nicht, dass du so empfindlich bist. Huch!« Eine heftige Windbö fuhr sie seitlich an und ließ sie kurz straucheln. Da Duke bereits vor Henning die Stufen erklommen hatte, stieß sie gegen ihn und wäre gestürzt, wenn Henning sie nicht geistesgegenwärtig an der Schulter gepackt und festgehalten hätte.

Wuff! Was war das denn? Hilfe, so ein Durcheinander.

»Halt, hiergeblieben.« Grinsend half Henning ihr, sich wieder zu fangen. »Ich dachte, du wolltest mir nicht zu Füßen sinken.«

»Das hatte ich auch nicht vor.« Da Duke ein wenig zwischen ihnen zappelte, geriet sie erneut aus dem Gleichgewicht, sodass Henning sie einfach weiter festhielt, bis sie wieder sicher stand. Da er sie dann immer noch nicht losließ, räusperte sie sich. »Trotzdem danke. Ich kann jetzt wieder allein stehen.«

Wuff, ich auch, wenn ihr mich nicht so herumschubst. Ihr seid vielleicht komisch.

»Wie überaus schade.« Er strich beiläufig über ihre Oberarme, zog seine Hände dann aber doch zurück.

Hastig machte sie einen Schritt rückwärts.

»Was macht ihr denn da oben? Einen Slapstick?« Schmunzelnd gesellte Christina sich zu ihnen.

»Caroline flüchtet gerne mal vor mir.« Das freche Grinsen auf Hennings Lippen ließ Caroline die Stirn runzeln, auch wenn sie wieder mit einem Lachen zu kämpfen hatte.

»Ich und vor dir flüchten? Das würde ja voraussetzen, dass ich Angst vor dir habe. So weit kommt es noch.«

»Wer weiß.« Er zwinkerte ihr zu. »Manche Frauen laufen auch davon, damit ein Mann ihnen nachsetzt.«

Sie schnaubte. »Wovon träumst du eigentlich nachts?«

Er ließ sich nicht beeindrucken. »Das verrate ich dir vorerst lieber nicht.«

»Das war auch eine rein rhetorische Frage.« Wie ärgerlich, dass sich dieses nervige Flattern schon wieder meldete und dass sich ihr Puls leicht erhöht hatte. »Ich will es überhaupt nicht wissen.«

»Wirklich nicht?« Er suchte ihren Blick. »Nicht das winzig kleinste bisschen?«

»Nein.« Sie verschränkte sicherheitshalber ihre Arme.

»Auch nicht, wenn ich dir versichere, dass es ausschließlich nette und jugendfreie Träume sind?«

Sie kämpfte vergeblich gegen ein Lachen an. »Nein, denn mit einem Lügner gebe ich mich ganz sicher nicht ab. Nicht mal in meinen Träumen – oder deinen.«

»Okay, okay, sie sind vielleicht nicht ganz jugendfrei. Aber ich warte gerne noch ein Weilchen, bis du bereit bist, mir zuzuhören.«

»Also, ich will euch ja nicht bei diesem etwas merkwürdigen Flirt stören«, unterbrach Christina ihn mit amüsierter Miene. »Aber wir sollten weitergehen. Der Regen hat zwar etwas nachgelassen, aber neue Wolken sind bereits im Anmarsch.« Sie deutete in Richtung Horizont, wo sich tatsächlich Regenwolken in allen Schattierungen von Grau türmten.

»Wir flirten nicht.« Caroline nahm Henning die Leine ab.

»Doch, ich glaube schon«, widersprach Henning und wich lachend dem Fausthieb aus, mit dem sie ihn zu knuffen versuchte. »Zumindest habe ich dich zum Lachen gebracht. Das ist doch ein Fortschritt.«

»Ich lache nicht.« Vergeblich biss Caroline sich auf die Unterlippe, um ernst zu bleiben.

In einer übertrieben vertraulichen Geste beugte Henning sich zu Christina hinüber. »Sie ist ein bisschen spröde, aber daran arbeiten wir noch.«

»Ich zeige dir gleich, was spröde ist!« Erbost, doch zugleich immer noch mit einem Lachen kämpfend, versuchte Caroline erneut, ihm einen Knuff zu versetzen.

Wieder wich er ihr elegant aus. »Diese Frau ist nicht ganz ungefährlich.«

»Gut, dass du es einsiehst!«

Er grinste erneut frech. »Einer Herausforderung habe ich mich immer schon gerne gestellt.«

Ein wenig erschrak Caroline, als sich ihre Blicke erneut trafen. »Vergiss es. Es existiert keine Herausforderung.«

»Doch, ich bin mir da ganz sicher.« Er blinzelte vielsagend, beugte sich dann aber unversehens zu Duke hinab. »Na, mein Freund, was sagst du dazu? Ich glaube, dir ist das alles vollkommen schnuppe, oder?«

Duke hob den Kopf und sah ihn neugierig an. *Schnuppe? Was ist das? Keine Ahnung, worum es geht. Ich finde es nur sehr angenehm, hier mit euch spazieren zu gehen. Der Wind ist zwar ziemlich kühl und der Regen nass, aber darüber kann ich hinwegsehen. Hier oben auf dem Deichweg bin ich mit Christina schon ein paarmal langgegangen. Das ist schön und nicht so unheimlich wie im Wald oder da hinten in der Nähe des großen Wassers. Meine Güte, ist das vielleicht riesig und grau und ... hm, spannend irgendwie auch, wenn ich es recht bedenke.*

»Nanu, was ist denn jetzt los?« Überrascht blieb Caroline stehen, weil Duke unvermittelt haltgemacht hatte und sich mit Blick in Richtung Wasser auf sein Hinterteil gesetzt hatte. »Komm, Duke, wir wollen weitergehen.«

Nö, wartet doch mal. Ich will das riesige graue Wasser

angucken. Aus dieser Entfernung ist es auch nicht gefährlich, schätze ich. Es sieht ulkig aus, wie die Möwen darüber hinwegsausen. Die sind vielleicht mutig, es klingt, als würden sie lachen. Und da sind so lustige Schaumkrönchen, die auf den Wellen tanzen. Dukes Kopf neigte sich erst zur einen, dann zur anderen Seite, während er wie gebannt hinaus aufs Meer blickte.

»Wartet mal.« Christina behielt Duke aufmerksam im Blick. »Das hat er noch nie gemacht. Bisher hat ihn das Wasser nicht interessiert, oder wenn, dann nur in der Form, dass er Angst vor den Wellen bekommen hat. Lassen wir ihn ein bisschen schauen.«

Wuff, danke sehr. Duke wedelte leicht mit der Rute.

»Hat er sich gerade bedankt?« Amüsiert blickte Henning auf den Rottweiler hinab.

Klar.

»Ich glaube, schon.« Christina klang erheitert. »Vielleicht findet er ja über kurz oder lang doch noch Gefallen am … O Shit!«

Aus der Ferne war das sirrende Brummen von Motorrädern zu vernehmen.

»Wir müssen hier weg!« Christina sah sich um und deutete auf die nächstgelegene Deichtreppe. »Das sind garantiert diese Idioten, die drüben auf dem Campingplatz zelten. Eine Gruppe Halbwüchsiger, die mit ihren Crossmaschinen durch die Gegend rasen. Ja, verflixt, das sind sie. Die dürfen gar nicht auf den Deich!« Sie deutete in östliche Richtung, aus der tatsächlich mehrere Crossmaschinen in hoher Geschwindigkeit näher gerauscht kamen.

Was ist denn das für ein Lärm? Wer kommt denn da? Das sind gefährliche Höllenmaschinen! Hilfe! Duke knurrte erst, dann bellte er und ging immer weiter rückwärts, die Ohren angelegt, den Blick starr auf die näher zischenden Motorräder gerichtet.

»Diese verdammten Idioten!« Christina riss Caroline die Leine aus der Hand. »Das schaffen wir nicht mehr. Stellt euch neben mich, blockt Duke, so gut es geht, mit euren Körpern ab, damit er euch als Schutz wahrnimmt.« Während sie sprach, umfasste sie die Leine fester und richtete sich hoch auf, machte sich so breit wie möglich und bemühte sich, Duke am Rand des Deichwegs zu halten.

Erschrocken versuchte Caroline, es ihr gleichzutun. Henning sprang auf Christinas andere Seite und breitete sogar seine Arme aus.

Hilfe, was sind das für Dinger? Die sind grässlich laut. Ich will hier weg. Lasst mich doch los, ich muss abhauen. Wau, Hilfe! Jaulend und bellend zerrte der Rottweiler an der Leine, stemmte sich regelrecht dagegen, sodass Henning beherzt in Dukes Geschirr griff, um ihn festzuhalten.

Als die Motorräder an ihnen vorüberbrausten, beugte Henning sich zu dem Rottweiler hinab. »Ganz ruhig, Junge! Dir passiert nichts.«

Nichts? Du spinnst ja. Da sind Höllenmaschinen unterwegs, die mich fressen wollen. Gut, dass sie mich hinter euch nicht gesehen haben. Aber das geht so nicht! Ich weiß gar nicht, was ich machen soll, außer Bellen. Das war gemeingefährlich! Bringt mich sofort hier weg, bitte, bitte! Ich fürchte mich doch vor solchen lauten Riesendingern. Die sind viel zu schnell und tun meinen Ohren weh, und überhaupt. Duke bellte wie verrückt und ließ sich kaum beruhigen.

Christina warf den sich rasch entfernenden Crossmaschinen wütende Blicke hinterher. »Na warte, euch zeige ich an. Ihr habt hier oben auf dem Deich nichts verloren, ihr Blödiane!« An Duke gewandt wurde ihre Stimme ruhig und gelassen. »Na, na, immer mit der Ruhe. Die bösen Motorräder sind doch schon wieder weg. Alles wieder gut.«

Alles gut? Bist du dir sicher? Duke hielt im Bellen inne und sah sich vorsichtig um. *Tatsächlich, die sind weg. So ein Glück.*

»Danke.« Christina wandte sich aufatmend an Caroline und Henning. »Ihr habt schnell reagiert, das war unser Glück. Allein hätte ich Schwierigkeiten gehabt, ihn zu halten. Diese verfluchten Typen aber auch. Ich könnte sie erwürgen.« Prüfend blickte sie auf Duke hinab, der schwer hechelnd dastand und in die Richtung blickte, in die die Motorräder verschwunden waren. Das Sirren der Motoren war immer noch in der Ferne zu vernehmen. »Dabei hatte ich gehofft, dass wir hier oben sicher vor ihnen sind.«

»Ist doch noch mal gut gegangen.« Henning ging noch einmal neben Duke in die Hocke und legte ihm eine Hand auf den Rücken.

Genau im selben Moment beugte sich auch Caroline zu Duke hinab und wollte ihn streicheln. Prompt berührten sich ihre Hände auf dem glatten, weichen Hundefell. Im ersten Moment hätte sie ihre Hand beinahe zurückgezogen, doch da hatte Henning sie bereits ergriffen und kurz gedrückt. Ehe sie reagieren konnte, erhob er sich bereits wieder und tat, als sei nichts gewesen.

Verunsichert blickte sie auf ihre Hand, die von der kurzen Berührung ein wenig kribbelte. Was sollte das? Was hatte er vor? Wollte er sie ärgern? Sich über sie lustig machen? Oder waren seine Andeutungen und seine Bemühungen, sie in einen Flirt zu verwickeln – wenn auch zugegebenermaßen in einen etwas eigenartigen –, wirklich ernst gemeint? Sie wusste es nicht und war sich nicht einmal sicher, ob sie es wirklich herausfinden wollte. Denn was dann?

»Gehen wir weiter.« Seine Stimme klang aufgeräumt und vollkommen normal. »Da vorne ist die nächste Treppe. Am besten nehmen wir die für den Fall, dass diese Rowdies noch mal zurückkommen.«

»Denen würde ich gerne mal ein paar Worte erzählen.« Immer noch erbost führte Christina Duke die Treppe hinab. Unten angekommen, reichte sie Caroline die Leine. »Hier, übernimm ihn ruhig wieder. Hier zwischen den Feldern dürften wir sicher sein.«

Sicher? Na, hoffentlich. So etwas will ich echt nicht noch mal erleben. Warum gibt es bloß solche lauten, stinkenden, rasenden Dinger?

»Er wirkt ganz erschöpft.« Aufmerksam betrachtete Caroline den Rottweiler, der etwas steif neben ihr herging, sich jedoch wieder beruhigt zu haben schien.

»Das ist er bestimmt auch. Solche Aufregungen verträgt er nicht gut.« Seufzend schlug Christina die Kapuze ihrer Jacke über den Kopf. »Und natürlich fängt es jetzt auch noch an, richtig heftig zu regnen. Na los, lasst uns einen Zahn zulegen – oder auch zwei.«

Sie joggte los; Caroline und Duke folgten ihr, und nur Augenblicke später schloss auch Henning zu ihnen auf.

∗∗∗

»Das war ein durchwachsener erster Spanziergang«, fasste Christina eine Viertelstunde später die Ereignisse zusammen, nachdem sie Duke gemeinsam ins Haus gebracht, abgetrocknet und mit Wasser und etwas zu fressen versorgt hatten. »Ich hatte gehofft, dass es beim ersten Mal ohne blöde Zwischenfälle ablaufen wird.«

»Erste Male sind prädestiniert dafür, anders zu verlaufen als geplant.« Henning schlug seine Kapuze zurück und fuhr sich ordnend durch sein feuchtes Haar.

Caroline sagte nichts dazu, doch er sah ihr an, dass sie überlegte, ob sie auf die Zweideutigkeit seiner Worte eingehen sollte oder nicht. Offenbar entschied sie sich dagegen. »Ich fand den Spaziergang ganz in Ordnung.« Sie zupfte ein wenig an ihrer nassen Jacke. »Ziemlich feucht zwar, aber alles in allem sind wir doch gut durchgekommen. Diese Motorradfahrer sind aber wirklich das Letzte.«

»Ich rufe gleich mal beim Ordnungsamt an und frage, ob man sie nicht verwarnen kann.« Christina seufzte. »Wahrscheinlich sind sie nicht lange genug hier, dass so eine Ermahnung wirklich wirkt. Aber ich versuche es trotzdem. Sollen wir rasch noch einen neuen Termin ausmachen? Diesmal je einen Einzeltermin für euch beide und danach noch mal einen gemeinsamen, würde ich vorschlagen. Dann muss ich mich sputen, weil ich Ben versprochen habe, gegen fünf die Zwillinge zu Hause zu übernehmen, damit er noch ein bisschen arbeiten kann.«

Gemeinsam begaben sie sich ins Seminarhaus und besprachen die möglichen nächsten Trainingstermine. Nachdem Christina sich verabschiedet hatte, warf Henning Caroline einen prüfenden Blick zu. »Du hast dich vorhin ganz schön erschreckt, oder?«

Auf ihrem Gesicht zeichnete sich Überraschung ab, sie antwortete aber nicht darauf.

Er lächelte leicht. »Ich auch. Dafür haben wir uns aber gut geschlagen, finde ich.«

»Ja, wahrscheinlich.«

»Vielleicht lässt sie uns das nächste Mal ja schon allein mit Duke spazieren gehen.«

Ihr Kopf hob sich ruckartig, doch sie sagte wieder nichts. Stattdessen schauderte sie ein wenig und zupfte erneut an ihrer Jacke.

»Ist dir kalt?« Er deutete in Richtung des offen stehenden Tors. »Ich bin heute mit dem Auto da. Soll ich dich nach Hause fahren? Ich habe auch noch eine trockene Jacke im Kofferraum. Nicht, dass du dich erkältest. Das würde einem gemeinsamen Spaziergang im Wege stehen.«

»Ich wusste gar nicht, dass du so aufs Spazierengehen stehst.« Da sie ihm ohne Protest folgte, nahm er an, dass sie nichts gegen seinen Vorschlag hatte.

»Ich bin gerne draußen unterwegs.« Schon im Gehen

betätigte er den Knopf der Zentralverriegelung und öffnete gleich darauf den Kofferraum seines dunkelroten Porsche Cayenne. »In deiner und Dukes Gesellschaft sogar gleich doppelt so gerne.«

»Fängst du jetzt an, Süßholz zu raspeln?« Mit missbilligendem Blick schälte Caroline sich aus ihrer nassen Jacke und hüllte sich in die natürlich viel zu große, mit Kunstfell gefütterte Jacke mit Porsche-Emblem, die er ihr reichte. »Spar dir den Atem.«

»Ich sage nur, wie es ist.« Kurz schüttelte er ihre Jacke aus und legte sie in den Kofferraum. Seine eigene zog er ebenfalls aus und warf sie daneben. »Setz dich ruhig schon mal ins Auto. Es wird allmählich richtig ungemütlich.« Wie um seine Worte zu unterstreichen, fuhr eine heftige Windbö herab. »Da scheint ein Sturm im Anmarsch zu sein.«

Caroline ließ sich auf den Beifahrersitz gleiten und sah sich neugierig im Inneren des Wagens um. Als Henning sich hinters Steuer klemmte, stieß sie geräuschvoll die Luft aus. »Was für eine Luxuskarre. Vollausstattung?«

»Und noch ein bisschen mehr an Equipment, das es noch nicht im Laden zu kaufen gibt.« Er grinste. »Porsche war lange Zeit einer meiner Hauptwerbepartner, und noch heute drängen sie mir regelmäßig ihre neuesten Spielzeuge auf, damit ich sie teste und, na ja, meinen Spaß damit habe.«

»Porsche war aber doch nicht dein Team in der Formel 1.«

»Nein, das war *Costales Motors*. Marcos Costales produziert Ersatzteile und Sonderequipment für alle möglichen Automarken und lässt sich für den Rennsport ein eigenes Auto zusammenbasteln.«

»Er lässt es zusammenbasteln?«

Henning lächelte. »Ja, so könnte man es bezeichnen, weil die Karosserie von seinen Leuten entworfen wurde, viele Teile aber auch zugekauft werden. Porsche mischt da ordentlich mit, wenn es um die Motoren geht.«

Wieder sah Caroline sich eingehend um. »Das Cockpit sieht aus wie bei einem Raumschiff. Ich wüsste gar nicht, was ich mit all den Knöpfen und dem riesigen Bildschirm anfangen soll.«

»Man gewöhnt sich schnell daran.« Umsichtig lenkte er den SUV über die schmale Straße bis zur nächsten Kreuzung, die auf eine zweispurige Fahrbahn führte. Der Regen wurde wieder stärker und pladderte gegen die Windschutzscheibe. Prompt schaltete sich der sensorgesteuerte Scheibenwischer ein.

»Trotzdem wäre mir das ein bisschen viel – und der Wagen zu groß.« Caroline schauderte wieder und kuschelte sich tief in die Jacke.

»Immerhin fährt er mit der neuesten Hybridtechnologie, das macht ihn umweltverträglicher. Und er hat eine klasse Sitzheizung.« Die er bereits eingeschaltet hatte.

Caroline lächelte schwach. »Ich merke es. Danke. Ich muss übrigens noch mal ins Geschäft, um ein paar Sachen vorzubereiten.«

»Stimmt, das hattest du neulich erwähnt. Dann setze ich dich dort ab.« Er bog nach rechts in Richtung Innenstadt ab, und den Rest der kurzen Strecke legten sie schweigend zurück. Henning überlegte, ob er noch einmal das Thema Inga und Max Paulsen anschneiden sollte, unterließ es dann aber. Er fühlte sich unwohl mit seinem Wissen über Ingas offensichtliche Affäre, doch Caroline hatte recht, es war nicht seine Sache. Sich einzumischen tat selten gut. Andererseits …

»Vielleicht solltest du doch mit Jörn reden.« Caroline sah ihn an, als er auf den kleinen Parkplatz hinter dem Geschäftshaus der *Foodsisters* einbog und anhielt. »Wenn es um Ellas Bruder oder Hannahs Schwester ginge, würde ich auch mit den beiden darüber sprechen wollen. Vielleicht weiß Jörn einen Rat.«

Henning lehnte den Kopf gegen die Kopfstütze und blickte nach oben. »Einen Rat gibt es da wahrscheinlich nicht.«

»Nein, da hast du wohl recht. Es ist schlimm.« Sie presste kurz die Lippen aufeinander, dann löste sie den Gurt und öffnete die Tür. »Danke fürs Fahren.«

»Keine Ursache. Warte, ich hole noch deine Jacke.« Während sie zur Hintertür eilte und sie aufschloss, schnappte er sich die nasse Jacke aus dem Kofferraum und brachte sie ihr. Da sie bereits hineingegangen war, folgte er ihr und sah sich neugierig um. Sie befanden sich in einem schmalen Gang, von dem mehrere Türen abzweigten. Geradeaus mündete er in einen großen, mit gemütlichen hellen Möbeln eingerichteten Raum, in dem die *Foodsisters* wohl ihre Kunden empfingen und berieten. Da es sich um ein ehemaliges Ladengeschäft handelte, gab es zur Goldschmiedgasse hin ein großes Schaufenster neben der gläsernen Eingangstür.

Caroline war bereits in die Küche gegangen. Henning folgte ihr, blieb aber im Türrahmen stehen. »Darf ich eintreten?«

Überrascht drehte sie sich zu ihm um. »Sicher, warum nicht?«

»Das ist immerhin eine Profiküche. Nicht, dass ihr Ärger mit dem Gesundheitsamt bekommt.«

Sie grinste. »Solange du nichts anfasst und mir glaubhaft versicherst, keine ansteckenden Krankheiten zu haben, ist alles okay.« Sie nahm ihm ihre Jacke ab und brachte sie durch eine unauffällige Tür in einen Raum seitlich von der Küche. Als sie zurückkehrte, hatte sie sich eine weiße Bäckerschürze übergestreift und ihr Haar zu einem Zopf zurückgebunden. Mit einem anerkennenden Lächeln reichte sie ihm seine Jacke. »Die ist schön warm.«

»Ich weiß.« Nachlässig hängte er sich die Jacke über den Arm. »Für dich müsste sie nur ein paar Nummern kleiner sein.«

135

»Ist doch egal. Sie hat ihren Dienst getan.« Caroline trat an einen der hohen Vorratsschränke und entnahm ihm mehrere Schüsseln, die sie auf der Arbeitsinsel abstellte. »Danke noch mal.«

»Was bereitest du denn jetzt eigentlich schon für morgen vor?« Neugierig trat er näher, als sie auch noch Mehl, Wasser, Milch, Butter, Salz und Zucker auf der Arbeitsinsel platzierte. »Ich dachte, Gebäck wird immer ganz frisch hergestellt.«

»Wird es auch normalerweise. Für morgen habe ich aber verschiedene Gebäcke mit kalt geführtem Hefeteig einge-plant, also bereite ich ihn heute schon vor, damit er über Nacht im Kühlschrank gehen kann.« Sie wusch sich rasch die Hände, bevor sie weiterarbeitete.

»Hefe geht auch bei Kälte auf?« Überrascht trat er noch näher. »Ich dachte, dazu muss es warm sein.«

»Stimmt schon, meistens lässt man Hefeteig warm aufge-hen. Es geht aber auch im Kühlschrank. Das dauert länger, dafür bekommt man ein besonders feinporiges, lockeres Ge-bäck, wenn man es richtig macht.« Während sie sprach, wog sie bereits eine erste Menge Mehl ab und gab mit geübten Handgriffen Salz und Zucker hinzu. »Man kann natürlich auch mit frischer Hefe arbeiten«, erklärte sie weiter, »aber bei kalt geführten Teigen gelingt es mir besser mit Trockenhefe.« Sie ging um ihn herum zu dem großen, zweiflügligen Kühl-schrank und öffnete die Seite mit den Gefrierfächern.

Verblüfft folgte Henning ihr erneut und blickte ihr über die Schulter. »Was ist das denn?« Neugierig beäugte er die viereckige gelbe Plastikdose, die sie hervorholte.

»Die Hefe.« Lächelnd schloss sie die Tür wieder und um-rundete ihn erneut, um zu ihrer Schüssel zu gelangen.

»Aus dem Gefrierschrank?«

»Das ist der beste Ort, um Trockenhefe zu lagern.« Rasch öffnete sie die festen Klippverschlüsse an der Dose und entnahm mit dem innenliegenden Messlöffel nach Augenmaß eine Portion Hefe. »So bleibt sie über Monate frisch.« Sie verschloss die Dose wieder und stellte sie umgehend zurück in den Gefrierschrank. »Bei den großen Mengen, die ich immer ordere, ist das am sinnvollsten.«

Er staunte. »Man lernt nie aus. Ich dachte, Hefebakterien sterben bei Minustemperaturen.«

»Nein, sie halten dann bloß so was wie einen Winterschlaf.«

Da sie nicht weiter darauf einging, sah er ihr eine Weile schweigend dabei zu, wie sie den Hefeteig zubereitete und dann kräftig auf der Arbeitsfläche durchknetete. Sie wirkte jetzt ganz konzentriert, irgendwie in sich ruhend und … friedlich. Er schmunzelte vor sich hin. »Wenn ich dir so zusehe, wächst in mir der Wunsch nach einer Massage. Darin müsstest du irre gut sein.«

Sie hielt inne, sah ihn jedoch nicht an, sondern schnaubte nur. »Nicht, dass ich dich bei der Gelegenheit versehentlich erwürge.«

Er lachte. »Autsch! Würdest du das wirklich tun?«

»Ich hätte manchmal nicht übel Lust dazu.« Weiterhin hielt sie ihren Blick konzentriert auf den Teig gerichtet, der sich elastisch ihren kräftigen Händen unterwarf und, ihrer zufriedenen Miene nach zu urteilen, genauso wurde, wie er sein sollte.

»Dabei bin ich doch immer ganz lieb zu dir. Und ein Gentleman obendrein.«

Diesmal stieß sie einen undefinierbaren Laut aus, der irgendwo zwischen Lachen und genervtem Stöhnen lag. »Die Bezeichnung lieb hätte ich im Leben nicht auf dich angewendet, Henning Magnusson.«

»Warum nicht?« Mutig näherte er sich ihr wieder.

»Weil das Wort *lieb* Eigenschaften impliziert, die nicht auf dich zutreffen. Zumindest meines Wissens nicht.« Sie legte den Teig in die Schüssel zurück und verschloss sie mit einem

Silikondeckel. Dann zog sie die nächste Schüssel zu sich heran und begann erneut, Mehl, Salz und etwas Zucker abzuwiegen. Diesmal schlug sie auch noch zwei Eier in die Schüssel und verwendete Milch anstatt Wasser.

Als sie diesmal um ihn herumgehen wollte, um zum Gefrierschrank zu gelangen, hielt er sie am Rückenteil ihrer Schürze fest und zog sie mit einem sanften Ruck zu sich heran, bis sie mit dem Rücken gegen seine Brust stieß. Ein kleiner, elektrisierender Stich durchzuckte ihn. Rasch brachte er seinen Mund nah an ihr Ohr. »Vielleicht kennst du mich einfach nicht gut genug, um das beurteilen zu können.«

»Hey!« Ihr Protest klang ein wenig erstickt, was einen zweiten Stich in ihm auslöste. »Lass mich los.«

»Ich halte dich gar nicht fest.« Zum Beweis streckte er beide Arme seitlich aus, wobei ihm die Jacke beinahe entglitten wäre.

Überrascht wandte sie ihm das Gesicht zu, und ihre Augen weiteten sich ein wenig, als ihre Blicke sich trafen. »Was soll das werden?«

»Ich weiß es nicht.« Er genoss ihre unmittelbare Nähe mehr, als im Augenblick vielleicht gut war. »Hast du eine Idee?«

»He, Caro, bist du doch schon zurück? Dachte ich doch, dass ich die Tür gehört habe. Hannah ist einkaufen gefahren, und ich wollte jetzt … oh. Hallo.« Ella, die mit Schwung durch die Tür gerauscht war, blieb abrupt stehen und starrte erst ihn, dann Caroline an.

Caroline zuckte heftig zusammen und machte gleich zwei Schritte von ihm weg. »Hi, äh, ja, ich bin gerade zurückgekommen. Henning hat mich gefahren, weil es so geregnet hat. Er … wollte gerade gehen.«

»Wollte ich das?« Erheitert musterte er sie.

»Ja, wolltest du. Ich habe hier zu tun.«

»Daran habe ich dich bis eben nicht gehindert.«

»Ja. Nein, aber …«

»Aber ich muss tatsächlich los. Mein Meisterkurs fängt in einer Stunde an, und ich muss vorher noch meine Unterlagen von zu Hause holen und danach kurz in der Werkstatt vorbeischauen.« Ehe sie vielleicht wütend wurde, trat er den Rückzug an. Dabei nickte er Ella freundlich zu. »Man sieht sich.« In der Tür blieb er stehen und drehte sich noch einmal kurz um. »Vielleicht … Frag doch Ella mal wegen … du weißt schon.«

Als sie ihn halb erschrocken, halb verlegen ansah, lächelte er ihr warm zu. »Bis dann. Wir sehen uns spätestens am Samstag zu unserem Duke-Date.« Damit zog er sich endgültig zurück und spürte auf dem Weg zum Auto dem nicht unangenehmen Gefühl eines startenden Flugzeugs nach, das sich in seinem Bauch breitmachte.

**

»Was war das denn?« Ella lauschte Hennings Schritten und der Hintertür, die sich kurz darauf öffnete und wieder schloss.

»Nichts.« Caroline entnahm dem Gefrierschrank erneut die Hefe und setzte ein gutes Quantum dem Teig zu.

»Na sicher, so sah das auch aus.« Ella nahm ihr die Hefedose ab, schloss sie und stellte sie in den Gefrierschrank zurück. Dann stemmte sie die Hände in die Hüften. »Und jetzt noch mal: Was war das?«

Verlegen zog Caroline den Kopf zwischen die Schultern. »Henning ist ein bisschen … übergriffig geworden.«

»Schatz.« Ella trat dicht neben sie und berührte sie an der Schulter. »Er hat dich nicht angefasst. Zumindest nicht, als ich hereinkam. Im Gegenteil. Es sah eher so aus, als wolle er genau das nicht tun. Und trotzdem hat es zwischen euch geknistert wie in einem Hochspannungswerk. Und …« Sie legte ihr den Arm um die Schultern. »Du hast dich nicht gewehrt.«

Caroline schluckte. Schluckte noch einmal. Ihr Ohr und ihre Wange kribbelten noch leicht von Hennings warmem Atem. »Ich weiß.« Energisch begann sie, den Teig zu kneten. »Mist.« Wie hatte ihr das nur passieren können?

»Warum denn Mist? So schlimm ist das doch nun auch wieder nicht.« Sanft zog Ella sie an sich, dann ließ sie sie wieder los. »So ein bisschen Flirten schadet doch nicht.«

»Ich weiß nicht …« Mit mehr Gewalt als nötig klatschte sie den Teig auf die Arbeitsplatte und walkte ihn durch. »Das war nie etwas, das ich wollte.«

»Flirten?«

»Nein. Ja. Mit ihm, meine ich.«

Ella lachte leise. »Dann hat sich das jetzt eben geändert. Mach dich doch deshalb nicht verrückt. Ja, ich weiß, er ist ein Hallodri – oder war es zumindest früher mal. Was schadet es, wenn du dich auf ein kleines Abenteuer einlässt und abwartest, was geschieht?«

Energisch drückte Caroline an dem Teig herum. »Ich bin nicht der Typ fürs Flirten oder für Abenteuer.«

»Das weißt du doch gar nicht, wenn du es nicht mal ausprobierst.« Sachte berührte Ella sie am Arm. »Du misshandelst den armen Hefeteig.«

»Ja.« Genervt stieß Caroline die Luft aus und zwang sich, etwas weniger Kraft auf das Kneten anzuwenden. »Im schlimmsten Fall geht er davon noch mehr auf als normalerweise.«

»Die Energie würde ich an deiner Stelle in andere Dinge investieren.«

»Andere Dinge?« Nun hielt Caroline ganz inne und wagte es, ihrer Freundin ins Gesicht zu sehen.

Ella grinste vielsagend. »Könnte deutlich aufregender – und entspannender – sein, als den Hefeteig zu verprügeln.«

»Ella!« Ihr wurde ganz anders bei dem Gedanken. »Hör auf mit dem Quatsch.«

»Von meiner Warte aus gesehen, ist es kein Quatsch, mein Schatz. Wie gesagt, die Luft hat nur so geknistert. Für mein Dafürhalten hat das etwas zu bedeuten, und ich kann mir nicht vorstellen, dass du dich nicht traust, der Sache auf den Grund zu gehen. Was kann schlimmstenfalls passieren?«

Caroline spürte dem Flattern in ihrer Magengrube nach. »Das will ich, ehrlich gesagt, gar nicht so genau wissen.«

»Und trotzdem wirst du es so oder so herausfinden.« Ella stieß sie leicht mit dem Ellbogen an. »Meiner Erfahrung nach haben solche Dinge die Angewohnheit, sich von selbst zu regeln – auf die eine oder andere Weise. Auch wenn du dich dagegen sträubst.« Sie hielt kurz inne und wurde wieder ernst. »Was sollst du mich denn übrigens fragen?«

Froh über den Themenwechsel, auch wenn die Frage ihr ebenfalls Unbehagen verursachte, atmete Caroline tief durch. Rasch legte sie den Teig in die Schüssel zurück und verschloss auch diese mit einem Silikondeckel. Dann griff sie nach der dritten Schüssel, um die Prozedur erneut zu beginnen.

»Caro?« Ella musterte sie besorgt. »Worum geht es?«

»Um Inga.«

»Inga Paulsen?« Ella lehnte sich mit der Hüfte gegen die Arbeitsinsel. »Was ist denn mit ihr? Ach ja, sie hat in zwei Wochen Geburtstag. Hat es damit zu tun?«

»Nein.« Den Geburtstag hatte sie ganz vergessen. »Es ist … Henning hat sie gesehen.«

»Gesehen?« Verwirrt runzelte Ella die Stirn. »Wann?«

»Gestern.«

»Und was ist daran besonders?«

»Vor Helge Mennersens Haus.«

»Ach?« Ella wirkte immer noch vollkommen arglos.

»Zusammen mit Helge.«

»Hm?«

»Er sagt, die beiden hätten sich geküsst, und Inga hatte … Also ihre Bluse war wohl noch halb offen.«

»Schschei…« Ellas Augen wurden groß. »O Mann. Im Ernst?«

»Einen Spaß hat er daraus nicht gemacht. Er wusste nicht, wie er sich verhalten und ob er Jörn davon erzählen soll. Oder Max.«

»Kann ich verstehen.« Ella fuhr sich mit beiden Händen durch ihr langes Haar. »O Mann«, wiederholte sie. »Das ist ein starkes Stück.«

»Jörn weiß also noch nichts davon?«

»Nein.« Heftig schüttelte Ella den Kopf. »Das hätte er mir gesagt. Ich glaube auch nicht, dass Max davon weiß. Oje, am liebsten wüsste ich jetzt auch nichts davon. Was machen wir denn bloß?«

»Ich habe Henning geraten, dass er mit Jörn darüber reden soll. Vielleicht weiß er doch mehr oder hat eine Idee, wie er das Max beibringen kann. Obwohl ich mir nicht sicher bin, ob wir uns da einmischen dürfen. Das ist eine Sache zwischen Max und Inga.«

»Schon, aber wenn Henning sie erwischt hat …«

»Nur gesehen. Sie haben ihn wohl nicht bemerkt.«

»Na gut, aber wenn er sie gesehen hat, dann andere vielleicht auch. Das spricht sich in Lichterhaven schnell herum. Da ist es bestimmt besser, wenn Max es von seinem Bruder erfährt als womöglich beim Einkaufen in der Drogerie oder beim Bäcker oder sonst wo auf der Straße von irgendjemandem.« Wieder griff Ella in ihr Haar. »Bist du dir sicher, dass Henning mit Jörn redet? Sonst tue ich es.«

»Warte lieber, bis er es tut.«

»Dann ist Jörn vielleicht sauer, weil ich ihm nicht gleich davon erzählt habe. Mist, jetzt sitze ich auch noch in der Zwickmühle.«

Caroline nickte beklommen. »Tut mir leid, das habe ich nicht bedacht.«

»Schon gut.«

»Nein, nicht gut. Ich will nicht, dass es deshalb Streit zwischen dir und Jörn gibt. Ruf Henning doch mal an. Vielleicht ist es am besten, wenn ihr zusammen mit Jörn redet.«

»Das ist eine gute Idee. Ich habe hier noch locker zwei Stunden zu tun, und Henning muss ja heute zu diesem Abendkurs, wie er sagte. Ich werde ihn gleich mal anrufen und etwas mit ihm ausmachen.«

»Etwa für heute Abend noch?« Caroline leerte den letzten Rest des Mehls auf der Arbeitsfläche aus und begann zu kneten. »Stellst du die Hefe bitte in den Eisschrank zurück?«

Ella tat, wie ihr geheißen. »Warum lässt du sie nicht einfach draußen stehen, bis du fertig bist?«

»Weil ich die Kühlkette nicht zu lange unterbrechen will.« Achselzuckend begann Caroline wieder zu kneten. »Ist vielleicht nicht nötig, aber es ist eben eine Angewohnheit, wie ein Aberglaube oder so. Wenn die Hefe zu lange im Warmen steht, wird sie vielleicht klumpig oder geht über.«

»Doch nicht so schnell.«

»Ja, ich weiß. Nenn es meinetwegen kauzig, aber ich mache es nun mal so.«

»Schon gut.« Ella seufzte. »Dann mach hier mal weiter. Ich muss auch wieder an die Arbeit.«

»Und Henning anrufen.«

»Ja, genau. Das zuerst.« Entschlossen machte Ella auf dem Absatz kehrt und verließ die Küche.

7. Kapitel

»Hallo, Duke! Na, wie geht es dir heute?« Caroline beugte sich ein wenig vor und streichelte den großen Rottweiler durch das Gatter zur Trainingswiese hindurch, als dieser sie fröhlich wedelnd begrüßte.

Hallo, Caroline, wie schön, dass du da bist! Mir geht es ausgezeichnet. Ja, ganz ehrlich, in den letzten Tagen hatte ich jede Menge Spaß. Vor allem wenn du oder Henning mich besucht habt. Und heute seid ihr beide da, das ist sogar noch netter.

Als der Rottweiler ihr freudig die Hand ableckte, lachte sie. »Igitt, jetzt bin ich aber gewaschen, was?«

Gewaschen? Nö, war doch nur ein Handkuss.

Schmunzelnd rieb sie ihren Handrücken an ihrer Jeans trocken, bevor sie das Gatter öffnete und hindurchschlüpfte. »Sehr schmeichelhaft, so eine überschwängliche Begrüßung, das muss ich schon sagen.«

Ich mag dich halt sehr gern. Das muss ich dir doch zeigen.

»Wenn dir das gefällt, kann ich dich gerne auch zur Begrüßung ein bisschen umschwärmen und abschlecken.« Ein paar Schritte entfernt stand Henning, einen Fußball unter den Arm geklemmt, und lächelte ihr vielsagend zu.

Dieses elendige Flattern in der Magengrube standhaft ignorierend, stemmte sie die Hände in die Hüften. »Wag es ja nicht. Solche Sprüche verhindern zuverlässig, dass ich dich auch nur ansatzweise so nah an mich heranlasse, dass deine Zunge irgendwelchen Schaden anrichten könnte.«

Sein Lächeln wurde mutwillig. »Könnte sie das denn, gesetzt den Fall, unser räumlicher Abstand würde sich eklatant verringern?«

Nun schnellte auch noch ihr Puls in die Höhe. Verflixt noch mal, mit ihren vorlauten Hormonen musste sie dringend ein ernstes Wörtchen reden. Vorsichtshalber blieb sie in sicherer Entfernung stehen. »Sie könnte Gefahr laufen, von mir herausgerissen zu werden.«

»Oha, gefährlich.« Lachend hob er die freie Hand. »Schon verstanden. Keine neckischen Zungenspiele.«

»Überhaupt keine neckischen Spiele, weder mit der Zunge noch … sonst einem Körperteil.« Demonstrativ wandte sie sich Duke zu. »Schließlich sind wir deinetwegen hier, nicht wahr, du Süßer?«

Wuff. Äh, klar, wenn du das sagst. Ich wusste gar nicht, dass ich süß bin. Duke wedelte wieder begeistert mit der Rute.

»Wenn du damit nicht so recht hättest, könnte ich glatt eifersüchtig werden.« Lachend wedelte Henning mit dem Ball vor Dukes Nase herum. »Na, was ist, willst du den noch mal jagen?«

Wau, klar! Wirf ihn mal für mich.

Auf Dukes fröhliches Bellen hin ließ Henning den Ball fallen und schoss ihn ein Stückchen über die Wiese. Duke sauste umgehend hinterher und brachte den Fußball hocherhobenen Hauptes wieder zurück.

Noch mal! Auffordernd legte er den Ball vor Hennings Füßen ab.

»Warte mal, das kann ich besser.« Mit der Fußspitze zog Caroline den Ball zu sich heran, kickte ihn leicht in die Luft und balancierte ihn geschickt auf dem Fußrücken.

Hey, was machst du denn da? Her mit dem Ball, ich will spiiielen! Duke versuchte, den Ball zu erhaschen, doch Caroline wich ihm immer wieder aus, kickte den Ball leicht in die Luft, fing ihn mit dem Fuß wieder auf.

Das ist gemein! Menno. Lustig ist es aber auch irgendwie. Warte, ich kriege den Ball schon noch! Immer wieder versuchte Duke, an den Fußball zu gelangen. Caroline kickte ihn ein letztes Mal lachend in die Luft, und bevor er den Boden berührte, schoss sie ihn weit über die Wiese. Mit einem Freudengeheul raste Duke hinterher.

»Du lässt mich hier echt alt aussehen.« Anerkennend nickte Henning ihr zu. »Verlernt hast du offenbar nichts.«

»Ich spiele hin und wieder mit den Kindern meiner Cousine.« Amüsiert beobachtete sie, wie Duke mit dem Fußball in der Schnauze eine Ehrenrunde um die Wiese drehte. »Meine frühere Trainerin hat neulich mal angefragt, ob ich Lust hätte, die Bambini-Mannschaft oder unsere E-Jugend zu trainieren, aber dafür fehlt mir die Zeit. Ich helfe aber hin und wieder mal aus, wenn einer der Trainer krank ist.«

»So bleibst du also in Übung.« Als Duke nun doch mit dem Ball zurückkehrte, schoss diesmal wieder Henning, allerdings reichlich schief, sodass der Hund den Ball sofort schnappte. »Mein Sport ist das offensichtlich nicht.«

»Scheint so.« Erheitert schoss beim nächsten Mal wieder Caroline, und Duke musste bis zum Ende der Wiese rennen. »Wo steckt eigentlich Christina?«

Vage deutete Henning in Richtung des Seminarhauses. »Sie meinte, wir können heute ruhig mal eine Weile allein mit Duke spielen und später, wenn wir wollen, auch wieder eine Runde mit ihm spazieren gehen.«

»Ah, okay. Gestern hat sie mich auch schon mal allein losgeschickt, wenn auch nur eine winzige Runde um die Schafweide herum.«

»Mich auch.« Er lachte. »Sie prüft uns auf Herz und Nieren.«

»Ja, anscheinend.« Da Duke mittlerweile wieder vor ihnen stand und den Ball auffordernd fallen ließ, sodass er Caroline vor die Füße rollte, tat sie ihm den Gefallen und schoss erneut.

Theatralisch seufzend blickte Henning dem begeistert davonpreschenden Hund nach. »Bei diesem Spiel habe ich wahrscheinlich keine Chance. Vielleicht sollten wir ihm zum Ausgleich das Gokart-Fahren beibringen. Darin habe ich die Nase vorn.«

»Ich dachte, das soll kein Wettkampf werden.« Als Duke diesmal mit dem Ball kam, nahm Caroline ihm das Spielzeug ab. »Wir können auch etwas anderes machen. Nur Ballspielen ist vielleicht nicht das Richtige.«

Wie jetzt, kein Fußball mehr? Das ist ja doof. Schnüff. Mit einem vernehmbaren Schnauben ließ Duke sich auf sein Hinterteil sinken und blickte halb fragend, halb anklagend zu Caroline auf. *Spielen wir dann wenigstens was anderes?*

»Hey, ihr beiden, was ist los? Keine Lust mehr oder seid ihr außer Puste?« Christina war am Gatter aufgetaucht und stützte sich mit den Unterarmen darauf.

»Wir überlegen gerade, was wir als Nächstes spielen könnten.« Caroline hockte sich neben Duke und streichelte ihn. »Na, Duke, worauf hast du Lust?«

Na, das ist doch klar. Fußball! Der Rottweiler stieß mit der Nase heftig gegen den Ball, den sie immer noch unterm Arm festhielt.

»Huch!« Caroline verlor das Gleichgewicht und landete auf dem Hintern. »Das war aber nicht nett!«

Tschuldigung. Ich wusste nicht, dass du gleich umkippst. Gib mal her, das Ding, bitte, bitte. Duke krabbelte praktisch auf sie und versuchte, an den Ball zu gelangen.

»Hey, du Untier, was soll das denn?« Caroline konnte sich ein Lachen nicht verkneifen. »Du bist schwer!«

Gib mir einfach den Ball, ja? Dann spielen wir weiter. Schnaufend versuchte Duke, ihr den Ball abzujagen.

»Nichts da!« Japsend brachte sie den Ball außer Reichweite der Hundenase und warf ihn etwas ungelenk in Hennings Richtung.

Geistesgegenwärtig fing er ihn auf, und sofort ließ Duke von ihr ab, stakste ohne Rücksicht auf Verluste über sie hinweg und umtänzelte gleich darauf Henning.

»Au, du liebe Zeit, was bist du für ein Trampel.« Immer noch lachend rieb Caroline sich über die Hüfte und den Bauch. »Und schwer wie ein Elefant.«

»Alles okay bei dir?« Mit einem Grinsen blickte Christina auf sie herab. »Auf solche Übergriffe musst du bei dem Riesenbaby immer gefasst sein.«

Wie? Was? Riesenbaby? Was soll das denn sein? Ich etwa? Klingt ja lustig. Ist bestimmt ein Kompliment. Jetzt aber her mit dem Ball!

»Vergiss es. Hier.« Henning warf Christina den Ball zu und beugte sich dann über Caroline, die immer noch am Boden saß. »Wie ist die Luft da unten?«

Sie grinste schief. »Ganz okay. Zum Glück hat der Regen gestern Morgen wieder aufgehört, sonst hätte ich jetzt einen fetten Matschfleck am Po.«

Lachend streckte er ihr die Hand hin, und ehe sie darüber nachdenken konnte, hatte sie sie bereits ergriffen und ließ sich von ihm zurück auf die Füße ziehen. »Danke.« Rasch entzog sie ihm ihre Hand wieder. »Also … Was unternehmen wir denn jetzt? Ein anderes Spiel?« Fragend blickte sie Christina an.

»Ich brauche die Wiese gleich für einen Welpenkurs.« Christina brachte den Ball zu einem Kasten am Zaun, in dem sie verschiedene Trainingsutensilien und Spielzeuge aufbewahrte, und legte ihn hinein. »Wenn ihr wollt, könnt ihr mit ihm spazieren gehen. Passt nur auf, dass ihr euch von viel befahrenen Straßen fernhaltet.«

»Okay.« Zögernd drehte Caroline sich zu Henning um. »Spaziergang also?«

»Ich hätte da noch eine Idee, aber wenn das zu früh ist, musst du es sagen, Chris.« Henning trat neben Caroline.

»Ich habe den ganzen Nachmittag frei und könnte Duke bis heute Abend übernehmen.« Ehe Caroline etwas sagen konnte, fügte er hinzu. »Du darfst natürlich mit von der Partie sein, wenn du Zeit und Lust hast.«

»So? Darf ich das?« Spöttisch kräuselte sie die Lippen. »Wie nett von dir.«

»Hey, komm schon, so war das nicht gemeint.« Er streichelte beiläufig Duke, der sich zwischen sie gedrängt hatte und an seinen Hosenbeinen schnüffelte. »Den Vorschlag wollte ich dir gerade eben schon mit etwas mehr Eloquenz machen. Chris hat mich nur unterbrochen.«

»Ach.«

»Ja.« Er sah sie mit eindringlichem Blick an, lächelte dann aber ganz beiläufig. »Wir gehen spazieren, amüsieren uns irgendwo auf einer Wiese – mit Duke!«, fügte er lachend hinzu, als sie die Lippen kräuselte. »Was du immer gleich denkst.«

»Ich habe überhaupt nichts gedacht.« Verlegen wich sie seinem Blick aus.

»Wir könnten später auch noch etwas essen gehen. Immerhin schuldest du mir noch ein Fischbrötchen.«

»Zwei«, gab sie zu.

»Ich nehme auch zwei. Oder eine Pizza, was auch immer.« Er machte eine auffordernde Bewegung mit dem Kopf. »Was meinst du? Das könnte doch lustig werden. Wir verbringen mehr Zeit mit Duke, während Christina sich um ihre Kurse kümmern kann, und irgendwann heute Abend bringen wir ihn wieder zurück. Oder ich mache das, wenn du später noch etwas vorhaben solltest. Musst du noch arbeiten?«

»Nein, heute ausnahmsweise nicht.« Diesen Umstand hatte Caroline eigentlich nutzen wollen, um den Abend in der Badewanne zu verbringen. Doch ein ganzer Nachmittag – und Abend – mit Duke klang verlockend, auch wenn sie dann ziemlich viel Zeit mit Henning verbringen würde. »Wir hatten gestern Abend ein Geburtstagsbüfett, das bis Mitternacht ging, und heute Vormittag ein weiteres nach einer standesamtlichen Hochzeit. Mehr schaffen wir in unserer derzeitigen Besetzung nicht an einem Wochenende.«

»Also müsst ihr irgendwann expandieren.«

Sie nickte, schüttelte aber gleich darauf den Kopf. »Noch wissen wir nicht, wie es weitergehen soll.«

»Dann ist doch ein Nachmittag mit Duke eine gute Gelegenheit, sich den Kopf freipusten zu lassen.«

»Ja, vielleicht.« Womöglich handelte sie sich damit aber auch eine Menge Probleme ein. Sie blickte auf Duke, der ihr ein hechelndes Hundelächeln schenkte. »Also gut, warum nicht.«

Echt, gehen wir zusammen spazieren? Das ist ja toll!

»Alles klar, von mir aus geht das in Ordnung.« Christina, die sich aus dem Gespräch herausgehalten hatte, deutete auf die Hundeleine, die über dem Holzzaun hing. »Nehmt die mit und am besten eine Schleppleine für den Fall, dass ihr irgendwo unterwegs spielen wollt. Duke braucht sie eigentlich nicht, weil er aufs Wort hört, aber vielleicht gibt sie euch zu Anfang mehr Sicherheit. Hinsichtlich des Futters ist er nicht wählerisch. Gebt ihm aber bitte nichts aus Schokolade, mit viel Zucker oder scharf Gewürztes. Seine normale Futterration kann ich ihm auch nach eurer Rückkehr noch geben.«

»Aye, aye, Ma'am.« Henning salutierte zackig. »Dann mal los, würde ich sagen.«

Jau, wau! Duke rannte zum Gatter.

»Ich hole euch noch eine Schleppleine.« Christina wandte sich zum Gehen, drehte sich aber noch mal um. »Wenn es Probleme geben sollte, scheut nicht, mich anzurufen. Ich bin noch etwa zwei Stunden hier, danach zu Hause bei den Zwillingen. Übers Handy erreicht ihr mich jederzeit.«

***

»Und wohin jetzt?« Als sie den Deichweg erreicht hatten, blickte Caroline prüfend erst nach links, dann nach rechts. »Richtung Hafen und Liegewiesen ist ziemlich viel los bei dem schönen Wetter.«

»Gehen wir doch in Richtung Leuchtturm«, schlug Henning vor. »Da ist es etwas ruhiger, und es gibt Wiesen, auf denen wir Duke laufen lassen können.«

Caroline nickte zustimmend, und sie wandten sich gen Osten. Duke trabte mit federnden Schritten zwischen ihnen her.

Das ist super, anscheinend machen wir heute einen größeren Spaziergang. So lasse ich mir das Leben gefallen. Vor allem, weil es nicht mehr regnet und auch nicht so arg windig ist. Neulich Abend war es richtig stürmisch, da war es mir doch ein bisschen unheimlich, weil es draußen so komisch geheult und gerauscht hat. Ob wir zukünftig immer zu dritt spazieren gehen? Daran könnte ich mich wirklich gewöhnen. Ich mag Henning und Caroline sehr. Wenn mein Herrchen nicht zurückkommt, könnte ich mir durchaus vorstellen, bei den beiden einzuziehen. Dann hätte ich sogar Herrchen und Frauchen. Das klingt doch gut, nicht wahr? Und einsam oder verlassen fühle ich mich auch nicht mehr so arg, seit die beiden mich immer besuchen kommen.

Einige Minuten lang gingen sie schweigend den Deichweg entlang und grüßten nur hier und da Bekannte, die ihnen entgegenkamen. Caroline fragte sich insgeheim, ob die Häufigkeit ihrer gemeinsamen Spaziergänge womöglich in Lichterhaven für Gerede sorgen könnte, schob den Gedanken jedoch wieder von sich, weil er zu weiteren Überlegungen führte, die sie im Augenblick lieber nicht anstellen wollte. Was sie überraschte, war die Tatsache, dass sich das Schweigen zwischen ihnen überhaupt nicht unangenehm oder peinlich anfühlte. Es vermittelte ihr vielmehr ein Gefühl der

Kameradschaft, das sie so in Hennings Gegenwart nicht erwartet hatte. Es gab nicht viele Menschen, mit denen sie gut schweigen konnte. Nach einer Weile unterbrach sie die Stille zwischen ihnen dann aber doch, weil ihr etwas auf dem Herzen lag. »Ella hat gesagt, dass ihr am Donnerstagabend noch mit Jörn geredet habt. Sie meinte, er sei ziemlich geschockt gewesen.«

»Mhm.« Henning blickte angelegentlich geradeaus und spielte dabei an der Leine herum. »Es war ... nicht schön.«

»Also hatte er keine Ahnung?«

»Nicht mal einen Hauch. Jetzt ist er natürlich doppelt aufgebracht, weil ausgerechnet sein Stellvertreter bei der Feuerwehr derjenige ist, mit dem Inga Max betrügt. Für das Vertrauensverhältnis ist das nicht gerade förderlich.«

»Nein, wohl kaum.« Caroline senkte den Blick zu Boden. »Ella hat mir und Hannah gegenüber angedeutet, dass sie letztes Jahr schon mal so einen merkwürdigen Eindruck von Inga hatte. Da aber nichts passiert ist – oder wir es zumindest alle nicht bemerkt haben –, hat sie das Thema nicht weiterverfolgt.«

»Ich weiß. Jörn hat mir erzählt, dass sie ihn früher schon mal darauf angesprochen hat. Er hat damals Max vorsichtig und durch die Blume danach gefragt, aber der hat behauptet, zwischen ihm und Inga sei alles okay und dass sie nur manchmal ein bisschen Stress mit dem Hof und den Kindern hätten. Nichts Weltbewegendes, nur alltägliche Querelen, wie sie immer mal auftauchen.«

»Deshalb geht man ja wohl nicht fremd.«

»Normalerweise nicht«, stimmte er mit betrübter Miene zu. »Jörn will morgen mal seinen Bruder beiseitenehmen und ... Verflucht, wenn ich mir nur sicher wäre, dass wir damit nicht alles noch schlimmer machen.«

»Falls es überhaupt noch schlimmer werden kann.« Obwohl es heute so angenehm sonnig und warm war und nur ein laues Lüftchen wehte, rieb Caroline sich über die Oberarme. »Wenn sie sich trennen, leiden vor allem die beiden Kinder ganz arg.«

»Das würden sie auch, wenn die beiden nur um des schönen Scheins willen zusammenblieben.«

Seltsam, diese bedrückte Stimmung plötzlich zwischen Caroline und Henning. Was wohl los ist? Irgendwelche Menschensachen anscheinend, von denen ich nichts verstehe. Wie gerne würde ich die beiden aufheitern, aber wie soll ich das machen?

»Da hast du wahrscheinlich recht.« Sie blieb stehen und deutete in Richtung des Leuchtturms. »Von hier aus kann man die Piratenbucht einsehen.«

»Stimmt.« Auch Henning hielt an; Duke schnaufte verwundert und setzte sich.

Was jetzt? Ist der Spaziergang etwa schon wieder vorbei?

»Ich kann mich noch an ein paar wilde Partys dort erinnern. Du nicht auch?«

Caroline schüttelte den Kopf. »Ich durfte nie zu solchen Partys gehen. Sogar zum Spielen als Kind hatte ich nur selten mal die Erlaubnis.«

»Deine Eltern waren wirklich sehr streng.«

Sie ging weiter. »Das sind sie genau genommen immer noch. Und extrem konservativ. Wenn sie wüssten, dass ich gerade mit dir spazieren gehe …«

»Was dann? Würden sie es dir verbieten? Oder dir einen Anstandswauwau mitschicken?« Amüsiert sah er sie von der Seite an.

Caroline lachte trocken. »Das vielleicht nicht, aber Mama würde mich mit guten Ratschlägen zutexten.«

»Ratschlägen welcher Art?«

Sie erwiderte seinen Blick nur für den Bruchteil einer Sekunde. Wie hatte sie sich denn bloß in ein solch verfängliches Thema manövrieren können? »Wie man einem Mann schöntut, um ihn sich zu angeln, damit man ein gesichertes Auskommen hat.«

»Was?« Verblüfft starrte er sie an.

»Die beiden sind irgendwann in den Fünfzigerjahren stecken geblieben. Und das, obwohl beide damals noch gar nicht geboren waren.«

»Du sollst mir schöntun?«

»Nicht dir speziell, obwohl allein dein Bankkonto schon ein guter Grund dafür wäre.«

»Also wollen sie dich mit einem reichen Mann verkuppeln?«

»Wenn es sich einrichten lässt.«

»Und mein ach so übler Ruf stört die beiden dabei gar nicht?«

Caroline lachte wieder, aber es fühlte sich spröde an. »Papa ist ein großer Formel-1-Fan.«

»Was du nicht sagst.«

»Ein gutes Einkommen ist wichtiger als ein guter Ruf. Zumindest in den Augen meines Vaters. Er ist der Ansicht, dass ein Mann sich die Hörner abstoßen muss, bevor er sesshaft wird. Wenn dann die Rahmenbedingungen stimmen, ist gegen eine gute Partie nichts einzuwenden.«

»Die Rahmenbedingungen?«

»Nach der Hochzeit ist natürlich Monogamie absolut unerlässlich. Meine Eltern sind streng katholisch, da gibt es kein Pardon. Deshalb würde auch ein Ehevertrag aufgesetzt, in dem festgelegt wird, wie übel dem betreffenden Mann mitgespielt wird, sollte er es doch wagen, die Ehe zu brechen.«

»Oder umgekehrt.«

Caroline hielt inne, nickte dann aber. »Ja. Und umgekehrt.«

»Und das alles nur aufgrund eines gemeinsamen Spaziergangs?«

»Wenn meine Eltern einen potenziellen Ehemann für mich wittern, ist ihnen jeder Anlass recht.«

»So sehr wollen sie dich unter die Haube bringen? Warum denn bloß? Du bist doch selbstständig und auch ohne Ehemann vollkommen lebensfähig.«

»Das schon.« Sie musste ihm innerlich ein paar Punkte der Anerkennung gutschreiben, weil er absolut ernst und über die Ansichten ihrer Eltern verblüfft und empört war. »Aber wie gesagt, sie sind beide irgendwann in der Vergangenheit hängen geblieben. Besonders meinem Vater missfallen berufstätige Frauen, zumindest, solange sie im gebärfähigen Alter sind.«

»Autsch!«

»Es ist nun mal sein Weltbild.«

»Aber ganz offensichtlich nicht das deine.«

Es entstand eine kleine Pause, in der Caroline ihren Blick über die Liegewiesen wandern ließ. Hennings nächste Frage brachte sie dazu, ihn erneut anzusehen.

»Du warst wirklich nie auf einer der legendären Piratenbucht-Partys?«

»Nein, nie.«

»Oder hast dort auf der Wiese heimlich mit einem Jungen rumgemacht?«

»Ich habe während der gesamten Schulzeit mit keinem Jungen rumgemacht.«

»Weil du es nicht durftest.« Er nickte vor sich hin, sah sie dann aber neugierig an. »Wie kommt es, dass dein Vater dir jahrelang das Fußballtraining erlaubt hat? Immerhin in einer gemischten Mannschaft.«

Sie spürte, dass er sie sehr aufmerksam musterte, blickte aber weiter geradeaus. »Er ist auch ein großer Fußballfan. Solange ich meine sogenannten fraulichen Aufgaben zu Hause nicht vernachlässigt habe, ging das Training in Ordnung. Wahrscheinlich ist das die höchste Form von modernem Denken, das ich von ihm erwarten kann. Allerdings durfte ich nach meinem vierzehnten Geburtstag nicht mehr an Trainingscamps und mehrtägigen Gruppenausflügen teilnehmen.«

»Wegen der Jungs?«

»Weswegen sonst?« Sie zuckte mit den Achseln. »Er hatte eine höllische Sorge, ich könnte mich vergessen und womöglich mit einem Jungen rumknutschen ... oder Schlimmeres.«

Fassungslos schüttelte Henning den Kopf. »Das sind Erziehungsmethoden aus einem anderen Jahrhundert. Einem, das weiter zurückliegt als das vergangene. Glaubt er am Ende, dass du immer noch Jungfrau bist?«

»Nein, das wohl nicht.« Sie stieß ein raues Lachen aus. »Aber wünschen würde er es sich wahrscheinlich. Zumindest habe ich mit dieser Schandtat gewartet, bis ich zu Hause ausgezogen war.«

»Wie hast du das ausgehalten? Ich meine, diese völlige Abstinenz als Teenagerin? Ich kann mir das kaum vorstellen. Es machen zwar sicher nicht alle Menschen schon in jungen Jahren die ersten sexuellen Erfahrungen, aber dass du nicht mal ein kleines bisschen heimlich mit einem Jungen rumgemacht hast ...«

Sie hob die Schultern. »Dass kein Junge mit mir rummachen wollte, war sicherlich auch ein Grund und hat die Angelegenheit für mich sehr erleichtert.«

»Wie kommst du denn darauf?«

Die erneute Verblüffung in seiner Stimme ließ sie den Kopf heben. Sein Blick aktivierte sogleich wieder das Flattern in ihrer Magengrube. »Das ist nun mal eine Tatsache. Ich war das Mauerblümchen, Ella die Partyqueen und Hannah ... Na ja, die hat sich immer geärgert, dass alle sie für zu jung hielten.«

»Du warst nie ein Mauerblümchen.«

»Doch, weil ich zu schüchtern war, um irgendjemandes Aufmerksamkeit zu erregen.«

»Wenn du dich da mal nicht täuschst.«

Als sie diesmal seinem Blick begegnete, verwandelte sich das Flattern in ein heißes Brennen, das sie erschreckte. »Hör auf mit dem Quatsch.«

Direkt neben einer steinernen Sitzbank blieb er stehen. »Warum glaubst du, dass das Quatsch ist? Ich bin der lebende Gegenbeweis.«

Ihr Puls nahm rasant an Geschwindigkeit auf. »Du hast nie etwas gesagt.«

»Weil es einfach nicht ... ging. Ich habe dir doch erzählt, wie das damals war. Ganz abgesehen davon war bekannt, dass deine Eltern furchtbar streng waren, und deine Schüchternheit hat die Sache auch nicht gerade begünstigt. Ich wusste nicht, wie ich es anfangen sollte.« Er hielt kurz inne. »Hätte es denn irgendetwas ... gebracht, wenn ich etwas versucht hätte?«

»Nein.« Sie schüttelte den Kopf. »Ich hätte dir sowieso nicht geglaubt, sondern gedacht, dass du dich über mich lustig machst.«

»War ich wirklich so ein Arsch?« Nun wirkte er betroffen. Nur das leichte Zucken um seine Mundwinkel verriet, dass er auch erheitert war.

Caroline setzte sich auf die Bank und blickte über die Nordsee, die sich bereits weit zurückgezogen hatte. Einige wenige Unverdrossene wateten barfuß im gerade noch knöcheltiefen Wasser umher. »Du warst der Star von Lichterhaven mit dem überlebensgroßen Ego – damals genau wie heute. Was hätte ein ... Was hätte ich denn da denken sollen?«

Henning ließ sich neben ihr nieder und legte die zusammengefaltete Schleppleine, die er über der Schulter getragen hatte, neben sich auf der Sitzfläche ab.

Nanu, machen wir hier eine Pause? Na gut, wie ihr meint. Hier ist es ja ganz nett. Vielleicht beobachte ich ein bisschen die Möwen, das ist interessant. Duke setzte sich vor Henning auf den Weg und reckte die Nase in die lauwarme Brise.

Sachte stieß Henning Caroline mit dem Ellbogen an. »Was wolltest du gerade sagen? Was hätte ein …?«

Verlegen blickte Caroline zur Seite. »Nichts.«

»Was hätte ein Mädchen wie du denken sollen. Das war es, was du sagen wolltest, oder?«

»Ich verweigere die Aussage.«

»Weshalb?«

Sie fuhr zu ihm herum. »Weil ich dann zugeben müsste, dass es selbst heute mit meinem Selbstbewusstsein nicht weit her sein kann. Ich dachte, ich bin über diese dämliche Kleinmacherei hinweg. Aber damals habe ich eben noch so gedacht, weil es mir anerzogen worden ist. Außerdem …« Sie stoppte und wandte sich wieder ab.

»Was außerdem?«

Sie zuckte zusammen, als er sie am Arm berührte.

»Außerdem hätte ich es wahrscheinlich wirklich als schlechten Scherz aufgefasst, weil Francesca damals versucht hat … Du weißt schon.«

»Francesca Hayderoglu?« Henning runzelte die Stirn.

»Die Frau des Inhabers des *Alibaba*.«

Er schmunzelte. »Ich weiß, wer sie ist. Himmel, daran erinnerst du dich noch?«

»Wie sollte ich wohl vergessen, dass sie fast ein Jahr lang versucht hat, uns miteinander zu verkuppeln?« Caroline strich sich fahrig eine Locke hinters Ohr, die sich aus dem lockeren Knoten gelöst hatte, zu dem sie ihr Haar heute zusammengefasst hatte. »Immer, wenn Ella, Hannah und ich im *Alibaba* essen waren und du und der Rest der Clique auch dort wart, hat sie es rein zufällig so gedreht, dass du neben mir sitzen musstest. Oder ich neben dir. Und dann hat sie uns dauernd irgendwelche Pärchenportionen angeboten. Einmal musste ich sogar auf deinem Schoß sitzen, weil der Laden so voll war und sie ausgerechnet den letzten Stuhl angeblich zur Reparatur bringen musste. Ich würde heute noch wetten, dass er gar nicht kaputt war.« Sie seufzte. »Ich wäre vor Verlegenheit fast gestorben.«

»Weil du auf meinem Schoß sitzen musstest?«

»Ja, und weil ich dachte, dass du fürchterlich genervt wärst, ausgerechnet mit mir auf Tuchfühlung gehen zu müssen, wo es doch hundert interessantere und hübschere Mädchen gab.«

»Hunderte?« Er schmunzelte. »So groß ist das *Alibaba* aber nicht. Von unserer damaligen Clique ganz zu schweigen.«

»Vielen Dank.«

»Caro ...« Er wandte sich ihr voll zu. »Was wäre, wenn ich dir erzählen würde, dass dieser Abend zu den besten gehört, an die ich mich von damals erinnern kann?«

»Du machst dich lustig.«

»Nein, tue ich nicht. Ich war im siebten Himmel, aber du hast dich ganz steif gemacht und wirktest fürchterlich verunsichert und, na ja, auch wütend, deshalb habe ich mich zurückgehalten.« Er seufzte übertrieben theatralisch. »Dafür müsstest du meinem damals achtzehnjährigen Ich nachträglich noch einen Orden verleihen. Es hätte nicht viel gefehlt, und du hättest am eigenen Leib gespürt, wie ich ... auf dich reagiert habe.«

Verblüfft und ein wenig ungläubig sah sie ihn an. »Ich fand den Abend schrecklich, weil ich dachte, du bist noch genervter von Francescas Kuppelversuchen als ich. Wie sie überhaupt darauf gekommen ist, dass du und ich zusammenpassen ... Keine Ahnung, was sie da geritten hat.«

Henning zupfte an Dukes Leine herum. »Wenn sie dachte, dass wir zusammenpassen, wird sie ihre Gründe gehabt haben. Du weißt doch, wie sie ist. Sie hat einen sechsten Sinn für solche Dinge. Ich fand ihre Bemühungen allerdings auch nicht so prickelnd, weil ich wusste, dass dir das garantiert unangenehm sein würde. Einmal weil du so schüchtern warst, und außerdem, weil du aus deiner Missbilligung meiner Person schon damals kaum einen Hehl gemacht hast. Es war eine schrecklich vertrackte Situation, dabei wollte ich eigentlich nur …« Er hielt inne, lächelte sie an.

»Was?« Sie hielt den Atem an, als er ihr die freche Haarsträhne hinters Ohr strich.

»… dir nah sein. Dich vielleicht sogar küssen.« Sein Lächeln ging in ein schiefes Grinsen über. »Irgendwie hat sich der Wunsch seit damals nicht verflüchtigt.«

Seine Worte versetzten ihr eine Art winzigen Stromstoß. »Ich wollte dich damals ganz sicher nicht küssen.«

»Und heute?«

Sie zögerte, sah aber ein, dass es unsinnig war, ihm oder sich selbst etwas vorzulügen. »Ich bin noch unentschieden«, gab sie schließlich mit eindeutig zu wildem Herzklopfen zu.

Sein Blick schien sich eine Spur zu verdunkeln, und aus seinem Grinsen wurde wieder ein Lächeln. »Gut zu wissen. Vielleicht gelingt es mir mit der Zeit ja, deine Zweifel auszuräumen.«

Dass ihm das eindeutig irgendwann gelingen würde, verursachte ihr eine Gänsehaut. Damit er nicht bemerkte, wie verlegen sie plötzlich war, beugte sie sich zu Duke vor und kraulte ihn mit beiden Händen hinter den Ohren. »Na, du Süßer? Langweilst du dich noch nicht, weil wir hier einfach nur herumsitzen?«

Was? Ich? Nein, überhaupt nicht. Mir geht es hier mit euch beiden ganz ausgezeichnet. Duke hob den Kopf und drehte ihn ein wenig, um Caroline ansehen zu können.

»Er himmelt dich an.« Henning strich dem Rottweiler ebenfalls über den Kopf. Dabei streiften seine Finger wie zufällig die von Caroline.

Sie verspürte ein leichtes Kribbeln und hatte Mühe, sich nichts anmerken zu lassen. »Ich glaube, er himmelt jeden Menschen an, der lieb zu ihm ist.«

Nein, das stimmt so nicht! Henning hat recht. Ich himmle dich an. Und ihn. Ich mag euch nämlich wirklich sehr.

»Mich auch?« Henning lachte. »Pass auf, was du da behauptest.«

»Warum?« Verunsichert begegnete sie seinem amüsierten Blick.

»Weil du damit bestätigen würdest, dass ich lieb sein kann. Eine Eigenschaft, die du mir doch strikt abgesprochen hast.«

»Touché.« Sicherheitshalber zog sie ihre Hände nun doch zurück, damit sie nicht erneut mit seiner in Berührung kamen, und lehnte sich auf der Bank zurück. »Was stellen wir denn nun mit dem angebrochenen Nachmittag an?«

Für einen Moment sah er sie schweigend von der Seite an. Natürlich wusste er genau, dass sie mit dem Themenwechsel der Fortsetzung dessen auswich, was sich ganz eindeutig nach einem beginnenden Flirt anfühlte. »Wir könnten zur Piratenbucht gehen.«

»Zur Bucht?« Sie richtete sich wieder auf. »Da ist doch nichts Besonderes zu sehen. Außerdem hat Christina gesagt, dass Duke das Wasser nicht mag. Und den Schlick auch nicht.«

»Ich war schon seit einer Ewigkeit nicht mehr dort. Es interessiert mich einfach, ob sich seit damals etwas verändert hat. Existiert zum Beispiel noch dieses halb fertige Schiff, das wir alle mal nach Lars Verhoigens Plänen zu bauen versucht haben?«

Bei der Erinnerung lächelte Caroline. »Ich glaube, es ist inzwischen ein ziemliches Wrack. Fertig ist es ja nie geworden, weil wir es einfach nicht schwimmfähig bekommen haben.« Versonnen blickte sie hinaus aufs Wasser, das sich in der Zwischenzeit noch weiter zurückgezogen hatte. »Das war damals eine der wenigen Gelegenheiten, zu denen ich auch dort spielen durfte. Hauptsächlich, weil Hannahs Onkel Hinnerk meinen Eltern hoch und heilig versprochen hat, dass es vollkommen ungefährlich sei ... und lehrreich.« Sie seufzte. »Mein Vater hat zwar nicht ganz eingesehen, weshalb ich als Mädchen etwas über den Bau eines Schiffes lernen sollte, aber irgendwie hat Hinnerk es trotzdem geschafft, für mich die Erlaubnis rauszuboxen.« Kurz hielt sie inne und beschattete ihre Augen, um in die Ferne sehen zu können, ohne von der Sonne geblendet zu werden. »Ich kann mich gar nicht mehr daran erinnern, dass du auch dabei warst. Das muss ich wohl ausgeblendet haben.«

»Wir waren damals alle dabei.« Henning winkte ab. »Kinderkram. Vollkommen unschuldig.«

»Ja, vermutlich.«

»Na los, lass uns die Piratenbucht stürmen.« Unternehmungslustig erhob Henning sich. »Vielleicht schaffen wir es ja, Duke die Angst vor dem Watt und dem Wasser zu nehmen.«

Angst? Vor dem Wasser? Duke sprang auf und spitzte die Ohren. *Was habt ihr denn jetzt vor? Doch wohl hoffentlich nicht so was wie Schwimmen. Da mache ich nicht mit. Viel zu gefährlich!*

»Ich weiß nicht.« Auch Caroline erhob sich, schloss sich Henning, der bereits ein paar Schritte vorausgegangen war, jedoch nur zögernd an. »Das haben wir gar nicht mit Christina abgesprochen. Was, wenn Duke wirklich Angst bekommt und uns ausbüxt?«

Hallo? Wuff? Angst wovor? Allmählich wird es mir unheimlich mit euch.

»Du machst den armen Hund ganz nervös.« Henning deutete auf Duke, der zwischen ihnen hin- und herblickte und dabei leise fiepte und unsicher mit der Rute wedelte. »Lass uns doch erst einmal abwarten, wie er reagiert, wenn wir an der Piratenbucht ankommen. Vielleicht machst du dir ganz umsonst Sorgen. Ganz abgesehen davon müssen wir uns doch sowieso früher oder später daran gewöhnen, mit

Dukes Marotten umzugehen. Christina ist ja nicht nonstop da, um uns Hilfestellung zu leisten.«

»Schon, ja, aber …« Caroline stutzte. »Uns?«

Henning schien die Zweideutigkeit seiner Worte ebenfalls aufgefallen zu sein. Mit einem halben Lächeln hob er die Schultern. »Na ja, dir oder mir. Noch ist ja nichts entschieden.«

Äh, was genau ist nicht entschieden? Wovon redet ihr denn da? Versteh einer die Menschen.

Ehe Caroline etwas darauf antworten konnte, fuhr Henning bereits fort: »Für den Anfang ist es wahrscheinlich ganz gut, dass wir zu zweit sind. So können wir einander helfen, falls es ein Problem geben sollte.«

Gegen dieses durchaus vernünftige Argument fiel Caroline nichts ein, deshalb nickte sie schließlich zustimmend. »Also gut, versuchen wir es. Aber wenn es schiefgeht, sage ich Christina, dass alles deine Idee gewesen ist.«

8. Kapitel

Henning genoss das angenehme Schweigen, das sich erneut zwischen ihnen einstellte, während sie den noch etwa zehnminütigen Weg bis zur Piratenbucht zurücklegten. Vom Deichweg aus war sie nicht einzusehen. Lediglich eine große Felsnase ragte mitten in den Deich hinein und teilte ihn praktisch in der Mitte. Vor dem Felsen führte landseitig eine Treppe hinab und hinter ihm wieder hinauf; seeseitig gab es ebenfalls Stufen, die bis hinunter ins Watt führten. Die Bucht war ausschließlich bei Ebbe erreichbar. Der schmale Grasstreifen, der direkt am Felsen vorbeiführte, wurde von der Flut oft überschwemmt, dann war es zu gefährlich, ihn zu benutzen.

»Sollen wir es versuchen?« Henning blieb bei den Stufen stehen. »Was meinst du, Duke? Traust du dich die Treppe hinunter? Das Wasser hat sich schon weit zurückgezogen. Du kriegst also höchstens nasse Pfoten.«

Die Treppe da? Misstrauisch schnupperte Duke an der obersten Stufe, dann setzte er sich hin. *Warum soll ich denn da runtergehen? Nein, das gefällt mir überhaupt nicht.*

»Siehst du, er hat Angst.« Caroline war neben Duke stehen geblieben.

»Ach was, er überlegt doch nur.« Grinsend tätschelte Henning den Hals des Rottweilers.

Ja, und wie! Ich frage mich gerade, was in euch gefahren ist. Ihr wollt doch nicht etwa wirklich mit mir da runter ins nasse, matschige Watt, oder?

»Und wie willst du ihn überzeugen, die Treppe hinunter-zugehen?« Skeptisch blickte Caroline von Duke zu Henning.

»Keine Ahnung.« Er fuhr sich durch sein vom Wind zer-zaustes Haar. »Geh doch mal voran, und wenn du unten angekommen bist, lockst du ihn zu dir.«

»Das soll funktionieren?« Obwohl sie vom Erfolg des Vorschlags alles andere als überzeugt war, streifte sie Schuhe und Socken ab und krempelte ihre Jeans bis zu den Waden hoch. Dann stieg sie vorsichtig nach unten. »Die Stufen sind ganz schön glitschig. Und kalt.«

Henning sah ihr lächelnd zu und streifte ebenfalls Schuhe und Socken ab. »Der Sommer hat ja auch gerade erst ange-fangen. Das echte Badewetter kommt erst noch.«

Äh, hallo? Was macht ihr denn da?

»Duke!« Im Watt angekommen, klatschte Caroline in die Hände, um die Aufmerksamkeit des Rottweilers zu erlangen. »Komm hierher, zu mir!«

Was? Wirklich da runter? Nö. Duke blieb einfach sitzen.

»Komm, hier unten ist es toll.«

Du kannst mir viel erzählen.

»Na komm, Duke!« Caroline hob in einer resignierten Geste beide Hände. »Ich hab doch gewusst, dass das nicht klappt.«

»Du gibst viel zu schnell auf.« Henning befestigte die Schleppleine an Dukes Geschirr. »Versuch es weiter. Mach dich so richtig interessant.«

»Du klingst schon wie Christina.« Sichtlich erheitert klatschte Caroline erneut in die Hände. »Duke!«

Ja? Duke spitzte die Ohren.

»Guck mal, hier unten ist es total toll. Und sooo interes-sant.« Diesmal verstellte Caroline ihre Stimme ein wenig, sodass sie aufgeregt und zugleich geheimnisvoll klang.

Henning lächelte in sich hinein, kämpfte aber gleichzeitig gegen die startenden und landenden Flugzeuge in seinem

Bauch an, die es ihm zunehmend schwermachten, sich auf Duke zu konzentrieren. Caroline sah einfach zu süß aus, wie sie barfuß und mit zerzaustem Haar im Watt stand. Der Wind ließ ihre hellblaue Bluse ein wenig flattern, sodass er hin und wieder einen kurzen Blick auf die Träger ihres weißen BHs erhaschen konnte. Ein Anblick, der seinen Puls deutlich ansteigen ließ.

»Du könntest da oben eigentlich auch ein bisschen mithelfen, Mr. Schlaumeier.«

Ihre freche Aufforderung riss ihn aus seinen Gedanken.

»Okay, okay. Also los, Duke, komm mal mit.« Er fasste die Schleppleine kurz und versuchte, Duke dazu zu bewegen, mit ihm die Treppe hinabzusteigen. Der Rottweiler blieb jedoch einfach sitzen.

Vergiss es. Macht, was ihr wollt, aber ich bleibe hier!

»Na los, es ist gar nicht schwer. Und guck doch mal, was Caroline da macht. Das ist total spannend!«

Bei seinen Worten wandte sie sich halb ab und tat, als habe sie etwas wahnsinnig Interessantes gefunden. »Ja, hier, Duke, guck, ein Krebs und Muscheln und hier, oh, das ist noch viel toller!« Sie trillerte die Worte geradezu und reizte Henning damit zum Lachen.

Duke wedelte unsicher mit der Rute. *Was ist denn jetzt auf einmal mit euch los? Ihr benehmt euch so komisch. Ob es da wirklich etwas so Interessantes zu entdecken gibt?* Er stand auf und trippelte ein wenig auf der Stelle.

»Ja, super, weiter so, Caro!« Henning gab ihr ein Daumen hoch. »So schaffen wir es.«

Was schaffen wir so?

»Du hast gut reden. Du machst dich hier ja nicht gerade zum Affen.«

»Also wenn, dann doch wohl zur Äffin.« Er grinste ihr zu. »Sonst nimmst du es doch auch so genau.«

»Klugscheißer.« Ehe er sichs versah, hatte sie sich gebückt, eine Handvoll Schlick gegriffen und warf sie in seine Richtung. Das matschige Geschoss landete auf der obersten Treppenstufe.

Verblüfft starrte er sie an. »Was sollte das denn?«

»Die nächste Ladung trifft.« Ihre Augen funkelten zugleich erheitert und herausfordernd. »Also red keinen Stuss, sondern lass dir was Besseres einfallen, um Duke hier runterzubringen. Ich habe heute auch noch was anderes vor.«

»So, was denn?«

»Das geht dich nichts an.«

Er versuchte, das flaue Gefühl der Enttäuschung zu verdrängen. »Schon gut. Also noch mal.« Diesmal ließ er die Schleppleine auf den Boden fallen und behielt nur noch die Griffschlaufe in der Hand. Dann ging er einfach an Duke vorbei nach unten und stellte sich neben Caroline. »Hey, Duke, was ist? Gesellst du dich zu uns?« Abwartend blickte Henning zu dem Hund hoch, der sich aber immer noch nicht rührte.

Nö, ich glaube nicht. Hier oben ist es sicherer. Wer weiß, was da unten im Watt alles lauert.

Caroline schnaubte spöttisch. »Soviel zum Thema sich interessant machen. Dabei bist du doch der Experte auf diesem Gebiet. Dachte ich zumindest immer.«

»Nun warte es doch ab. Ich habe noch gar nicht richtig losgelegt.« Henning warf ihr einen bedeutsamen Blick zu. Dann wandte er sich wieder an Duke. »Hopp, los, mein Freund. Hier unten spielt die Musik.« Er ruckelte an der Leine, sodass sie ein paar leichte Wellenbewegungen auf der Treppe machte. Da sie etwa zehn Meter lang war, spürte Duke davon kaum etwas. Er beobachtete jedoch genau, was Henning tat.

Äh, tja, und was soll das jetzt? Ich habe keine Ahnung von Musik. Aber das Geflatter der Leine sieht lustig aus.

»Ja, genau, guck mal. Die Leine will mit dir spielen.«
Erneut ruckelte Henning ein wenig mit der Handschlaufe.

Caroline hüstelte. »Die *Leine* will mit Duke spielen?«

Henning winkte ab. »Verdirb mir nicht meine Strategie. Hier, schau, Duke, das macht Spaß.«

Er hüpfte ein wenig auf und ab. »Du auch, Caro. Wir müssen das schon im Team angehen. Das hast du eben selbst gesagt.«

»Okay.« Obwohl sie kurz die Stirn runzelte, fiel sie in das Hüpfen mit ein und trillerte wieder etwas davon, wie spannend es im Watt sei.

Hey, wau, das ist jetzt aber wirklich spaßig. Ich hätte nie gedacht, dass unser Spaziergang so unterhaltsam werden würde. Duke stand heftig mit der Rute wedelnd auf der obersten Stufe und sah aufmerksam zu ihnen herab. *Was lasst ihr euch denn noch alles für mich einfallen?*

»Wenn wir so weitermachen, lacht er uns gleich aus.« Kopfschüttelnd hielt Caroline in ihren Bemühungen inne. »Warte mal.« Entschlossen stieg sie die Treppe wieder hinauf. »Vielleicht braucht er einfach nur eine klare Ansage.« Als sie Duke erreicht hatte, griff sie nach der Leine und straffte die Schultern. »Los, komm, Duke. Wir gehen jetzt da runter!« Ohne auf irgendeine Reaktion des Rottweilers zu warten, ging sie einfach los.

Sobald sich die Leine straffte, folgte Duke ihr. *Huch, damit habe ich jetzt aber nicht gerechnet. Willst du echt, dass ich mitkomme? Na gut, aber ich muss dir leider sagen, dass mir das gar nicht gefällt. Da unten riecht es so seltsam, und ich kann noch immer das Wasser sehen. Und diesen matschigen Boden – der ist mir auch nicht geheuer.*

»Siehst du, so geht das«, rief Caroline Henning triumphierend zu. »Man muss ihm nur zeigen, wer das Sagen hat. Nicht wahr, Duke?«

Ja, also … Wenn du meinst. Aber ich wusste auch vorher

schon, dass ich auf dich hören muss. Ich bin schließlich gut erzogen. Das ist überhaupt keine Frage. Es ist nur so …

»Ganz toll machst du das, Duke!«, lobte Caroline. »Gleich sind wir unten.«

Kann sein. Aber genau das ist das Problem.

»Hopp, noch zwei Stufen. Noch eine …«

Ja, genau, nur noch eine, bevor dieses komisch riechende Watt anfängt. Duke blieb stehen.

Caroline war bereits wieder auf dem Watt angelangt und drehte sich zu dem Hund um. »Komm. Wir haben es doch geschafft.«

»Fast«, fügte Henning feixend hinzu. Er hatte den Rottweiler genau beobachtet und sofort den Moment erkannt, in dem Duke beschlossen hatte, dass er nicht mehr weitergehen würde. »Ich glaube, das war's erst mal.«

Du hast es erfasst.

»Quatsch. Ist doch nur noch eine Stufe!« Caroline machte wieder einen Schritt auf Duke zu. »Komm, Süßer, du wirst doch nicht kurz vor dem Ziel kneifen.«

Doch, genau das habe ich vor.

»Lass es mich noch mal versuchen.« Henning ging vor Duke in die Hocke. »Schau mal, Kumpel, das ist nur Schlick. Total ungefährlich.« Er fuhr mit dem Finger über den Boden und ließ Duke dann daran schnüffeln.

Das behauptest du. Duke schnaubte. *Aber so von Nahem sieht es hier tatsächlich nicht allzu gefährlich aus. Mit Christina war ich mal auf einem Hundestrand, da fand ich es viel unheimlicher, weil … Tja, also im Moment erinnere ich mich gar nicht mehr so genau, was mir da Angst gemacht hat. An dem einen Tag war das große Wasser da. Das fand ich gruselig, weil ich nicht gerne schwimme. Herrchen hat das mal mit mir ausprobiert, aber ich fand es nicht gut. Man wird ganz nass und hat keinen Boden mehr unter den Füßen. Das ist nichts für mich. Na ja, hier stehe ich ja ganz sicher, und ihr seid mit den Füßen auch nicht im Wasser.*

Als Duke erneut an Hennings Finger schnüffelte, zog dieser seine Hand ganz langsam zurück, sodass der Hals des Hundes immer länger wurde. »Hast du vielleicht ein Leckerchen dabei?« Nur ganz kurz blickte Henning über die Schulter zu Caroline. »Damit können wir ihn vielleicht locken.«

Nee, könnt ihr nicht. Ich bin nicht bestechlich.

»Ich habe hier nur einen von den Mini-Kauknochen, die Ella immer für Barnabas kauft.« Caroline zog ein Papiertütchen aus der Hosentasche. »Den wollte ich Duke heute zum Abschied geben.«

»Gib mal her.« Fordernd streckte Henning seine Hand aus. Caroline reichte ihm den gerade daumenlangen Kauknochen, und er musterte ihn stirnrunzelnd. »Was ist denn das für ein Zwergending? Das ist ja nicht mehr als die Füllung für den hohlen Zahn.«

»Nun beschwer dich auch noch! Sei froh, dass ich überhaupt etwas dabeihabe.« Caroline verschränkte die Arme vor der Brust. »Vielleicht hättest du mal besser vorher daran gedacht, Bestechungs-Leckerchen mitzunehmen.«

Da sie recht hatte, ging er nicht weiter darauf ein, sondern konzentrierte sich wieder ganz auf den skeptisch dreinblickenden Rottweiler. »Guck mal, Duke, was ich hier habe.« Gerade außerhalb von Dukes Reichweite hielt er ihm den kleinen Kauknochen vor die Nase.

Was ist denn das? Riecht gut. Hm, ein Leckerchen. Gib mal her!

»Willst du das haben?« Henning zog die Hand noch ein wenig weiter zurück; Dukes Hals wurde noch länger, und er fuhr sich mehrmals mit der Zunge über die Schnauze.

Jahaaa, natürlich will ich das haben. Gib schon!

»Komm, hol es dir!« Mit einem Grinsen in Carolines Richtung erhob Henning sich und zog ganz langsam die

Hand immer weiter zurück. »Mhm, das ist ein gaaanz tolles Leckerchen, Duke. Sooo leeecker. Komm, hol es dir. Hier ist es.«

Au ja, das will ich unbedingt haaaben! Wuff. Duke reckte den Hals, bis er fast das Gleichgewicht auf der Stufe verlor. *Nun gib schon her, das ist gemein! Ach, was soll's.*

Als Henning einen weiteren Schritt rückwärts machte, folgte Duke ihm ins Watt, die Nase dicht an dem winzigen Kauknochen. Henning hielt die Luft an, doch als er noch einen Schritt rückwärts machte, kam Duke einfach mit. Seine Pfoten platschten in einer Pfütze.

Hey, was ist denn nun? Kriege ich das Leckerchen jetzt bald mal?

»Komm, braver Hund, super, noch ein paar Schritte weiter. Nur, damit du merkst, dass das Watt gar nicht schlimm ist.«

Das Watt ist mir egal. Ich will das Leckerchen! Jetzt gib schon endlich her! Duke machte einen Satz auf Henning zu und sprang an ihm hoch.

»He! Was … Verdammt!« Mit einem entsetzten Laut versuchte Henning, das Gleichgewicht zu halten, doch es war bereits zu spät. Er verlor das Gleichgewicht und landete im nächsten Moment unsanft der Länge nach auf dem Rücken. Wasser und Schlick spritzten nach allen Seiten; Duke landete voll auf ihm und haschte nach dem Kauknochen.

Wau ja! Ich hab ihn. Mjam, lecker … aber schon ein bisschen klein.

»Großer Gott, Duke!« Ächzend schob Henning den schweren Hund von sich herunter und rappelte sich auf. Seine Hose war durchnässt, ebenso sein Hemd, zumindest auf der Rückseite. Als er sich Hilfe suchend nach Caroline umblickte, sah er, dass sie sich vor Lachen krümmte und den Bauch hielt. »Ganz toll, sehr witzig.« Er konnte selbst das Lachen nicht zurückhalten. Umständlich versuchte er, wieder auf die Füße zu kommen. Als er es geschafft hatte, schüttelte er sich. Das Watt und die Wasserlachen, die die Nordsee zurückgelassen hatte, waren ziemlich kalt.

Caroline keuchte vor Lachen und rieb sich ein ums andere Mal die Lachtränen aus den Augen. »Das war filmreif. Damit könntest du dich beim Fernsehen bewerben. Oder bring es auf TikTok. Da wärt ihr der absolute Renner.«

»Haha.« Wenig begeistert klopfte er an seiner nassen Kehrseite herum. »Zum Glück war keine Kamera in der Nähe.«

»Ja, schade.« Caroline feixte, wurde aber gleich wieder ernst. »Aber ich glaube, du hast es geschafft.« Sie deutete auf Duke, der noch auf dem Miniknochen herumkaute, jedoch keinerlei Anstalten machte, auf die Treppe zurückzukehren. »Braver Hund, ganz toll gemacht.«

Schmatz. Echt? Das war toll? Na ja, dieses Leckerchen ist es natürlich, aber sonst? Ich weiß gar nicht, warum Caroline so laut gelacht hat. Okay, ich hab Henning umgeworfen, das war aber nur ein Versehen. Da er nicht schimpft, scheint das allerdings nicht so schlimm zu sein. Aber toll ist es wohl auch nicht, denn sonst würde er nicht so komisch gucken.

»Ja, wunderbar.« Resignierend seufzte Henning und beschloss, die Sache abzuhaken. »Sollen wir uns jetzt mal alle zusammen in der Piratenbucht umsehen?«

Caroline sah ihn erstaunt an. »Du bist ganz nass. Willst du nicht nach Hause und dich umziehen?«

»Bis wir dort angekommen sind, habe ich mich vermutlich erkältet.« Er winkte ab. »Das mache ich anders. Kommt mit!« Er bückte sich und nahm die Griffschlaufe der Schleppleine an sich, die ihm bei dem Sturz entglitten war. »Los, Duke, wir gehen auf Entdeckungsreise.«

Huch, was? Wohin willst du denn jetzt? Staksend folgte der Rottweiler ihm.

Auch Caroline schloss nach kurzem Zögern zu ihnen auf. »So wirst du dich auch erkälten.«

Er ging nicht darauf ein, sondern umrundete mit dem wenig begeistert wirkenden Duke die Felsnase, hinter der sich die kleine Bucht verbarg, in der der Legende nach irgendwann im Mittelalter und noch weitere Jahrhunderte danach Piraten ihr Unwesen getrieben haben sollen. Vielleicht hatten sie dort auch nur Rast gemacht oder Schmuggelware in der Höhle gelagert, die sich in dem großen Felsen befand und deren Eingang auf den ersten Blick nur schwer zu erkennen war. Dort drinnen hatten bereits Generationen von Lichterhavener Kindern gespielt. Die Piratenbucht war ein natürlicher Abenteuerspielplatz, der viel Raum für Fantasie bot. Neben dem Höhleneingang wuchs ein gedrungener, leicht verkrüppelter Baum aus einer Felsspalte heraus, dessen Alter unbestimmt war. Doch schon auf Fotos aus dem frühen zwanzigsten Jahrhundert, die Hennings Mutter geerbt hatte, war er unverkennbar. An einem der kräftigen, knorrigen Äste waren Seile befestigt, an deren unterem Ende ein alter Traktorreifen als Schaukel baumelte. Die Seile waren neu, der Reifen intakt, was bewies, dass sich die Lichterhavener Eltern darum kümmerten, dass ihre Kinder hier einigermaßen sicher spielen konnten. Der Anblick der Schaukel gab Henning ein gutes Gefühl. Lichterhaven war ein Ort, an dem man sich wohl- und geborgen fühlen durfte. Heimat. Traditionen wurden hier hochgehalten, dennoch blieb der Ort nicht in der Vergangenheit stecken. Allein schon der Tourismus, von dem ein Großteil der Einwohner lebte, machte es notwendig, mit der Zeit zu gehen. Dabei legten die Lichterhavener jedoch großen Wert darauf, ihre Geschichte und historische Orte zu bewahren.

»Hier hat sich ja nichts verändert.« Lächelnd blickte er sich in der Bucht um. Von der Felsnase aus bis vor die Höhle zog sich der schmale Grasstreifen entlang, der bei Flut teilweise, bei Sturmflut sogar vollständig im Wasser verschwand. Dann wurde auch die Höhle überflutet. Ein Stück feinen, weichen, graubraunen Sandes schloss sich an den Grünstreifen an und ging nahtlos ins Watt über. Hier hatten sie als Jugendliche so manche Party gefeiert, und er wusste von Jörn, dass die jungen Leute von Lichterhaven dies auch heute noch häufig taten. Er hatte sogar selbst schon hin und wieder bei abendlichen Spaziergängen auf dem Deich den Lichtschein von Lagerfeuern gesehen. »Irgendwie tröstlich, dass hier alles beim Alten geblieben ist.«

***

Überrascht musterte Caroline ihn: Mit so einer Feststellung aus seinem Mund hatte sie nicht gerechnet. »Tröstlich?«

Er nickte nachdenklich. »Ja. Die Welt dreht sich gefühlt immer schneller, aber hier zu Hause bleiben die wichtigen Dinge trotzdem bestehen.«

»Ich wusste gar nicht, dass dir so etwas wichtig ist.« Anscheinend hatten sie doch ein paar wenige Gemeinsamkeiten. Sie wollte noch etwas hinzufügen, stutzte aber, als er begann, sein hellgraues Freizeithemd aufzuknöpfen. »Was tust du da?«

Grinsend zog er das Hemd aus und begann seelenruhig, auch noch seine Jeans abzustreifen. »Wonach sieht es denn aus? Ich muss aus den nassen Sachen raus. Wenn ich sie über die Äste des Baumes hänge, trocknen sie vielleicht in Sonne und Wind, bis wir wieder zurückgehen.«

Ein wenig erschrocken sah sie ihm dabei zu, wie er sich aus der nassen Hose schälte und schließlich nur noch in engen dunkelgrauen Shorts dastand. Der Anblick seines sehnigen, vom vielen Training gestählten Körpers ließ ihren Blutdruck in schwindelerregende Höhen schießen. »Wie lange hattest du denn vor hierzubleiben?«

»Nach dem kleinen Missgeschick wohl ein bisschen länger als gedacht.« Seelenruhig trug er Hemd und Hose hinüber zum Baum und drapierte beides über einem Ast. »Mit etwas Glück sind die Sachen in ein, zwei Stunden wieder trocken. Wir könnten uns solange in die Sonne setzen.«

Caroline schluckte. Sollte sie etwa zwei Stunden lang in seiner dreiviertelnackten Gesellschaft verbringen? Und warum, verflucht noch mal, machte ihr das überhaupt etwas aus?

Ihre Hormone kannten die Antwort natürlich: Henning war vielleicht kein klassisch schöner, jedoch ein hochgradig attraktiver Mann. Anscheinend verströmte er ganze Wagenladungen an Pheromonen, denn sie konnte sich seinem Sexappeal einfach nicht entziehen. Innerlich seufzte sie. Das konnte ja heiter werden. So hatte sie sich den Samstagnachmittag ganz sicher nicht vorgestellt.

9. Kapitel

Obwohl Henning sich darüber im Klaren war, dass seine Idee, sich seiner nassen Klamotten zu entledigen, ziemlich gewagt war und Caroline alles andere als gefallen würde, setzte er sich einfach mit einer einladenden Handbewegung in ihre Richtung auf den Grasstreifen. »Zum Glück ist es heute angenehm warm. Nicht genug, um in der Nordsee zu schwimmen, aber immerhin ausreichend, um ein Sonnenbad zu nehmen.«

Skeptisch blickte Caroline auf ihn herab. »Du willst ein Sonnenbad nehmen?«

Er hob die Schultern. »Das Gras ist zum Glück trocken und hat sich sogar schon angenehm erwärmt. Setz dich ruhig zu mir. Ich beiße auch wirklich nur auf ausdrücklichen Wunsch.«

Sie stieß zwar ein missbilligendes Schnauben aus, doch um ihre Mundwinkel spielte die Andeutung eines Lächelns. »Hast du mit diesen Sprüchen schon jemals Erfolg gehabt? Falls ja, muss ich doch sehr am Verstand meiner Geschlechtsgenossinnen zweifeln.«

»Ein bisschen Humor hat noch nie geschadet, um das Eis zu brechen. Du bist der beste Beweis.«

»Ich?« Sie setzte sich vorsichtig neben ihn ins Gras.

»Immerhin sitzt du jetzt hier, nicht wahr?«

Anstelle einer Antwort kräuselte sie nur leicht die Lippen.

»Ich werde dich schon nicht anfallen, Caro.«

»Das würde dir auch ganz sicher nicht gut bekommen.«

Mit einem vielsagenden Blick sah sie ihn von der Seite an, jedoch gleich wieder geradeaus. »Du hältst dich für unwiderstehlich, oder?«

Überrascht hob er den Kopf, dann grinste er. »Tue ich das – oder du?«

Mit einem erneuten Schnauben erwiderte sie seinen Blick und deutete mit beiden geöffneten Handflächen in seine Richtung. »Beweisstück A.« Plötzlich lachte sie. »Wie hältst du es bloß mit dir selbst aus?«

»Meistens kann ich mich ganz gut leiden.« Entspannt lehnte er sich zurück und stützte sich auf seine Unterarme. »Vielleicht kannst du dich ja eines Tages auch dazu durchringen.« Nach einer kurzen Atempause fügte er hinzu: »Nur weil ich gerne geradeheraus sage, was mir durch den Kopf geht, bedeutet das nicht, dass ich dich nicht ernst nehme oder mich über dich lustig mache. Und meine Frage von eben war vielleicht nicht ganz diplomatisch formuliert, aber trotzdem durchaus ernst gemeint. Ich glaube nämlich, dass ich nicht der Einzige von uns beiden bin, der eine gewisse Anziehung zwischen uns spürt.«

»Anziehung?« Angelegentlich richtete sie ihren Blick in die Ferne.

»Dieses gewisse Knistern, das in der Luft liegt«, half er nach. »Es fühlt sich angenehm an ... und verführerisch. Findest du nicht auch?«

Sie schluckte hörbar. »Ich empfinde es eher als irritierend.«

»Warum?«

»Weil ich mich für klüger gehalten hätte.«

»Wenn es dich beruhigt: Ich halte dich für eine der klügsten Frauen, die ich kenne, Caro.« Er lächelte, als sie ihn ruckartig ansah.

»Weil ich Gefahr laufe, auf dein Spielchen hereinzufallen? Das erscheint mir eher als große Dummheit.«

»Nein, weil du erstens nicht leugnest, dass sich zwischen uns etwas tut, und zweitens, weil du, wenn du mir zugehört hast, weißt, dass ich mit dir keine Spielchen spiele, und trotzdem nicht die Flucht ergreifst, sondern gewillt zu sein scheinst, der Sache eine Chance zu geben.«

Sie seufzte unterdrückt. »Eigentlich wollte ich nur ein bisschen Zeit mit Duke verbringen.«

Als Duke, der sich vor ihnen in den Sand gesetzt hatte, seinen Namen hörte, spitzte er die Ohren und sah sie über die Schulter fragend ein. *Redest du mit mir? Also ich finde es auch schön, Zeit mit dir zu verbringen. Oder vielmehr mit euch. Auch wenn ihr mich mit einem fiesen Trick ins Watt gelockt habt. Na ja, so schlimm ist es zum Glück nicht. Meine Pfoten sind zwar nass, und zwischen meinen Zehen klebt jetzt Schlick, aber hier auf dem Sand ist es ja zumindest ganz weich und bequem.*

»Er scheint sich mit seinem Schicksal abgefunden zu haben«, witzelte Henning. »Mal sehen, ob wir ihn beim nächsten Mal ein bisschen schneller zum Mitkommen bewegen können.«

Was? Ihr wollt hier noch mal hin? Warum denn bloß?

»Dann sollten wir aber sicherheitshalber einen größeren Vorrat an Leckerchen mitnehmen.« Wieder blickte Caroline beim Reden in die Ferne. »Du hast die Idee mit dem alten *Bootshaus* über Jörn an Ella herangetragen, obwohl du wusstest, dass ich dagegen war.«

Er nickte vage. »Eher, weil ich wusste, dass du im ersten Impuls ablehnen wolltest.«

»Das war kein Impuls.«

»Was dann?«

Sie schwieg einen Moment lang, dann zuckte sie mit den Achseln. »Das *Zu Verkaufen*-Schild ist weg.«

»Weil ich das Gebäude gekauft habe.« Als sie ihn nun doch wieder direkt ansah, nickte er erneut. »Zumindest habe ich mit den Besitzern eine Übereinkunft erzielt. Gerade rechtzeitig übrigens, denn Carl Verhoigen hatte nur wenige Tage zuvor ebenfalls ein Angebot gemacht.«

Carolines Augen weiteten sich. »Du hast Verhoigen überboten?«

»Um eine ausreichend hohe Summe, dass der Makler Sternchen in den Augen hatte.«

»Sternchen?« Caroline stieß einen ungläubigen Laut aus, der in ein trockenes Lachen mündete. »Damit hast du dir ziemlich sicher einen Feind gemacht. Carl Verhoigen zieht nicht gern den Kürzeren.«

»Mag sein. In diesem Fall jedoch kann er nichts mehr tun. Ich habe bereits eine Anzahlung geleistet und sogar zu weiteren Besichtigungszwecken einen Schlüssel erhalten. Die offizielle Schlüsselübergabe erfolgt nach Abschluss allen Schriftverkehrs und Zahlung der Restsumme.«

»Warum?« Auf sein Stirnrunzeln hin präzisierte sie: »Machst du so etwas häufig? Einfach ein Haus kaufen, nur weil dir danach ist?«

»Ich habe es nicht gekauft, weil mir danach war, sondern weil ich eine Geschäftsidee gewittert habe.«

»Ein Eventhaus.«

»Exakt.« Er richtete sich wieder auf und wandte sich ihr zu. »Ihr habt doch sicher schon darüber gesprochen.«

»Ella hat uns zum alten *Bootshaus* geschleppt und uns ihre Ideen unterbreitet. Vermutlich war einiges davon auch von dir angeregt.« Caroline zögerte sichtlich, bevor sie weitersprach. »Hannah war sofort begeistert.«

»Du aber nicht.« Gespannt musterte er sie.

Zu seiner Überraschung seufzte sie erneut. »Es ist schwierig, nicht begeistert zu sein, wenn die allerschönsten Ideen und Möglichkeiten direkt vor einem liegen.« Nachdenklich zupfte sie einen Grashalm aus und zwirbelte ihn zwischen den Fingern. »Es gibt nur ein Problem.«

»Und das wäre?«

Sie warf den Grashalm weg. »Wir können es uns nicht leisten. Ein Geschäft dieser Größenordnung übersteigt unsere Mittel bei Weitem. Selbst wenn du uns die Räumlichkeiten zu einem Spottpreis vermieten würdest, glaube ich nicht, dass Ellas neu erstellter Businessplan die Bank – irgendeine Bank – dazu bewegen wird, uns Kapital in der Größenordnung zur Verfügung zu stellen, die für Umbau und Einrichtung notwendig wäre.«

»Was habt ihr euch denn so vorgestellt?« Henning sah Caroline zwar an, dass sie immer noch eine gewisse Skepsis ihm gegenüber an den Tag legte, doch er hoffte, der Themenwechsel würde sie wieder ein wenig entspannen. Auch wenn das Thema durchaus spannend war. Insbesondere der Part, den er dabei zu spielen gedachte.

Einigermaßen bereitwillig erzählte Caroline ihm von der Idee mit den verschiedenen Partyräumen mit floralen Namen, dem neuen Namen für das Schild über dem Eingang und dem *Café Mauerblümchen* samt bepflanzten Trockenmauern. Auch die Möglichkeiten, den Garten zu nutzen, ließ sie nicht aus.

Er war beeindruckt und zugleich erfreut, dass er den richtigen Riecher gehabt hatte. »Das klingt doch alles sehr gut durchdacht, vor allem in Anbetracht dessen, dass ihr die Idee praktisch aus der Not heraus aus dem Boden gestampft habt.«

Caroline nickte, schüttelte aber fast zeitgleich den Kopf. »Wir haben nicht zum ersten Mal darüber geredet. Bisher waren solche Pläne für uns aber nichts weiter als Utopie. Uns fehlt, wie gesagt, das Kapital.«

Jetzt oder nie, dachte er. »Vielleicht solltet ihr euch nach einem Investor umsehen.«

»Der uns dann vorschreibt, was wir alles zu tun und zu unterlassen haben?« Misstrauisch runzelte sie die Stirn.

»Dann sparen wir lieber noch eine Weile und bleiben unabhängig.«

»Als stiller Teilhaber würde ich euch vollständig freie Hand lassen. Meine Gewinnbeteiligung könnte vorerst als Investitionsrücklage angelegt werden.«

»Stiller Teilhaber?« Caroline starrte ihn an. »Wie kommst du darauf, dass wir uns auf so etwas einlassen würden?«

Er lächelte leicht, froh, dass sie ihm nicht sofort ins Gesicht gesprungen war. Obwohl … Nein, bloß jetzt keine anzüglichen Gedanken! Er begann, an den Fingern die drei in seinen Augen wichtigsten Gründe abzuzählen: »Weil mein Kapital euch praktisch umgehend in die Lage versetzen würde, eure Träume zu verwirklichen, weil ich im Gegensatz zur Bank keine horrenden Zinsen verlangen werde und weil mein guter Name zusammen mit dem euren praktisch ein Garant für ein volles Haus sein wird.«

Carolines Augenbrauen wölbten sich. »Dein guter Name? Wen oder was wird der wohl anlocken?«

Lachend stieß er sie mit dem Ellbogen an. »Ob du es glaubst oder nicht, aber ich bin durchaus nicht nur mit Boxenludern und den von dir so gefürchteten Machos bekannt. Aber wenn es dich beruhigt, ich wollte euch gar nicht mit neuer Kundschaft versorgen. Mit einer Ausnahme natürlich, und das ist auch die einzige Bedingung, die ich stellen würde.«

»Aha!« Caroline stieß mit dem Zeigefinger in die Luft. »Ich wusste, dass an der Sache ein Haken ist. Was hast du vor?«

Ihre kämpferische Miene erheiterte ihn. »Ich will lediglich eine Klausel in den Vertrag aufnehmen lassen, die mir praktisch das Vor-Reservierungsrecht auf eure Partyräume zusichert, damit ich alle betrieblich oder privat veranlassten Feiern bei Bedarf bei euch abhalten kann. Termine würden selbstverständlich rechtzeitig bekannt gegeben, damit ihr sicher planen könnt.«

»Soso.« Caroline holte Luft, stockte, holte noch einmal Luft, dann stieß sie sie wieder aus. »Von wie vielen Terminen reden wir da?«

Rasch ließ Henning seinen Jahresplan vor seinem inneren Auge Revue passieren. »Vier bis sechs, höchstens sieben.«

Carolines Augen verengten sich. »Doch wohl nicht im Monat.«

Er hustete bestürzt. »Im Jahr! Was dachtest du denn, was ich vorhabe? Wenn ich pro Monat so viele Partys schmeißen würde, käme ich ja zu nichts anderem mehr. Zum Arbeiten schon mal gar nicht, und ob du es glaubst oder nicht: Ich tue genau das, um mir meinen Lebensunterhalt zu verdienen.«

»Wohl eher, um ihn zu ergänzen, denn wenn man den Gerüchten Glauben schenken darf, reicht dein Vermögen für mehrere Lebensunterhalte aus.«

»Dennoch sitze ich nicht den Rest meines Lebens herum und drehe Däumchen. Ich habe noch Pläne und Träume – und keine Lust, an Langeweile einzugehen.«

Nachdenklich zupfte sie erneut an den Grashalmen herum. »Das ist wirklich die einzige Bedingung, die du stellst? Du sicherst dir quasi dein persönliches Catering-Unternehmen?«

»Du hast es erfasst«, bestätigte er. »Vielleicht fügen wir noch einen Passus ein, der es mir erlaubt, euch Vorschläge für Praktikantinnen oder Auszubildende machen zu dürfen. *Future for Girls* vermittelt solche Stellen an Mädchen oder junge Frauen aus dem In- und Ausland.« Erwartungsvoll sah er sie an. »Was meinst du?«

***

All das klang viel zu … verführerisch. Unwiderstehlich. Verdammt!

»Ich werde mit Hannah und Ella darüber reden.«

182

»Gut.« Diesmal sah er sie ohne sein typisches Lächeln an und machte sie damit nervös. Nach einigen Atemzügen hielt sie es nicht mehr aus.

»Was ist?«

»Nichts.« Nun schmunzelte er doch. »Ich habe mich nur gerade etwas gefragt.«

»Und zwar was?«

»Wie wagemutig bist du?«

Ihr Herz machte einen unangemessenen Satz. »Warum willst du das wissen?«

»Weil die Gelegenheit gerade so günstig ist wie noch nie, etwas über dich in Erfahrung zu bringen.«

Entspannt ließ er sich wieder nach hinten sinken und stützte sich auf den Unterarmen ab.

Da der Anblick seines durchtrainierten Körpers ihrer Contenance erwartungsgemäß nicht allzu guttat, blickte sie sicherheitshalber wieder aufs Watt hinaus. »Mein Wagemut hält sich in Grenzen, wenn es um dich geht.«

»Gut.« Sein amüsierter Tonfall brachte sie dazu, doch einen kurzen Blick auf sein Gesicht zu werfen. Das mutwillige Grinsen war wieder da und regte das Kribbeln in ihrer Magengrube an. »Es geht nämlich nicht um mich, sondern um dich.«

Argwöhnisch kniff sie die Augen zusammen. »Inwiefern?«

»Du hast gesagt, dass du noch nie an einer Party hier in der Bucht teilgenommen hast und auch nicht an den vielen anderen«, er zögerte kurz, »*Aktivitäten*, die Jugendliche hier so miteinander … nun ja, treiben.«

»Und?« Es gab absolut keinen Grund für ihren Herzschlag, sich derart zu überschlagen. Dennoch tat er es.

»Wie gesagt …« In seinen Augen funkelte es herausfordernd. »Gute Gelegenheiten sollte man sich nicht entgehen lassen.«

»Henning …« Sie schluckte. »Nein. Das ist keine gute Idee.«

»Du weißt doch noch gar nicht, was ich dir vorschlagen will.«

»Egal was, ich werde es nicht tun.«

»Schade. Ein bisschen Sonnenbaden hat noch niemandem geschadet.«

Sie stutzte. »Sonnenbaden?«

»Oben ohne. Oder fast ohne.« Seine Augen funkelten immer noch. »Zumindest ohne Oberteil. Diese Bluse, die du da trägst, steht dir zwar ganz ausgezeichnet, aber wenn ich bedenke, wie entblättert ich hier sitze, wäre es nur fair, wenn du ein kleines bisschen für Ausgleich sorgen würdest.«

Ihr wurde unnatürlich warm, doch sie versuchte, sich nichts anmerken zu lassen. »Ich ziehe mich nicht einfach vor dir aus. Dein Striptease war deine eigene Idee.«

Er ließ sich auf den Rücken fallen und verschränkte die Arme hinter dem Kopf. »Mag sein, aber unter Teenagern gibt es so einen Ehrenkodex, weißt du.«

»Ach?«

»Ja. Wenn einer sich auszieht, machen alle anderen mit.«

»Wir sind keine Teenager mehr.«

»Aber du musst unbedingt ein paar grundlegende Erfahrungen aus dieser Zeit nachholen, sonst wirst du es eines Tages bereuen.«

»Ich muss überhaupt nichts.« Sein freches Grinsen brachte sie zum Lachen, wie, das wusste wohl nur der Teufel. Und auch dieses mutwillige Gefühl, das sie ergriff, konnte nur auf sein Konto gehen. Ehe sie darüber nachdenken konnte, knöpfte sie ihre Bluse auf und streifte sie ab. Nach einem winzigen Augenblick des Zögerns legte sie sie neben sich ins Gras und ließ sich rückwärts auf ihre Unterarme sinken, so wie er vorhin. »Und was nun?«

»Nichts weiter.« Aus seinem Grinsen war ein Lächeln

geworden, das ihren Herzschlag erneut ins Holpern brachte, und sein anerkennender Blick verwandelte das Flattern in ihrem Bauch in dieses unselige heiße Brennen. »Jetzt genießen wir die Sonne und holen uns ein bisschen Farbe.«

»Hoffentlich keinen Sonnenbrand.« Sie blinzelte zum blauen Himmel hinauf, an dem nur vereinzelt ein paar weiße, plüschige Wolken dahinzogen.

Vorsichtig schielte sie zu Henning hinüber, doch er hatte die Augen geschlossen und wirkte völlig ruhig und entspannt. Ein weiterer Blick auf Duke verriet ihr, dass auch er sich hingelegt und den Kopf auf die Pfoten gebettet hatte. Ach, was soll's, dachte sie, ließ sich ganz ins Gras fallen und schloss ebenfalls die Augen.

✳✳✳

Hm, tja, also Henning und Caroline scheinen eingeschlafen zu sein. Sie liegen beide ganz ruhig da und atmen gleichmäßig. Ich gebe zu, das gefällt mir irgendwie. Man hört hier nur das Rauschen des Windes und das Gezwitscher der Vögel – und natürlich das Geschrei der Möwen. Die sind anscheinend überall am Wasser oder Watt zu finden. Dort hinten sehe ich welche, die im Schlick herumpicken. Anscheinend gibt es da irgendwelche Leckerbissen. Na, meinetwegen. Wem's schmeckt. Ich bleibe lieber bei meinem Futter und diesen unsagbar köstlichen Leckerchen, die Caroline mir immer zusteckt. Wie dieser Mini-Kauknochen vorhin. Der war lecker! Wenn auch zugegebenermaßen äußerst winzig. Ein, zwei Nummern größer täten es auch. Ich bin schließlich ein großer Hund. Ob ich mal nachsehen soll, ob sie noch irgendwo so ein Knöchelchen versteckt hat? Sie schläft ja und bemerkt es gar nicht.

Ja, genau das werde ich tun! Mal sehen, sie hatte das Ding in der Hosentasche, aber da komme ich beim besten Willen

185

nicht heran. Ha! Aber da neben ihr liegt ihre Bluse. So heißt das blaue Ding, glaube ich. Ich habe noch nie verstanden, weshalb Menschen überhaupt kein eigenes Fell haben und sich deshalb jeden Tag ein neues überziehen müssen. Noch dazu immer in anderen Formen und Farben. Aber egal. Ich schleiche mich jetzt mal zu der Bluse und sehe nach, ob darin vielleicht so ein Leckerchen versteckt ist. Könnte ja sein. Menschen verstecken Leckerchen ganz oft in ihren Kleidern.

Hm, die Bluse riecht toll nach Caroline, das gefällt mir. Aber, schnüff, keine Spur von einem Kauknochen. Schade. Und was jetzt? Mir ist irgendwie langweilig. Ob ich mich mal ein bisschen hier umsehen soll? Das Wasser scheint immer weiter wegzugehen, ist also gar nicht so gefährlich, wie ich dachte. Und auch, wenn das Watt nass und matschig ist, scheint es im Moment ganz okay zu sein. Außerdem kann ich ja hier auf dem Gras bleiben und nachsehen, was da hinten bei den Felsen ist. Da passiert mir bestimmt nichts. Dieser Schaukelreifen sieht lustig aus, und anscheinend ist da vorne der Eingang in eine Höhle. Ob ich da mal reingehen soll? Ich weiß nicht. Ein wenig unheimlich wirkt es doch. Nö, ich glaube, ich bleibe lieber draußen. Ist sicherer. Obwohl ... neugierig bin ich jetzt doch geworden. Aber so ganz allein gehe ich normalerweise nicht auf Entdeckungsreise. Caroline und Henning schlafen aber so fest, da will ich nicht stören.

Ich könnte natürlich die Bluse mitnehmen. Nur zur Sicherheit. Die riecht nach Caroline, und das ist dann fast so, als wäre sie selbst mit dabei. Okay, dann mal los, die Bluse passt gut in meine Schnauze und ist ganz leicht. Und Caroline braucht sie ja auch im Moment gar nicht. Ja, das geht sehr gut so. Geradezu genial, dieser Einfall! Und nun sehe ich mal nach, was sich in dieser Höhle befindet ...

***

Caroline erwachte von einem spitzen Schrei. Irritiert sah sie sich um, bis sie sich erinnerte, wo sie sich befand – und mit wem. Und dass sie oben herum nur einen weißen Spitzen-BH trug. Der Schrei stammte von einer Möwe, die mit ihren Kumpels in wilden Kapriolen übers Watt taumelte und ganz offensichtlich ihr Leben in vollen Zügen genoss. Auch wenn die Situation ein wenig seltsam anmutete, fühlte Caroline sich im Augenblick gar nicht so übel. Allerdings war der Schatten des Felsens mittlerweile zu ihnen herübergewandert, was bedeutete, dass der Nachmittag schon ein gutes Stück vorangeschritten war. Ein Blick auf ihre Armbanduhr verriet ihr, dass sie fast eine Stunde geschlafen haben musste.

Henning schien sich nach wie vor im Traumland zu befinden. Und Duke …

Alarmiert sah sie sich um. »Duke?« Der Hund war nirgendwo zu sehen. »Shit!« Sie richtete sich auf und rüttelte mit klopfendem Herzen an Hennings Arm. »Wach auf!«

Henning blinzelte. »Was?«

»Duke!« Sie sah sich um. »Duke, wo steckst du?«

»Was ist denn los?« Schlaftrunken richtete Henning sich auf.

»Duke ist weg!«

»Wieso weg?« Auch Henning sah sich nun hektisch um. »Eben war er doch noch hier«

»Eben ist gut.« Caroline stand auf. »Wir haben fast eine Stunde geschlafen. Und jetzt ist Duke weggelaufen. Bestimmt war es ihm zu langweilig. Was machen wir denn jetzt? Ihm könnte etwas zustoßen, oder vielleicht erschrecken sich die Leute vor ihm, weil er so groß ist. Oje, wie sollen wir das Christina erklären, wenn ihm etwas passiert?«

»Caro.« Henning umfasste ihren Arm. »Mal ganz ruhig. Duke passiert schon nichts. Bestimmt ist er hier irgendwo in der Nähe.«

»Wo denn? Siehst du ihn vielleicht?« Hektisch entzog sie ihm ihren Arm und drehte sich einmal im Kreis.. »Er kann inzwischen überall sein.«

»Vielleicht ist er auch zur Hundeschule zurückgelaufen«, schlug Henning vor.

»Dann hätte Christina sich längst bei uns gemeldet.«

Tränen traten ihr in die Augen und brannten. »So ein Mist. Warum habe ich mich auch von dir überreden lassen …« Sie stockte und blickte an sich hinab, dann neben sich. »Wo ist eigentlich meine Bluse?« Sie ging zu der Stelle, an der sie das Kleidungsstück abgelegt hatte, doch dort fand sie es nicht. »Hast du sie woanders hingelegt?« Verärgert drehte sie sich zu Henning um, der jedoch abwehrend die Hände hob.

»Natürlich nicht. Für wie kindisch hältst du mich denn?«

»Immerhin wolltest du unbedingt, dass ich sie ausziehe.«

»Nein, du wolltest das, sonst hättest du es nicht getan«, korrigierte er sie. »Du bist eine Frau, die sich nichts von einem Mann sagen lässt. Ich kann dich zu nichts überreden, was du nicht selbst möchtest.«

Verblüfft und mit einem Anflug von Verlegenheit runzelte sie die Stirn. »Wo soll sie denn dann sein? Vom Winde verweht vielleicht?«

Er hob die Schultern. »Bei der leichten Brise wäre sie nicht weit geflogen. Vielleicht hat Duke sie mitgenommen.«

»Duke? Warum sollte er meine Bluse stehlen?«

»Keine Ahnung.« Henning grinste schief. »Lolly hat früher immer meine Turnschuhe mit ins Körbchen genommen. Hunde machen so was halt. Der Geruch an den Kleidungsstücken oder Schuhen erinnert sie an uns.« Während er sprach, ging er auf dem Grasstreifen auf und ab und blickte in alle erdenklichen Richtungen. »Nimm es als Kompliment.«

»Toll, danke. Hund weg, Bluse weg.« Zumindest hatten

sich die Tränen wieder verflüchtigt. »Was machen wir denn jetzt?«

»Na, wir suchen Duke, was sonst? Komm mit.« Er bedeutete ihr, ihm in Richtung Höhle zu folgen. »Auf dem Watt ist er ziemlich wahrscheinlich nicht. Aber vielleicht ist er da drinnen auf Erkundungstour gegangen.«

»Da kommt er doch nicht weit.« Eilig schloss Caroline zu ihm auf.

»Was unser Glück sein könnte.« Mitten im Höhleneingang blieb Henning stehen und lachte auf. »Liebe Zeit, was für ein Anblick!«

»Was ist denn?« Beinahe wäre Caroline in ihn hineingelaufen. »Ist Duke hier?«

Henning lachte immer noch. »Und wie! Da vorne beim Wrack.« Er deutete auf den halb verrotteten Holzhaufen, der einmal ein Schiff hätte werden sollen. »Duke, du kleiner Tollpatsch, wie hast du denn das bloß geschafft?«

Frag lieber nicht. Ich sitze schon eine halbe Ewigkeit hier und hoffe, dass ihr mich endlich findet und befreit.

»Heiliger Bimbam!« Als Caroline Duke erblickte, wusste sie nicht, ob sie erschrocken sein oder ebenfalls lachen sollte. Der große Rottweiler hatte anscheinend tatsächlich die Höhle und das Wrack erforscht. Dabei hatte sich die Handschlaufe der Schleppleine an einer Holzstrebe verhakt. Um sich zu befreien, war Duke mehrmals im Kreis gelaufen, hatte sich aber nur immer weiter verheddert. Nun saß er mit schief gelegtem Kopf und langem Hals halb neben, halb auf der Strebe und sah sie beide überaus anklagend an.

Was ist? Wollt ihr mich nicht allmählich mal losmachen?

»Warte, Kumpel, das haben wir gleich.« Beherzt trat Henning auf den Hund zu und löste den Karabinerhaken der Leine vom Geschirr. »Caro, kümmere dich mal um ihn, während ich die Leine aus diesem Wirrwarr hier befreie.«

»Okay.« Erleichtert, dass dem Hund nichts weiter passiert

war, ging Caroline vor Duke in die Hocke und schloss ihn in die Arme. »Du hast uns einen Schrecken eingejagt, weißt du das?«

Nee, wusste ich nicht. Wollte ich auch nicht. Aber die Streicheleinheiten mag ich sehr, jetzt, wo ich nicht mehr festhänge. Mit einem herzhaften Schnaufen lehnte Duke sich in die Umarmung und schob seinen Kopf unter ihrem Arm durch.

Caroline wurde es bei dieser Zuneigungsbekundung warm ums Herz. Im nächsten Moment kicherte sie los. »Duke, deine Nase ist ganz kalt und kitzelt!«

Ach ja? Duke schnaufte noch einmal und leckte ihr über die Seite und die Hüfte.

»Nicht! Das kitzelt noch mehr!« Beinahe wäre Caroline umgekippt und auf ihrem Hinterteil gelandet. Krampfhaft hielt sie sich an dem Hund fest, der seinerseits begeistert versuchte, sie überall abzuschlecken.

Ha, was für ein tolles neues Spiel!

»Henning, hilf mir doch mal!« Sie japste nach Luft, doch Henning, der die Leine mittlerweile aufgerollt in der Hand hielt, blickte nur erheitert auf sie herab.

»Ihr zwei seid das albernste Duo, das ich je gesehen habe.« Kopfschüttelnd half er ihr schließlich doch, auf die Füße zu kommen. »Sosehr ich Duke auch verstehen kann … du schmeckst bestimmt köstlich.« Vielsagend wackelte er mit den Augenbrauen und verursachte damit prompt wieder das unselige Flattern in ihrem Bauch. »Aber ich fürchte, das muss jetzt erst mal warten. Ich habe nämlich eine nicht allzu gute Neuigkeit für dich.«

»Was für eine Neuigkeit?« Sie schluckte, als er sich bückte und einen ehemals hellblauen, nunmehr schlickbraunen, mit nassen Flecken verunzierten und an einigen Stellen eingerissenen Stofffetzen aufhob.

»Ich fürchte, das hier war einmal deine Bluse.«

Oh, ja, stimmt, die habe ich vorhin ein bisschen angekaut.

Eigentlich wollte ich sie sogar verbuddeln, so was macht Spaß, aber das war mir dann doch nicht so recht, weil ich ja nicht weiß, ob wir noch mal hierherkommen. Also habe ich sie auf meinen Erkundungsgang mitgenommen, aber irgendwann fallen lassen, als mich diese blöde Leine immer mehr gefesselt hat. Mit Unschuldsmiene blickte Duke zwischen ihnen hin und her.

Caroline nahm Henning die Bluse ab, schüttelte sie ein paarmal energisch aus und trat dann damit an den Höhleneingang, um sie im Licht zu inspizieren. »Ruiniert«, stellte sie seufzend fest. »Und was jetzt?« Erneut sah sie an sich hinab. »So kann ich wohl schlecht bis nach Hause laufen.«

»Kannst du wohl«, widersprach Henning lachend. »Wenn du den Leuten den Eindruck vermitteln möchtest, dass ich dir unterwegs die Kleider vom Leib gerissen habe.«

»Das könnte dir so passen.« Aufgebracht funkelte sie ihn an.

»Nicht wirklich.« Henning trat neben sie. »Du kannst mein Hemd anziehen. Bestimmt ist es mittlerweile trocken.«

Caroline stieß ein verzweifeltes Lachen aus. »Und was für einen Eindruck hinterlässt das dann wohl bei den Leuten?«

Er grinste mutwillig. »Dass ich dir die Bluse vom Leib gerissen habe, aber wenigstens so weit ein Gentleman war, dir als Ersatz mein Hemd zu geben.«

Sie schnaubte und griff sich fassungslos an den Kopf, dann ergab sie sich in ihr Schicksal. »Wenigstens kann ich dir die volle Schuld in die Schuhe schieben.«

»Wohl kaum.« Henning grinste immer noch.

»Warum nicht?«

»Weil jeder Mann und jede Frau in Lichterhaven weiß, dass zu so etwas immer zwei gehören … und dass du nichts gegen deinen Willen tust. Auch und schon gar nicht mit mir.«

Wieder fasste sie sich an den Kopf. »Mein guter Ruf ist dahin.«

Henning tätschelte ihre Schulter. »Du weißt doch, wie es heißt: Ist der Ruf erst ruiniert, lebt es sich ganz ungeniert.«

»Das mag vielleicht dein Lebensmotto sein, aber meins bestimmt nicht.«

»Vielleicht begegnen uns ja gar nicht so viele Einheimische, sondern nur Touristen. Denen kann es vollkommen egal sein, in wessen Hemd du herumläufst.«

»Ein einziger Lichterhavener reicht schon aus, um die Gerüchteküche anzuheizen.«

»Stimmt auffallend.« Henning ging vor ihr her zu dem knorrigen alten Baum und zog das Hemd vom Ast herunter. »Trocken, wenn auch nicht mehr ganz sauber«, stellte er fest, schüttelte es aus und reichte es ihr. »Wir könnten natürlich auch hier warten, bis es dunkel ist. Dann ist die Gefahr deutlich geringer, jemandem über den Weg zu laufen.«

»Quatsch.« So kindisch wollte sie nun doch nicht sein. »Bis dahin kehrt die Flut ja schon wieder zurück.«

»Na, so lange müssen wir nun auch wieder nicht warten.« Auch Hennings Hose schien wieder trocken zu sein, denn er stieg hinein und schloss die Knöpfe. »Es sei denn, du möchtest noch ein wenig an deinen verpassten Teenagererfahrungen arbeiten. Du weißt schon: Im Dunkeln lässt sich gut munkeln … und andere interessante Dinge tun.«

»Lieber nicht.« Inzwischen hatte sie das Hemd übergestreift, die Knöpfe jedoch noch nicht geschlossen. »Du scheinst ja über einen ganzen Fundus an passenden Sprichwörtern und Redewendungen für jede Situation zu verfügen.«

»Mein Vater hatte Dutzende davon auf Lager und hat sie ständig zitiert. Da ist eine Menge bei mir hängen geblieben. Allerdings habe ich schon lange keins mehr benutzt. Früher sind sie mir oft herausgerutscht, wenn …« Er stockte.

»Wenn was?« Atemlos beobachtete sie, wie er dicht an sie herantrat. Ihr Herzschlag holperte.

»Wenn ich nervös war.«

Aus dem Holpern wurde ein heftiges Pochen. »Soll das heißen, dass du gerade nervös bist?«

Er nahm den Aufschlag des Hemdes zwischen Daumen und Zeigefinger und zupfte leicht daran. »Möglicherweise, ein wenig.«

Sie bekam plötzlich kaum noch Luft. »Warum? Ich dachte, den großen Henning Magnusson bringt nichts aus der Ruhe.«

»Tja, offenbar gibt es doch jemanden, der oder vielmehr die das zu bewerkstelligen in der Lage ist.«

Wie ärgerlich, dass diese Vorstellung ihr derart schmeichelte!

»Womit genau mache ich dich denn nervös?« Jetzt flirtete sie auch noch! Sie war von allen guten Geistern verlassen, das stand fest.

Zu ihrer Überraschung begann Henning, ihr das Hemd zuzuknöpfen. »Du siehst ein bisschen zu sehr zum Anbeißen aus.«

Fragend und ein wenig irritiert folgte sie mit Blicken den Bewegungen seiner Finger, die Knopf um Knopf schlossen. »Das mit der Bluse war doch ursprünglich deine Idee.«

»Ich weiß, und zu der Zeit fand ich sie auch noch ziemlich genial. Es ist nur so …« Er hob den Blick von den Knöpfen und sah ihr geradewegs in die Augen. »Ich würde dich gerne küssen, aber wenn du dabei so viel verführerisch nackte Haut zeigst, könnte ich nicht garantieren, dass die Sache nicht zu schnell zu weit geht.«

»Ach.« Mehr fiel ihr beim besten Willen nicht ein, dazu raste ihr Herz viel zu sehr, und sein Blick, begehrlich und dunkel, ließ sie unwillkürlich erschauern.

»Ja, ach.« Ein fast unmerkliches Lächeln umspielte seine Lippen. »Grundsätzlich hätte ich zwar auch nichts gegen ein bisschen teenagerhaftes Herummachen einzuwenden – oder Gemunkel, um bei dem Sprichwort zu bleiben –, schon um deine Defizite in dieser Hinsicht auszugleichen, aber ehrlich gesagt warte ich damit lieber noch ein bisschen, bis …«

»Bis was?« Ihr Atem verfing sich in ihrer Kehle, als er sie für einen Moment dicht an seinen Körper zog, jedoch sofort wieder losließ, um ihr die Gelegenheit zu geben, sich zurückzuziehen. Erst als sie sich nicht vom Fleck rührte, antwortete er: »Bis du es genauso sehr willst wie ich.«

Verflucht, das war jetzt schon der Fall! Sie war tatsächlich aus unerfindlichen Gründen kurz davor, den Kopf zu verlieren. Den Verstand. Schlimmstenfalls ihr Herz. Wie hatte er das bloß angestellt?

»Vorher gehe ich lieber kein Risiko ein.« Er umfasste sacht ihre Wange.

»Okay …« Hart schluckte sie gegen ihren außer Kontrolle geratenen Herzschlag an. Wie gebannt blickte sie in seine strahlend blauen Augen, als er sein Gesicht dem ihren näherte, bis sie seinen warmen Atem auf der Haut spüren konnte.

Kurz bevor sich ihre Lippen trafen, hielt er inne. »Okay?«

Noch einmal schluckte sie. »Scheint so.« Sei's drum! Ehe sie es sich anders überlegen konnte, reckte sie sich ihm ein wenig entgegen. Die erste kurze Berührung löste einen heftigen Stich in ihr aus, einem Stromstoß nicht unähnlich – oder dem aufregenden, prickelnden Gefühl, etwas Verbotenes zu tun. Für einen kurzen Moment zog sie sich wieder etwas zurück. Sein Blick war immer noch fest und unverwandt auf sie gerichtet, schien sich nun aber noch weiter zu verdunkeln, als sich seine Pupillen weiteten. Zugleich glaubte sie darin ein Leuchten wahrzunehmen, das sie erstaunte, erschreckte und … erfreute?

Sie kam nicht dazu, darüber nachzudenken, denn schon im nächsten Augenblick umfasste Henning ihre Wangen mit beiden Händen und senkte seinen Mund auf ihren.

Ein zweiter, viel heftigerer Stich, der bis in ihre Körpermitte reichte, ein wildes Flattern in ihrer Magengrube, das sich in Sekundenschnelle in dieses beängstigende süße, verzehrende Brennen verwandelte, das sie zuvor noch nie in Gegenwart eines Mannes verspürt hatte. Warum ausgerechnet bei ihm? Der Gedanke drehte sich ein paarmal in ihrem Kopf, dann verlor er sich irgendwo im Nichts, und sie fühlte nur noch seinen warmen, festen und dennoch irritierend weichen Mund auf ihrem, seine Hände an ihren Wangen, dann in ihrem Haar, seinen Atem, der heiß über ihre Haut strich. Sie erschauerte unwillkürlich und hatte den Eindruck, dass es ihm ähnlich erging. Als er sachte an ihrer Unterlippe zu knabbern begann, wurden ihr die Knie weich. Sie griff nach seinen Schultern, um sich festzuhalten, und prompt zog er sie näher an sich. Seine linke Hand verharrte in ihrem Haar, den rechten Arm legte er um ihre Mitte. Der Druck seiner Lippen verstärkte sich, als sich ihre Körper auf ganzer Länge berührten. Heiße, quälende Schauer durchrieselten sie, ließen sie nach Atem ringen.

***

Als Caroline den Mund ein wenig öffnete, konnte Henning nicht widerstehen. Zu lange hatte er sich nach diesem Kuss gesehnt. Mutig, obwohl ihm bewusst war, dass es viel zu schnell ging, tastete er sich mit der Zunge bis zu ihrer Unterlippe vor, strich versuchsweise ganz vorsichtig darüber, spürte dem süßen, herrlichen, heißen Brennen nach, das die Berührung in ihm auslöste. Caroline protestierte nicht, sondern stieß einen kehligen, unartikulierten Laut aus, der die Hitze, mit der das Blut durch seine Adern rauschte, noch befeuerte. Viel früher, als für sie beide vielleicht gut war, trafen ihre Zungen aufeinander, kam sie ihm entgegen, schloss sich zwischen ihnen so etwas wie ein Stromkreis.

Begehrlich krallte er seine Finger in ihre weichen Locken,

zog sie noch fester an sich. Sein Körper reagierte geradezu brutal auf ihren, etwas, das er hätte einkalkulieren müssen. Immerhin hatte er damit schon als Teenager kämpfen müssen, obgleich sie sich damals nie derart nahegekommen waren. Zumindest nicht aus freien Stücken. Allein. Ungestört. Mitten in einer romantischen Piratenbucht …

Seine Sinne vernebelten sich zusehends, je länger ihre Zunge die seine neckte, er die ihre erkundete. Sie schmeckte so herrlich weiblich, süß und erregend. Ihr Geruch vermischt mit dem Hauch eines nicht zu blumigen Parfums vereinnahmte ihn. Er wollte sie. Unbedingt. Jetzt.

Schon war er versucht, seine Hände unter das Hemd zu schieben, um ihre warme, weiche Haut zu spüren, doch er bremste sich gerade noch. Es war zu früh. Dieser Kuss war schon mehr, als er sich für heute erträumt hatte. Doch Caroline war längst noch nicht so weit. Sie traute ihm nicht – oder der Sache, die gerade zwischen ihnen entstand. Er musste sich gedulden, bis sie ihre Vorbehalte – und Vorurteile – ablegte, deshalb löste er widerstrebend seine Lippen von ihren.

***

Carolines Körper reagierte zugleich erleichtert und enttäuscht, als Henning sich von ihr löste, wenn auch nur so weit, dass sie beide wieder atmen konnten. Für einen langen Moment sahen sie einander schweigend an. Caroline versuchte, ihre Gedanken zu ordnen, musste sich jedoch räuspern, bevor sie auch nur einen Ton herausbrachte. »Das war …«

»Ich weiß.« Er lächelte leicht. »Heiß.«

»Überraschend wollte ich sagen.«

»Nicht so sehr für mich.« Er lockerte seinen Griff um ihre Mitte etwas, wohl um ihr noch mehr Raum zu geben, doch sie bewegte sich nicht von ihm weg.

Sie konnte seine Reaktion auf den Kuss eindeutig spüren, und unter den gegebenen Umständen hätte sie wohl vernünftig sein müssen, doch es gelang ihr nicht. Irgendwo tief in ihr prickelte es erregend. »Für mich schon.« Sie biss sich auf die Unterlippe und bemerkte prompt, wie sein Blick kurz dorthin wanderte, bevor er sich wieder zu ihren Augen hob.

»Verstehst du jetzt diese Vorsichtsmaßnahme?« Er zupfte an dem Hemd.

Sie lächelte schwach. »Du konntest nicht wissen, dass es … so werden würde.«

»Nein, aber hoffen.« Sachte strich er ihr ein paar Haarsträhnen aus dem Gesicht.

Plötzlich schoss ihr ein gänzlich anderer Gedanke durch den Kopf. »Wo ist eigentlich Duke?«

Was? Ich? Na, hier. Duke gab ein leises Wuffen von sich.

Als sie sich umdrehte, sah sie ihn ein paar Schritte entfernt auf dem Gras liegen, vor sich ihre blaue Bluse, die ihr wohl während des Kusses unbemerkt aus der Hand gerutscht und zu Boden gefallen war. Erleichtert atmete sie auf und musste lachen. »Das Ding kann jetzt wohl endgültig in die Mülltonne.«

Was, das Stoffding hier? Das würde ich gerne behalten. Es riecht nach dir, und man kann schön darauf herumkauen. Nur diese harten, runden Dinger stören ein bisschen.

»Vielleicht solltest du sie Duke schenken. Er scheint sie zu mögen.« Henning trat neben den Rottweiler und nahm ihm die zerfetzte Bluse ab. »Die Knöpfe sollte er allerdings besser nicht fressen.«

Hey, wau, was soll das? Darf ich mein neues Spielzeug doch nicht behalten? Schade.

»Auf gar keinen Fall.« Caroline schnappte sich die Bluse und stopfte eine Ecke in ihre Hosentasche. »Am Ende gewöhnt er sich daran und klaut mir alle meine Klamotten.« Sie wandte sich an Duke. »Zu Hause kriegst du einen schönen Kauknochen.«

Wau, klingt gut. Vor allem, wenn er etwas größer ist als das Mini-Ding von vorhin.

»Ich schätze, wir sollten uns auf den Rückweg machen.« Henning befestigte Dukes Leine an dessen Geschirr und reichte Caroline die aufgerollte Schleppleine. »Darf ich dich noch zum Essen einladen?«

Da ihr Magen in diesem Moment vernehmlich knurrte, nickte sie. »Klar, warum nicht?«

»Weil du erst kürzlich alles andere als begeistert davon warst.«

»Immerhin hast du diesmal vorher gefragt.« Sie grinste. »Du machst Fortschritte.«

Er grinste zurück. »Diese Feststellung würde ich gerne auf das Pronomen *wir* ausweiten.«

Zuerst wollte sie protestieren, unterließ es dann aber. Der Kuss war eindeutig ein Fortschritt gewesen. Ob in die richtige Richtung, musste sich erst noch herausstellen.

10. Kapitel

Glücklicherweise begegneten ihnen auf dem Rückweg überwiegend Touristen, die ihnen einige befremdete Blicke zuwarfen, hauptsächlich Henning, weil er mit nacktem Oberkörper herumlief, doch vielleicht lag es auch nur daran, dass sie ihn erkannten und sich fragten, ob sein mehr als legerer Aufzug wohl demnächst als Schlagzeile in der Yellow Press landen würde. Als er vor etwa einem Jahr nach Lichterhaven zurückgekehrt war, hatten sehr häufig Paparazzi herumgelungert, um Schnappschüsse von ihm und seinem neuen Leben zu ergattern, und Caroline hatte ihn und Lichterhaven immer mal wieder in einem Artikel in einem Magazin entdeckt, wenn sie im Zeitungsladen ihrer Tante Frieda nach ihren geliebten Backzeitschriften Ausschau hielt. Für Lichterhaven waren diese Berichte vermutlich sogar von Vorteil gewesen, weil sie Touristen herlockten. Nur gefiel ihr der Gedanke, möglicherweise selbst Teil der Berichterstattung zu werden, ganz und gar nicht, deshalb hoffte sie, dass sich kein sensationshungriger Reporter unter den Menschen befand, denen sie auf dem Deichweg begegneten. Immerhin hatte deren Anwesenheit in den letzten fünf, sechs Monaten allmählich nachgelassen, weil sich wohl herumgesprochen hatte, dass Henning Magnusson vom High Life Abstand genommen hatte und solide geworden war. Seine Werkstatt rief offenbar kein allzu großes Interesse hervor, zumindest nicht bei der Sensationspresse. In einer Motorsport-Sendung im Fernsehen war sie jedoch vor einiger Zeit einmal über eine halbstündige Berichterstattung über sein neues Gewerbe gestolpert, als sie sich an einem freien Sonntagnachmittag durch die TV-Kanäle gezappt hatte.

Den größten Teil des Weges schwiegen sie, und wieder fühlte sich die Stille zwischen ihnen nicht peinlich oder unangenehm an. Sie hingen einfach beide ihren Gedanken nach, und auch Duke schien sich dabei wohlzufühlen, denn er trabte mit erhobener Rute und ebensolchem Kopf fröhlich zwischen ihnen her.

»Wir sollten vielleicht erst einen Abstecher zu dir machen«, schlug sie vor, als sie sich der Stadt näherten. »Damit du dich umziehen kannst.«

Er nickte nur. »Und zu dir. Es sei denn, es stört dich nicht, mein Hemd zu tragen und dass es am Rücken Schlickflecken hat.«

Es störte sie tatsächlich nicht so sehr, wie sie gedacht hatte, auch wenn ihr das Hemd viel zu groß war und sie die Ärmel mehrfach hochgekrempelt hatte. Dennoch hatte er natürlich recht, sie musste sich ebenfalls umziehen, um möglichen Verdächtigungen seitens der Lichterhavener aus dem Weg zu gehen. So erregend der Kuss vorhin auch gewesen sein mochte, sie war noch nicht bereit, sich den daraus ergebenden möglichen Konsequenzen zu stellen.

Noch ehe sie ihm eine Antwort geben konnte, vernahm sie hinter sich eine Fahrradklingel.

Duke zuckte sichtlich zusammen und machte einen riesigen Satz zur Seite. *Was war das? Woher kam dieses Klingeln? Hilfe? Hallo? Wau? Weg hier! Nicht, dass es hier gefährlich ist.*

»Schon gut, Kumpel, ganz ruhig.« Henning hatte Mühe, dem erschrockenen Hund auszuweichen und ihn gleichzeitig im Griff zu behalten, denn Duke wollte mit aller Macht wegrennen. »Das ist nur ein Fahrrad. Nein, zwei.« Er griff die Leine kürzer und lenkte Duke an den Wegesrand. »Siehst du? Nichts Schlimmes.«

Das sagst du so. Warum klingeln die denn so plötzlich, dass ich mich wer weiß wie erschrecke? Das ist überhaupt nicht nett.

»Oh, hallo! Entschuldigt bitte.« Elke Dennersen, eine Bäuerin aus dem Ort, bremste und brachte ihr Fahrrad zum Stehen. Im Schlepptau hatte sie ihre älteste Tochter Lynn, die es ihr nun gleichtat. Die Achtzehnjährige hatte ihr blondes Haar zu einem langen Zopf geflochten, im Gegensatz zu ihrer Mutter, die eine schicke Kurzhaarfrisur trug, doch ansonsten ähnelten sich die beiden sehr. Beide waren schlank, mittelgroß, hatten ein fröhliches, offenes Lächeln auf den Lippen, und beide führten einen Fahrradkorb hinter dem Sattel mit sich, in dem sich leere, ineinandergesteckte Eierkartons stapelten.

»Habe ich den Hund mit der Klingel erschreckt? Das wollte ich nicht.« Elke lächelte erst Caroline, dann Henning entschuldigend zu. »Das ist Duke, nicht wahr? Ich habe schon gehört, dass ihr beide euch um ihn kümmert.«

Natürlich hatte sie das. Caroline seufzte innerlich. Elke Dennersen war eine herzensgute und stets hilfsbereite Frau, zugleich aber auch quasi das Nachrichtenportal von Lichterhaven. Sie führte auf dem Bauernhof, den sie mit ihrem Mann Bruno und dessen Mutter Lotti betrieb, einen gut gehenden Hofladen, zu dessen Kundschaft halb Lichterhaven zählte. Deshalb und weil sie sich in diversen Vereinen aktiv betätigte, wusste sie Neuigkeiten meist noch schneller als diejenigen, die sie betrafen.

»Hallo, Duke!« Elke beugte sich ein wenig über den Fahrradlenker. »Du bist aber ein Hübscher«

Oh, danke sehr. Findest du? Duke wedelte ein wenig mit der Rute.

»Darf man ihn streicheln?« Fragend sah Elke Caroline an.

Sie nickte zögernd. »Ja, schon. Mach aber bitte keine hektischen Bewegungen. Er ist ein bisschen schreckhaft.«

»Das habe ich bemerkt.« Elke hielt Duke ihre Hand zum Beschnüffeln hin. »Tut mir wirklich leid. Sieh mal, Lynnie, wie groß Duke ist! Dagegen sind unsere Hunde regelrechte Zwerge. Dabei sind Retriever und Schäferhunde auch nicht gerade winzig.«

»Ja, stimmt.« Lynn schob ihr Rad etwas näher. »Der ist wirklich riesig.«

Hallo, ihr beiden. Wer seid ihr denn? Neugierig schnupperte Duke erst an Elkes, dann an Lynns Händen und reckte schließlich genüsslich den Hals, als die beiden Frauen ihn streichelten. *Hm, ja, das mag ich. Ihr seid sehr nett. Da verzeihe ich euch auch, dass ihr mich vorhin so erschreckt habt.*

Lächelnd richtete Elke sich wieder auf und schien erst jetzt zu bemerken, dass Henning nicht vollständig bekleidet war. Ihre Augenbrauen wanderten eine Spur nach oben, ihr Blick wanderte zu Caroline. »Hattet ihr einen kleinen Unfall?« Sie begleitete das letzte Wort mit in die Luft gezeichneten Anführungsstrichen und deutete dann auf die blaue Bluse, die zu zwei Dritteln aus Carolines Hosentasche hing. »Die sieht ja ziemlich mitgenommen aus.« Sie zwinkerte Henning übertrieben vertraulich zu. »Anscheinend bist du ein Gentleman, dass du der lieben Caroline als Ersatz dein Hemd gegeben hast.« Sie lachte. »Nun ja, das ist ja eigentlich auch das Mindeste, was eine Frau erwarten kann, wenn im Eifer des Gefechts die Nähte reißen.«

Lynn kicherte unterdrückt.

Caroline wollte sich schon an den Kopf fassen. Genau solche Verdächtigungen hätte sie liebend gerne verhindert, vor allem bei Elke. »So war es gar nicht. Eigentlich hat nur … ähm …«

Elke winkte lachend ab. »Schon gut, die Details will ich gar nicht wissen. Kann doch alles mal vorkommen, das ist nur menschlich. Wo wart ihr denn?« Ihr Blick wanderte in die Richtung, aus der sie alle gekommen waren, und prompt vertiefte sich ihr Lächeln. »Bestimmt in der Piratenbucht, was?« Mit einem verträumten Augenrollen seufzte sie. »Hach ja, ein romantisches Fleckchen Erde. Da kann ich selbst ein Lied von singen. Möglicherweise wurde meine liebe Lynn sogar dort gezeugt.«

»Mama!« Lynn zuckte zusammen und starrte ihre Mutter entgeistert an.

Elke gluckste. »Was denn? Das ist nun mal durchaus möglich. Dein Vater und ich hatten damals so einige traute … Zusammenkünfte dort.« Sie senkte ein wenig die Stimme. »Selbst heute wandern wir manchmal noch dorthin, um ein paar ungestörte Momente zu verbringen.«

»O mein Gott!« Lynn hielt sich die Ohren zu. »Lalalalala …«

Caroline wusste nicht, ob sie lachen oder im Boden versinken sollte. »Es war wirklich ganz anders. Duke hat mir die Bluse geklaut, als wir eingeschlafen sind.«

Zu ihrem Ärger lachte Henning auf. »Schatz, ich glaube nicht, dass dieses Detail einen großen Unterschied macht.«

Erschrocken starrte sie ihn an. »Nenn mich nicht Schatz!«

»Ach, ihr Lieben, zankt euch doch deshalb jetzt nicht.« Elke streckte die Hand aus und tätschelte beruhigend Carolines Arm. »Ist doch, wie gesagt, alles nur allzu menschlich. Wozu leben wir denn, wenn nicht, um das Leben in vollen Zügen zu genießen? Selbst wenn dabei mal eine hübsche Bluse kaputtgeht.« Sie gab ihrer Tochter einen Wink. »Na komm, Lynn, wir müssen noch weiter unsere Runde machen.« An Henning gewandt erklärte sie: »Wir sammeln einmal pro Woche Eierkartons ein. Viele unserer Kunden vergessen, sie uns zurückzubringen. Oder sie lassen sie, wie wir es ihnen raten, in ihren Ferienunterkünften, wenn sie nur auf Urlaub hier sind. Und später müssen wir noch ein paar Bestellungen ausliefern. Die Bäckerei Leuthaus kriegt noch fünfzig Eier, und Francesca hat Schinken geordert. Also…«

Sie stieg wieder auf ihr Rad und hob zum Abschied die Hand. »Macht es gut, ihr zwei. Oder vielmehr ihr drei. Man sieht sich!« Schon fuhr sie los.

Lynn folgte ihr eilig mit einem kurzen, fröhlichen »Tschüss!«.

»Na toll.« Ein wenig verzweifelt sah Caroline den beiden nach. »Bis morgen weiß ganz Lichterhaven, dass wir … Mist!«

Henning winkte ab. »Das wäre so oder so der Fall gewesen, weil wir ja vorhaben, noch etwas essen zu gehen. Gerede gibt es doch immer.«

»Mag sein, aber wenigstens hätten wir uns das hier ersparen können.« Mit anklagender Miene zupfte Caroline an dem Hemd herum. »Du kannst dir wohl vorstellen, welche Art von Gerüchten über uns jetzt die Runde machen werden. Stört dich das überhaupt nicht?«

Achselzuckend ging Henning weiter, sodass sie sich ihm wieder anschloss, um seine Antwort mitzubekommen. »Ich bin daran gewöhnt, dass über mich die wildesten Gerüchte in Umlauf sind. Wenn überhaupt, bedaure ich, dass diesmal an den Gerüchten so wenig Wahres dran ist.« Mit einem aufmunternden Grinsen stieß er sie an. »Vielleicht ändert sich das ja eines Tages.«

Caroline bedachte ihn nur mit einem bezeichnenden Blick.

Er lachte leise. »Jaja, ich weiß, was du sagen willst.«

»Gut.« Zufrieden nickte sie. »Vielleicht verkneifst du dir solche Sprüche einfach zukünftig.«

»Warum sollte ich?« In seinen Augen glomm der Schalk. »Worüber sollten wir uns dann zanken? Und behaupte jetzt nicht, dass dir das keinen Spaß macht.«

»Also, Spaß ist dann vielleicht doch ein bisschen übertrieben.« Sie konnte sich ein Lachen nicht verkneifen. »Muss es immer auf dasselbe hinauslaufen?«

»Tut es das denn?« Henning wurde wieder einigermaßen

ernst. »Ich habe den Eindruck, dass wir wirklich Fortschritte machen. Immerhin hast du mir schon lange keine Schläge mehr angedroht oder mich wütend angefaucht. Ist das etwa keine positive Entwicklung?«

»Vielleicht habe ich es auch einfach aufgegeben.«

»Nein.« Er schüttelte den Kopf. »Hast du nicht. Weil du niemals aufgeben würdest, mich auf meine Unzulänglichkeiten aufmerksam zu machen.«

Erstaunt sah sie ihn von der Seite an. »Bin ich wirklich so eine Nervensäge?«

»Nicht in meinen Augen.« Diesmal war sein Lächeln warm und verursachte ihr eine Gänsehaut. »Ich habe mich ja auch gar nicht beschwert, Caro. Lediglich eine Tatsache festgestellt. Du darfst mich gerne kritisieren, so viel du willst. Das spornt mich an, ein besserer Mann zu werden.«

Eine eigenartige Verlegenheit stieg in ihr auf. »Nun übertreib mal nicht.«

»Das tue ich nicht.« Er nahm die Leine in die rechte Hand und lenkte Duke damit auf seine rechte Seite, dann ergriff er mit der linken Hand die ihre. »Bei mir funktioniert das mit der Belohnung übrigens auch sehr gut.«

Mit klopfendem Herzen blickte sie von ihren verschränkten Händen in seine Augen. »Was meinst du damit?«

Er drückte ihre Hand leicht. »Na, das ist doch klar: Du darfst mein Verhalten oder meine Sprüche bekritteln, so viel du willst, wenn ich zum Ausgleich ab und zu einen Kuss von dir bekomme.«

Sie schluckte hart, denn ihr Herz überschlug sich schon wieder. »Ausgleich und Belohnung sind aber zwei verschiedene Dinge.«

»Kann sein, trotzdem funktioniert bei mir beides. So ein Kuss als Belohnung kann ausgesprochen motivierend wirken.«

Skeptisch musterte sie ihn, unsicher, ob er das ernst meinte oder sich lustig machte. »Das muss ich mir gut überlegen. Im Moment sehe ich nicht viel Anlass für eine sogenannte Belohnung.«

Henning lachte. »Ich hatte schon befürchtet, dass du das sagst. Dann muss ich mich wohl noch ein bisschen mehr ins Zeug legen. Was übrigens meine Aussage über die Effektivität von Belohnungen bestätigt. Für einen Kuss von dir würde ich so gut wie alles tun. Und noch mehr, wenn er so heiß ausfällt wie der vorhin.«

Schon wieder wusste Caroline beim besten Willen keine schlaue Antwort darauf. So fragwürdig seine Sprüche auch sein mochten, sie konnte nicht leugnen, dass er damit etwas bewirkte. Dabei hatte sie gedacht, sie sei immun dagegen. Etwas verspätet räusperte sie sich. »Dann warte ich mal ab, ob diese Anstrengungen deinerseits tatsächlich belohnenswert sind.«

»Deal.« Abrupt blieb er stehen und zwang sie damit ebenfalls zum Anhalten. »Eine Klitzekleinigkeit musst du mir allerdings zugestehen.«

Hey, warum bleiben wir denn schon wieder so abrupt stehen? Manchmal sind die Menschen schon seltsam.

»Was für eine Kleinigkeit?« Caroline hatte die Worte kaum ausgesprochen, als Henning sie mit einem kurzen, aber heftigen Ruck zu sich heranzog. Sie stieß einen erschrockenen Laut aus, als sie herumgewirbelt wurde und gegen seine Brust prallte.

»Ich könnte mir zwischendurch auch einen Kuss ergaunern.« Schon spürte sie seine Lippen auf ihren und gleichzeitig ein heftiges Zucken in der Herzgegend. Ehe sie reagieren konnte, hatte er sich schon wieder von ihr gelöst.

Sie bemühte sich, ganz ruhig zu bleiben. »Kuss-Raub führt zu Punktabzug.«

»Ich hatte es befürchtet.« Er grinste sie frech an. »Alternativ könnte ich auch all meine Verführungskünste anwenden und hoffen, dass dir das mehr zusagt.« Während er sprach, streichelte er ganz leicht mit dem Daumen über ihren Handrücken. Sein Blick war unverwandt auf ihre Augen gerichtet – dieser entsetzlich warme, dunkle, intensive Blick, der ihr den Atem raubte … und leider auch den Verstand.

Ihr Herz überschlug sich schon wieder, und sie war sich sicher, dass er das wilde Pochen an ihrer Halsschlagader sehen konnte. Ihr Verdacht bestätigte sich, als er die Griffschlaufe der Leine über seine Hand streifte, sodass sie an sein Handgelenk rutschte. Dann hob er die Hand und berührte die pulsierende Stelle oberhalb ihrer Halsbeuge. »Was hältst du von dieser Variante?«

»Ich … weiß nicht.« Ihre Stimme klang ganz kratzig.

»Immerhin kein Protest oder gar Punktabzug.« Ohne seinen Blick von ihren Augen abzuwenden, näherte er sich ihr sehr, sehr langsam. Kurz vor ihrem Gesicht hielt er inne, wartete einen Atemzug ab. Dann spürte sie die hauchzarte Berührung seiner Lippen an ihrem linken Mundwinkel. Wieder hielt er inne, lächelte leicht, küsste ihren rechten Mundwinkel, hielt erneut inne, abwartend. »Besser so?«

Das raue Timbre seiner Stimme verwandelte ihre Knie in eine puddingähnliche Masse.

»Ähm …« Sie konnte kaum noch klar denken. »Ich glaube …«

»Ja?« Wieder spürte sie seine Lippen an ihrem Mundwinkel, was tausend winzige, kribbelige Stiche in ihr auslöste.

Als er erneut zum anderen Mundwinkel wechseln wollte, reagierte sie mehr instinktiv denn geplant und kam ihm entgegen. Aus den kribbeligen Stichen wurde ein erregendes Brennen, das wie ein Blitz durch sie hindurch fuhr. Sie sah, wie seine Augen aufleuchteten, bevor sie die Augen schloss und in dem Kuss versank. Diesmal war er anders. Sanfter, zärtlicher als zuvor. Vielleicht, weil sie sich hier auf einem von allen Seiten einsehbaren Weg befanden, vielleicht aber auch, weil sie ihn schon wieder unterschätzt hatte. Seine Fingerspitzen streichelten immer noch ihren Hals entlang, auf und ab. Doch er zog sie nicht in seine Arme, sondern hielt nur weiterhin ihre rechte Hand in seiner linken. Sie konnte sich also jederzeit zurückziehen, wenn sie wollte. Wollte sie aber nicht. Verflixt!

Viel zu lange genoss sie das zärtliche Spiel ihrer Lippen, bis sie es schaffte, den Kontakt zu unterbrechen. Verwirrt und ratlos sah sie ihn an.

Auch Henning schien ein wenig überrascht über die Intensität des Moments, fand seine Stimme jedoch eher wieder als sie. »Das scheint mir die perfekte Alternative zu sein, für den Fall, dass du mit deinen Belohnungen allzu sehr geizen solltest.«

Immer noch ein wenig benommen von den Gefühlen, die sie fluteten, und dem Ansturm von Hormonen, die sie im Schlepptau hatten, schüttelte sie den Kopf. »Untersteh dich!«

»Wir werden sehen.« Als wäre nichts gewesen, setzte er sich wieder in Bewegung und zog sie sanft mit sich.

Aha, endlich gehen wir weiter! Ich dachte schon, wir schlagen hier Wurzeln. Merkwürdig, dieses Mund auf Mund, das die beiden neuerdings machen. Wozu das wohl gut sein mag? Scheint ihnen ja zu gefallen. Vielleicht komme ich irgendwann dahinter, was es zu bedeuten hat.

Caroline wollte etwas sagen, irgendetwas, doch sie unterließ es. Irgendwie waren sie zu einer Übereinkunft gekommen, deren genauen Inhalt sie wohl erst mit der Zeit gemeinsam festlegen konnten. Im Augenblick bedurfte es jedoch keiner weiteren Worte. Also legten sie den restlichen Weg bis in ihr Wohnviertel schweigend zurück.

11. Kapitel

Eilig entledigte Caroline sich des Hemdes, konnte jedoch nicht widerstehen, ihre Nase kurz in dem weichen Stoff zu vergraben, bevor sie es mit einem genervten Stöhnen in den Wäschekorb warf. Sie benahm sich inzwischen wie eine verliebte Teenagerin. Nein, eine hormongesteuerte Teenagerin, verbesserte sie sich sofort. Sie war auf keinen Fall verliebt. Nicht in Henning Magnusson!

Ja, zwischen ihnen bestand eine gewisse, ziemlich heftige körperliche Anziehung, das zu bestreiten wäre kindisch und lächerlich. Aber verliebt? Nein. Erstens war es noch viel zu früh, um solche Schlüsse zu ziehen, zweitens war Henning der allerletzte Mann, in den sie sich jemals verlieben würde, und drittens … Mitten in der Bewegung hielt sie inne. »Jawohl, drittens!«, sagte sie laut und deutlich in die Stille ihrer Wohnung hinein. Dass »drittens« keinerlei Inhalt enthielt, ignorierte sie geflissentlich und konzentrierte sich stattdessen darauf, in ihrem Kleiderschrank nach einem passenden Oberteil zu suchen.

Nach einem kurzen Blick in den Spiegel beschloss sie, eine blitzschnelle Dusche zu nehmen, bevor sie sich umzog und sich wieder auf den Weg zur Kreuzung machte, an der sie sich in zwanzig Minuten wieder mit Henning und Duke treffen würde. Das warme Wasser tat gut. Es pladderte laut auf ihre Duschhaube aus Kunststoff, unter der sie ihre Haare verborgen hatte, und übertönte damit für ein paar Minuten die Gedanken, die sich wild in ihrem Kopf drehten, sodass sie sich wieder etwas sammeln und beruhigen konnte.

Zehn Minuten später – sie konnte nicht wirklich begreifen, warum andere Frauen mehr als dreimal so lang brauchten, um im Bad fertig zu werden – schlüpfte sie in saubere, enge Bluejeans und ein bunt geringeltes Shirt mit V-Ausschnitt, der zusammen mit dem Push-up-BH ihrer Oberweite tatsächlich so etwas wie ein bemerkenswertes Volumen verlieh. Eine hübsche optische Täuschung, fand sie, obwohl ihr natürlich klar war, dass Henning spätestens seit heute Nachmittag keinerlei Zweifel darüber haben konnte, dass sich ihr Busen gerade mal ganz knapp am Übergang von A- zu B-Körbchen befand.

Selbstverständlich warf sie sich nicht für ihn in Schale, sondern für sich selbst. Na gut, ein bisschen auch, weil sie sich in seiner Gegenwart nicht wie ein Mauerblümchen fühlen wollte. Letztlich war es aber egal, ob ihm ihr Aufzug gefiel oder nicht. Sie war eine unabhängige Frau, jawohl.

Mist. Wem machte sie eigentlich etwas vor? Verärgert streckte sie ihrem Spiegelbild die Zunge heraus, während sie rasch ein wenig Puder und Blush auftrug und zuletzt ihre Lippen mit dem dunkelrosa Lippenstift nachzog. Ihr Lieblingslippenstift. Ja, der war rosa, denn diese Farbe stand ihr nun mal am besten. Und sie passte zu den fröhlichen Ringeln ihres Shirts. Nicht einmal mit den orangefarbenen biss er sich. Der perfekte Lippenstift eben.

Sie musterte sich ein letztes Mal prüfend im Spiegel, als ihr Handy klingelte. Hastig eilte sie hinüber ins Schlafzimmer, wo sie das Smartphone auf dem Bett liegen lassen hatte. Am Klingelton hatte sie bereits erkannt, wer die Anruferin war. »Hallo, Ella! Was gibt es denn?«

»Hi, Süße. Du klingst aber gehetzt. Störe ich dich bei etwas?«

»Nein, überhaupt nicht.« Caroline schielte auf die Anzeige

ihres Weckers, schob ihre Geldbörse in die Gesäßtasche ihrer Jeans und griff sich gleich darauf die hellblaue Windjacke vom Garderobenhaken. »Ich komme nur gerade aus dem Bad.«

»Aus dem Bad? Um diese Zeit?« Ella klang nicht wenig überrascht. Hörbar sog sie die Luft ein. »Hast du ein Date?«

»Äh ...« Umständlich versuchte Caroline, die Jacke anzuziehen.

»Äh?«

»Nein.« Endlich hatte sie es geschafft und zupfte am Jackensaum herum.

»Nein?«

»Weshalb rufst du denn an?«, wechselte sie rasch das Thema.

Für einen Moment war nur Ellas Atem zu hören. »Hannah und ich wollen uns gleich im *Alibaba* treffen. Jörn kommt auch mit. Hast du Zeit? Weißt du, mir geht die Sache mit dem alten *Bootshaus* nicht aus dem Kopf, und Hannah geht es ähnlich. Deshalb wollen wir uns noch mal zusammensetzen und überlegen, ob es realistisch ist, in dieser Hinsicht Pläne zu schmieden. Du weißt schon, in wirtschaftlicher Hinsicht. Uns fehlt ja im Grunde das Kapital für so ein großes Unterfangen, Jörn meinte aber, wir sollten nicht gleich die Flinte ins Korn werfen, sondern erst einmal alle unsere Optionen sondieren.«

»Unsere Optionen sondieren?« Caroline schmunzelte.

»Seine Worte, nicht meine. Na ja, auch wenn mir im Augenblick nicht allzu viele Optionen einfallen, ist ein Abendessen im *Alibaba* ja trotzdem nicht übel, oder? Ich habe schon einen Tisch für vier Personen reserviert. Also ... kommst du auch?«

»Also ... äh ...« Caroline schob ihren Schlüsselbund in die Hosentasche und zog die Wohnungstür hinter sich ins Schloss.

»Schon wieder äh?«, kam es neugierig von Ella.

»Also, ich habe schon etwas vor.«

»Und was?«

»Henning und ich …«

»Ha, also doch ein Date!«, rief Ella in einer Mischung aus Triumph und Verblüffung.

»Nein!«, wehrte Caroline hastig ab und schlug den Weg Richtung Kreuzung ein. »Nicht so richtig. Wir wollen nur zusammen etwas essen gehen.«

Ella hüstelte vernehmlich. »Und was daran ist per Definition kein Date?«

Caroline biss sich auf die Unterlippe. »Wir waren heute Nachmittag mit Duke unterwegs. Technisch gesehen sind wir das immer noch.«

»Technisch gesehen?«

Caroline konnte das Fragezeichen in Ellas Miene deutlich vor sich sehen. »Es gab einen kleinen … Unfall mit meiner Bluse. In der Piratenbucht.« O Mann, sie machte die Sache nur noch schlimmer!

»Einen Unfall?«, rief Ella prompt, einige Oktaven höher als üblich. »Mit deiner Bluse? In der Piratenbucht? Caro-Schatz, was genau haben Hannah und ich da verpasst?«

Seufzend verdrehte Caroline die Augen. »Das ist eine lange Geschichte, aber nicht so, wie du denkst.« Zumindest nicht in weiten Teilen, doch wenn sie jetzt auch nur das Wort Kuss aussprach, würde Ella garantiert ausflippen. »Ich musste mich jedenfalls umziehen, und Henning auch.«

»Caro!« Diesmal kreischte Ella regelrecht.

Caroline hielt das Mobiltelefon ein Stück von ihrem Ohr weg. Sie konnte Henning und Duke bereits an der Kreuzung stehen sehen. »Duke hat Henning umgeworfen, und er ist im Schlick gelandet.«

»Ach … so.« Nun hörte Ella sich ernüchtert an.

Caroline atmete auf. »Wie gesagt, wir mussten uns

umziehen und wollen jetzt mit Duke noch etwas essen gehen, bevor wir ihn zu Christina zurückbringen.«

»Aber das ist doch perfekt!«, jubelte Ella. »Ihr gesellt
euch einfach beide oder vielmehr alle drei zu uns. Francesca
hat bestimmt noch einen fünften Stuhl für den Tisch und
einen Napf Wasser für Duke. Also abgemacht? Bis gleich!«
Ohne auf Carolines Antwort zu warten, legte Ella einfach
auf.

Stirnrunzelnd betrachtete Caroline für einen Moment ihr
Smartphone, bevor sie es in ihre freie Gesäßtasche schob. Inzwischen hatte sie Henning erreicht, der nun sexy tief auf
den Hüften sitzende Jeans, ein graues T-Shirt mit dem dunkelroten Schriftzug seines ehemaligen Formel-1-Teams
Costales Motors auf der Brust und eine schwarze Lederjacke
trug.

Im Gegensatz zu ihr hatte er nicht gezögert, seine Haare
zu waschen. Sie kringelten sich feucht bis fast auf seine
Schultern. Fragend musterte er sie. »Schlechte Nachrichten?«

Sie hob die Schultern. »Wie man's nimmt. Anscheinend
werden wir unser Abendessen im *Alibaba* einnehmen.«

✳✳✳

»Ach du liebe Zeit. Was ist denn hier los? Ich glaube, ich
habe gerade einen üblen Flashback.« Entsetzt blieb Caroline
in der Tür zu dem italienisch-griechisch-deutsch-türkischen
Restaurant stehen und fasste sich an die Stirn.

Henning, der ihr den Vortritt gelassen hatte, wäre beinahe
in sie hineingelaufen. Nach einem Blick über ihre Schulter
wusste er sofort, was sie meinte. Der Laden war bis auf den
letzten Platz besetzt, und an der Mitnahme-Theke knubbelte
sich ebenfalls eine Menschentraube. Das muntere Stimmen-
gewirr mischte sich mit der Musik aus der Jukebox in der

Ecke neben der Tür, der neuesten Errungenschaft des Inhabers Mustafa, auf die dieser besonders stolz war, weil sie über einen Internetanschluss verfügte und somit praktisch jeden Song auf diesem Planeten spielen konnte. Momentan schmetterte Melissa Etheridge *Somebody Bring Me Some Water* was ihm angesichts der Menschenmenge irgendwie angebracht erschien. Er versuchte, die Situation mit Humor zu nehmen. »Ach was, ganz so schlimm wird es schon nicht werden. Zumindest wirst du diesmal einen eigenen Stuhl ergattern.«

»Ach ja?« Skeptisch wies Caroline mit dem Kinn in Richtung von Francesca, die gerade hinter der Theke hervorkam und sich den letzten freien Stuhl schnappte. »Warte mal.« Ohne weiter auf ihn zu achten, hechtete Caroline hinter der resoluten Mittsechzigerin her und hielt sie gerade noch auf, bevor sie samt Stuhl in die Küche verschwinden konnte. Da Henning Duke an der Leine führte und achtgeben musste, dass dieser sich nicht erschreckte, bekam er nicht mit, was die beiden Frauen miteinander besprachen. Sein Blick fiel auf den Vierertisch ganz hinten rechts, an dem Jörn, Ella und Hannah saßen. Da Jörn gerade den Kopf hob, erblickte er Henning und winkte ihn prompt grinsend zu sich. »'n Abend, Henning. Da seid ihr ja gerade noch rechtzeitig gekommen. Wir wollen gleich bestellen. Ihr müsst euch nur noch einen Stuhl organisieren. Mutlu wollte uns schon längst einen bringen, aber anscheinend hatte er noch keine Gelegenheit, sich darum zu kümmern.«

»Caroline ist schon dabei.« Henning wies auf Caroline, die gerade aussah, als wolle sie sich die Haare raufen. Francesca hingegen wirkte fröhlich und gelassen wie immer, tätschelte Carolines Arm ... und verschwand in der Küche. Mitsamt dem Stuhl. »Oh, oh.«

»Was ist oh, oh?« Hannah drehte sich zu ihm herum.

»Hallo erst mal. Setz dich doch. Ach, ihr habt ja Duke mitgebracht. Ist der süß!« Mit einem strahlenden Lächeln hielt
sie dem Rottweiler ihre Hand zum Beschnüffeln hin. »Hallo,
Duke. Wir haben schon viel von dir gehört. Caro ist ganz
verliebt in dich.«

*Hallo, du. Wirklich? Na, das ist aber schön. Ich mag
Caroline auch sehr gerne. Aber hier drinnen ist es mir doch
ein wenig unheimlich. So viele fremde Menschen und so ein
Lärm! Na ja, mein früheres Herrchen hat mich auch manchmal an solche Orte mitgenommen, weil er meinte, das sei eine
gute Übung. Bloß was ich da üben sollte, weiß ich nicht so
genau.*

»Süß nennst du diesen Koloss von Hund?« Ella kicherte.
»Eine unpassendere Bezeichnung ist dir nicht eingefallen?«

»Ich finde ihn wirklich süß«, verteidigte Hannah sich. »Er
ist auch ein richtig Hübscher. Dass er so groß ist, dafür kann
er ja schließlich nichts.«

Genau, das habe ich mir nicht ausgesucht. Wuff.

»Siehst du, er stimmt mir zu.« Hannah lächelte triumphierend.

»Das gibt es doch wohl echt nicht«, schimpfte Caroline,
die den Tisch inzwischen erreicht hatte. »Francesca hat doch
gerade eben behauptet, dass der letzte Stuhl kaputt sei und
sie ihn Akbay bringen muss, damit er ihn repariert.«

Henning hustete, konnte damit allerdings das Lachen über
die skurrile Situation kaum glaubhaft überspielen.

Prompt funkelte sie ihn erbost an. »Grins nicht so! Das
macht sie doch mit voller Absicht. Kaputt – dass ich nicht
lache!«

»Was ist denn mit dir los?« Verwundert sah Hannah sie an.
»Warum sollte Francesca so was mit Absicht tun? Wenn der
Stuhl kaputt ist, kann sie ihn doch nicht hier stehen lassen.
Stell dir mal vor, jemand verletzt sich.«

»Der verdammte Stuhl ist nicht kaputt«, wetterte Caroline

zornig weiter. »Ich gehe jede Wette ein, dass Elke vorhin hier war und Francesca alles brühwarm erzählt hat. Und jetzt zieht sie dieselbe Show ab wie damals.«

»Wovon redest du denn?« Auch Ella runzelte verwirrt die Stirn.

»Sie hat einen Flashback«, erklärte Henning lachend, obwohl er wusste, dass er damit nur zur allgemeinen Verwunderung beitrug. Ehe Caroline womöglich die Flucht ergreifen konnte, legte er ihr besänftigend eine Hand auf den Arm. »Nimm es mit Humor, Schatz. Du kennst doch Francesca. Sie meint es nur gut. Also tun wir ihr den Gefallen, dann gibt sie bestimmt Ruhe, und sobald ein Stuhl frei wird, schnappst du ihn dir.«

»Womit tut ihr Francesca einen Gefallen?«, wollte Jörn wissen.

»Hat er sie gerade Schatz genannt?«, wisperte Hannah Ella so laut zu, dass trotz des Geräuschpegels alle am Tisch es hören konnten.

Caroline stöhnte gequält. »Das zahle ich ihr irgendwann heim, ich schwöre es!«

»Na klar.« Henning ließ sich auf den freien Stuhl sinken und klopfte mit der freien Hand einladend auf seinen Oberschenkel, während er die Handschlaufe der Leine an einem der Stuhlbeine festklemmte. »Nehmt bitte Platz, Eure Motzigkeit.«

Er hörte, wie Ella bei dieser gewagten Anrede laut die Luft einsog.

Caroline bedachte ihn mit einem mörderischen Blick, zögerte jedoch nicht länger als einen Herzschlag, bevor sie sich auf seinen Schoß setzte. »Hör endlich auf, so dämlich zu grinsen!«

Das fiel ihm aus verschiedenen Gründen gerade ausgesprochen schwer. Einer davon war, dass ihm angenehm warm wurde, als sie ihm so nahe kam. Locker legte er seinen Arm um ihre Mitte und merke dann erst, dass die anderen ihn verblüfft anstarrten. Ihn und die zornige, wundervolle Frau auf seinem Schoß. Er hob warnend die Augenbrauen.

»Is' was?«

»Äh, nein.« – »Nö, gar nicht.« – »Alles gut.«

Hannah, Jörn und Ella hatten gleichzeitig gesprochen und taten plötzlich ganz geschäftig. Jörn winkte Mutlu heran, Mustafas jüngeren Bruder, der heute mit seiner Frau Loukia die Bedienung der Gäste übernommen hatte, während Mustafas Lebensgefährte Peter die drei Kinder der beiden in der kleinen bunt eingerichteten Spielecke betreute. »Bedienung! Wir haben Durst!«

»Komme sofort!« Mutlu hob kurz die Hand, um zu signalisieren, dass er gleich Zeit für sie haben würde.

Hannah und Ella blätterten derweil übereifrig in ihren Menükarten, obwohl sie die mit ziemlicher Sicherheit längst auswendig kannten.

Zufrieden nickte Henning vor sich hin und beugte sich zu Carolines Ohr vor. »Siehst du, alles okay. Nur immer mit der Ruhe. Ich tue dir doch nichts. Heute ebenso wie damals. Es sei denn, du bittest mich darum.«

Obgleich sie immer noch aufgebracht war, zuckte es um Carolines Mundwinkel. »Du büßt wieder Punkte ein, Mr. Mega-Ego.«

»Nein, tue ich nicht«, raunte er ihr zu und nahm sich mutig die Freiheit, ihrem Ohrläppchen dabei so nahe zu kommen, dass seine Lippen es leicht streiften. Er konnte spüren, dass sie ein wenig erschauerte, was seinen Blutdruck prompt ansteigen ließ. Vielleicht sah er von solchen Eskapaden vorerst doch lieber ab, andernfalls würde er am Ende wie damals mit einer sehr peinlichen Reaktion seines Körpers zu kämpfen haben. Außerdem bemerkte er natürlich die neugierig-wachsamen Blicke, die Hannah und Ella ihnen zuwarfen. Also tat er zunächst einmal, als sei nichts Besonderes geschehen. »Ich habe einen Bärenhunger. Eine große Pizza mit Thunfisch wäre jetzt genau das Richtige. Was möchtest du essen, Caro?«

Caroline nahm Hannah die Karte aus der Hand. »Pizza klingt gut, aber lieber eine Margerita mit doppelt Käse.« Sie blickte skeptisch auf den Tisch, der für vier Personen ausgelegt war. »Das wird eng.«

»Was hältst du davon, wenn wir eine extra große Pizza bestellen«, schlug er vor. »Halb Margerita, halb Thunfisch. Und als Nachtisch ein doppeltes Spaghetti-Eis.«

Mutlu, der inzwischen bei ihnen angekommen war und sein Bestellblöckchen gezückt hatte, räusperte sich. »Bei dem Andrang werden Mustafa und Papa wohl kaum solche Extrawünsche erfüllen können. Spaghetti-Eis gibt es nur auf Vorbestellung und an Feiertagen. Wie ihr seht, geht hier gerade die Post ab. Die Handballmannschaft ist geschlossen angerückt, um ihren Sieg gegen die Cuxhavener zu feiern.«

»Doch, doch, einer der beiden wird ganz brav eine extragroße Portion von eurem Spezial-Spaghettieis mit der leckeren Erdbeersoße und extra viel Schlagsahne zubereiten«, widersprach Henning und warf Mutlu einen vielsagenden Blick zu. »Falls nicht, wirst du höchstpersönlich deine Mutter fragen, wohin sie den letzten Stuhl gebracht hat, und ihr einen schönen Gruß von uns ausrichten.«

»Ach, äh, oh.« Mutlu hüstelte verlegen und warf seiner Mutter einen Blick zu, die inzwischen wieder hinter der Mitnahmetheke stand und die Kundschaft bediente. »Das mit dem Stuhl, ähm, tut mir leid. Mama hat gesagt, er muss repariert werden. Und wenn Mama das sagt, dann ist das so.« Mit einem schiefen Lächeln, das verriet, dass er seine Mutter ebenso sehr liebte wie fürchtete, zuckte er mit den Achseln. »Pizza extra groß mit halb Thunfisch, halb Margerita und ein doppeltes Spaghettieis. Alles klar.«

»Doppelt Käse auf der Margerita«, erinnerte Henning ihn und zog Caroline ein klein wenig fester an sich.

»Okay, okay, wird gemacht. Irgendwie.« Mutlu nickte ihm zu. »Was kriegt ihr?«, wandte er sich an die anderen drei und nahm geflissentlich alle Wünsche auf.

12. Kapitel

»Da bist du ja, mein Schatz!« Mit zwei schallenden Küssen links und rechts auf seine Wangen begrüßte Hennings Mutter ihn, als er am Sonntagnachmittag wie verabredet vor ihrer Wohnungstür stand. Oder vielmehr war er ihrer Anordnung nachgekommen, die sie am Morgen telefonisch und in dem für sie typischen Feldwebel-Befehlston geäußert hatte. In dieser Hinsicht war nicht mit ihr zu spaßen. Sie bekam stets das, was sie wollte. So war es wohl auch damals gewesen, als sie sich mit gerade mal süßen achtzehn Jahren den elf Jahre älteren Dietrich Magnusson geangelt hatte. Auch Hennings Geburt nur zehn Monate später war von ihr so geplant gewesen. Sie habe eine junge Mutter sein wollen, hatte sie ihm erklärt, weil sie dann, wenn er aus dem Haus sei, immer noch jung genug wäre, um das Leben in vollen Zügen zu genießen, natürlich gemeinsam mit ihrem Ehemann. Dass dieser bereits mit 53 Jahren an einem Herzinfarkt infolge eines bis dahin unerkannten Herzklappenfehlers gestorben war, hatte diese Pläne teilweise zunichte gemacht. Doch Mary-Jane Magnusson war keine Frau, die so leicht aufgab. Sie hatte getrauert, eine ganze Weile, doch dann hatte sie sprichwörtlich die Ärmel hochgekrempelt und weitergemacht. Hennings Vater hatte bei einer Bank gearbeitet und recht ordentlich verdient, dennoch war das Geld oft knapp gewesen. Daran hatte auch Mary-Janes Bestreben nichts geändert, mit diversen Nebenjobs die Familienkasse aufzubessern. Zuletzt hatte sie sogar die Leitung über die Damenabteilung eines Bekleidungshauses innegehabt, obwohl sie nicht einmal eine abgeschlossene Berufsausbildung vorzuweisen gehabt hatte. Grund für den notorischen Geldmangel, das wusste Henning nur zu gut, war er oder vielmehr sein äußerst kostspieliges Hobby. Er hatte schon früh mit dem Kartfahren angefangen und sich darin ziemlich gut geschlagen. Doch auch wenn er bereits in sehr jungen Jahren Sponsoren für sich hatte einnehmen können, hatten seine Eltern, sein Vater insbesondere, dennoch jeden verfügbaren Euro in sein Training, seine Ausstattung und seine Förderung gesteckt. Sich selbst hatten die beiden kaum einmal etwas gegönnt. Das hatten sie auf die Zeit verschieben wollen, wenn Hennings Karriere richtig Fahrt aufnehmen würde. Leider hatte sein Vater die Hochzeit jenes Erfolgs nicht mehr miterleben dürfen. Sein Tod war für Henning die härteste Prüfung gewesen, die er bisher in seinem Leben hatte durchstehen müssen.

Auch für Mary-Jane war es schwer gewesen, doch sie besaß ein energisches, selbstbewusstes und fröhliches Wesen und hatte sich nicht unterkriegen lassen. Mit dem Geld, das Henning inzwischen verdient hatte, hatte er ihr ganz selbstverständlich bei den Plänen unter die Arme gegriffen, die sie zu schmieden begonnen hatte, nachdem die Schockstarre der Trauer überwunden war.

Inzwischen führte sie erfolgreich eine eigene Bekleidungs-Boutique am Lichterhavener Marktplatz namens *Mary-Janes*. Inzwischen – und ohne weitere Hilfe seitens Henning – gehörte ihr das gesamte Gebäude, und sie hatte sich das komplette Obergeschoss zu einer großzügigen, hellen und flippig eingerichteten Wohnung umbauen lassen.

In genau dieser Wohnung setzte Henning sich nun auf die weiße Ledercouch und bewunderte wie jedes Mal, wenn er hier war, die farbenfrohe Einrichtung. Weiße, hell- und dunkelblaue Landhausmöbel wechselten sich mit roten und gelben Kissen, Vorhängen und Zierdecken ab. Auf dem Esstisch stand ein rotes Blumengesteck, auf dem Couchtisch ein gelbes. Rosen, Tulpen und diverse Blumen, deren Namen er nicht kannte, waren wild miteinander kombiniert, doch was eigentlich chaotisch hätte wirken müssen, ergab einen seltsam harmonischen Gesamteindruck und spiegelte Mary-Janes Wesen einfach perfekt wider.

Sie hatte sich ihm gegenüber in einen blauen Sessel geworfen, ein Bein in blumenbestickten Jeans baumelte lässig über der Armlehne. »Wie schön, dass du es einrichten konntest.«

Er grinste breit. »Was wäre denn geschehen, wenn ich keine Zeit gehabt hätte?«

»Dann hättest du dafür einen verdammt plausiblen Grund anführen müssen.« Ungerührt spielte sie an dem silbernen Federanhänger herum, den sie an einer langen, blaugrauen Perlenkette trug und der wunderbar mit ihrer rosafarbenen Tunika harmonierte. Seine Mutter hatte einen treffsicheren Geschmack, wenn es darum ging, sich mittels Kleidung um gute zehn bis fünfzehn Jahre jünger aussehen zu lassen. Ihr Make-up hingegen war klassisch-dezent, hatte jedoch auch kaum wirklich Falten oder sonstige Spuren der Zeit zu kaschieren. Seine Mutter war eine ausgesprochen schöne Frau, die nun gleichermaßen frech wie streng zurückgrinste. »Ich war heute früh nach dem Joggen in der Bäckerei Leuthaus.«

»Was du nicht sagst.« Er ahnte bereits, worauf sie hinauswollte. Die Buschtrommeln in Lichterhaven funktionierten offensichtlich so einwandfrei wie eh und je. »Ich nehme an, du hast dir dort die Brötchen für dein Sonntagsfrühstück geholt.«

»Oh ja.« Sie legte den Kopf ein wenig schräg. »Und mein wöchentliches Update hinsichtlich der aktuellen Neuigkeiten im Ort. Du kannst dir sicherlich vorstellen, wie überrascht

222

ich war, als mir Deana Holthusen, die dort zufällig auch gerade Brötchen gekauft hat ...«

»Zufällig?«, unterbrach er sie lachend. »Mama, ihr trefft euch dort doch schon seit einer Ewigkeit jeden Sonntagmorgen, um zu tratschen.«

Ihre Miene verfinsterte sich. »Wir tratschen nicht, mein lieber Herr Sohn, wir unterhalten uns.«

»Na klar.«

»Denn zivilisierte Menschen tun das nun einmal.«

»Selbstverständlich.« Er streckte seine Beine aus. »Und worüber haben sich meine edle Frau Mutter und die ebenso edle Deana wohl unterhalten?« Er hielt einen winzigen Moment inne. »Lass mich raten: Deana war vor dir da und hat von Inge Leuthaus erfahren, dass Elke Dennersen gestern Abend noch fünfzig Eier zur Bäckerei gebracht hat.«

»Fünfzig Eier?« Für einen Augenblick war seine Mutter irritiert. Sie griff nach ihrem langen, geflochtenen blonden Zopf und begann damit zu spielen. »Davon hat sie nichts gesagt. Aber sie hat erzählt, dass du und Caroline Maierbach gestern zusammen mit dem Rottweiler unterwegs gewesen seid.« Abwartend musterte sie ihn.

»Kann schon sein.« Ebenso abwartend blickte er zurück. Er war gespannt, wie Elke die Sache mit seinem Hemd und Carolines kaputter Bluse ausgeschmückt hatte. Er wurde außerordentlich überrascht.

»Sie hat weiterhin erzählt, dass ihr in der Piratenbucht gewesen sein sollt.« Sie lächelte fein. »Und dass ihr euch mitten auf dem Deichweg geküsst habt.«

»Ach, das ... hm.« Er hatte nicht damit gerechnet, dass dieser Part ebenfalls Bestandteil des Klatsches sein würde. Wie hatte Elke denn den Kuss sehen können? Sie war doch längst mit Lynn weg gewesen! Er hüstelte. »Also, das war ...«

»Schatz!«, unterbrach seine Mutter ihn mit einem Strahlen in den Augen. Wie der Blitz sprang sie auf und warf sich neben ihm auf die Couch. Mit beiden Händen ergriff sie seine linke Hand und drückte sie. »Wieso muss ich von anderen Leuten erfahren, dass du eine Freundin hast?«

»Äh …« Mit der freien Hand rieb er sich übers Kinn. »Caroline ist nicht … Ich meine … So weit sind wir noch nicht.«

»Doch wohl hoffentlich mit der Betonung auf *noch*.« Eine Hand legte sie ihm nun auf die Schulter. »Sie ist so eine tolle Frau! Das sind alle drei *Foodsisters*, aber Ella ist ja vergeben, und Hannah … Nein, sie passt nicht zu dir. Sie braucht einen anderen Typ Mann. Einen, der mehr Kanten hat als du, die sie mit ihrer lieben, verträumten Art ausgleichen kann.«

»Ach ja?« Über so etwas hatte er sich noch nie Gedanken gemacht.

»Ja, so ist das«, bekräftigte seine Mutter. »Im Übrigen hat Francesca Deana heute früh auch schon angerufen und ihr berichtet, dass ihr fünf gestern Abend ziemlich lange im *Alibaba* zusammengesessen habt.«

Henning verdrehte die Augen. »Ihr macht sämtlichen Geheimdiensten Konkurrenz, weißt du das? Hat Francesca auch erwähnt, dass sie uns vorsätzlich einen Stuhl vorenthalten hat, nur damit Caroline den ganzen Abend auf meinem Schoß sitzen musste, weil der Laden gerammelt voll war?«

Mary-Jane stutzte. »Sie hat auf deinem Schoß gesessen?« Ein Lächeln stahl sich auf ihre Lippen. »Wie romantisch!«

»Nein, hinterlistig. Das hat Francesca vor vielen Jahren schon einmal versucht. Ich konnte von Glück sagen, dass …« Er stockte. Gewisse Dinge gingen seine Mutter nichts an. Das Letzte, was er wollte, war, Caroline bloßzustellen oder die Dinge, die sie ihm anvertraut hatte, ohne ihre Erlaubnis weiterzuerzählen.

»Dass *was*?« Neugierig musterte seine Mutter ihn. »Dass sie sitzen geblieben ist? Wenn sie es den ganzen Abend auf deinem Schoß ausgehalten hat, kann es ihr ja nicht so schrecklich unangenehm gewesen sein.« Sie runzelte die Stirn. »Francesca hat so etwas schon einmal gemacht? Wann denn? Und warum?«

»Frag mich was Leichteres. Ich war damals gerade achtzehn und Caro …«

»Höchstens sechzehn!« Verblüfft hob seine Mutter den Kopf. »Damals war das Mädchen doch noch so schrecklich schüchtern. Du liebe Zeit. Wie gemein von Francesca.« Plötzlich lachte sie auf. »Nein, was kommt sie bloß immer auf drollige Ideen!«

»Drollig nennst du das, wenn sie versucht, zwei unbedarfte, ahnungslose Teenager miteinander zu verkuppeln, die das im Übrigen gar nicht wollten?«

»Pfff.« Mit einem vielsagenden Blick maß seine Mutter ihn von Kopf bis Fuß und wieder zurück. »Mein lieber Junge, als unbedarft würde ich dich nun nicht gerade bezeichnen. Auch nicht mit süßen achtzehn.« Sie schnaubte. »*Ganz besonders* in dem Alter nicht. Meine Güte, was hast du mich damals Nerven gekostet. Du hattest gerade diesen abartig hohen Werbevertrag abgeschlossen und dich so richtig in die Rolle des flapsigen Draufgängers eingelebt. Wie oft hätte ich dir liebend gerne für deine respektlosen Kommentare die Ohren lang gezogen.«

Er seufzte. »Da warst du nicht die Einzige.«

»So?« Interessiert legte sie wieder den Kopf schräg. »Wer denn noch?«

»Caroline. Sie konnte mich nie leiden.«

»Sie … Warte mal.« Zwischen den Augen seiner Mutter entstand eine steile Falte. »Sie konnte dich nicht leiden? Warum hat Francesca dann versucht, euch zu verkuppeln? Denn das hat sie ja anscheinend versucht, wenn ich das richtig schlussfolgere. Ich hätte jetzt gedacht, dass sie nur dem schüchternen Mädchen vielleicht ein bisschen auf die Sprünge helfen wollte.«

»Nein.« Er rieb sich nachdenklich über die Stirn.

»Bist du dir sicher?« Ratlos zupfte seine Mutter an ihrem Zopf herum. »Aber dann ... Also, wenn Caroline dich nicht mochte ...«

»Verflixt!« Nun fiel es ihm wie Schuppen von den Augen Francesca mit ihrem sechsten Sinn, was Liebesdinge anging. Francesca, die einfach alles über jeden und jede in Lichterhaven zu wissen schien, weil alle irgendwann als Kundschaft im *Alibaba* landeten und diese Frau nicht nur Ohren wie ein Luchs und ihre Augen überall, sondern auch ein Gedächtnis wie ein Elefant hatte und die Kombinationsgabe einer Miss Marple! »Sie wollte nicht Caroline auf die Sprünge helfen, sondern mir.«

»Dir?« Die Verblüffung in der Miene seiner Mutter ließ ihn auflachen.

»Ja, mir.«

»Aber ...« Sie runzelte die Stirn, dann schien sie zu begreifen. »Oh. Ach du liebe Zeit. Henning! Ist das ... Ich meine ... Oje. Damit dürfte die gute Francesca dir damals einen Bärendienst erwiesen haben.«

»Das hat sie.« Er setzte sich etwas aufrechter hin und dachte an den vergangenen Abend. »Zumindest damals.«

»Du lächelst.« Die Stimme und der Blick seiner Mutter wurden weich.

Irritiert hielt er inne. »Ich lächle?« Natürlich lächelte er! Himmel, die Frau seiner Träume hatte über zwei Stunden lang auf seinem Schoß gesessen. Von den vorangegangenen Küssen ganz zu schweigen. Leider hatte es zum Abschied keinen weiteren Kuss gegeben, denn Jörn, Ella und Hannah hatten sie bis zur Hundepension begleitet, wo sie Duke wieder in Christinas Obhut gegeben hatten, und waren dann auch noch bis zu Carolines Wohnung mitgekommen. Dieses Aufgebot an Menschen hatte Caroline als unausgesprochene Ausrede gedient, ohne weiteren Körperkontakt die Flucht zu ergreifen.

»Du lächelst auf diese ganz besondere Art«, durchbrach die Stimme seiner Mutter seine Gedanken. »So hat dein Vater auch gelächelt.« Sie seufzte leise. »Ihr seht euch so unglaublich ähnlich! Und dieses Lächeln ... nun ja, es sagt mehr, als Worte es könnten.« Sie legte ihm sachte eine Hand an die Wange. »Du bist glücklich.«

Er wollte schon nicken, hob dann aber doch nur die Schultern. »Ich ... Wir arbeiten daran.«

»Das ist schön.« Seine Mutter erhob sich. »Komm mit in die Küche. Ich koche den Kaffee, du schneidest den Kuchen an und deckst den Tisch.«

Bereitwillig erhob er sich ebenfalls. »Du hast Kuchen da?«

»Oh ja, Inge hatte diesen sündhaft leckeren Orangen-Käsekuchen im Angebot. Da konnte ich nicht widerstehen.« Sie schob ihn energisch vor sich her in die Küche. »Und während wir der Völlerei frönen, erklärst du mir bitte noch, weshalb du halb nackt durch Lichterhaven gelaufen bist und Carolines Bluse zerrissen war.«

Also doch! Danke sehr, liebe Elke Dennersen. »Das ist eine lange Geschichte.«

Seine Mutter nickte ihm zu und griff nach der Kaffeedose. »Ich habe Zeit. Der Kuchen steht im Kühlschrank. Ach, und vergiss nicht, mir auch zu erzählen, woher das Gerücht stammt, du habest das alte *Bootshaus* gekauft.«

13. Kapitel

»Kann mir vielleicht mal jemand helfen, diese mistige Papier-
blumengirlande anzubringen?« Ella sprang von dem Stuhl
herunter, auf den sie geklettert war, um besagte Girlande –
am Vormittag hatte sie sie noch einen Traum in Pink und
Weiß genannt – über dem Kuchenbüfett im großen Saal des
Gemeindehauses aufzuhängen. »Sie gleitet mir ständig durch
die Finger!«

»Na, na, Mistding?« Hannah trug gerade eine große Plas-
tikkiste voller Besteck herein. »Was ist das denn für ein
Ausdruck? Wenn eine von uns so was zu sagen gewagt hätte,
würdest du uns beleidigt eins überbraten.«

Ella hatte sich die heruntergefallene Girlande geschnappt
und erklomm erneut den Stuhl. Mit verbissener Miene
bemühte sie sich, das Ende mit der Schlaufe an dem Haken
in der Decke zu befestigen, doch die vielen bunten, bewegli-
chen Blüten versperrten ihr die Sicht. »Das Teil habe ich
höchstpersönlich angefertigt, also ist es mein Mistding, und
ich darf es beleidigen, so viel ich will. Verflixt noch mal!« Sie
spuckte. »Essen wollte ich die blöde Girlande nicht.«

»Was machst du denn da?« Mit amüsierter Miene trat
Caroline neben den Stuhl. Sie hatte bis eben in der Küche
gleich neben dem Saal letzte Hand an die Geburtstagstorte –
ebenfalls ein pink-weißer Blütentraum – gelegt und durch
die offene Tür Ellas fruchtlose Bemühungen mitbekommen.
Nun hatte ihr Mitleid gesiegt.

»Das siehst du doch. Ich zerstöre gleich mein Kunstwerk,

wenn das so weitergeht.« Als ihr das Ende mit der Schlaufe erneut entglitt, fing Caroline es geistesgegenwärtig auf.

»Warte mal. Das geht so nicht. Warum nimmst du nicht die Klappleiter?«

Ella stieß einen fauchenden Laut aus. »Weil sie kaputt ist. Sie lässt sich nicht mehr arretieren.«

»Oh. Wie hast du das denn geschafft?« Caroline zog sich einen weiteren Stuhl von der Kaffeetafel heran, nahm das Sitzkissen herunter und gesellte sich zu Ella in luftige Höhe.

»Ich war das nicht.« Ella seufzte. »Ich hatte sie meinem Bruder geliehen. Er hat sie kaputt gemacht, und jetzt muss er sie reparieren.«

»Dein kleiner Bruder?« Hannah prustete. »Matthias? Der mit den zwei linken Händen? Da wäre es mir um unserer Sicherheit willen deutlich lieber, wenn er eine neue kaufen würde.«

»Von welchem Geld denn?« Stirnrunzelnd nahm Ella von Caroline das Girlandenende entgegen. »Danke.« Sie reckte sich erneut zum Haken. »Er ist gerade mit der Schule fertig und fängt im Herbst sein Studium an. Bei dem ist erst mal nix zu holen.«

»Na toll.« Caroline hielt die Girlande so, dass sie Ella nicht im Weg war, und endlich klappte das Befestigen. »Dann müssen wir jetzt leiterlos durchs Leben gehen?«

»Ha, geschafft!« Mit zufriedener Miene hüpfte Ella vom Stuhl und rückte ihn ein Stück nach links, um den nächsten Haken zu erreichen. »Das will ich nicht hoffen. Mein Bruderherz hat genügend Kumpels, die besser als er mit Werkzeug umgehen können. Einer von denen wird die Leiter schon reparieren.«

Auch Caroline rückte ihren Stuhl zur Seite, um ihrer Freundin erneut zu assistieren. »Ich kann auch mal danach sehen. So schwer kann es wohl nicht sein, eine Leiter zu reparieren.«

»Nix da, kommt gar nicht infrage.« Ella, die schon wieder auf dem Stuhl stand, schüttelte so heftig den Kopf, dass ihr dabei fast erneut die Girlande aus der Hand geglitten wäre. »Ich bin überzeugt davon, dass du das kannst, aber es geht mir ums Prinzip. Wenn Matthias etwas kaputt macht, bringt er es auch wieder in Ordnung.«

»Huh, da spricht die strenge große Schwester.« Hannah kam mit einer zweiten Kiste voller Besteck herein. »Seit wann nimmst du denn diese Rolle so ernst?«

Ella blies sich eine schwarze Haarsträhne aus dem Gesicht. »Seit er glaubt, er sei erwachsen ...«

»Er ist achtzehn«, warf Hannah ein.

»... sich aber gleichzeitig benimmt wie ein Elefantenbaby«, beendete Ella ungerührt den Satz. »Außerdem wird er in Kürze neunzehn. Jungs in dem Alter können echt anstrengend sein. Papa meinte, Matthias habe gerade noch mal einen spätpubertären Schub oder so was.« Sie hob die Schultern. »Vielleicht liegt es auch daran, dass Matthias' Freundin ihn verlassen hat. Vielleicht steigen ihm jetzt überschüssige Säfte ins Hirn.«

»Ella!« Caroline prustete halb erheitert, halb entsetzt.

»Was denn? Könnte doch sein. Halt mal die Girlande etwas höher, sonst kriege ich die Schlaufe nicht eingehakt!«

»Säfte?« Caroline entschied sich fürs Lachen. »Du kannst ja ganz schön biestig sein.«

»Was muss, das muss. Speziell bei erst halbgaren Kerlen«, befand Ella und jubelte, als die Girlande endlich an Ort und Stelle hing. »Perfekt!«

»Sehr hübsch«, lobte Caroline, nachdem sie das Gesamtbild begutachtet hatte. »Jetzt nur noch sechs weitere ringsum an den Wänden und du bist fertig.«

Ella stöhnte. »Von wegen! Die Blumendeko steht auch noch in meinem Atelier. Die muss ich nachher erst noch holen.«

»Erst mal machen wir Mittagspause«, widersprach Hannah und deutete auf den Korb, den sie auf einem der noch nicht eingedeckten Tische abgestellt hatte. »Ich habe uns Nudelsalat gemacht und ein paar von den Scones aufgetaut, die Caro neulich gebacken und eingefroren hat.«

»Mmh, Mittagessen!« Dankbar seufzte Ella. »Ich verhungere bald. Heute früh bin ich nicht zum Frühstücken gekommen, weil, na ja.« Auf ihrem Gesicht zeichnete sich ein verträumter Ausdruck ab. »Jörn musste heute nicht so früh wie sonst aufstehen!«

»Oh, oh.« Hannah gluckste. »Wir sind im Bilde. Dann setzt euch schon mal. Ich hole noch ein paar Flaschen Wasser aus dem Auto.« Schon war sie wieder draußen.

Ella schob ihren Stuhl an den Tisch und ließ sich darauf fallen. Dann sah sie sich prüfend um. »Geht das nur mir so, oder wirkt der Raum jetzt schon extrem pink-weiß?«

»Es kann nur noch schlimmer werden«, bestätigte Caroline lachend und verteilte die Teller und Gabeln aus dem Korb auf dem Tisch.

»Es war nun mal der Wunsch unserer Auftraggeberin, alles in diesen Farben zu dekorieren.« Ella hob die Schüssel mit dem Nudelsalat aus dem Korb und stellte die Dose mit den Scones daneben.

Hannah stellte drei Halbliterflaschen Wasser auf den Tisch und setzte sich ebenfalls. »Wenn das doch nun mal ihre Lieblingsfarben sind.« Sie schmunzelte. »Frau Färber wird achtzig, da ist ein bisschen Pink doch wohl erlaubt. Vor allem bei einer derart rüstigen Seniorin.«

»Wenn es mal bloß ein bisschen Pink wäre.« Caroline bediente sich als Erste am Salat. »Das hier wird ganz sicher eine Überdosis.«

»Ach, Quatsch, mir gefällt's.« Nun griff auch Hannah nach der Salatschüssel. »Das wird ein richtig fröhliches Ambiente.«

»In Pink ... und Weiß!« Caroline schüttelte sich. »Für mich wäre das nichts, aber dass dir das gefällt, ist klar. Du bist ja auch unsere Romantik-Tante.«

»Wie bitte?« Hannah hustete. »Romantik-was?«

Achselzuckend öffnete Caroline eine der drei Flaschen und nahm einen großen Schluck. »Das ist doch wohl nichts Neues, oder? Du hast schon immer von rosa Einhörnern geträumt.«

Ella prustete.

Hannah starrte Caroline einen langen Moment an, dann zuckte es verdächtig um ihre Mundwinkel. »Du hast verdammt großes Glück, dass ich Einhörner liebe. Die sind übrigens meistens nicht rosa.«

»Meistens?« Ella kringelte sich vor Lachen. »Ich werd nicht mehr!«

»Manche von ihnen können die Farbe wechseln. Das ist Magie!«, verteidigte Hannah sich lachend. »Ihr habt ja so was von keine Ahnung.«

»Das scheint mir auch so.« Caroline lehnte sich auf ihrem Stuhl zurück, den Teller mit dem Salat in der einen, die Gabel in der anderen Hand, und begann mit Genuss zu essen. »Das ist der beste Nudelsalat auf der Welt! Hannah, ohne dich und deine Kochkunst wären wir aufgeschmissen.«

»Nun übertreib mal nicht. Das ist nicht viel mehr als Reste-Nudelsalat.« Wie immer, wenn sie gelobt wurde, errötete Hannah ein wenig.

»Apropos großes Glück«, wechselte Ella unvermittelt das Thema und musterte Caroline mit strenger Miene. »Ich finde, wir haben dir jetzt genügend Schonfrist eingeräumt. Da du aber offenbar nicht von allein mit der Sprache herausrücken willst, fordere ich jetzt im Namen von Hannah und mir sofortige Aufklärung: Wie kann es sein, dass du geschlagene zwei Stunden freiwillig auf Hennings Schoß gesessen hast, ohne ihn zu massakrieren oder dich gegen die

Streicheleinheiten zur Wehr zu setzen, die er dir hat zukommen lassen, wenn er dachte, niemand bemerkt es?«

»Mhm.« Hannah nickte beipflichtend. »Und wenn du schon dabei bist, verrate uns auch, was es mit dem Gerücht auf sich hat, Henning habe deine Bluse zerrissen, als ihr in der Piratenbucht ein Stelldichein hattet.«

»Was?«, kreischte Ella. »Es gibt so ein Gerücht, und ich weiß nichts davon? Ich dachte, ihr wärt bloß schmutzig geworden. Hattest du nicht am Telefon so was gesagt?« Entgeistert starrte sie Caroline an. »Los, beichte! Was läuft da zwischen dir und Mr. Formel 1?«

»Gar nichts.« Caroline stellte bedächtig ihren Teller zurück auf den Tisch. Sehr ähnliche Fragen hatte sie beim Sonntagskaffee ihren Eltern beantworten müssen, die den neuesten Stadtklatsch wie die meisten anderen Leute über die Verteilerstelle in der Bäckerei Leuthaus vernommen hatten. Im Gegensatz zu Sonntag setzte sie jedoch heute nach einem Atemzug hinzu: »Zumindest noch nicht.« Allein dieses Eingeständnis ihrer offensichtlichen Schwäche ließ ihren Herzschlag einmal mehr heftig holpern.

»Ich glaube es ja nicht!« Wieder kreischte Ella, wurde aber gleich wieder ruhiger, als sie Carolines wenig glückliche Miene sah. Sofort ergriff sie ihre Hand und entwand ihr die Gabel, um sie auf den Tisch zu legen. »Was hat er getan?«

»Er?« Irritiert hab Caroline den Kopf. »Gar nichts. Also mal abgesehen davon, dass er mich geküsst hat. Oder vielleicht hat er es auch irgendwie fertiggebracht, dass ich ihn geküsst habe. So genau weiß ich das ehrlich gesagt nicht.«

»Ihr habt euch geküsst?« Ellas Stimme näherte sich erneut gefährlich dem Kreischen von zuvor, doch sie bremste sich. »Und dann hat er dir die Bluse vom Leib gerissen, und ihr habt …«

»Nein!« Caroline hob abwehrend beide Hände. »Nein, nein, nein. Nichts dergleichen.«

»Warum ist Henning dann halb nackt durch Lichterhaven gerannt, während du seine Klamotten anhattest?«, hakte Hannah nach.

Caroline richtete sich auf. »Weil Henning wegen Duke ins Watt gefallen ist. Das hatte ich Ella schon erzählt.« Mit wenigen Worten fasste sie die Ereignisse von Samstag noch einmal zusammen und schloss: »Natürlich mussten wir auf dem Rückweg Elke Dennersen begegnen. Dank ihr sind wir jetzt die Sensation der Woche.«

»Wohl eher des Jahres.« Hannah lachte. »Seit Ella und Jörn gab es keine so delikate Story mehr, über die man sich das Maul zerreißen konnte.« Sie ergriff eine von Carolines Händen, Ella die andere. »So ganz begreife ich aber immer noch nicht, wie es zu diesem Kuss am Strand kommen konnte. Bisher hatte ich den Eindruck, dass Henning der letzte Mann wäre, dem du so nahe kommen wolltest.«

»Ich weiß es nicht«, gab Caroline nach kurzem Zögern zu. »Es ist einfach …«

»… irgendwie passiert«, ergänzte Ella, nun eindeutig verständnisvoll. »Von der Sorte Küsse kann ich ein Lied singen.«

»Ja, *Lady in Red*.« Hannah grinste breit. »Halt, nein, dazu habt ihr bloß getanzt, damals im *Arche Noah*. Aber wow, so was von heiß. Ihr hättet den Laden beinahe in Brand gesetzt.«

Der verträumte Ausdruck kehrte auf Ellas Gesicht zurück, und sie drückte Carolines Hand. »Zumindest weiß ich, wie es ist, wenn dich solche Gefühle unverhofft überfallen und du nicht weißt, wie dir geschieht.«

Diesmal seufzte Hannah. »Ich wünschte, das würde mir auch mal passieren. Aber nein, kein Liebesglück für die kleine Hannah. Wahrscheinlich muss ich darauf warten, bis ich mindestens siebzig bin. So wie ich aussehe …«

»Hey, nicht!« Caroline löste sich von Ella, um Hannahs

zweite Hand zu ergreifen. »Hör auf damit. Du bist so wunderhübsch.«

»Jaja, aber das interessiert keinen erwachsenen Mann, weil ich gleichzeitig das Ewiger-Teenager-Gen habe und niemand mich für voll nimmt – oder wenigstens für volljährig. Ewige Jugend, die beste Strategie, ein Liebesleben zu verhindern.« Halb verzweifelt, halb lachend schüttelte Hannah den Kopf.

»Das ist doch Unsinn.« Ella maß sie mit liebevollen Blicken. »Es gibt viele Männer, die dich großartig finden.«

»So viele nicht.« Achselzuckend griff Hannah nach ihrem Teller und der Gabel und stocherte in ihrem Nudelsalat herum. »Einer würde mir ja schon reichen, aber bei der begrenzten Auswahl war bisher leider nur Ausschussware dabei.«

»Vielleicht suchst du einfach am falschen Ort«, gab Ella zu bedenken.

»Ach so?« Mit einem Achselzucken schob Hannah sich eine Gabel voll Salat zwischen die Lippen. »Wir leben nun mal in Lichterhaven. Wo soll ich denn sonst suchen? Bei der vielen Arbeit und unseren neuen Plänen werde ich mich so schnell nirgendwo anders umsehen können. Und komm mir jetzt nicht mit dem Internet. So verzweifelt bin ich dann doch nicht.«

Nachdenklich spitzte Ella die Lippen. »Ich meinte das nicht im geografischen Sinne, sondern eher im übertragenen. Sieh mich an. Ich hätte noch vor etwas mehr als einem Jahr nicht gedacht, dass ich mich jemals auf einen Mann aus Lichterhaven einlassen würde, geschweige denn mich in ihn verlieben. Und schon dreimal nicht in Jörn Paulsen. Ihr wisst, wie es zwischen uns war. Weder er noch ich haben mit so etwas gerechnet. Manchmal ist es das Unverhoffte, Unerwartete, das dir die Augen öffnet.« Sie warf Caroline einen Seitenblick zu. »Nicht wahr?«

Caroline biss sich auf die Unterlippe. »Ich bin mir nicht so

sicher, ob ich mit solchen unerwarteten Ereignissen oder …
Gefühlen umgehen kann. Und ob mir die Sache gefällt, weiß
ich erst recht nicht.«

»Hat dir der Kuss gefallen?« Ellas Miene nahm einen lau-
ernden Ausdruck an. »Oder vielmehr die Küsse?«

Allein bei der Erinnerung wurde es Caroline heiß. Noch
ehe sie antworten konnte, nickte Ella triumphierend. Anscheinend hatte sie Carolines Gesichtsausdruck bereits richtig interpretiert. »Na bitte. Darauf lässt sich doch zumindest
ein größerer Feldversuch aufbauen.«

Caroline hustete, dann lachte sie. »Ein Feldversuch?«

»Na sicher. Wenn er gelingt, unterstreicht er meine These.«
Ella schnappte sich ihre Wasserflasche und leerte sie in einem
Zug bis zur Hälfte.

»Und was soll uns dieser Feldversuch dann bringen?«
Hannah klang überaus skeptisch.

»Nun, zunächst einmal …« Ella hob einen Zeigefinger.
»Ein Gelingen würde zu Carolines Glück beitragen.«

»Okay.« Hannah nickte zögernd.

»Und zweitens«, Ella hob zwei Finger, »wollte ich damit
ja nur klarstellen, dass das Glück uns manchmal an den
ungewöhnlichsten Orten heimsucht. Meist auch genau dann,
wenn man weder damit rechnet noch bereit dazu ist. Unverhofft kommt oft, den Spruch fand ich immer blöd, bis ich es
am eigenen Leib erfahren habe.« Als Hannah die Stirn runzelte, winkte Ella lässig ab. »Ist ja jetzt auch egal. Früher oder
später findet jede von euch ihren passenden Deckel.« Sie
lächelte Hannah liebevoll zu. »Du ganz besonders. Du bist
immerhin diejenige von uns dreien, deren romantisches Herz
schon seit der Grundschule von der großen, ewigen Liebe
träumt. Das wird schon noch, glaub mir.«

»Vielleicht.« Nun umspielte wieder das vertraute, träume-
rische Lächeln Hannahs Lippen. »Irgendwo da draußen
wartet mein Mr. Right.«

»Exakt!« Ella klatschte fröhlich in die Hände. »Und bis er auftaucht, schauen wir Caroline dabei zu, wie sie herausfindet, ob Henning noch andere Dinge außer küssen gut kann.«

Caroline fasste sich an die Stirn. »Ich bin mir noch gar nicht sicher, ob ich das wirklich herausfinden will.«

»Doch, doch.« Ella grinste anzüglich. »Glaub mir, das willst du.«

14. Kapitel

»Ich würde sagen, wir beenden unsere Mittagspause jetzt.« Nur zu gern flüchtete Caroline sich in einen Themenwechsel. »Sonst werden wir hier nicht fertig, bevor die ersten Gäste eintreffen.« Geschäftig stand sie auf und verstaute das gebrauchte Geschirr im Korb.

Nach einem Blick auf ihre Armbanduhr tat Hannah es ihr gleich. »Ich fürchte, du hast recht. Da kommt übrigens ein Auto. Ist das eine unserer Aushilfen? Ein paar zusätzliche Hände könnte ich gut gebrauchen.«

»Nein, Jan und Eileen kommen erst in einer Stunde.« Caroline stellte den Korb unter den Tisch.

Ella rang übertrieben theatralisch die Hände. »Du willst ja nur nicht weiter über Henning und dein Liebesleben reden.«

Caroline verzog grimmig das Gesicht. »Stimmt auffallend.«

»Ich gehe mal raus, das restliche Geschirr holen«, verkündete Hannah und eilte zur Tür. Dort prallte sie jedoch mit einem gepressten »Huch!« zurück, weil sie beinahe mit einem Mann im dunkelblauen Maßanzug zusammengestoßen wäre.

»Herrje, pass doch auf, wo du hinläufst, Mädchen!« Die Stimme des Mannes, wenn auch angenehm dunkel, klang aufgebracht. Fahrig strich er sich durch sein fast schon militärisch kurz geschnittenes dunkelbraunes Haar. »Ganz so stürmisch muss es ja nun wirklich nicht sein.«

»Wie bitte?« Einigermaßen perplex starrte Hannah zu ihm

auf. Die despektierliche Anrede schien sie für einen Moment aus dem Konzept gebracht zu haben.

»Eile mit Weile«, knurrte er und maß sie mit abschätzenden Blicken. »Oder vielmehr eile überhaupt nicht, sondern sag mir erst mal, wo ich deine Chefin finde, oder eine von ihnen. Soweit ich informiert bin, sind sie ja zu dritt.«

»Meine Chefin?« Hannah sog so laut die Luft ein, dass Caroline es einige Meter entfernt noch hören konnte. Rasch eilte sie an die Seite ihrer Freundin.

»Guten Tag. Ich fürchte, da gibt es ein kleines Miss...«

»Nein, nein, lass mal«, unterbrach Hannah sie, um den Mund nun einen gefährlich bissigen Zug. »Das kommt mir gerade recht.« Sie wandte sich an den Mann. »Sie wollen also meine Chefinnen sprechen?« Ihre Stimme klang plötzlich ganz lieblich und mädchenhaft. Sie hakte sich bei Caroline unter. »Ella!«, rief sie über die Schulter und so laut und schrill, dass der Besucher sichtlich zusammenzuckte. »Kommst du bitte mal zu Klein-Hannah?«

»Oh, oh.« Mit wachsamem Blick gesellte Ella sich zu ihnen, und sogleich hakte Hannah sich auch bei ihr unter.

»Leider kann ich Ihrer Bitte nicht nachkommen, Herr ... Wie heißen Sie überhaupt?« Hannahs Augen sprühten Funken.

Auf der Stirn des Besuchers hatten sich mehrere Furchen gebildet, die auf seine Irritation schließen ließen. »Zengler. Dr. Maik Zengler. Ich möchte ...«

»Sie möchten erst mal gar nichts, außer sich bei mir entschuldigen«, fuhr Hannah ihn grob an, sodass Ella und Caroline sie verblüfft anstarrten. Einen derart harschen Ton waren sie von ihrer Freundin nicht gewohnt. Ehe eine von ihnen reagieren konnte, redete sie bereits weiter. »Mir reicht es jetzt nämlich ein für alle Mal. Ich kann Sie keiner Chefin vorstellen, weil ich keine habe. Aber nachdem Sie sich entschuldigt haben, kann ich Sie gerne mit meinen beiden

Partnerinnen bekannt machen.« Auffordernd starrte sie Zengler an.

Der wirkte nun erst recht perplex. »Ich ... Sie sind ... Ich meine ...«

»Ach herrje. Und Sie sind ein Doktor? Wo haben Sie denn diesen Titel her? Im Lotto gewonnen?«

»Hannah!« Beinahe hätte Caroline sich verschluckt.

Auch Ella räusperte sich vernehmlich. »Was sie Ihnen wenig diplomatisch zu verstehen geben will, ist, dass sie kein Mädchen ist, sondern Frau Hannah Pettersson, ihres Zeichens Meisterköchin und eine der drei Inhaberinnen der Cateringfirma *Die Foodsisters*.«

»*Sie* sind ...?« Noch einmal musterte Zengler Hannah eingehend. »Verzeihen Sie, aber ... Sie sind doch allerhöchstens ...«

»Fast dreißig Jahre alt«, vervollständigte Hannah den Satz verärgert.

»Ach.« Zengler schüttelte den Kopf. »Dann, äh, tut es mir leid. Ich dachte ...«

»Was Sie dachten, kann ich mir denken.« Hannah verschränkte ihre Arme vor der Brust.

»Nun lass es gut sein.« Besänftigend legte Caroline ihr eine Hand auf die Schulter. »Der Mann hat sich geirrt und entschuldigt.«

»Aber er sieht mich immer noch an, als wolle ich ihn vergackeiern.« Ohne ihre starre Haltung aufzugeben, trat Hannah dicht an Zengler heran. »Nun glauben Sie es schon endlich. Ich bin weder ein kleines Mädchen noch irgendeine Angestellte. Für Ihren unhöflichen Ton müssten Sie sich eigentlich auch noch entschuldigen.«

»Oh Mann, sie ist wirklich sauer«, murmelte Ella und schob Hannah sanft, aber bestimmt ein wenig zur Seite. »Darf ich fragen, was Sie zu uns führt, Herr Dr. Zengler?«

Der Angesprochene wechselte einen weiteren wenig

freundlichen Blick mit Hannah, bevor er sich Ella zuwandte. »Herr Magnusson hat mich gebeten, heute hierherzukommen. Ich ging davon aus, dass Sie darüber informiert wurden.«

»Nein, wurden wir ganz offensichtlich nicht.« Hannah gab ihren kämpferischen Ton immer noch nicht auf.

Zengler hob die Schultern. »Das ist natürlich ... ungünstig. Ich bin sein Anwalt.«

»Sein Anwalt?«, echote Caroline erschrocken und trat ebenfalls einen Schritt vor. »Wozu braucht er einen Anwalt? Will er uns verklagen?«

»Äh ...« Zum wiederholten Mal erschien ein vollkommen perplexer Ausdruck in Zenglers Miene. »Verklagen?«

»Das muss doch wohl ein Irrtum sein.« Ella berührte Caroline am Arm. »Wir haben keinen ...«

»Schön, da seid ihr ja alle«, unterbrach Henning sie. Mit einem breiten Lächeln und ausholenden Schritten trat er durch die Tür. Kaum hatte er Zengler erreicht, schnappte er sich auch schon dessen Hand und schüttelte sie kräftig. »Ich wurde in der Werkstatt aufgehalten, deshalb bin ich ein bisschen spät. Wie schön, dich zu sehen, Maik. Wie lange ist das jetzt schon wieder her? Ein Jahr? Nein, länger, oder?«

»Vierzehn Monate und elf Tage, um genau zu sein.« Zengler entspannte sich ein wenig. »Und ich wäre nicht so schnell hergekommen, wenn ich dir nicht wegen dieser Sache damals noch einen Gefallen schulden würde.« Er kräuselte die Lippen. »Lichterhaven, Mann, ist das wirklich dein Ernst? Hier sagen sich ja Fuchs und Hase gute Nacht!«

Henning lachte. »Mag sein, aber wir hier haben im Gegensatz zu dir wenigstens schon mal einen echten Fuchs und einen leibhaftigen Hasen gesehen. In freier Wildbahn, nicht auf der Mattscheibe.«

Zengler machte eine wegwerfende Handbewegung. »Es gibt Zoos. Berlin hat einen ganz berühmten noch dazu.«

»Pfff.« Hannah stieß hörbar die Luft aus. »Ja, klar.«

Nach einem sichtlich verärgerten Seitenblick auf sie fuhr Zengler fort: »Mein Navi hat dieses spillerige Dorfschulhaus nicht mal gefunden!«

»Spilleriges Dorfschulhaus?« Erneut ging Hannah fast an die Decke. »Wenn Sie das in Ihr Navi eingegeben haben, wundert mich nicht, dass es versagt hat. Das hier ist das Gemeindehaus Lichterhaven und die ehemalige Volksschule. Bis Anfang der Siebzigerjahre wurden hier die Lichterhavener Schülerinnen und Schüler bis zur achten Klasse unterrichtet.«

Zengler schnaubte. »So genau wollte ich es gar nicht wissen. Fakt ist, dass es dieses Fleckchen Erde laut meinem GPS-System gar nicht gibt.«

»Dann braucht dein GPS offenbar ein Update.« Erneut lachte Henning. »Aber egal, immerhin hast du es ja trotzdem gefunden.«

»Ja, nachdem ich mich bei mehreren Eingeborenen durchgefragt habe.«

Hannah zischte etwas Unverständliches.

Caroline hüstelte. »Eingeborene?«

»Unfreundliche noch dazu«, brummelte Zenger. »Als hätte ich Zeit, mir die Stadtgeschichte der letzten fünfhundert Jahre anzuhören, nur weil ich nach dem Weg gefragt habe. Auf meine Aufforderung, die Sache abzukürzen, wurde ich unhöflich abgekanzelt. Wenn so etwas hier Usus ist, wundert es mich, dass euch die Touristen nicht in Scharen davonlaufen.«

Ella gluckste. »Das mit der Stadtgeschichte klingt nach dem alten Messner. Luisas Großvater. Wenn er den Eindruck hat, jemand interessiere sich nicht gebührend für unsere Stadtgeschichte, kann er ein wenig ruppig werden.«

Caroline nickte grinsend. »Stimmt. Ich weiß noch, wie er uns früher immer Vorträge gehalten hat, wenn wir bei Luisa zu Besuch waren.«

»Ja, stimmt.« Zum ersten Mal während dieser Unterhaltung erschien auch auf Hannahs Gesicht ein Lächeln. »Und wehe, man hat nicht genau zugehört. Beim nächsten Besuch hat er einen nämlich abgefragt.«

»Genau das meine ich.« Sichtlich genervt deutete Zengler auf die Frauen. »Was interessiert mich denn, was irgendwer hier irgendwann mal gesagt oder getan hat? Ich bin beruflich hier, und Zeit ist verdammt noch mal Geld.«

Das Lächeln auf Hannahs Lippen erlosch sogleich wieder. »Was sind Sie denn für einer?«

»Ähm …« Henning schob sich mit einem Räuspern zwischen Zengler und Hannah. »Immer mit der Ruhe. Maik, du liebe Güte, was ist denn los? Bist du derart im Stress, oder was? So unhöflich kenne ich dich überhaupt nicht. Schon gar nicht gegenüber drei so bezaubernden Frauen.«

Mit einer kantigen Bewegung strich Zengler sich übers Haar. »Ich muss spätestens morgen Mittag wieder in der Kanzlei sein. Besser noch heute Abend. Mein Workload hat sich verdoppelt, seit ich einen Anteil an der Kanzlei erworben habe.«

Henning nickte, runzelte aber gleichzeitig die Stirn. »Pass bloß auf, dass du dich nicht in ein Burnout hineinmanövrierst. Dein Ehrgeiz in allen Ehren, aber gut siehst du dabei meiner Meinung nach nicht aus.«

»Für Burnout habe ich keine Zeit.«

»Wie du meinst.« Achselzuckend deutete Henning auf einen der Tische. »Setzen wir uns doch.«

»Dürfen wir vielleicht erst einmal erfahren, weshalb du hier mit einem Anwalt aufkreuzt?« Entschlossen trat Caroline ihm entgegen. Seine Anwesenheit ließ einerseits ihren Puls viel zu heftig pochen, andererseits war ihr Misstrauen geweckt. Offenbar mussten sie bei ihm auf alles gefasst sein. Oder wollte er etwa schon einen Vertrag wegen des Bootshauses aufsetzen? Das konnte doch wohl nicht sein. So weit waren sie doch noch gar nicht. Dachte sie zumindest. Aber selbst wenn – sein Verhalten schmeckte ihr nicht. »Bei der Gelegenheit kannst du uns auch gleich verraten, warum du uns nicht vorher Bescheid gesagt hast.«

»Zu Befehl, mein Schatz!« Schmunzelnd salutierte Henning.

»Nenn mich nicht so. Ich bin nicht dein Schatz.« Sicherheitshalber flüchtete sie sich in Verärgerung, um sich ihre aufgewühlten Gefühle nicht anmerken zu lassen.

»Da sind wir offensichtlich immer noch unterschiedlicher Meinung.« Friedfertig deutete Henning erneut auf den Tisch.

Widerwillig setzte Caroline sich, und ihre Freundinnen taten es ihr gleich.

Henning wartete, bis alle saßen, bevor auch er Platz nahm. »Ich bin nicht mehr dazu gekommen, euch Bescheid zu sagen, weil mir die Idee gestern sehr spontan kam und ich dann ziemlich lange mit Maik wegen der Vertragsdetails geskyped habe. Ich hätte euch zwar heute Morgen anrufen können, aber dann dachte ich, das geht auch so. Und lasst euch bitte nicht von seiner offenbar schlechten Laune beeindrucken. Er wird erst wieder abreisen, wenn alles in die Wege geleitet ist.« Er warf Zengler einen beredten Blick zu. »Nicht wahr, Maik?«

Der Anwalt nickte mit finsterer Miene. »Dein Glück, dass du noch was bei mir guthast.«

»Seht ihr. Mich werdet ihr im Grunde gleich gar nicht mehr brauchen. Ich wollte nur den Kontakt herstellen. Da ihr hier ja im Augenblick beschäftigt seid, schlage ich vor, ihr macht mit Maik nun selbst einen passenden Termin für später oder morgen aus. Sollte es diese Woche gar nicht mehr passen, kommt er eben nächste Woche noch mal her.«

Zengler sagte nichts darauf, sondern kräuselte nur leicht die Lippen, nickte dann aber zustimmend.

»Du hast wegen unseres Vertrages mit deinem Anwalt geskyped?« Ella stützte sich auf dem Tisch auf und beugte sich ein wenig vor. »Wegen des alten *Bootshauses*? Ist das nicht noch etwas früh? Ich habe nicht mal Zeit gehabt, unseren Businessplan fertigzustellen, geschweige denn, ihn der Bank vorzulegen.«

»Das kannst du später immer noch tun. Unser Vertrag wird euch sogar eine bessere Verhandlungsposition der Bank gegenüber verschaffen. Also falls ihr überhaupt noch einen Kredit benötigt, denn immerhin bin ich ja ein finanzkräftiger Investor. Ich will auf jeden Fall sichergehen, dass die Details zwischen uns gleich zu Beginn unserer Partnerschaft geklärt sind.« Entspannt faltete Henning seine Hände auf dem Tisch. »Es soll schließlich alles seine Richtigkeit haben und abgesichert sein. Nach eurem aktuellen Desaster ist das doch bestimmt in eurem Sinne.«

»Ach?« Erbost sprang Caroline auf. »Dazu hetzt du uns mitten bei der Arbeit deinen Anwalt aus … Woher kommen Sie noch mal?«

»Berlin«, antwortete Zengler ungerührt.

»… aus Berlin auf den Hals? Noch dazu, bevor ich überhaupt richtig mit Hannah und Ella darüber reden konnte?« Sie wandte sich an Zengler. »Es tut mir leid, dass dieser … dieser …« Sie deutete fahrig auf Henning. »Dass er Sie genötigt hat, die lange Fahrt von Berlin auf sich zu nehmen, nur um uns weiß Gott was für einen Vertrag anzudienen, den wir natürlich nicht unterschreiben werden. Schon gar nicht, ohne unseren eigenen Anwalt zu konsultieren.« Sie drehte sich zu Henning um. »Vergiss es. Wenn du gleich so anfängst, uns zu übergehen, kannst du dir diese Partnerschaft, wie du sie nennst, an den Hut stecken. Wir finden schon noch eine neue Betriebsstätte. Dazu brauchen wir dich nicht, und ganz sicher werden wir nicht zwischen Tür und Angel diesen Vertrag unterschreiben.« Abrupt wandte sie sich zum Gehen.

»Ich weiß nicht, wie es euch geht, aber ich habe noch jede Menge zu tun.«

Ehe sie an Henning vorbeistürmen konnte, war er ebenfalls aufgesprungen und hielt sie am Arm fest. »Caroline, nun warte doch mal.«

»Nein, für so etwas habe ich keine Zeit. Dein Anwalt hat nämlich recht: Zeit ist Geld, und das müssen wir für unseren Lebensunterhalt verdienen.« Sie versuchte, sich von ihm loszumachen, doch er zog sie nur noch näher zu sich heran.

»Caro, beruhige dich. Ich weiß nicht, warum du so wütend auf mich bist. Nach unserem Gespräch am Samstag dachte ich, es sei wichtig und sinnvoll, gleich zu Beginn alle Details zu klären und uns über einen soliden Vertrag den Handlungsspielraum zu geben, den es braucht, um eure Pläne möglichst zügig in die Tat umzusetzen.«

»Und dazu jagst du deinen Anwalt aus Berlin nach Lichterhaven, ohne vorher auch nur einen Pieps zu uns zu sagen?«

»Ja, weil ich nun mal ein Mann schneller Entschlüsse bin«, erwiderte er ruhig. »Und weil ich nicht gedacht hätte, dass ein einfaches Treffen für dich so ein Problem sein würde. Niemand hat verlangt, dass ihr den Vertrag gleich heute und hier unterzeichnet. Dazu ist es tatsächlich noch zu früh, schließlich gibt es noch gar keinen Vertrag. Ihr müsst eure eigenen Vorstellungen doch erst einmal einbringen. Ganz egal, wie lange das dauern wird. Aber irgendwann müssen wir ja damit anfangen, und in eurer aktuellen Situation halte ich früher für besser als später. Oder glaubst du wirklich, dass ich euch übers Ohr hauen will?«

»N…nein.« Caroline beruhigte sich etwas und senkte verlegen den Blick. Das konnte sie sich tatsächlich nicht vorstellen. Nicht nach allem, was zwischen ihnen geschehen war. Sie war nur so verflucht … wütend! »Du hättest uns vorwarnen sollen, damit wir unseren Anwalt ebenfalls hinzuziehen können.«

»Das tut ihr mal besser nicht.«

»Wie bitte?« Entgeistert starrte sie ihn an. »Du kommst hier mit deinem Anwalt an, aber wir sollen unseren nicht informieren?« Mit einem harten Ruck machte Caroline sich von ihm los. »Deine Schäfchen willst du also ins Trockene bringen, aber wir dürfen das nicht? Was denkst du dir eigentlich?«

»Eure Schäfchen.«

»Was?« Irritiert hielt sie inne.

»Ich will dafür sorgen, dass *eure* Schäfchen im Trockenen stehen. Um die meinen kümmere ich mich schon selbst.«

»Aber …« Sie verstand überhaupt nichts mehr. »Wieso unsere?«

»Weil der Anwalt, der euch beim letzten Mietvertrag beraten hat, offenbar nicht alle Eventualitäten bedacht hat. Deshalb steckt ihr doch jetzt in der Bredouille.« Er lächelte wieder … dieses verfluchte Lächeln, bei dem ihr die Knie weich wurden. Außerdem machte er sie gerade sehr verlegen. Er wollte ihnen seinen Anwalt anbieten?

Seelenruhig zog Henning sie neben sich an den Tisch. »Maik ist nicht hier, um mich zu vertreten, sondern euch. Wenn ihr einverstanden seid, wird er sich euren Betrieb ansehen und wie ihr arbeitet. Deshalb ist er heute hier. Dann wird er einen bombensicheren Vertrag für uns oder vielmehr für euch aufsetzen, in dem die Details zum Mietobjekt und meiner stillen Teilhaberschaft bis ins letzte Detail geklärt werden. Dazu wird er vermutlich in den nächsten Tagen oder Wochen, wenn ihr mehr Zeit benötigt, noch ein paarmal mit euch skypen, damit alle eure Wünsche berücksichtigt und eure Fragen beantwortet werden können. Wenn ihr damit durch seid, legt ihr mir den Vertrag vor, und ich unterzeichne ihn mit euch zusammen.«

Ella trommelte mit den Fingern auf der Tischplatte. »Dass ich das richtig verstehe: Du schickst uns deinen Anwalt, damit er uns gegen dich vertritt?«

»Gewissermaßen.« Henning nickte. »Wie man an Carolines Reaktion erkennen kann, lag ich damit nicht ganz falsch. Ich kann bis zu einem gewissen Grad verstehen, dass ihr misstrauisch seid, weil ihr gerade wegen einer unschönen Vertragslücke eure Betriebsstätte verloren habt. Deshalb möchte ich euch versichern, dass euch so etwas mit mir nicht passieren wird. Bestenfalls vertritt Maik unser aller Interessen gleichermaßen – und ich kann euch versichern, dass er das ganz ausgezeichnet tun wird. Er ist der beste Anwalt, den ich kenne.« Er richtete seinen betrübten Blick auf Caroline. »Was ich nicht nachvollziehen kann, ist, wie du darauf kommst, ich wolle euch hinter- oder übergehen. Das ist nicht ganz fair, findest du nicht auch? Ich sehe, wie wütend du bist, aber nicht, warum. Was ist seit Samstag geschehen, dass du mir plötzlich so gar nicht mehr vertraust?« Er schüttelte den Kopf und erhob sich. »Wir reden weiter, wenn du mir eine schlüssige Antwort darauf geben kannst … und willst. Ich mache mich jetzt wieder vom Acker. In meiner Werkstatt wartet noch Arbeit auf mich, und später muss ich lernen.« Er wandte sich an Maik. »Ich hoffe dennoch, dass wir heute Abend die Zeit finden, zusammen ein Bier trinken zu gehen. Ich rufe dich nachher an.« Damit nickte er noch einmal in die Runde und verließ das Gemeindehaus mit dem gleichen ausholenden Schritt, mit dem er es betreten hatte.

Caroline sah ihm mit gemischten Gefühlen nach. Sie war noch immer wütend, aber auch verlegen und vor allen Dingen völlig verunsichert. Mit einer Sache hatte sie definitiv recht gehabt: Bei Henning Magnusson musste sie mit allem rechnen. Wirklich mit allem!

»Das ist ja ein Ding«, murmelte Hannah.

Ella musterte den Anwalt, der angestrengt so tat, als habe er nichts von dem Gespräch mitbekommen. »Finden Sie das okay? Dass er Sie an uns quasi ausleiht, meine ich?«

Zengler hob die Schulter. »Was ich davon halte, steht nicht zur Debatte.«

»Für uns schon«, widersprach Ella.

»Mag sein, aber ich werde mich dazu nicht weiter äußern.« Zengler faltete die Hände auf dem Tisch. »Wenn ich eines in den Jahren unserer Freundschaft gelernt habe, dann, dass es keinen Sinn hat zu versuchen, Henning von etwas abzubringen, das er sich in den Kopf gesetzt hat.«

»Sie sind also nicht nur sein Anwalt, sondern auch sein Freund.« Ella betrachtete ihn mit neuem Interesse. »Dann verraten Sie uns, was Sie als Freund von der Sache halten, nicht als Anwalt.«

»Das wäre ein Vertrauensbruch.« Er verschloss sich wie die sprichwörtliche Auster.

»Aha.« Mit gekräuselten Lippen nahm Ella das Trommeln wieder auf. »Na gut, aber wir sind uns doch wohl einig, dass er das alles hauptsächlich um Carolines willen tut.«

»Ella!« Entsetzt starrte Caroline sie an.

»Was denn?« Ungerührt erwiderte Ella ihren Blick. »Als wüsstest du das nicht selbst.«

Zengler musterte erst Ella, dann kurz Hannah und zuletzt besonders lange Caroline. »Wie ich schon sagte: Es bringt nichts, ihn von einem einmal eingeschlagenen Weg abzubringen. Henning kämpft um das, was ihm wichtig ist.« Er hielt kurz inne. »In der Regel ist er dabei erfolgreich!«

Das gemeine Flattern in Carolines Magengrube meldete sich zurück. »Ich bin nicht käuflich. Das dürfen Sie ihm gerne ausrichten.«

Zum ersten Mal lächelte Zengler leicht. »Ich habe nicht den Eindruck, dass er das nicht weiß ... oder überhaupt vorhat, Frau Maierbach. Aber nun würde ich vorschlagen, Sie drei widmen sich wieder Ihrer Arbeit. Ich fürchte, wir haben Sie schon viel zu lange aufgehalten. Wie Henning schon sagte, möchte ich mir gerne ansehen, wie Sie arbeiten, wenn es Sie nicht allzu sehr stört, und später auch Ihre derzeitige Betriebsstätte besichtigen. Falls es heute nicht mehr passen sollte, können wird das auch morgen früh oder an einem anderen Tag nachholen.«

Hannah spitzte die Lippen. »Also müssen Sie wirklich nicht so schnell zurück in Berlin sein, wie Sie vorhin behauptet haben?«

Er erwiderte ihren Blick ausdruckslos. »Die Anliegen meiner Mandantinnen haben stets oberste Priorität. Sollten Sie auch morgen keine Zeit für mich haben, machen wir einen neuen Termin aus.«

»Und Sie fahren die weite Strecke dann extra noch mal?« Skeptisch runzelte Hannah die Stirn. »Rentiert sich das für Sie überhaupt?«

»Lassen Sie die Rentabilität meine Sorge sein.« Schnapp, die Auster klappte wieder zu.

»Na, wie Sie meinen.« Hannah erhob sich. »Ich muss mich endlich um das Geschirr kümmern und dann zurück in die Küche.«

»Sie sind die Köchin.«

Spöttisch grinste sie. »Ein Gummipunkt dafür, dass Sie sich das gemerkt haben. Was ist, wollen Sie mir beim Kochen zusehen, um sich zu versichern, dass die Kleine nicht ihre Kundschaft versehentlich oder mit Absicht vergiftet?«

»Ich verzichte.« Zwischen seinen Augen entstand eine steile Falte. »Ihre scharfe Zunge ist mir gefährlich genug. Erstaunlich, wenn man Sie so ansieht, kommt man gar nicht auf den Gedanken, dass Sie so giftig werden können.«

Hannahs Blick verfinsterte sich. »Weil ich dazu viel zu jung und zu brav aussehe?«

Ohne sichtbare Regung sah er sie an. »Nein, weil Sie viel zu liebenswert wirken.« Abrupt wandte er sich an Ella. »Stört es Sie, wenn ich mich da drüben in die Ecke verkrümele, bis Sie Zeit haben, mir die Betriebsstätte zu zeigen? Oder sollen wir doch lieber für morgen etwas ausmachen?«

»Ach, wissen Sie was?« Spontan zog Ella ihn mit sich. »Sie können mir helfen, die restlichen Girlanden anzubringen.«

»Girlanden?« Er klang wenig begeistert.

»Genau. Und danach fahren wir zusammen los und holen die Blumen und übrigen Dekorationen aus meinem Atelier. Dabei schlagen wir gleich zwei Fliegen mit einer Klappe.« Munter redete Ella weiter auf den Anwalt ein und schob ihn zum Büfett, vor dem der Karton mit den Girlanden stand.

Caroline sah ihnen einen Moment zu, dann fiel ihr Blick auf Hannah, die dastand, als habe sie einen Geist gesehen. Vorsichtig stieß sie sie mit dem Ellbogen an. »Hey, alles okay mit dir?«

»Was?« Als erwache sie aus einer Trance, sah Hannah sie verwirrt an, dann schob sie grimmig das Kinn vor. »Männer!«

Caroline nickte verständnisvoll. »Aber gut sieht er aus.«

»Mir doch egal, wie der Stinkstiefel aussieht!« Zum dritten Mal stieß Hannah laut die Luft aus. »Den möchte ich nicht mal geschenkt haben!«

»Musst du ja auch nicht. Morgen oder spätestens übermorgen ist er wieder in Berlin.«

»Na, hoffentlich bleibt er dort.« Entschlossen machte Hannah sich auf den Weg nach draußen. Caroline folgte ihr rasch, um ihr mit den letzten, besonders schweren Geschirrkisten zu helfen. Dabei vermied sie es standhaft, an Henning zu denken – und an die Tatsache, dass sie sich wohl oder übel bei ihm entschuldigen musste ... und ihm eine Erklärung für ihren Zornausbruch schuldig war.

15. Kapitel

»Hier willst du essen?« Skeptisch sah Maik sich in der urigen Kneipe um, die sich *Krabbenkutter* nannte und hinsichtlich ihrer Einrichtung ihrem Namen alle Ehre machte. Maritime Motive beherrschten das Ambiente, die Theke war einem Schiffsrumpf nachempfunden, die Tische mit Muscheln, Flaschenschiffen und Kunststofffischen und -krabben dekoriert, und auch an den Wänden fanden sich passende Gemälde und gerahmte Fotos vom Lichterhavener Fischereihafen und diversen Kuttern. »Ich bin nicht so der Fisch-Fan.«

»Hier gibt es auch ein ausgezeichnetes Schnitzel. Das Steak kann sich ebenfalls sehen lassen.« Henning übernahm die Führung. »Ich schlage vor, wir setzen uns in den Biergarten. Das Wetter ist ideal dafür. Hey, Annette!« Er winkte einer blonden, jungen Kellnerin zu. »Ist draußen noch Platz für uns beide?«

»Klar.« Annette nickte ihm lächelnd zu. »Für dich doch immer. Zumindest um diese Zeit. Die meisten Leute sind jetzt noch im *Arche Noah* und kommen, wenn überhaupt, erst in zwei Stunden hierher. Macht es euch gemütlich. Ich bin gleich bei euch.«

»Alles klar, dann mal los.« Henning stieß die Tür zum Biergarten auf, in dem sich tatsächlich an den diversen Tischen nur wenige Gäste aufhielten. Zielstrebig steuerte er einen Tisch für vier Personen im hinteren Bereich an. »Nun komm schon, Maik, nicht so schüchtern.« Auffordernd winkte er seinem Freund und Anwalt zu.

»Auf deine Verantwortung.« Nachdem er sich gesetzt hatte, hob Maik mit hochgezogenen Augenbrauen die Schneekugel hoch, die mitten auf dem Tisch stand und in der anstelle von Schnee winzige Krabben um ein versunkenes Schiffswrack wirbelten. »Interessant hier.«

»Hey, sei kein Snob.« Lachend nahm Henning ihm die Schneekugel ab und stellte sie zurück auf den Tisch. »Was ist denn los mit dir? Du wirkst ein bisschen wie der sprichwörtliche Fisch auf dem Trockenen.«

»Vielleicht weil du mich gezwungen hast, mein natürliches Element zu verlassen.« Prüfend sah Maik sich um. »Das ist also das hochgelobte Lichterhaven.«

Henning lehnte sich entspannt zurück. »Hier bin ich geboren und aufgewachsen.«

»Schön für dich.«

»Das ist es tatsächlich.« Aufmerksam musterte Henning seinen Freund. »Es gefällt dir hier nicht.«

»So würde ich es nicht sagen.«

»Wie dann?«

»Es ist nett. Pittoresk.«

»Und?«

Maik zuckte mit den Achseln. »Am Arsch der Welt.«

»Richtig.« Henning lachte. »Es ist aber ein verdammt schöner Arsch.«

»Darüber ließe sich vermutlich streiten.« Auch Maik lehnte sich zurück, wirkte jedoch alles andere als entspannt. »Ist das nicht ein Kulturschock für dich? Ich meine, nach all den Jahren, die du in großen Städten gelebt hast? In Metropolen? In der Zivilisation? Das hier ist dagegen doch eine …«

»…Wohltat.« Nun wieder ernst, machte Henning eine ausholende Handbewegung. »Die Zivilisation rennt mir schon nicht weg. Wenn ich Großstadtluft atmen will, fahre ich nach Hamburg rüber. Aber ehrlich gesagt bin ich noch nicht an dem Punkt, an dem ich wirklich scharf darauf wäre.

Ich bin hier glücklich. Und zufrieden. Ich habe mein Haus, meine Werkstatt ...«

»Diese Frau«, ergänzte Maik. »Caroline Maierbach. Du bist scharf auf sie. Deshalb die Sache mit dem Mietvertrag. Ist das hier die gängige Art und Weise, sich eine Frau zu angeln?«

Henning verzog unwillig die Lippen. »Ich will sie mir nicht angeln. Das würde implizieren, dass ich sie hinterher verspeisen möchte. Das ist aber nicht der Fall.«

»Seltsam, ich hatte den Eindruck, dass du sie durchaus lecker findest.«

Henning hustete, dann lachte er auf. »Glaub mir, Caroline ist keine Frau, die sich einfach so verspeisen lässt.«

»Was hast du also mit ihr vor?« Mit zusammengekniffenen Augen musterte Maik ihn. Dann räusperte er sich. »Oh. Aha. Was Ernstes also.«

»Daran arbeite ich gerade.«

Maik schnaubte. »Muss Liebe schön sein.«

Henning kam nicht dazu, darauf zu antworten, denn Annette kam an den Tisch, um die Getränkebestellung aufzunehmen und zwei Speisekarten zu bringen. Nachdem sie wieder gegangen war, sah er Maik für einen Moment dabei zu, wie er das Speisenangebot studierte. »Du wirkst angespannt wie ein Flitzebogen. Wann hattest du das letzte Mal Urlaub?«

»Gleichberechtigte Partner in einer Kanzlei wie der unseren haben Wichtigeres zu tun, als Urlaub zu machen.« Stirnrunzelnd blätterte Maik ein wenig in der Karte hin und her.

Henning, der längst wusste, was er essen wollte, richtete sich wieder etwas auf. »Wann?«

Kurz hob Maik den Kopf. »Was wann?«

»Urlaub.«

»Keine Ahnung. Vor zwei, drei Jahren.«

»Und Sex?«

254

»Wie bitte?« Nun hob Maik ruckartig den Kopf.

»Wie lange ist es her, dass du welchen hattest?«

»Ich wüsste nicht, was dich das angeht.« Demonstrativ wandte Maik sich wieder der Karte zu.

»So lange also.« Verstehend nickte Henning vor sich hin. »Da ließe sich vielleicht Abhilfe schaffen. In Lichterhaven hat die Touristensaison begonnen. Mit etwas Glück finden wir eine holde Maid, die sich deiner erbarmt.«

»Vielen Dank.« Maik bedachte ihn mit einem bezeichnenden Blick. »Ich kann mich beherrschen. Außerdem habe ich für so was wirklich keine Zeit.«

»Komm schon, du bist eindeutig überarbeitet und brauchst mal eine kleine Abwechslung.«

»Wenn du meinst.« Mit einem ergebenen Seufzen schlug Maik die Karte zu »Aber ich bezweifle stark, dass sich hier eine Frau finden wird, die …«

»Die dich nicht von der Bettkante schubst?« Henning grinste breit. »Täusche dich mal nicht. Ich habe mir sagen lassen, dass es hier durchaus nette und interessante Touristinnen zu finden gibt, die nicht abgeneigt wären, einem arbeitswütigen Anwalt ein bisschen die Laune aufzuhellen. Erzähl aber bitte nicht Caroline, dass ich das gerade gesagt habe. Dafür reißt sie mir jedes Macho-Haar einzeln aus.«

Zum ersten Mal an diesem Abend lächelte Maik. »Kann es sein, dass du unterm Pantoffel stehst?«

»Nicht im Geringsten.« Henning lächelte zurück. »Sie kann nur nicht widerstehen, mich bei meinen Schwächen zu packen und durchzuschütteln.«

»Was hat sie gegen unverbindlichen Sex einzuwenden?«

»Nichts.« Henning nahm einen Schluck von seinem Bier. »Solange er einvernehmlich stattfindet und nicht hinterher in der Klatschpresse die Einzelheiten nachzulesen sind.«

»Mein Privatleben wurde noch nie in der Öffentlichkeit breitgetreten.«

»Bis auf das eine Mal nach dieser Party in München vor sechs Jahren. Oder vor sieben, so genau weiß ich es nicht mehr.« Breit grinsend griff Henning erneut nach seinem Glas. »Die war eine Doppelseite wert. Mit Nacktfotos von dir und dieser Madlen.«

Maik stöhnte bei der Erinnerung. »Erinnere mich nicht daran. Der Skandal hätte mich beinahe meinen Job gekostet.«

Prustend stellte Henning das Glas zurück auf den Tisch. »Wenn ich mich recht entsinne, durftest du dich laut Madlen ...«

»Marlene hieß sie aber, glaube ich.«

»Okay, okay, meinetwegen. Also, laut Marlene durftest du dich auf dieser Party und danach ziemlich vieler Stellungen erfreuen.«

Maik verdrehte die Augen, doch um seine Mundwinkel spielte ein amüsiertes Lächeln. »Lass mich raten: Solche Details aus deiner Vergangenheit sind der Grund, weshalb deine Caroline etwas gegen Machos hat.«

»Unter anderem.« Henning nickte ihm zu. »Welch ein Glück, dass diese Zeit hinter mir liegt.«

»Eben noch wolltest du Touristinnen aufreißen.«

Energisch wehrte Henning ab. »Nicht ich werde das tun, sondern du. Meinetwegen darfst du dich meiner Bekanntheit bedienen ... und meines Gästezimmers, aber ich bleibe brav.«

»Nichts gegen deine Gastfreundschaft, aber bisher habe ich es noch immer ohne Hilfe geschafft, eine Frau kennenzulernen.«

»Deshalb hattest du auch schon so lange keine mehr, nicht wahr?« Maiks wütender Blick reizte Henning zum Lachen. »Nichts für ungut, Maik, aber mir kommt es so vor, als wärst du ziemlich aus der Übung. Nimm nur mal Hannah heute Mittag.«

»Hannah?« Irritiert runzelte Maik die Stirn. »Die

Kleine … äh, die Rothaarige, die aussieht, als wäre sie gerade der Grundschule entflohen?«

Henning verschluckte sich fast vor Lachen. »Du liebe Zeit, Mann, blind bist du auch noch. Ja, mag sein, dass Hannah auf den ersten Blick ziemlich jung wirkt, aber ein Kind ist sie ganz offensichtlich nicht mehr. Und du hättest früher definitiv sehr viel diplomatischer auf sie reagiert, als es heute der Fall war. Sie hätte dich beinahe in der Luft zerrissen. Das wäre dir in deinen besten Zeiten niemals passiert. Da hättest du sie mit links um den kleinen Finger gewickelt. Aber heute? Mann, Mann, Mann, Maik. Der sprichwörtliche Elefant im Porzellanladen. Also nimm es mir bitte nicht übel, wenn ich auf deine Eroberungsversuche ein Auge halten werde.« Er zwinkerte seinem Freund zu. »Aber erst mal essen wir was. Hey, Annette, da bist du ja endlich wieder. Wir wollen bestellen. Für mich die Bratkartoffeln mit dem Krabbensalat und für meinen Freund hier das Rumpsteak mit Kartoffelsalat.«

Annette notierte sich alles.

Maik kräuselte die Lippen. »Eigentlich wollte ich …«

»Jaja.« Henning winkte ab. »Vertrau mir.«

Annette blickte von Henning zu Maik. »Zwiebeln oder Kräuterbutter zum Steak?«

»Nein.« Rigoros schüttelte Henning den Kopf. »Eine Knoblauchfahne ist für unsere weiteren Pläne heute Abend kontraproduktiv – und Zwiebeln ebenfalls.«

Neugierig musterte Annette ihn. »So? Was sind denn das für Pläne?«

Henning deutete auf Maik. »Genau genommen hat er sie. Nicht ich. Ich bin nur der Flügelmann und Bereitsteller des Gästezimmers.«

»Aha.« Annette schmunzelte. »Das wird Caroline aber freuen.« Sie zwinkerte ihm fröhlich zu. »Euer Essen kommt gleich.«

Maik sah ihr nach, wie sie ins Haus zurückeilte. »Nervt dich das nicht?«

»Was meinst du?« Henning lehnte sich wieder zurück.

»Na, dass hier anscheinend alle Leute über dein Privatleben Bescheid wissen.«

Lachend griff Henning wieder nach seinem Glas. »So ist das nun mal in einer Kleinstadt. Ich bin hier geboren und aufgewachsen und daran gewöhnt. Hier in Lichterhaven weiß jeder alles von jedem – oder doch zumindest fast.«

»Noch schlimmer! Hast du überhaupt ein Privatleben, oder findet alles öffentlich statt?«

Einen Moment lang dachte Henning über die Frage nach. »Ehrlich gesagt ist es mir weitaus lieber, wenn eine Stadt voll Menschen, unter denen ich aufgewachsen bin, über mein Privatleben Bescheid weiß, als ein Land voller wildfremder Menschen. Die Lichterhavener Gerüchteküche ist mir lieber als die Yellow Press. Hier weiß ich wenigstens, dass die Menschen zwar neugierig, im Bedarfsfall aber füreinander da sind. Sogar für so ein dunkelgraues Schaf wie mich!« Er hob sein Glas. »Ich würde sagen, darauf sollten wir trinken.«

Zögernd hob auch Maik sein Glas. »Wenn du meinst.«

16. Kapitel

Das Piepsen ihres Weckers riss Caroline aus einem wirren Traum, in dem sie in einem rosafarbenen Hochzeitskleid im Gemeindehaus Fußball gespielt und dabei ein Tablett mit ihrem beliebten Rosenkuchen auf dem Kopf balanciert hatte. Stöhnend tastete sie nach dem Unruhestifter und ächzte, weil sie sich nicht richtig bewegen konnte. Etwas lastete schwer wie ein Zementsack auf ihr. Etwas … oder jemand!

»Duke! Geh runter von mir. Du erdrückst mich.«

Hä? Wieso denn? Ich liege schon seit Stunden auf dir drauf, und bis jetzt hat es dich auch nicht gestört. Allerdings wäre es nett, wenn du dieses grässliche Piepding ausschalten würdest. Davon kriegt man ja Ohrensausen!

Da Duke sich nicht regte, verrenkte Caroline sich, um an den Wecker zu gelangen. Dabei erwischte sie zuerst den Touch-Dimmer ihrer Nachttischlampe, sodass ein dämmrig-diffuses Licht aufflammte. Dann, endlich, fand sie den Ausschalter des Weckers und seufzte erleichtert auf. Als sie sich in ihr Kissen zurücksinken ließ, begegnete sie Dukes Blick, der ruhig und unverwandt auf sie gerichtet war. Sein Kopf lag auf ihrer Brust, sein schwerer Hundekörper quer über dem ihren. Schwer wie Blei.

Und was nun? Duke gähnte herzhaft, ohne sie dabei aus den Augen zu lassen. *Kuscheln wir noch ein bisschen? Dein Bett ist ausgesprochen bequem, das muss ich zugeben. Wie gut, dass du so fest geschlafen hast, als ich hier raufgesprungen bin, und mich nicht weggeschickt hast.*

»Wer hat dir eigentlich erlaubt, in meinem Bett zu schlafen?« Vergeblich bemühte sich Caroline um eine strenge Miene. Dukes Unschuldsblick reizte sie zum Lachen.

Niemand. Aber so gesehen hat es mir auch niemand verboten.

»Wozu habe ich dir denn das schöne Schlaflager in der Zimmerecke hergerichtet? Christina hat mir dafür extra deine Lieblingsdecke mitgegeben.«

Das mag sein, aber hier auf dem Bett gefällt es mir besser. Hier bin ich ganz nah bei dir. Als Caroline Duke über die Ohren streichelte, drehte er den Kopf und nahm ihr Handgelenk ganz sanft zwischen die Zähne, legte es vor sich ab und begann, ihre Hand abzuschlecken.

Ein warmes Gefühl durchflutete sie. »Du bist ja ein ganz schlimmer Charmeur.«

Keine Ahnung, was du meinst. Ich will dir nur zeigen, dass ich dich gernhabe. Allerdings frage ich mich schon die ganze Zeit, wo Henning ist. Ich dachte, ihr gehört zusammen, weil ihr mich fast immer zusammen besucht. Aber anscheinend wohnt er nicht hier in dieser Wohnung. Wie schade. Wann ich ihn wohl wiedersehen werde?

»Jetzt müssen wir aber wirklich aufstehen.« Caroline strampelte ein wenig, bis Duke sich bequemte, ein wenig zur Seite zu rutschen.

Wenn es unbedingt sein muss. Bitte sehr.

»Wenn wir gleich noch zu Henning rübergehen wollen, wird es allmählich Zeit. Ich muss gegen elf wieder bei der Arbeit sein. Heute gilt es, jede Menge Scones, Shortbread und andere englische Spezialitäten zu backen«, erzählte sie ihm, während sie ins Bad hinüber tappte. Da Duke einfach liegen blieb, ließ sie die Tür offen, um weiter mit ihm reden zu können. »Wir wurden nämlich engagiert, um einen echten Five-o-Clock-Tea für unsere Kunden auszurichten, weißt du?« Sie schälte sich aus ihrem zartgrünen Seidenschlafanzug und griff nach ihrer Zahnbürste. »Das wird eine ganz besondere Überraschung für das Ehepaar Hönkebudde. Die beiden haben sich nämlich vor genau vierzig Jahren auf einer Urlaubsreise nach London kennengelernt und bei genau so einer Teatime ineinander verliebt. Und ihre beiden Söhne haben ihnen jetzt zur Feier des Tages eine Teestunde zum vierzigsten Kennenlerntag geschenkt.« Caroline griff nach ihrer Zahnbürste. »Da soll noch mal jemand sagen, die Romantik sei tot.«

Wer ist tot? Romantik? Kenne ich nicht. Ist das jemand Wichtiges? Duke hatte den Kopf auf seine Pfoten gebettet und lauschte ihr mit aufmerksamem Blick.

Schmunzelnd wandte Caroline sich ihrer Morgentoilette zu – und einer schönen, ausgiebigen Dusche. Nachdem sie gestern Abend einigermaßen zeitig von der pinkfarbenen Geburtstagsfeier nach Hause gekommen war, hatte sie Duke aus der Hundepension abgeholt, um ihn für drei Tage zu sich zu nehmen, auf Probe sozusagen. Da sie und Henning zuletzt so gut gemeinsam mit dem Rottweiler zurechtgekommen waren, hatte Christina vorgeschlagen, nun auch einzeln zu üben und zu testen, ob das Zusammenleben mit Duke den jeweiligen Vorstellungen entsprach, die Caroline und Henning sich machten. Der Einfachheit halber hatte Christina die Reihenfolge ausgelost – und so war Caroline als Erste an der Reihe.

Sie zog sich bequeme, hautenge Stretchjeans an, und nachdem sie alle Rollläden hochgezogen hatte und von schönstem Sonnenschein begrüßt worden war, entschied sie sich für ein figurbetontes ärmelloses Blüschen in dunkelblau mit verspielten altrosafarbenen Spitzenbesätzen und Stickereien. Das Make-up, dezent wie immer, stimmte sie farblich darauf ab. Ihre Haare nahm sie lediglich an den Schläfen mit zwei einfachen Spangen ein wenig zurück. Später, bei der Arbeit, würde sie sie zurückbinden oder sogar in einem Haarnetz einfangen müssen, um den Hygienevorschriften Genüge zu tun, doch bis dahin wollte sie sich einfach mal hübsch fühlen.

Vielleicht hatte es auch etwas damit zu tun, dass sie gestern Abend beschlossen hatte, heute mit Henning zu reden und sich für ihr reichlich irrationales Verhalten vom Vortag zu entschuldigen. Sie hatte dafür tatsächlich einen Grund gehabt, der ihr gestern auch noch gut und einleuchtend vorgekommen war. Dann hatte aber doch die Vernunft gesiegt … und die Einsicht, dass sie sich kindisch benommen hatte. Und alles nur wegen eines reichlich verkorksten Sonntagskaffees bei ihren Eltern, der noch dazu schon fast eine Woche zurücklag. Es wurde Zeit, dass sie aufhörte, den beiden auf den Leim zu gehen.

Zum Frühstück nahm sie sich nur einen Naturjoghurt mit frischen Erdbeeren und gab Duke eine Portion von seinem Futter. Dabei lauschte sie den Nachrichten und dem Wetterbericht im Radio und versuchte, sich darüber klar zu werden, wie sie das Gespräch mit Henning am besten beginnen könnte.

Zu einer Lösung war sie nicht gekommen, als sie sich zusammen mit dem Rottweiler zwanzig Minuten später auf den Weg zu der alten Magnusson-Villa machte. Sie wollte erst dort nachsehen, ob er zu Hause war. Natürlich hätte sie auch anrufen können, aber das hätte wohl unweigerlich dazu geführt, dass sie am Telefon schon angefangen hätten, sich zu unterhalten. Eine Entschuldigung war aber ihrer Ansicht nach nichts, was man am Handy erledigen durfte. Weder teilweise noch ganz. Also würde sie Henning überraschen. Entweder bei ihm zu Hause oder, falls sie ihn dort nicht antraf, in seiner Werkstatt im Gewerbegebiet. Da es erst halb acht war, im Grunde genommen viel zu früh für einen Besuch, hatte sie vielleicht Glück, ihn beim Frühstück anzutreffen.

Der Weg bis zu seinem Haus war nicht sehr weit; es lag ja

nur zwei Parallelstraßen von ihrer Wohnung entfernt. Duke trottete frohgemut neben ihr her und war offenbar zufrieden damit, die laue Morgenluft zu schnuppern und hier und dort sein Bein an einem Baum oder Strauch zu heben.

Vor der großen Gründerzeit-Villa blieb Caroline für einen Moment stehen und ließ das Gesamtbild auf sich wirken. Das Gebäude war zweigeschossig, doch nach dem Brand im vergangenen Sommer hatte Henning auch das Dachgeschoss mittels schicker hoher Dachgauben ausgebaut. Links und rechts vom Haupthaus gab es leicht nach hinten versetzte Seitenflügel. Das Eingangsportal war von je drei Säulen links und rechts flankiert, die einen Balkon trugen, der durch eine Glastür im Obergeschoss betreten werden konnte. Die Brüstung war mit den für den Wilhelminischen Stil typischen Säulenornamenten verziert, die sich auch an den Gesimsen fortsetzten. Über den Rundbogenfenstern im Obergeschoss gab es auf der Fassade maritim anmutende Muschel- und Seesternstuckarbeiten zu bestaunen. Im Erdgeschoss, dessen Fenster rechteckig ohne Bögen waren, war der Stuck etwas sparsamer eingesetzt worden. Henning hatte alle Fenster erneuern lassen, wohl weil sich nach dem Feuerschaden eine Grundsanierung nach neuesten energietechnischen Gesichtspunkten angeboten hatte. Die Fassade des gesamten Gebäudes, ehemals in abgeblätterten Schattierungen von Weiß über Gelb bis Rotbraun gehalten, erstrahlte nun in einem dem Auge schmeichelnden Farbton, der irgendwo zwischen Creme und Sand lag und ganz eindeutig für Hennings guten Geschmack sprach. Die Treppe, bestehend aus sieben Stufen, war aus grauem Granit gefertigt, der während der Renovierung nicht verändert, sondern in seiner ursprünglichen Form belassen worden war.

Das nicht gerade kleine Grundstück war von einer brusthohen Sandsteinmauer umgeben, die im selben Stil wie die Fassade gehalten war. Das Tor zur Auffahrt und zu der feudalen, für zwei oder sogar drei Wagen ausgelegten Garage war verschlossen, der Weg aus Natursteinen sauber gefegt und der Vorgarten offenbar gerade erst ganz neu angelegt worden. Hundsrosenbüsche wechselten sich mit frisch bepflanzten Stauden- und Blumenbeeten ab. Neben einem der Beete stand eine Schubkarre, daneben lag ein Stapel Säcke mit der Aufschrift *Pflanzerde*. Beim Nähergehen sah Caroline, dass in der Schubkarre Arbeitshandschuhe und diverse Gerätschaften lagen. Ganz offensichtlich wurde hier noch fleißig gearbeitet. Soweit sie wusste, war auch die Renovierung der Innenräume noch nicht ganz abgeschlossen. Wen wunderte es bei einem derart großen Gebäude? Der alte Magnusson, Hennings Großvater, war ein Reedereibesitzer gewesen. Reich und exzentrisch. Er hatte sich mit einem Großteil seiner Verwandtschaft entzweit und aus nicht weiter geklärten Gründen sein Anwesen seinem einzigen Enkel hinterlassen, obgleich in der Erbfolge sein Sohn zuerst an der Reihe gewesen wäre. Doch dieser hatte sich einst geweigert, die Reederei zu übernehmen, und mit ihr die zwielichtigen Geschäfte, für die Bert Magnusson berüchtigt gewesen war. Böse Zungen hatten ihn den »Paten von Lichterhaven« genannt.

Seinem Sohn hatte der alte Mann nie verziehen, und nachdem er verstorben war, war die Reederei an Carl Verhoigen gegangen, der sie weiterverkauft hatte, und Haus und Grund hatte Henning geerbt. Vielleicht, so mutmaßte Caroline, hatte der alte Magnusson darauf spekuliert, dass Henning einmal über ausreichend finanzielle Mittel verfügen würde, um solch ein Anwesen zu unterhalten.

Diese Familiengeschichte war in Lichterhaven allgemein bekannt, ebenso wie die Tatsache, dass Hennings Eltern abgesehen von einem Pflichtteil nie in den Genuss des Vermögens gekommen waren, das eigentlich Hennings Vater zugestanden hätte. Bert Magnusson hatte seinen Sohn verstoßen, und offenbar hatte es kein Familienmitglied gegeben, das zwischen den verhärteten Fronten hätte vermitteln können. Berts Frau, Hennings Großmutter, war ihrem Mann nur wenige Jahre nach der Geburt des einzigen Sohnes davongelaufen und nie wieder aufgetaucht. Man munkelte zwar, dass sie angeblich ihrem Mann jedes Jahr zum Hochzeitstag einen Brief oder eine Ansichtskarte von irgendwo auf der Welt geschickt hatte, aber Caroline wusste nicht, ob an diesem Gerücht etwas Wahres dran war.

Äh, Wuff? Sag mal, warum stehen wir denn jetzt an dieser Treppe herum? Ich meine, hier riecht es sehr interessant, das gebe ich zu. Irgendwie liegt Hennings Geruch in der Luft. Wohnt er vielleicht hier? Dann hol ihn mal her, damit ich ihn begrüßen kann! Das leise, ungeduldige Wuffen, das Duke an ihrer Seite ausstieß, riss Caroline aus ihren Gedanken. Sie wusste, sie hatte sich nur so lange in der Betrachtung des alten Hauses ergangen, weil sie noch immer nicht wusste, wie sie das Gespräch mit Henning beginnen sollte.

»Feigling«, schalt sie sich und stieg entschlossen die Stufen zu der zweiflügeligen Eingangstür hinauf. Links und rechts neben dem Portal standen große Sandsteinkübel, die mit Erde befüllt, jedoch noch nicht bepflanzt worden waren.

Energisch straffte Caroline die Schultern, atmete tief durch und betätigte den in Messing gefassten Klingelknopf. Ein melodischer Gong schallte durchs Haus.

Für eine geraume Weile blieb alles still, doch gerade als Caroline sich wieder zum Gehen abwenden wollte, vernahm sie von drinnen ein Geräusch. Einen Augenblick später öffnete sich die Tür, und eine schlanke, hochgewachsene Frau mit verstrubbelten honigblonden Locken und einem großen grauen Badetuch um den Körper gewickelt blickte ihr fragend entgegen. Als sie den riesigen Rottweiler sah, machte sie unwillkürlich einen Schritt rückwärts. »Ja, bitte?« Ihre

Stimme klang ein wenig rauchig – und sehr selbstverliebt. »Kann ich etwas für Sie tun?«

Im ersten Moment war Caroline sprachlos. Diese Frau erfüllte praktisch jedes Klischee, das sich jemals jemand für eine solche Situation ausgedacht hatte. Unwillkürlich drehte sich ihr der Magen um, und das Herz wollte ihr schwer werden. Sie riss sich jedoch zusammen, um sich ihren Schreck nicht anmerken zu lassen. »Guten Morgen. Entschuldigen Sie bitte die frühe Störung. Ich glaube, wir sind uns noch nicht begegnet. Ich bin Caroline Maierbach, und das hier ist Duke.« Sie deutete auf den Rottweiler, der prompt mit der Rute wedelte.

Hallo. Wer bist du denn?

Da die Blondine sie nur weiter abwartend ansah, redete Caroline rasch weiter: »Wir sind ... Also, ich bin eine ... Bekannte von Henning und wollte kurz mit ihm sprechen.«

Als die Frau die Stirn runzelte, setzte sie hinzu: »Wegen Duke. Es geht um den Zeitplan, wann er ihn für drei Tage übernehmen kann. Er, wir, also es steht ja noch nicht fest, ob er ihn adoptiert oder ich, und deshalb, na ja ...« Himmel, warum log sie denn und redete einen solchen Unsinn?

»Und deshalb schlagen Sie hier in aller Herrgottsfrühe auf? Ich bin gerade erst aufgestanden. Wir hatten eine lange Nacht. Lang und anstrengend, wenn Sie wissen, was ich meine.« Die Blondine grinste vielsagend und warf gekonnt ihr langes Haar über die Schulter zurück. Caroline hatte sich schon immer gefragt, wie manche Frauen das so unnachahmlich fertigbrachten, dass alle anderen weiblichen Wesen vor Neid erblassten und sich wie der Trampel vom Dienst vorkamen.

»Ja, also ...« Was antwortete man in einem solchen Fall? Herzlichen Glückwunsch?

»Mein Name ist übrigens Carina. Mit C.« Die Blondine schien zu bemerken, dass sie Eindruck machte, und das gefiel ihr offensichtlich. »Es tut mir leid, aber Henning ist nicht hier. Er musste etwas erledigen, aber er hat mir erlaubt, so lange hierzubleiben, wie ich möchte. Ich soll es mir bequem machen und mich wie zu Hause fühlen, Sie wissen schon. Er ist ja so ein großzügiger Mann.« Carina lachte – anmutig! Wie konnte man nur anmutig lachen? »Eigentlich müsste ich ihn mir für mehr als nur diese eine Nacht krallen, meinen Sie nicht auch? Ich meine, wer hätte geahnt, dass ich in meinem Urlaub jemandem wie ihm begegnen würde? Ich wusste zwar, dass er hier lebt, aber ich dachte, er wohnt ganz abgeschottet und wird dauernd von Bodyguards bewacht und so. Immerhin ist er ein Promi!«

Innerlich atmete Caroline ein wenig auf. Wenigstens war die bezaubernde Fee mit der Telefonsexstimme nicht mit allzu viel Intelligenz gesegnet.

»Das wäre sogar eine ausgezeichnete Verbindung. Ich könnte ihn managen, sobald ich mit meinem Studium der Rechts- und Wirtschaftswissenschaften fertig bin.«

Mist. Doch kein Dummchen, sondern offenbar auch noch eine verdammte Intelligenzbestie. Der Tag hatte plötzlich all seinen Glanz verloren.

Caroline räusperte sich. »Ja, also, wie gesagt, die frühe Störung tut mir leid. Ich bin nur ganz spontan vorbeigekommen.«

»Hach ja, diese wunderbare ländliche Nachbarschaft. Davon habe ich schon so viel gehört. So etwas gibt es bei uns in der Großstadt nicht. Also jedenfalls nicht da, wo ich wohne. Ich komme aus Berlin, wissen Sie. Da habe ich sogar etwas mit Henning gemein, denn er hat ja auch eine Weile dort gelebt. Also ich habe zwar viele Freunde und Bekannte, aber von denen würde niemand einfach so morgens vor dem Aufstehen bei mir klingeln. Außer natürlich, wir hätten ein Breakfast-Date verabredet. Aber ganz bestimmt nicht so früh. Es ist ja fast noch Nacht!« Das vielstimmige Zwitschern der Vögel, gepaart mit dem hellen Sonnenschein, schien ihre Worte Lügen strafen zu wollen, doch das schien sie gänzlich zu ignorieren. »Zu schade, dass Henning wegmusste. Ein gemeinsames Frühstück auf der Terrasse wäre so romantisch gewesen. Haben Sie die Terrasse gesehen? Unglaublich! Und einen Pool gibt es auch. Na ja, bald zumindest. Noch ist da nur ein riesiges Loch im Garten.« Sie hielt inne. »Aber was plappere ich da immerzu? Sie müssen bestimmt weiter mit dem …« Sie deutete auf Duke. »Netter Hund. Bisschen groß, oder? Und stehen Rottweiler nicht auf der Liste? Sie sollten ihm einen Maulkorb anziehen, wenn Sie einfach so Leute besuchen. Also … machen Sie es gut!« Ohne auf Carolines Reaktion zu warten, warf Carina ihr die Tür vor der Nase zu.

Für einige Atemzüge starrte Caroline perplex auf den Fleck, auf dem Carina eben noch gestanden hatte. Hennings neueste Eroberung. Das klang irgendwie nicht gut. Nicht richtig. Sie bekam Magendrücken davon. Und Atembeschwerden.

»Nichts da!« Entschlossen machte sie auf dem Absatz kehrt. In diese Falle würde sie ganz sicher nicht tappen. Und wenn diese blonde Fee noch so sexy war, sie würde jetzt nicht mit gebrochenem Herzen – das schon mal gar nicht – nach Hause gehen und ihr Leid in Eiscreme ertränken. Eis am frühen Morgen war sowieso nicht gut bekömmlich.

»So nicht!«, grummelte sie vor sich hin und zog den überraschten Duke hinter sich her.

Nanu, Caroline? Wo willst du denn jetzt so eilig hin?

»Wir fahren ins Gewerbegebiet!« Mit weit ausholenden Schritten strebte sie ihrer Wohnung zu, oder vielmehr ihrem Wagen, der dort parkte. »Mein Auto braucht dringend …« Sie runzelte die Stirn. »Keine Ahnung. Irgendwas wird schon kaputt sein.«

17. Kapitel

Das Kreischen einer Flex, vermischt mit Elvis Presleys *Jailhouse Rock*, untermalte Hennings konzentrierte Arbeit an einem VW Käfer aus dem Jahr 1972. Den Lärm machte Fiete Harmsen, der vierundfünfzigjährige Kfz-Meister, den Henning eingestellt hatte, damit er die Werkstatt weiterführen konnte, solange er selbst die Meisterprüfung noch nicht abgelegt hatte. Die Musik kam aus der kleinen Stereoanlage im Wandregal, die mit dem Internet verbunden war und über Hennings bevorzugten Streamingdienst seine Lieblingsplaylist abspielte. Der King passte einfach zu jeder Lebenslage.

Henning hatte den Motor des Käfers ausgebaut, um ihn zu säubern und ein paar kleinere Reparaturen durchzuführen. Alles in allem war das alte Schätzchen noch gut in Schuss. Allerdings konnte man nun, da der Motorraum von seinem Inhalt befreit war, einige unschöne Roststellen erkennen. Ganz zu schweigen von den Achsen, die dringend erneuert werden mussten. Originalteile hatte Henning bereits besorgt. Das war nicht einfach gewesen, aber auch nicht über Gebühr schwierig. Wozu hatte er schließlich Kontakte zu Automenschen rund um den Globus? Dass ein Auto vorfuhr, hörte er nur mit einem Ohr, während er unter der auf der Hebebühne sorgsam gesicherten Karosserie stand und sich mit dem Lösen der Hinterachse abmühte. Elvis bat inzwischen inständig: *Let me be your Teddybaer!*

»Moin, Moin«, vernahm Henning Fietes Stimme. »Kann ich Ihnen helfen?«

Offenbar ein neuer Kunde. Da Henning gerade die richtige Stelle zum Anfangen gefunden hatte, achtete er nicht weiter darauf. Erst Fietes nächster Satz ließ ihn aufmerken.

»Das ist ja ein schönes Tier. Aber liebes bisschen, größer hatten sie ihn nicht im Angebot?« Ruckartig drehte Henning sich um und hätte sich beinahe den Kopf am Bremssattel gestoßen.

»Guten Morgen, Herr, äh ...« Caroline warf einen Blick auf das Namensschild, das Fiete an seinem grauen Poloshirt befestigt hatte. »Herr Harmsen. Ja, ich weiß. Duke ist ziemlich groß. Ich hoffe, es ist erlaubt, ihn hierher mitzubringen. Ich wollte ihn nicht so lange im Auto sitzen lassen.«

»Geht schon in Ordnung.« Fiete lächelte verhalten. »Das ist also der lütte Duke, von dem Henning dauernd redet. Dann müssen Sie Caroline sein. Der Junge schwärmt in einer Tour von Ihnen.«

Mit einem energischen Räuspern trat Henning unter Auto und Hebebühne hervor. »Hallo, Caroline, hallo, Duke! Fiete, übertreib bitte nicht so.«

»Mach ich nicht, keine Sorge, min Jung. Aber kümmre dich mal ruhig selbst um deinen Besuch.« Er nickte Caroline mit einem verschmitzten Lächeln zu. »Sie sind die Erste, die den Kerl heute von dem alten Käferchen weglockt. Dabei bastelt er schon seit Stunden daran herum. Mach ruhig mal Pause.« Damit begab Fiete sich wieder in die hintere Ecke der geräumigen Werkstatt. Augenblicke später kreischte die Flex wieder los. Der King verkündete *It's now or never!*

»Hallo. Guten Morgen, meine ich.« Caroline wirkte etwas verlegen, ganz im Gegensatz zu Duke, dessen Rute wie wild hin und her schwang und der in dem Moment, da Caroline ihm mehr Leine gab, auf Henning zu sprang und ihn stürmisch begrüßte und abzuschlecken versuchte.

Nur hallo? Caroline untertreibt aber gewaltig. Hallo, hallo, hallo trifft es viel besser. Hach, ich freue mich so, dich zu sehen, Henning! Du warst schon so lange nicht mehr bei mir zu Besuch. Ich hatte schon Angst, dass du genauso für immer weg bist wie mein altes Herrchen. Zweimal will ich das nicht erleben, das steht fest. Aber jetzt bist du ja hier, und alles ist gut. Was ist? Machen wir alle zusammen einen großen Spaziergang?

»He, he, nicht so wild!« Lachend wehrte Henning den übermütigen Rottweiler ab und verhinderte gerade noch, dass dieser ihn ansprang. »Ja, ja, ich freue mich auch, dich zu sehen. Ganz doll sogar.« Er kraulte Duke kräftig hinter den Ohren, dann richtete er sich wieder auf und mustert Caroline aufmerksam. Sie schien immer noch aufgebracht zu sein. Eine fast unmerkliche Aura von Zorn umgab sie, die nicht ganz mit ihrer offensichtlichen Verlegenheit zusammenpasste. Da er nicht vorhatte, es ihr zu leicht zu machen, wartete er nur schweigend, was sie zu sagen hatte.

Zunächst lauschte sie sichtlich irritiert der Musik, die aus der Werkstatt zu vernehmen war. »Das ist doch Elvis Presley, oder? Singt er da gerade *Muss i denn zum Städtele hinaus*?« Unterschwelliges Entsetzen schwang in ihrer Stimme mit.

Standhaft verkniff Henning sich ein Grinsen. »*Wooden heart*. Ein Klassiker.«

»Ach.«

»Okay, vielleicht nicht gerade eine seiner Sternstunden.«

»Hm, ja. Also nein, wohl nicht.« Sie spielte an der Leine herum, während Duke eifrig an Hennings Hosenbeinen und Schuhen schnüffelte. »Ich bin hier, weil … äh …«

»Äh?«

»Ja … Ölwechsel.«

»Ölwechsel?«

Sie nickte unbestimmt. »Mein Auto braucht, glaube ich, einen. Steht zumindest in der Betriebsanleitung. Spätestens alle fünfzehntausend Kilometer.«

Er warf einen Blick auf ihren noch recht neuen roten Opel Corsa. »Hat sich die Betriebsleuchte gemeldet? Oder die Info-Anzeige?«

»Äh …« Sie runzelte die Stirn. »Ich glaube, nicht.«

Nun hätte er doch beinahe gelacht. »Dann hast du noch ein bisschen Galgenfrist.«

»Galgenfrist?«

»Ein Ölwechsel ist nicht nötig. Dein Auto kennt die Intervalle, in denen ein Service notwendig ist. Aber das weißt du selbst.« Davon ging er aus, denn diese Frau war in allen Lebenslagen kompetent, also auch, wenn es um ihren fahrbaren Untersatz ging. »Weshalb bist du wirklich hier?«

Sie schluckte, dann atmete sie hörbar ein und wieder aus. »Tut mir leid, dass ich dich gestern so angefahren habe. Ich war nur so sauer.«

»Auf mich?« Er hätte sie gerne berührt, unterließ es jedoch, denn er war nicht gerade sauber, und technisch gesehen stritten sie eigentlich noch. »Ich wollte euch nicht mit dem Vertrag überfahren oder so etwas. Aber nachdem euch diese Sache mit der Insolvenz all eure Pläne durchkreuzt hat, fand ich einfach, das sollte nicht noch einmal passieren. Wenn euch das nicht recht ist, braucht ihr nicht darauf einzugehen.«

»Nein.« Caroline wirkte alles andere als glücklich. »Ich bin … Ich war nicht wirklich auf dich sauer. Ich habe es nur an dir ausgelassen.« Sie biss sich auf die Unterlippe, sprach dann aber weiter: »Ich war am Sonntag bei meinen Eltern zum gemütlichen Sonntagskaffee eingeladen.«

»Warum klingt das so, als sei es ganz und gar nicht gemütlich gewesen?«

»Weil es das nicht war.«

Er sah sich kurz prüfend um. »Lass uns ein paar Schritte gehen. Hier drinnen redet es sich auch nicht gerade bequem. Fiete?«

»Jo!«, schallte es aus dem hinteren Werkstattbereich.

»Ich bin mal für eine halbe Stunde weg.«

»Schon klar. Viel Spaß.«

Schmunzelnd bedeutete Henning Caroline, die Werkstatt zu verlassen. Draußen nahm er ihr die Leine ab und übernahm die Führung bis zu einem winzigen Hexenhäuschen eine Straße weiter. Das alte Fachwerkgebäude wirkte wie ein Fremdkörper inmitten des modernen Gewerbegebiets mit seinen Handwerksbetrieben, dem Baumarkt, den diversen Supermärkten, Discountern, Schuh- und Bekleidungsläden großer Ketten. Der einzige Hinweis darauf, dass das Häuschen nicht völlig aus der Zeit gefallen war, fand sich über der Eingangstür. Dort hing ein ovales Schild, auf dem auf weißem Grund in Regenbogenfarben *Albertas Pfannkuchenhaus* stand. Die Inhaberin, die bis vor achtzehn oder neunzehn Jahren noch ein Inhaber – Albert – gewesen war, hatte in dem Hexenhäuschen eine Anlaufstelle für alle geschaffen, die Pfannkuchen, amerikanische Pancakes und Waffeln liebten und während einer Einkaufstour ganz sicher irgendwann hungrig wurden. Der Zulauf an Kundschaft war groß, obgleich Alberta sie sich mit McDonalds, Burger King und Kentucky Fried Chicken teilen musste. Aber es kamen viele Angestellte in den diversen Handwerksbetrieben ringsum regelmäßig in ihrer Frühstücks- oder Mittagspause hierher, um sich den Pfannkuchen des Tages schmecken zu lassen.

Als sie das Pfannkuchenhaus betraten, saßen an zwei Tischen neben der Tür je drei Gäste, die übrigen Tische waren noch frei.

»Moin Moin!«, grüßte Alberta mit einem heiteren Lächeln. Sie war eine mittelgroße, zierliche Person mit schwarzen, wallenden Locken, die sie zu einem Pferdeschwanz zurückgebunden trug. Ihr Outfit bestand aus einer schwarzen, mit Nieten besetzten Lederhose, einem pinkfarbenen T-Shirt, auf dem ein feuerspeiender Drache aufgedruckt war, und einer zweireihigen langen Silberkette, an deren Ende, auf Höhe der wohlgeformten Brüste, ein Anhänger baumelte, der ein Engelchen und ein Teufelchen zeigte, die miteinander tanzten. »Henning, was führt dich denn zu derart früher Stunde in meine bescheidene Hütte?« Alberta lachte ein wenig heiser. Ihre Stimme hätte wahrscheinlich jedem Sex-Callcenter-Inhaber freudig blinkende Eurozeichen in die Augen gezaubert. Dabei wirkte sie wie stets interessiert und warmherzig, als sie sich nun auch an Caroline wandte. »Moin, Carolinchen. Wie geht's? Und wen habt ihr da mitgebracht?« Mit leuchtenden Augen kam sie hinter ihrem Verkaufstresen hervor. »Ich liebe Hunde! Du bist aber ein Prachtexemplar. Als der liebe Gott die Größe verteilt hat, hast du gleich zweimal Hier gerufen, was? Seht euch nur den Kopf an! Unglaublich. Darf ich dich streicheln, Süßer?« Fragend blickte sie von Caroline zu Henning. »Darf ich?«

Klar, von mir aus. Du wirkst nett und riechst gut nach süßen Leckereien. Lass mich mal ein bisschen genauer schnuppern.

»Huch!« Alberta kicherte, als Duke sie beschnüffelte, dabei heftig mit der Rute wedelte und sie immer wieder mit seinem schweren Kopf anstieß.

»Ich glaube, er hat dir gerade seine Antwort gegeben!« Schmunzelnd, aber dennoch wachsam behielt Henning den Rottweiler im Auge. »Manchmal ist er ein bisschen schreckhaft, aber ansonsten war er bisher immer ganz umgänglich.«

»Süßer. Süßer! SÜSSER!«, schallte es plötzlich in hoher, krächzender Tonlage durch den Gastraum. Und gleich darauf: »Haaalt den Schnabel, du Sabbelbüchs!«

Hä? Was? Wuff? Was war das denn? Hilfe! Duke zuckte heftig zusammen, bellte und raste los, einmal quer durch den Raum und durch die Saloontür, hinter der es zu den Toiletten ging. *Volle Manndeckung, äh, Hundedeckung! Da ist irgendwas Gefährliches, Lautes, das man nicht sehen kann!*

»Duke!« Verblüfft blickte Henning auf die heftig vor- und zurückschwingende Saloontür.

»Um Himmels willen, komm zurück!« Caroline rannte hinter dem Hund her. »Duke! Es ist doch alles gut. Komm zu mir. Wo steckst du denn?« Sie blieb stehen und drehte sich zu Alberta um. »Er kann hier aber nirgends raus, oder?«

»Nein, keine Sorge, die Türen hinten sind alle zu.« Halb erheitert, halb besorgt, trat Alberta an die riesige Voliere neben dem Tresen, in der zwei rabenschwarze Mynah-Vögel, eine besonders sprachbegabte Starenart, saßen. »Blacky, Sherlock, was macht ihr denn? Wie oft habe ich euch schon gesagt, ihr sollt mir meine Gäste nicht so erschrecken.« Achselzuckend drehte sie sich zu Henning um. »Entschuldigt. Das tun die beiden immer, wenn Hunde hier hereinkommen und ich mich zu lange mit ihnen befasse. Die zwei sind scheußlich eifersüchtig. Wahrscheinlich liegt es daran, dass ich sie aus diesem völlig verwahrlosten Zirkus gerettet und mich danach so intensiv um sie gekümmert habe. Vor allem ihren Wortschatz musste ich aufpolieren. Ihr glaubt gar nicht, was die beiden an Obszönitäten draufhatten. Unerhört. Manchmal entschlüpft ihnen heute noch der eine oder andere wenig salonfähige Satz, meist natürlich genau in den unpassendsten Momenten. Na ja, wahrscheinlich denken sie jetzt, sie seien die einzigen Tiere auf der Welt, die ein Anrecht auf mich haben.«

»Alberta ist lieb!«, zwitscherte Sherlock prompt.

Henning grinste.

Alberta räusperte sich. »Ich schwöre, das habe ich ihm nicht beigebracht.«

»Natürlich nicht.«

»Alberta, Kundschaft! Nicht labern, sondern arbeiten!«, wettete Blacky und plusterte sich auf.

»Zu Befehl, Captain.« Alberta salutierte vor der Voliere und erntete dafür ein zweistimmiges Krächzen, das Henning frappierend an seine alten *Die drei???*-Hörspiele erinnerte, in denen es ja ebenfalls einen sprechenden Mynah-Vogel gab. Soweit er wusste, hatte Alberta die beiden Vögel sogar nach denen in der Folge *Der Superpapagei* benannt.

Ehe er etwas darüber anmerken konnte, kehrte Caroline mit Duke zurück in den Gastraum. »Er hatte sich im Keller versteckt.«

»Oh, hatte ich die Tür offen gelassen?« Alberta beugte sich zu Duke hinab. »Tut mir leid, Kumpel. Die beiden meinen es nicht so.«

»Schisser!«, krakeelte Sherlock.

»Hasenfuß!«, fiel Blacky mit ein.

»Ruhe, ihr zwei!«, schalt Alberta und drohte den beiden lachend mit dem Zeigefinger. »Haltet gefälligst eure Schnäbel. Wenn ihr euch nicht anständig benehmen könnt, ziehe ich den Vorhang hier zu. Dann ist es für euch gleich zappenduster.«

»Zappenduster!« Blacky klang regelrecht kleinlaut.

»Sherlock ist lieb, Blacky ist ein Schatz!«, kam es schmeichlerisch von Blacky.

»Ja, klar, jetzt auf einmal.« Kopfschüttelnd wandte Alberta sich von der Voliere ab. »Setzt euch doch jetzt erst mal. Möchtet ihr einen Kaffee? Kakao? Etwas ganz anderes? Die Menükarten liegen auf den Tischen.«

Nachdem sich Henning und Caroline einen Tisch fern von den beiden frechen Vögeln ausgesucht und beide einen Cappuccino sowie Buttermilch-Pancakes mit Ahornsirup und gerösteten Baconstreifen bestellt hatten, schwiegen sie beide für eine Weile, bis Henning das Gespräch von vorhin wieder aufgriff. »Du warst also bei deinen Eltern zu Besuch, aber es war nicht nett.«

Vage nickte Caroline, ohne ihn direkt anzusehen. »Nett sind solche Zusammenkünfte immer nur, solange ich nach den Regeln meiner Eltern spiele. Sie hatten natürlich schon davon gehört, dass wir ...« Sie machte eine unbestimmte Handbewegung. »Von uns.«

»Und das ist nicht gut angekommen«, folgerte Henning.

»Oh doch, und wie!« Caroline verdrehte die Augen. »Mein Vater rief, und ich zitiere: ›Heureka! Endlich bist du zur Vernunft gekommen.‹«

Henning hustete, dann lachte er auf. »Entschuldige, wenn ich in dieser Sache gänzlich der Meinung deines Vaters bin.«

Ihn traf ein Blick, der mörderischer nicht hätte sein können. »Du bist also auch der Ansicht, dass es Zeit wird, meiner fraulichen Bestimmung nachzukommen, möglichst ganz bald zu heiraten, Kinder zu bekommen und dieses alberne Catering-Projekt an den Nagel zu hängen, um mich standesgemäß von meinem reichen Ehemann aushalten zu lassen? Noch dazu einem aus altem Lichterhavener Adel. Wie fein!«

»Wie bitte?« Das Lachen blieb ihm im Hals stecken. »Das hat dein Vater gesagt?«

»Nein, das war jetzt kein Zitat mehr, sondern meine Interpretation der guten Ratschläge, die mich ereilt haben, nachdem Mama mich ernstlich ermahnt hat, mich auf keine intimen Handlungen einzulassen, solange ich nicht wenigstens einen Verlobungsring am Finger trage.«

»Das ist nicht dein Ernst.« Henning sah sie prüfend an, um herauszufinden, ob sie übertrieb oder wirklich meinte, was sie sagte. Da sie jedoch keine Miene verzog, schüttelte er schließlich verständnislos den Kopf. »So altmodisch kann doch im einundzwanzigsten Jahrhundert niemand mehr sein.«

»Sollte man meinen, nicht wahr?« Seufzend legte Caroline den Kopf in den Nacken. »Ich hätte ihnen nicht auf den Leim gehen dürfen. Sie waren so begeistert ... Nicht davon, dass man mich in aller Öffentlichkeit mit zerrissener Bluse und in deinem Hemd bestaunen durfte, während du ...« Wieder machte sie eine unbestimmte Handbewegung. »Das war selbstverständlich ein Fauxpas, den ich Pfarrer Dietrichsen zu beichten habe. Mama wollte mir schon den Kalender mit den Beichtterminen heraussuchen. Aber dass ich mir einen reichen, gut aussehenden Mann geangelt habe, der mich zukünftig auf Händen tragen darf, war ganz in ihrem Sinne. Papa lässt übrigens fragen, ob du auch jetzt noch günstig an Karten für die Formel-1-Rennen auf dem Hockenheimring oder dem Nürburgring kommst.«

»Ich habe über das Team *Costales Motors* feste Tribünenplätze, die ich deinem Vater gerne zur Verfügung stelle.«

Erneut traf ihn ein wütender Blick. »Hör auf damit! Das ist doch nur Wasser auf seine Mühlen. Und es würde implizieren, dass ich dich tatsächlich ...«

»Was?«

Sie wich seinem Blick aus. »Dass ich dich mir geangelt habe. Was nicht der Fall ist.« Einen Moment lang herrschte Schweigen zwischen ihnen, das von Alberta unterbrochen wurde, die ihnen die bestellten Speisen und Getränke servierte.

»Lasst es euch schmecken!« Sie lächelte ihnen warm zu. »Und macht ein fröhliches Gesicht. Ihr seid so ein hübsches Paar, dazu passen die ernsten Mienen überhaupt nicht. Oder habt ihr euch gezankt? Dann müsst ihr euch umgehend wieder versöhnen, denn alles andere ist schlecht für mein Geschäft.« Mit einem Zwinkern wandte sie sich zum Gehen, hielt aber noch kurz inne, um Duke über den Kopf zu streicheln. »Weißt du was, du bekommst von mir jetzt eine Schüssel Wasser. Hundekuchen habe ich leider keine. Vielleicht sollte ich mal recherchieren, ob es auch Pfannkuchen für Hunde gibt. Das wäre eine völlig neue Geschäftsidee! Ja, das notiere ich mir gleich mal!«

»Verräter!«, kreischte Blacky und schlug aufgebracht mit den Flügeln.

»Pissnelke!«, fiel Sherlock in das Gezeter mit ein.

Duke verkroch sich unter dem Tisch.

»Also wirklich!« Alberta schoss erboste Blicke auf die beiden Vögel ab. »Solche Ausdrücke will ich nicht noch einmal hören! Sonst … ihr wisst schon.« Sie zupfte an dem dichten Vorhang, mit dem man die Voliere verdunkeln konnte. »Zappenduster!«

»Blacky ist sooo lieb!« – »Sherlock ist der größte Schatz!« Beide Vögel klangen sofort wieder kleinlaut und schmeichlerisch.

»Von wegen.« Kopfschüttelnd brachte Alberta Duke eine Schüssel mit frischem Leitungswasser. »Hey, du brauchst dich nicht unter dem Tisch zu verstecken. Die beiden tun dir schon nichts. Sie haben bloß eine verdammt große Klappe.« Sie lächelte Henning und Caroline noch mal zu. »Wohl bekomm's. Und nicht vergessen: Lächelt und habt euch lieb!« Da in diesem Moment neue Kundschaft eintrat, hastete Alberta hinter ihren Tresen zurück.

»Wundervoll«, murmelte Caroline. »Sie jetzt auch noch.«

»Nimm es dir nicht so zu Herzen.« Mutig berührte Henning sie an der Hand. »Sie meint es nur gut. Deine Eltern vermutlich ebenfalls, auch wenn mir schleierhaft ist, wie sie ihre eigene Tochter so wenig kennen können!«

»Sie sehen die Welt so, wie sie sie für richtig halten.« Caroline griff nach ihrer Gabel und zupfte damit ein Stückchen Pancake von dem dekorativen Stapel auf ihrem Teller. »Als hätte ich es nötig, mir einen Mann zu angeln. Dich schon mal gar nicht. Habe ich nicht und werde ich niemals.« Den letzten Satz hatte sie nur gemurmelt – mehr zu sich selbst als an ihn gerichtet.

»Weißt du …« Er wusste, er ging ein Risiko ein, doch wie der King vorhin gesungen hatte: It's now or never! »Ich glaube, das hast du sehr wohl getan.«

»Was?« Ruckartig hob sie den Kopf.

»Mich geangelt. Wenn auch vollkommen unbeabsichtigt.

Und jetzt hänge ich am Haken und komme nicht mehr von dir los.«

»Das ist der größte Quatsch, den du jemals von dir gegeben hast!« Zwar klang Caroline erwartungsgemäß verärgert, jedoch vermeinte er auch einen Hauch Verunsicherung in ihrem Blick wahrzunehmen. Auch wenn die Gefahr längst nicht gebannt war, umfasste er nun vorsichtig ihre Hand. »Du warst also auf deine Eltern wütend, weil sie die Sache zwischen uns teilweise falsch gedeutet haben.«

»Teilweise?« Misstrauisch beäugte sie ihre Hand in seiner.

»Nun ja, dass sich etwas zwischen uns abspielt, willst du doch wohl nicht etwa leugnen.«

»Nein, aber ...«

»Gut.« Sein Herz machte einen höchst angenehmen Satz. »Der Rest lässt sich doch ganz leicht klären; in einem Gespräch oder einfach, indem wir deinen Eltern zeigen, wie es wirklich zwischen uns läuft.«

»Und wie läuft es wirklich?« Ihre Finger zuckten leicht in seinen.

»So, wie wir wollen.« Er drückte ihre Hand. »Unser Leben, unsere Regeln.«

»Ich war auf mich selbst wütend.« Nun sichtlich verlegen entzog sie ihm ihre Hand wieder. »Weil ich wieder mal in der irrigen Annahme, etwas zu erreichen, versucht habe, ihnen meinen Standpunkt klarzumachen. Am Ende waren alle beleidigt, und meine Mutter hat die Waffe Nummer eins gezückt.«

»Schuldgefühle?«

Überrascht erwiderte sie seinen Blick.

Er schmunzelte. »Die hat meine Mutter auch drauf. Allerdings so subtil, dass du es erst bemerkst, wenn du bereits alle ihre Wünsche erfüllt hast.«

»Von Subtilität ist meine Mutter weit entfernt. Sie hat mir auf den Kopf zugesagt, dass sie nicht jünger wird und

Enkelkinder haben will, wenn ich ihr und Papa schon sonst alle Wünsche bezüglich meines Lebens zu verweigern gedenke.«

»Autsch!«

»Und dass ich froh sein soll, dass überhaupt ein Mann, noch dazu einer wie du, der an jedem Finger zehn Frauen haben kann, Interesse an mir zeigt, obwohl ich mich so fürchterlich unweiblich aufführe. Selbst Ella hat sie noch in den Ring geworfen.«

»Wieso Ella?« Henning hatte nach seiner Tasse greifen wollen, unterließ es nun aber.

»Weil selbst sie jetzt häuslich geworden ist. O-Ton meine Mutter. Als ich ihr zu erklären versucht habe, dass Ella trotz ihrer Beziehung mit Jörn immer noch mit uns zusammenarbeitet und auch nicht vorhat, die *Foodsisters* aufzugeben, meinte mein Vater bloß, das käme noch. Spätestens, wenn die beiden verheiratet sind und Kinder kriegen, würde sie vernünftig werden. Immerhin ist Jörn der Ernährer und hat mit seinem Fischereibetrieb und den Ausflugskuttern so viel zu tun, dass man ihm das Hüten und die Erziehung der Kinder nicht auch noch zumuten könne. Also würde Ella bestimmt in absehbarer Zeit ihre Rolle als Ehefrau und Mutter wahrnehmen. Sie könne ja, wenn die Kinder groß sind, in Jörns Betrieb aushelfen, wenn ihr langweilig wird.« Carolines Stimme nahm einen bitteren Ton an. »Schau nicht so. Das ist es, was meine Eltern wirklich denken – und von mir erwarten. Ich konnte am Ende nichts anderes tun, als die Kaffeetafel zu verlassen und die Tür hinter mir zuzuknallen. Ich weiß, wie unreif das war, aber es ist einfach …«

»… verständlich.« Henning fing ihre Hand erneut ein und drückte sie. »Wenn ich das alles richtig verstehe, warst du also gestern wütend auf dich selbst, weil du aus dieser verfahrenen Situation mit deinen Eltern nicht ohne Hilfe wieder herausgefunden hast und in, ich vermute mal, altbekannte Muster verfallen bist.«

Caroline senkte den Kopf und stocherte in ihren Pancakes herum. »Kindisch, ich weiß.«

»Und dann kam ich gestern mit Maik daher, und es sah für dich so aus, als würde ich … ja, was tun?«

Ohne von ihrem Teller aufzusehen, hob sie die Schultern. »Ich weiß auch nicht. Du hattest am vergangenen Samstag noch gesagt, dass du keine Forderungen an mich stellst. Dann sah es gestern so aus, als ob du uns plötzlich total überfahren … oder übergehen und, na ja, irgendwie deinen Willen durchsetzen wolltest.«

»Wollte ich ja auch.« Als Caroline ihn entgeistert anstarrte, lächelte er leicht. »Nur dass das, was ich will, etwas anderes ist, als du dachtest, nicht wahr? Ich halte mein Wort, Caroline. Ihr habt völlig freie Hand im *Bootshaus*. Wenn ich irgendwie helfen kann, tue ich es gerne, aber ich bin und war zu keiner Zeit der Ansicht, dass ihr drei das nicht auch ohne meine Wenigkeit schaffen könnt.«

»Können wir doch nicht.« Sie warf einen Blick auf ihre Hand in seiner, doch diesmal entzog sie sie ihm nicht. »Ohne dein verdammtes Geld wäre das alles nur Utopie.«

»Ihr hättet euch auch einen anderen Investor suchen können.« Er blieb völlig ruhig und ernst. »So ungewöhnlich ist diese Vorgehensweise doch nicht. Ihr seid nur bislang nicht auf die Idee gekommen.«

»Einen anderen Investor?« Sichtlich verblüfft kaute Caroline auf diesem Gedanken und einem Stück Pancake herum.

»Es gibt sogar Fernsehsendungen, in denen es nur darum geht.« Noch einmal drückte er kurz ihre Hand, dann ließ er sie los und widmete sich endlich seinem Teller. Die Pancakes waren inzwischen abgekühlt, schmeckten aber dennoch hervorragend. »Der Unterschied zwischen mir und einem anderen Investor ist nur, dass ich nicht nur ein geschäftliches, sondern auch ein persönliches Interesse am Gelingen dieses Projekts habe.«

Sie lächelte schwach. »Das ist jetzt also ein Projekt für dich?«

»Wenn du so willst. Ich weiß, was die *Foodsisters* dir – oder vielmehr euch – bedeuten. Himmel, ich selbst habe eine Menge aufgegeben, um meinen eigenen Traum zu verfolgen. Ich weiß wohl am besten, wie so etwas ist.« Er hielt kurz inne. »Eine Bitte hätte ich aber an dich.«

Sie schluckte den letzten Bissen ihres Pancakes hinunter und legte das Besteck auf den Teller. »Welche?«

»Bitte verfolge immer deine Träume, aber …« Sein Herz schickte sich an, einen Purzelbaum zu schlagen. »Gib mir – uns – bitte auch eine Chance. Ich weiß, ich bin nicht gerade der Prototyp deines Traummanns, aber zwischen uns ist etwas, und ich würde gerne in Erfahrung bringen, was genau es ist. Nimm nicht nur deshalb davon Abstand, weil es etwas sein könnte, das deinen Eltern gut gefällt. Das wäre nicht fair.«

»Ich weiß.« Sie hielt seinem Blick stand, und wenn er sich nicht sehr täuschte, pochte ihre Halsschlagader ziemlich heftig. Dem Purzelbaum folgte ein zweiter.

»Und jetzt verrätst du mir vor dem Ende meiner Frühstückspause noch, weshalb du glaubtest, in aller Herrgottsfrühe einen Ölwechsel machen lassen zu müssen.« Er konnte sehen, wie die Verlegenheit zurückkehrte, doch Caroline hatte sich erstaunlich schnell wieder im Griff. Deshalb grinste er heiter. »Was ist los?«

»Weißt du eigentlich, dass dein Übernachtungsgast Carina sich bereits als zukünftige Hausherrin des Magnusson-Anwesens sieht?«

Er hatte mit allem Möglichen gerechnet, doch ganz sicher nicht mit dieser Frage. »Du warst bei mir zu Hause?«

Ihre Miene war undurchdringlich. »Ich konnte ja nicht wissen, dass du so früh schon hier in der Werkstatt sein würdest.«

»Ich bin ein Morgenmensch.« Er schob seinen leeren Teller etwas von sich und signalisierte Alberta, dass sie zahlen wollten. »Mein Training ging morgens um sechs Uhr los. Alte Gewohnheiten legt man nur schwer ab.« Als ihm bewusst wurde, dass seine Worte missverständlich formuliert waren, fügte er rasch hinzu: »Es gehörte nie zu meinen Gewohnheiten, mit zwei Frauen gleichzeitig ... Du weißt schon. Nur, damit das klar ist.«

Caroline ging nicht darauf ein, doch ein seltsamer Ausdruck huschte über ihr Gesicht, der ihn neugierig machte. »Ich nehme an, Carina gehört zu Maik Zengler.« Auch ihre Stimme klang merkwürdig.

Da Alberta an den Tisch kam, um zu kassieren, wurden sie unterbrochen. Diesmal zahlten sie getrennt, auch wenn Henning gerne die Rechnung übernommen hätte. Er kannte Caroline jedoch inzwischen gut genug, um zu erkennen, dass sie diese Unabhängigkeit brauchte. Speziell dann, wenn irgendetwas zwischen ihnen stand. Und das war ganz offensichtlich der Fall.

Duke gähnte ausgiebig, als sie aufstanden, um *Albertas Pfannkuchenhaus* zu verlassen. Er schlabberte rasch noch etwas von dem Wasser aus der Schüssel, dann trabte er sichtlich gut gelaunt neben Henning her zur Tür.

»Tschüssiii!«, krakeelte Sherlock.

»Beehren Sie uns bald wieder!«, fügte Blacky süffisant hinzu.

Duke zuckte zusammen, drehte den Vögeln den Kopf zu und knurrte ungehalten. *Ihr zwei könnt mich mal ... am Abend besuchen. Ach nee, geht ja nicht, denn ihr seid ja eingesperrt. Ätsch!*

Alberta gluckste. »Sieh mal einer an. Euer Duke ist ja

plötzlich ganz mutig.« Sie lächelte Duke zu. »Recht so. Lass dir von den beiden Dösköppen nichts gefallen.«

Wuff. Duke wedelte mit der Rute.

Henning grinste, und auch Caroline schmunzelte überrascht. Erst als sie wieder in Richtung Werkstatt gingen, griff er den Faden wieder auf. »Carina gehört streng genommen zu niemandem. Ich war gestern mit Maik im *Krabbenkutter* essen und danach noch am Hafen, um ihm die Schönheiten von Lichterhaven zu zeigen.«

»Die weiblichen Schönheiten?«

Er nickte. »Ich mache mir Sorgen um ihn. Er sieht nicht gut aus, und so wie gestern im Gemeindehaus habe ich ihn auch noch nicht erlebt. Er ist normalerweise viel diplomatischer.«

»Hannah hat ihn provoziert. Sie hasst es wie die Pest, unterschätzt und für ein junges Mädchen gehalten zu werden. Er hat einen Nerv bei ihr getroffen, wohl weil er auch noch so schroff reagiert hat. Höflich geht eindeutig anders.«

»Ich weiß. Wie gesagt, so kenne ich ihn nicht. Er scheint ziemlich überarbeitet zu sein. Oder Schlimmeres. Wenn er so weitermacht, ist ein Burnout vorprogrammiert. Wenn er nicht schon längst einen hat.«

»Und da dachtest du, ein One-Night-Stand wird es schon richten?« Caroline verzog grimmig das Gesicht. »Warum überrascht mich das nicht?«

»Hey!« In einer beschwichtigenden Geste hob Henning beide Hände und ruckelte dabei versehentlich an Dukes Leine. »Sorry, Kumpel.« Er sah Caroline von der Seite an. »Das muss dich nicht überraschen. Maik ist ungebunden, Carina ebenfalls. Mein Freund brauchte definitiv eine kleine Ablenkung und … Entspannung. Ich glaube allerdings nicht, dass dieser One-Night-Stand sein Problem löst. Er braucht Urlaub, und ich fürchte, mit dieser Teilhaberschaft an der Kanzlei hat er sich keinen großen Gefallen getan. Wahrscheinlich sollte ich noch mal mit ihm darüber reden.«

»Ja, wahrscheinlich, wenn es so schlimm ist, wie du glaubst.«

»Carina war also noch im Haus? Ohne Maik?«

Caroline nickte, hob dann aber die Schultern. »Ob Maik noch da war, weiß ich nicht. Sein Auto habe ich nicht gesehen.«

»Dann war er schon weg. Ich bin um kurz vor halb sieben zur Werkstatt gefahren, da waren er und Carina schon wach.«

»Zu mir hat sie gesagt, sie sei gerade erst aufgestanden.« Vor der Werkstatt angekommen, blieb Caroline stehen und nahm ihm die Hundeleine ab. »Stört es dich nicht, dass eine fremde Frau bei dir zu Hause allein ist?«

»Und sich als neue Hausherrin ausgibt, meinst du?«

»Sie könnte dich bestehlen. In deinen Sachen wühlen …«

»Ich habe mir ihren Personalausweis zeigen lassen.« Er lächelte vielsagend. »Und überall dort, wo es etwas von Wert zu durchwühlen oder zu stehlen gibt, habe ich Überwachungskameras und Sicherheitsschlösser angebracht. Und das weiß sie.«

»Ach.« Verblüfft hob sie den Kopf.

»So klug war ich nicht immer.« Ein trockenes Lachen folgte dieser Feststellung. »Aber ich bin es jetzt. Also nein, es stört mich nicht wirklich, wenn jemand wie Carina sich ein paar Stunden allein in meinem Haus aufhält.« Kurz hielt er inne. »Aber dich stört es.«

»Warum sollte es?« Carolines Gesichtsausdruck wurde wieder undurchdringlich. »Ich habe mich nur gewundert.«

»Wenn du dich nur gewundert hättest, wärst du nicht hierhergekommen.« Er trat nah an sie heran. »Vielleicht hättest du angerufen … oder einfach nur die Schultern darüber gezuckt.« Sanft legte er seine Arme um ihre Hüften. »Warst du eifersüchtig?«

»Nein.« Sie wirkte wie ertappt, wich seinem Blick aus. »Mist. Genau in diese Falle wollte ich nicht hineintappen. Sie hat sich nur so selbstbewusst als deine ... was auch immer aufgespielt. Ich hasse ...« Sie brach ab und blickte mit zusammengepressten Lippen zur Seite. »Vergiss es.«

»Nein, das werde ich nicht.« Er zog sie ein wenig dichter zu sich heran. »Was hasst du?«

Sie wich seinem Blick beharrlich weiter aus. »Frauen wie sie. Die so perfekt sind, dass es einem Magenkrämpfe bereitet. Und dann tut sie auch noch aus Bosheit oder warum auch immer so, als ob sie ... Sie wusste, dass ich zu dir wollte, und hat ...«

»... so getan, als hätte sie mit mir die Nacht verbracht«, vervollständigte Henning stirnrunzelnd den Satz. »Ich weiß nicht, warum sie das getan hat. Vielleicht hat sie sich von dir bedroht gefühlt.«

»Von mir doch nicht!«

»Warum denn nicht? Du bist eine wunderschöne, selbstbewusste Frau, die offensichtlich eng mit mir in Verbindung steht, sonst wärst du ja nicht so früh am Morgen bei mir aufgekreuzt. Da dachte sie vielleicht, sie müsse dir etwas vorspielen, um dich einzuschüchtern. Manche Fans sind leider so. Ich könnte dir da Geschichten erzählen!« Er schüttelte leicht den Kopf. »Prominent zu sein bedeutet leider auch, viel Zeit im Haifischbecken zu verbringen.« Er legte Caroline zärtlich eine Hand an die Wange. »Eins weiß ich aber ganz sicher: Carina ist nicht perfekt, sonst hätte sie es nicht nötig, sich dir gegenüber so gemein zu verhalten. Auch wenn sie mir damit das Vergnügen verschafft hat, meine Frühstückspause mit dir zu verbringen.« Er näherte sich langsam ihrem Gesicht, und da sie nicht auswich, lächelte er. »Und ich weiß jetzt, dass du ein ganz winziges bisschen eifersüchtig warst. Auch wenn es unnötig war.« Sachte, nur ganz kurz, berührte er mit seinen Lippen die ihren und spürte, wie sein Puls sich angenehm beschleunigte und in seinem Bauch ein Helikopter abhob. »Ich würde niemals eine andere Frau auch nur ansehen, wenn ich die Hoffnung habe, dich davon überzeugen zu können, dass du perfekt bist.«

Sie atmete etwas unstet ein und wieder aus. »Hör auf, so was zu behaupten. Ich bin nicht perfekt.«

»Für mich schon!« Abwartend verharrte er dicht bei ihrem Mund, bis sie ihm entgegenkam und ihre Lippen sich erneut berührten. Ihm wurde warm; er zog sie fest in seine Arme und intensivierte den Kuss. In diesem Moment tauchte Fiete neben ihnen auf und hüstelte verlegen.

»Ich störe ja nicht gerne, aber vorhin hat schon zweimal ein gewisser James angerufen und nach dir verlangt. Irgendwas wegen einer Corvette, die du ihm versprochen hast.«

Widerstrebend löste Henning sich von Caroline. »Entschuldige. Ich muss wohl ...« Sein Handy klingelte. Als er einen Blick aufs Display warf, verdrehte er die Augen. »Hast du ihm meine Handynummer gegeben?«

»Er meinte, es sei dringend«, verteidigte Fiete sich mit erhobenen Händen. »In einem verteufelt schwer zu verstehenden englischen Dialekt.«

»Für James ist immer alles dringend.« Seufzend wandte er sich wieder an Caroline. »Ich muss.«

»Ja, ich auch. Ich muss gleich zur Arbeit.« Sie wollte sich schon abwenden, doch er hielt sie zurück. »Ich melde mich heute Nachmittag bei dir.« Dann wuschelte er Duke über den Kopf. »Macht's gut, ihr zwei. Duke, pass gut auf Caroline auf.«

Na klar, selbstverständlich.

Henning nahm das Gespräch an. »Hi James, how are you? Long time no see.«

Während er der Tirade seines ehemaligen Kollegen James Montgomery lauschte, blickte er Caroline nach, die mit Duke zu ihrem Auto ging, ihn auf der Rückbank mit einem speziellen Hundegurt anschnallte und schließlich davonfuhr. Als er das Gespräch beendete, stand Fiete noch immer neben ihm, die Hände in den Taschen seiner Arbeitshose vergraben.

»Smucke Deern.«

Henning lächelte. »Ich weiß.«

»Haste dir gut ausgesucht. Sollteste behalten.«

Hennings Lächeln wich einer ernsten Miene. »Wenn sie mich lässt.«

»An so was muss man arbeiten.« Fiete klopfte ihm auf die Schulter. »Ein Leben lang, wenn's möglich ist.« Da Henning wusste, dass Fiete vor einigen Jahren seine Frau an den Krebs verloren hatte, nickte er nur und ging nicht weiter darauf ein.

»Hab ein gutes Gefühl bei euch.« Mit einem knappen Nicken wandte Fiete sich ab und verschwand wieder im hinteren Werkstattbereich.

Henning hätte sich zu gerne wieder dem Käfer gewidmet, doch zuerst musste er in sein Büro im oberen Stockwerk und sich um die Sache mit der Corvette kümmern.

18. Kapitel

Es war kurz vor zehn Uhr am darauffolgenden Vormittag, als Caroline und Duke den Deichweg über eine der Treppen seewärts verließen und auf einem Pfad zwischen den gepflegten Liegewiesen auf den Uferweg zusteuerten. Duke hatte ein wenig die Ohren angelegt, weil ihm die Nordsee so aus der Nähe nach wie vor nicht geheuer zu sein schien. Schon gar nicht, wenn, wie jetzt gerade, die Flut ihren Höchststand erreicht hatte. Da Caroline aber flott voranschritt und das Gesicht lächelnd der Sonne entgegenstreckte, die auch am heutigen Samstag ihr Bestes gab, den Sommer in Lichterhaven mit ihrer uneingeschränkten Anwesenheit zu beehren, folgte der Rottweiler ihr ohne Proteste. Eine nicht zu kräftige Brise sorgte dafür, dass die Temperatur die Fünfundzwanzig-Grad-Marke heute wohl nicht überschreiten würde. Ausgezeichnetes Wetter für einen Spaziergang, fand Caroline. Am frühen Nachmittag würde sie noch arbeiten müssen. Die *Yoga-Frauen*, wie sich die örtliche Yoga-Gruppe nannte, hatte heute ein Mitgliedertreffen, bei dem über die Kostüme für den Umzug während des Stadtfestes im Juli beraten werden sollte. Die *Foodsisters* waren für das leibliche Wohl der fünfundzwanzig Frauen engagiert worden. Kaffee und Kuchen, Fingerfood und kalte Getränke sowie ein bisschen Blumendeko. Nichts Weltbewegendes. Gestern Abend hatte sie schon einiges vorbereiten können, und den Rest schaffte sie locker, wenn sie gegen Mittag in der Küche verschwand und die noch verbliebenen Kuchen und Cupcakes backte. Gegen sechs oder halb sieben hatte sie dann wieder Feierabend. Ausreichend Zeit, um sich für ihr Date mit Henning um halb acht in der *Seemöwe* fertig zu machen.

Ihr Date! Sie hatte sich doch tatsächlich hinreißen lassen, als er am gestrigen Nachmittag wie versprochen angerufen hatte. So ganz wusste sie immer noch nicht, was sie von sich selbst halten sollte. War sie wirklich so ein schwaches Frauenzimmer, dass sie dem Charme von Henning Magnusson zu erliegen begann?

Nun gut, es war nur ein einfaches Date. Ihr erstes. Erste Dates konnten fürchterlich enden. Und selbst wenn nicht … Was konnte schlimmstenfalls passieren?

Nah an der Ufermauer blieb sie stehen und setzte sich nach kurzem Zögern darauf, den Blick auf die ruhigen, im Licht der Sonne glitzernden Wellen der Nordsee gerichtet. Von den Liegewiesen waren vereinzelt Stimmen und Gelächter der Familien zu vernehmen, die es sich auf Decken oder in Strandkörben bequem gemacht hatten und es sich gut gehen ließen.

Was denn jetzt? Bleiben wir hier? Duke trat ebenfalls an die Ufermauer heran. *Bisschen gruselig, oder? Andererseits … Hier hinter der Mauer kann mir eigentlich nichts passieren. Also, das Wasser riecht interessant, und da sind auch wieder diese verrückten Möwen, die herumschwirren. Denen schaue ich inzwischen echt gerne zu!*

Zu Carolines Überraschung stieg Duke neben ihr mit den Vorderpfoten auf die Ufermauer und sah den Möwen zu, die wie betrunken über dem Wasser taumelten und hin und wieder im Sturzflug einen Leckerbissen ergatterten.

»Tja, Duke.« Sie legte dem Rottweiler eine Hand auf den Rücken. »Was kann schlimmstenfalls passieren?«

Äh, keine Ahnung, was du meinst. Duke warf ihr einen kurzen Blick zu, richtete seine Aufmerksamkeit aber gleich wieder auf die Möwen. *Wie es wohl sein mag, fliegen zu können?*

»Ich sage dir, was schlimmstenfalls passieren kann.« Sie setzte sich so, dass sie die Möwen ebenfalls beobachten konnte. »Ich könnte ...« Sie stockte, ihr Puls beschleunigte sich. »Ich könnte mich in ihn verlieben. In Henning!« Dies laut auszusprechen verursachte ihr ein leichtes Schwindelgefühl. »Wie konnte das nur passieren?«

Ich weiß es nicht. Duke leckte ihr übers Ohr, als sie ihren Arm um ihn legte und sich an ihn lehnte. *Aber ich hab dich gern, hilft dir das irgendwie weiter?*

Sie lachte trocken. »So einfach ist das für dich, ja?«

Ich wüsste nicht, was daran schwierig sein soll.

»Mein Leben lang, oder doch zumindest fast, habe ich mich von ihm ferngehalten. Weil er so ein unglaublich eingebildeter Arsch mit Mega-Ego war. Und jetzt ...« Sie schloss für einen Moment die Augen, und prompt erschien Hennings Gesicht vor ihr. »Habe ich mich wirklich so in ihm geirrt, oder weiß er nur ganz genau, welche Knöpfe er drücken muss, um eine Frau für sich zu begeistern?«

Diese Frage kann ich dir leider nicht beantworten, weil ich sie nicht verstehe. Ich habe dich gern, und ich habe Henning gern. Ihr seid beide großartige Menschen. Mehr muss ich nicht wissen. Oder doch, vielleicht eins: Wann besuchen wir Henning denn mal wieder?

»Er ist ganz anders, als ich dachte«, fuhr Caroline leise fort, »und doch irgendwie auch wieder nicht.«

Aha.

»Was mache ich denn jetzt?« In ihrer Magengrube kribbelte und flatterte es mehr als verdächtig, als sie an den Abend dachte und daran, dass so ein romantisches Dinner in der *Seemöwe* – immerhin dem besten Restaurant am Platze! – verheerende Dinge mit ihrer Libido anstellen könnte. Die körperliche Anziehungskraft zwischen ihnen war jetzt schon nicht mehr zu leugnen. Seine Küsse taten noch ihr Übriges. Sie konnte sich nicht erinnern, jemals so intensive Gefühle beim Küssen gehabt zu haben. Allein bei der Erinnerung bekam sie eine Gänsehaut!

»Oje.« Ihr Blick glitt über die schillernde, glitzernde Wasseroberfläche. »Vielleicht habe ich mich sogar schon verliebt. In dich«, scherzte sie und gab Duke einen Kuss auf den Kopf.

Oh, wirklich? Wie wunderbar! Duke wedelte begeistert mit der Rute.

»Und in diesen furchtbaren Mann.« Da ihr Puls nun endgültig außer Kontrolle geriet, erhob sie sich rasch und wandte sich wieder dem Uferweg zu. »Komm, Duke, gehen wir nach Hause. Ich glaube, es ist besser, wenn ich solche Überlegungen erst mal noch sein lasse. Sonst bemerkt er am Ende noch etwas und … Nein, das geht alles viel zu schnell. So unvernünftig bin ich auf keinen Fall!« Mit energischen Schritten ging sie los.

Na gut, du wirst schon recht haben. Hoch erhobenen Hauptes trabte Duke neben ihr her.

Als sie hinter sich aus der Ferne näher kommenden Motorenlärm vernahm, erschrak sie und blickte über die Schultern. »Mist, schon wieder Motorräder! Was jetzt?« Hektisch sah sie sich um, zwang sich dann aber dazu, sich wieder zu entspannen. »Los, wir gehen da vorne zu der Treppe!« Schon während sie sprach, lenkte sie ihre Schritte quer über die Liegewiese zwischen spielenden Kindern und Strandkörben hindurch auf den Deich zu. Keinen Moment zu früh, wie sie feststellte, denn Duke hatte sich bereits angespannt und die Rute eingeklemmt. Betont fröhlich joggte sie los. »Na los, Duke, wer zuerst bei der Treppe ist!«

Wie? Was denn jetzt? Da kommen so böse, laute Dinger! Hilfe! Aber … Hey, du rennst auch? Aber du lachst dabei? Sollen wir einen Wettlauf machen? Das ist ja lustig. Ha, ich bin schneller als du!

Duke sauste neben ihr her, sodass sie ebenfalls lossprinten musste. »Hey, du hast vier Beine, das ist ein bisschen unfair!«

Warum? Der Wettlauf war doch deine Idee. Hechelnd, sodass es aussah, als lache er, setzte Duke sich auf die drittunterste Stufe der Deichtreppe. *Ich hab jedenfalls gewonnen.*

Schwer atmend und lachend ließ Caroline sich neben ihm auf die Stufe sinken. »Du hast gewonnen.«

Sag ich doch.

In diesem Moment bretterten mehrere Crossmaschinen über den Uferweg in Richtung Hafen. Unmutsrufe einiger Touristen wurden laut. Caroline sah, wie mehrere von ihnen ihre Handys zückten, um Fotos zu machen oder um zu telefonieren. Vielleicht mit der Polizei. Diese Rowdies waren gefährlich. Immerhin spielten Kinder am und auf dem Uferweg.

Erst mit Verspätung bemerkte Caroline, dass Duke ganz ruhig neben ihr saß und wie sie die Szenerie beobachtete. »Nanu.« Sie tätschelte seinen Hals. »Du scheinst ja gar keine Angst mehr zu haben.«

Also, gar keine würde ich jetzt nicht sagen, aber so aus der Ferne scheinen diese Höllendinger gar nicht mehr so gefährlich zu sein, zumindest solange ich bei dir bin. Nahekommen will ich denen aber trotzdem nicht. Dann bin ich weg wie ein Blitz.

»Braver Hund«, lobte Caroline begeistert. »Ganz toll gemacht! Christina wird sich freuen, wenn sie davon hört.«

Von mir aus. Mir reicht es, wenn du begeistert bist. Das mag ich! Wuff.

Caroline lachte über das kurze Bellen, das Duke ausstieß. »Na los, jetzt machen wir uns wirklich auf den Heimweg. Aber durch den Ort. Nicht dass wir diesen Halunken gleich noch mal begegnen.«

Okay, ist mir recht. Duke folgte ihr, als sie aufstand und die Treppe hinauf und auf der anderen Seite des Deichs wieder hinabstieg. Sie blieben zunächst in Deichnähe, bogen dann aber auf eine Straße ab, die durch ein Wohngebiet führte. Plötzlich erkannte sie, dass sie direkt auf das Haus des stellvertretenden Wehrführers Helge Mennersen zuging. Als sie durch ein offen stehendes Fenster, das in ihre Richtung zeigte, eine Bewegung wahrnahm, blieb sie instinktiv stehen. Von ihrem Standpunkt aus konnte sie zwei Personen erkennen, die nur spärlich bekleidet und offenbar dabei waren, sich gegenseitig auch noch vom Rest ihrer Kleidung zu befreien.

Caroline schluckte; ein heftiger Stich durchzuckte sie. Was die beiden da taten, war ziemlich eindeutig. Ebenso eindeutig konnte sie das Gesicht der Frau erkennen, als diese sich zufällig zum Fenster drehte. Inga.

»Himmel!« Erschrocken umklammerte Caroline die Leine. Sie wollte sich rasch aus dem Staub machen, doch für einen Augenblick fühlte sie sich wie gelähmt.

Der Mann, eindeutig Helge, stand jetzt hinter Inga und umfasste von hinten ihre Brüste, dann vergrub er sein Gesicht in ihrer Halsbeuge. Genau in diesem Moment blickte Inga in Carolines Gesicht. Ihre Blicke begegneten sich für eine Sekunde.

Caroline erwachte aus ihrer Erstarrung und machte, dass sie wegkam. »Duke, komm, wir müssen weiter!« Ihr Herz pochte hart und unangenehm gegen die Rippen, und sie hatte einen bitteren Geschmack auf der Zunge. »Bloß weg hier!«

Hey, Caroline, was ist denn los? Warum hast du es denn plötzlich so eilig? Wieder ein Wettlauf? Nein, diesmal anscheinend nicht. Mein Frauchen sieht ganz seltsam aus. Was wohl mit ihr los ist?

***

Obwohl er sich redlich bemühte, sich auf den Papierkram zu konzentrieren, der sich im Lauf der Woche in seinem Büro über der Werkstatt angesammelt hatte, konnte Henning nicht verhindern, dass seine Gedanken immer wieder zu der Frau wanderten, die er doch tatsächlich zu einem Date in der *Seemöwe* hatte überreden können. Wie ihm das gelungen war, wusste er selbst nicht so genau. Er hatte sie gestern Nachmittag angerufen und ihr von der Lerngruppe für den Meisterkurs erzählt, der er sich angeschlossen und die sich am Freitagabend in Cuxhaven verabredet hatte. Sie hatte über die rosafarbene Geburtstagsfeier, die romantische englische Teestunde und das heutige Catering für die Yoga-Frauen geredet. Sie hatten gescherzt und gelacht, und irgendwie war ihm dann die Einladung in die *Seemöwe* herausgerutscht. Caroline war nicht überrascht gewesen, zurückhaltend aber sehr wohl. Damit hatte er schon gerechnet, nicht aber damit, dass sie dennoch relativ schnell dem Date zugestimmt hatte. Diese Tatsache versetzte ihn seither in ein absolutes Hochgefühl. Natürlich wusste er, dass er nicht mit der Tür ins Haus fallen durfte. Caroline war ihm gegenüber nach wie vor auf der Hut. Was sie ihm über das Treffen mit ihren Eltern erzählt hatte, machte vieles für ihn begreiflicher, zugleich aber auch unverständlicher. Noch immer fiel es ihm schwer zu glauben, dass ihre Eltern sie derart zu gängeln versuchten, obwohl sie fast dreißig Jahre alt war. Wahrscheinlich lag sein Unverständnis daran, dass seine eigenen Eltern ihn stets in allem so vorbehaltlos unterstützt hatten, selbst wenn es um den Aufbau seines mehr als zweifelhaften Rufs ging, um die Sponsoren zufriedenzustellen. Sie hatten stets hinter ihm gestanden. Seine Mutter tat das heute noch. Auch wenn sie unbestritten glücklich darüber war, dass er seinen Lebensstil inzwischen grundlegend geändert hatte.

Als ihm bewusst wurde, dass er nun schon seit geschlagenen

zehn Minuten auf die versendete Nachricht in seinem E-Mail-Programm starrte, rollte er entschlossen ein Stück mit seinem Bürostuhl zurück und erhob sich. Ein Blick auf die Computeruhr sagte ihm, dass es schon kurz vor elf war. Aus der Werkstatt drangen metallisches Klopfen und hin und wieder ein gepflegter Fluch zu ihm herauf, untermalt von Elvis Presleys *Heartbreak Hotel*. Die Playlist hatte sich seit gestern nicht geändert. Fiete arbeitete an einem noch recht neuen Golf, dessen Achslager ausgeschlagen war. Tagesgeschäft nannte Henning solche Arbeiten, die derzeit noch den Löwenanteil seiner Rechnungen bezahlten. Mit der Werkstatt hatte er auch einen erklecklichen Kundenstamm vom Vorbesitzer übernommen, doch auf Dauer wollte er sich mehr auf die Restaurierung und Reparatur von Oldtimern verlegen. Wenn er das Tagesgeschäft dann nicht vernachlässigen wollte, würde er sich bald nach mindestens zwei weiteren Angestellten umsehen müssen. Und vielleicht auch nach einem oder einer Auszubildenden, sobald er seinen Meisterbrief samt Ausbilderschein in der Tasche hatte.

Da er fand, er habe sich eine kleine Pause verdient, wenn auch weniger eine von der Arbeit als von seinen Tagträumen, begab er sich hinüber in die Küche, setzte Kaffee auf, öffnete eine Packung mit Dänischen Butterkeksen und trug kurz darauf ein Tablett nach unten.

»Kaffeepause!«, rief er Fiete zu und stellte das Tablett auf dem Empfangstresen neben der Tür ab, an dem derzeit auch noch niemand dauerhaft Posten bezogen hatte. Zumindest darum musste er sich schon sehr bald kümmern, das stand fest.

»Gute Idee!« Fiete kam unter der Hebebühne hervor. »Dat Schietding geht mir auf den Keks.« Vage deutete er auf den Golf. »Montagswagen, wenn du mich fragst. Erst drei Jahre alt, aber was da jetzt schon alles dran war! Gut, der Junge fährt jetzt auch nicht gerade wie eine Schildkröte, aber trotzdem. Er sollte die Karre loswerden, anstatt alle naselang wieder gutes Geld reinzustecken.«

Henning nickte zustimmend. »Hast du ihm das schon mal gesagt?«

»Werd ich machen, wenn du nix dagegen hast.«

»Was sollte ich dagegen haben?«

»Na ja, wenn Kai die Kiste los ist, wird er wahrscheinlich weniger Geld bei uns los als bisher.«

Henning goss erst Fiete, dann sich selbst Kaffee in zwei Becher mit Porsche-Logo. »Die Sicherheit unserer Kunden geht vor. Abgesehen davon kann ich Kfz-Menschen nicht ausstehen, die ihre Kundschaft übervorteilen oder sogar belügen oder für dumm verkaufen. So etwas wird es hier nicht geben, ganz egal, worum es geht.«

»Gute Haltung.« Zustimmend nickte Fiete. »Meine Susanne hat sich immer beklagt, dass Frauen in Autowerkstätten so häufig übers Ohr gehauen werden, bloß weil sie vielleicht weniger Ahnung von der Materie haben. Sie hatte Glück, weil sie ja mich hatte, aber nicht jede Frau hat einen Mechatroniker zum Mann, nicht wahr? Oder ist selbst vom Fach. Mistsäcke, solche Kerle, die das ausnutzen. Unlauter, so was. Kann ich nicht ausstehen.«

»Ich auch nicht.« Henning trank einen Schluck, verzog das Gesicht und gab etwas Milch dazu. Ehe er dazu kam, einen weiteren Schluck zu trinken, rollte laut scheppernd ein dunkelblaues, mit Rostflecken übersätes Wohnmobil auf den Hof vor der Werkstatt. Der Motor machte eigenartige Spuckgeräusche, bevor er erstarb. Verblüfft stellte Henning seine Tasse ab und trat durch das große Rolltor nach draußen.

»Heilige Scheiße! Fiete, sieh dir das an. Das ist ein Salamander!«

»Was?« Fiete folgte ihm auf dem Fuße und lachte beim Anblick des Gefährts laut auf. »Da soll mich doch!«

»Du sagst es.« Voller Begeisterung umrundete Henning

das in die Jahre gekommene Fahrzeug. »Ein waschechter Mercedes Benz OP 311 Salamander. Eins der schönsten Oldtimer-Wohnmobile, die ich kenne.«

Da der Fahrer in diesem Moment ausstieg, wandte Henning sich ihm zu – und stutzte. »Herr Maierbach, Moin, Moin! Ich wusste ja gar nicht, dass Sie so ein Schätzchen besitzen.« Spontan hielt er Carolines Vater die Hand hin, die dieser sogleich ergriff und kurz, aber energisch schüttelte.

»Moin, Moin, Herr Magnusson.« Sein verlegener Blick schien den festen Händedruck Lügen zu strafen, jedoch nur kurz, dann straffte er die Schultern. »Meine Tochter hat von Ihrer Oldtimer-Werkstatt erzählt. Also, nicht, dass man davon nicht sowieso schon gehört hätte. Sie waren damit ja sogar schon mal im Fernsehen.« Er hüstelte. »Ist ja nicht weiter verwunderlich, so berühmt wie Sie sind. Ich hab übrigens immer zum Costales-Team gehalten, bei jedem Rennen. Gehörte immer zu unserer Sonntags-Routine dazu. Auch jetzt noch, obwohl der Junge, der Ihren Platz eingenommen hat, noch reichlich grün hinter den Ohren ist. Aber das waren Sie ja auch mal, also, nun ja. Hier bin ich.« Er wies auf das Wohnmobil. »Das alte Lottchen, so hat mein Vater es immer genannt, steht schon seit Jahrzehnten eingemottet in unserem Schuppen. Na, und weil das mit Caroline und Ihnen, tja, also, da dachte ich, ich frage mal, ob Sie die Kiste wieder ans Laufen bringen können und fein herrichten. Dann könnten meine Frau und ich damit demnächst endlich mal einen Urlaub machen.«

Mit leuchtenden Augen umrundete Henning das Wohnmobil noch einmal. »Das lässt sich ganz sicher einrichten. Darf ich?« Er wies auf die Seitentür und öffnete sie, als Carolines Vater nickte. Nach einer ausgiebigen Musterung drückte er die Tür wieder ins Schloss. »Das wird aber ein bisschen dauern und auch nicht ganz billig, fürchte ich.«

»Ich hab ein bisschen was gespart.« Carolines Vater rieb

sich über das lockige, leicht strubbelige Haar, das er seiner Tochter ganz offensichtlich vererbt hatte. Nur dass sich in sein Braun etliche graue Strähnen gemischt hatten. Die Ähnlichkeit zwischen Vater und Tochter war deutlich zu erkennen. »Meine Svantje liegt mir schon so lange damit in den Ohren, und jetzt, wo Caroline so gut, nun ja, versorgt ist, dachte ich, ich mach ihr, also meiner Frau, jetzt mal die Freude mit dem Camping-Urlaub.«

»Aha.« Henning runzelte die Stirn. »Caroline ist aber doch schon seit Jahren unabhängig und gut versorgt. Da hätten Sie sich nicht so lange Zeit lassen müssen.«

***

Caroline hielt unwillkürlich die Luft an und wartete gespannt, wie ihr Vater auf diese Feststellung reagieren würde. Sie hatte Duke, nachdem sie angesichts des überraschenden Anblicks in Helges Haus den restlichen Heimweg im Laufschritt zurückgelegt hatten, in ihr Auto verfrachtet und war mit ihm schnurstracks ins Gewerbegebiet gefahren. Erst hatte sie mit ihren beiden Freundinnen über die Sache mit Inga und Helge reden wollen, aber Ella war, wie sie wusste, heute Vormittag auf Einkaufstour, um ihre Vorräte in Sachen Dekomaterialien aufzufüllen, und Hannah nutzte freie Samstagvormittage zum Ausprobieren neuer Rezepte und durfte dabei nicht gestört werden. Also hatte Caroline davon abgesehen, die beiden sofort zu benachrichtigen. Das musste warten. Sie wollte, nein, musste jedoch mit jemandem darüber reden.

Sie hatte ein Stück die Straße hinab geparkt, als ihr aufgefallen war, dass ihr Vater mit dem uralten, klapprigen Wohnmobil auf den Hof der Werkstatt einbog, und Duke ausnahmsweise im Auto zurückgelassen, um zu sehen, was bei der Werkstatt vor sich ging. Sie kannte das Wohnmobil schon, seit sie auf der Welt war; seitdem war es ihres Wissens auch nicht mehr bewegt worden. Als Kind hatte sie manchmal darin gespielt. Dass es noch fuhr, erstaunte sie über alle Maßen. Noch mehr jedoch, dass ihr Vater es zu Henning brachte. Was das wohl zu bedeuten hatte? So, wie sie ihren Vater kannte, ganz bestimmt irgendetwas Peinliches.

Neugierig, wie das Gespräch weitergehen würde, trat sie nah an die Ecke des Werkstattgebäudes, blieb jedoch in dessen Schatten, um nicht entdeckt zu werden. Zu lauschen war zwar nicht die feine englische Art, aber sie konnte einfach nicht widerstehen.

»Seit Jahren?« Eugen Maierbach runzelte die Stirn.

Henning fuhr mit der Hand prüfend über eine der vielen Roststellen auf der Motorhaube. »*Die Foodsisters* sind doch schon seit einigen Jahren gut im Geschäft, oder etwa nicht? Und unabhängig ist Caroline meines Wissens sogar schon viel länger, schon seit ihrer Ausbildung.«

»Unabhängig.« Carolines Vater seufzte unterdrückt. »Das wollte sie schon immer so unbedingt sein.«

»Was ist so schlimm daran? Sie ist eine erwachsene Frau.«

Eugen Maierbach nickte mit Nachdruck. »Ganz recht, sie ist eine Frau. Sie wird einmal heiraten und Kinder kriegen, zumindest hoffen meine Frau und ich das sehr, denn das ist Gottes Plan für uns Menschen. Was soll sie da mit so einem anstrengenden Beruf? Eine Familie braucht die Frau und Mutter zu Hause. Wenn sie schon so gerne backt und Torten macht und all das, kann sie das auch zu Hause tun.«

Auf Hennings Gesicht zeichnete sich Ungläubigkeit ab. »Das ist doch wohl nicht wirklich Ihr Ernst, oder?«

Carolines Vater, der ebenfalls begonnen hatte, die Roststellen zu inspizieren, sah ihn befremdet an. »Was meinen Sie? Ist es denn nicht so? Die meisten Frauen bleiben zu Hause, wenn erst mal Kinder da sind.«

»Ja, aber oft nur, weil die Umstände ihnen keine

großartigen Alternativen lassen. Frauen werden immer noch in vielen Berufen schlechter bezahlt als ihre männlichen Kollegen. Da rechnet es sich oft einfach besser, wenn die Frau die Elternzeit antritt. Obwohl es glücklicherweise auch immer mehr Männer gibt, die sich dafür entscheiden. Ich würde keine Sekunde zögern, in Elternzeit zu gehen, wenn ich ein Kind hätte und meine Frau weiter arbeiten gehen wollen würde.«

»Nun ja, wenn Sie meinen, dass das für Sie in Ordnung ist. Wenngleich ich mir kaum vorstellen kann, dass ein Mann wie Sie zu Hause sitzen und Windeln wechseln will. Sie mit Ihrer Vorgeschichte und Ihren Verbindungen könnten doch nun wirklich mit Ihrer Werkstatt und den Oldtimern sehr erfolgreich werden, wenn Sie eine Frau zu Hause hätten, die Ihnen den Rücken freihält.« Carolines Vater hob bedeutsam einen Finger. »So sollte es nämlich sein. Dass Männer neuerdings alle möglichen Frauenarbeiten übernehmen, ist doch gegen die Natur! Der Mann sollte immer der Ernährer der Familie sein. So war es schon seit Menschengedenken. Warum etwas ändern, was immer ausgezeichnet funktioniert hat?«

Henning stieß so zischend die Luft aus, dass Caroline es sogar auf die Entfernung deutlich hören konnte. »Weil es Bullshit ist. Frauen haben nicht schon seit Menschengedenken nur Hausfrauentätigkeiten ausgeführt und Kinder bekommen. Frischen Sie mal bitte in dieser Hinsicht Ihre Geschichtskenntnisse auf. Was Sie als gottgegebene oder natürliche Ordnung betrachten, wurde erst in den vergangenen rund zweihundert Jahren Wirklichkeit. Aber nur, weil in dieser Zeit und auch schon davor verheerende Dinge von uns Männern angerichtet wurden, müssen Frauen das heute nicht einfach so hinnehmen – oder auch wir Männer.«

Wieder hielt Caroline die Luft an. Wenn sie ihrem Vater gegenüber solche Argumente anführte, überging er sie meist oder tat sie als neumodischen Unsinn ab. Sie wurde nicht enttäuscht.

»Ich bitte Sie, Herr Magnusson! Wollen Sie wirklich bestreiten, dass Männer und Frauen von Natur aus verschieden sind? Wären sie es nicht, gäbe es doch wohl nur eine Sorte Menschen. Gott hat Mann und Frau geschaffen, damit sie sich ergänzen, nicht damit beide das Gleiche tun.«

Henning trat von der Motorhaube zurück. »Verschieden zu sein bedeutet nicht, dass die eine Seite weniger Rechte haben sollte als die andere.« Er hielt inne. »Sie müssen Ihre Tochter doch sehr gut kennen, Herr Maierbach. Warum wollen Sie nicht, dass sie glücklich wird?«

Carolines Vater fuhr mit empörter Miene zu ihm herum. »Was reden Sie denn da? Selbstverständlich will ich, dass sie glücklich ist.«

»Aber nur, wenn es nach Ihren Regeln geht.«

Eugen Maierbach schnappte sichtlich nach Luft. »Ich bin ihr Vater!«

»Und sie ist erwachsen und kann sehr gut selbst entscheiden, was sie glücklich macht – oder wer.«

»Sie verrennt sich in diese Karriere-Sache. Wie soll sie jemals einen guten Mann finden, wenn ihr der Beruf wichtiger ist als alles andere? Das ist unweiblich!«

Henning schob die Hände in die Taschen seiner Arbeitshose. »Wie wichtig ist Ihnen Ihr Beruf beziehungsweise wie wichtig war er Ihnen ein Leben lang?«

Irritiert runzelte Carolines Vater die Stirn. »Sehr wichtig natürlich. Ich hatte eine Familie zu ernähren.«

»Und hatten Sie auch Freude an Ihrem Beruf?«

Eugen Maierbach zögerte. »Ja, schon. Meistens jedenfalls. Was hat das mit Caroline zu tun?«

»Wie würden Sie sich fühlen, wenn man Ihnen vorhielte, dass es irrational und falsch ist, den eigenen, selbst gewählten und gerne ausgeübten Beruf zu lieben, und dass es unmännlich ist, den Beruf so wichtig zu nehmen, wie Sie es wohl immer getan haben?«

»Das ist nicht unmännlich!«

Henning trat auf den aufgebrachten Mann zu. »Tun Sie mir den Gefallen und stellen Sie es sich einfach mal für fünf Minuten vor.«

»So ein Unsinn! Caroline ist doch in einer gänzlich anderen Lage. Sie hat es nicht nötig ... Ich meine ...« Er geriet ins Stocken. »Schon gar nicht, wenn sie jetzt mit Ihnen ... nun ja, zusammen ist.«

»Wir sind nicht zusammen.«

Hennings Worte verblüfften Caroline so sehr, dass sie beinahe ihre Deckung hinter der Werkstattecke aufgegeben hätte. Doch da sprach Henning bereits weiter.

»Es gibt zwar kaum etwas, das ich mir mehr wünschen würde, aber das liegt nicht bei mir. Es ist Carolines Entscheidung. Aber selbst, wenn ich das große Glück haben sollte, dass sie mir eine Chance gibt, weiß ich doch nicht, wie Sie darauf kommen, dass ich vorhabe, sie durchzufüttern oder auszuhalten oder wie auch immer Sie es nennen wollen.«

Eugen Maierbachs Miene verfinsterte sich. »Sie wollen also nicht für sie sorgen, wenn Sie beide mal ...«

Nun wirkte Henning unangenehm berührt. »Herr Maierbach, was glauben Sie eigentlich, was zwischen Caroline und mir in absehbarer Zeit passieren wird? Wir haben heute Abend unser erstes Date. Glauben Sie vielleicht, ich würde sie morgen schon um ihre Hand bitten, oder was?«

»Also, nun ja.« Carolines Vater zupfte am Kragen seines karierten Flanellhemdes herum. »Gar so schnell muss es ja nicht sein. Solche Dinge überstürzt man nicht.«

»Gut, dass wir uns in dieser Hinsicht einig sind.« Henning funkelte ihn ungehalten an.

»Aber, also ... Sie würden nicht für Ihre Frau sorgen

wollen, ob es nun Caroline wäre oder eine andere? Das ist ja ... ungeheuerlich!«

»Sie missverstehen mich!« Erneut trat Henning auf das Wohnmobil zu, das es ihm sichtlich angetan hatte. Wie schlau von ihrem Vater, es herzubringen! Und wie leichtsinnig von Henning, ihm auf den Leim zu gehen. Am liebsten hätte Caroline dem Gespräch ein Ende gesetzt, doch da redete Henning bereits erstaunlich ruhig und gefasst weiter.

»Ich interpretiere die Redewendung *für sie sorgen* schlicht und ergreifend anders als Sie. Für mich bedeutet sie, immer für sie da zu sein, sie in allem, was sie sich vornimmt oder wovon sie träumt, zu unterstützen. Das hat aber rein gar nichts damit zu tun, dass ich das Geld verdienen muss – oder es bereits besitze – und sie nicht. Sie würde mit Sicherheit gar nichts von meinem Geld annehmen wollen, selbst wenn ich es ihr anböte. Glauben Sie mir, das weiß ich nur zu gut.«

»Ich habe schon erfahren, dass Sie das alte *Bootshaus* gekauft und den drei Deerns angeboten haben.« Es war Eugen Maierbach deutlich anzusehen, dass ihm die Sache missfiel. »Das haben Sie doch für Caroline getan, oder etwa nicht?«

»Zum Teil.« Henning nickte. »Gut, ich gebe zu, sogar zu einem großen Teil. Weil ich will, dass sie beruflich Erfolg hat und weil es mir darüber hinaus wie eine gute Investition erscheint, an der ich selbst auch etwas verdienen werde. Eine Win-Win-Situation.«

»Bis die drei die Sache abblasen, weil sie merken, dass Ehe, Kinder und so ein großes Unterfangen sich nicht miteinander vereinbaren lassen. Daran hätten Sie mal früher denken sollen, bevor Sie gutes Geld in so ein Projekt gesteckt haben.«

»Wenn es drei Männer gewesen wären, die den gleichen Plan gehabt hätten, wären Sie bestimmt damit einverstanden gewesen, nicht wahr?«

Ohne zu zögern, nickte Carolines Vater. »Selbstverständlich. Denn Männer müssen ihren Beruf nicht für die Familienplanung aufgeben.«

Henning stieß einen Laut aus, der irgendwo zwischen Lachen, Seufzen und Schnauben lag. »Jetzt weiß ich zumindest, warum Caroline so überaus allergisch auf Macho-Sprüche und Höhlenmenschengehabe reagiert. Wobei ich mich jetzt vermutlich bei allen Höhlenmenschen entschuldigen muss, weil ich ihnen bitter unrecht tue.«

»Ich weiß nicht, was Sie meinen.« Völlig unbeeindruckt öffnete Carolines Vater die Seitentür des Gefährts und deutete hinein. »Was meinen Sie, können Sie das Interieur ein bisschen moderner einrichten, mit weniger Nischen und Ecken und so? Ich will schließlich nicht, dass es für meine Svantje zu schwierig und anstrengend wird, hier alles sauber zu halten.«

Caroline verdrehte die Augen.

Henning räusperte sich vernehmlich. »Ist es Ihnen schon mal in den Sinn gekommen, Ihrer Frau dabei zu helfen?«

»Wobei? Bei der Hausarbeit? Ich trage jeden Tag den Müll raus und kümmere mich um die Reparaturen im Haus und im Garten. Und selbstverständlich trage ich die Wasserkästen und andere schwere Sachen für sie.« Eugens Stimme klang, als hielte er sich für den fortschrittlichsten Mann aller Zeiten. »Aber meine Frau würde es gar nicht wollen, dass ich mich in ihren Haushalt einmische. Warum auch? Sie wuppt doch alles ganz spielend und wirtschaftet ausgezeichnet mit ihrem Haushaltsgeld.«

»Das Sie ihr zugestehen.«

»So haben wir es schon immer gehalten.«

»Wie in der guten alten Zeit.« Henning schüttelte den Kopf. »Oder sollte ich besser sagen, der schlechten?«

»Wir waren bisher immer sehr glücklich und zufrieden damit.«

»Sie vielleicht, aber Ihre Tochter nicht. Haben Sie sie jemals gefragt, was sie will?«

»Das tut sie uns auch unaufgefordert immer wieder kund.« Eugen verschränkte die Arme vor der Brust. »Schon seit sie reden kann.«

Henning musterte ihn verständnislos. »Und warum haben Sie ihr bis heute nicht ein einziges Mal zugehört?«

Eugens Miene wurde gewittrig. »Erzählen Sie mir nicht, wie ich mit meiner Tochter umzugehen habe.«

»Das tue ich gar nicht. Ich gebe Ihnen lediglich eine Anregung zum Nachdenken.« Henning überprüfte die Aufhängung der Tür. »Außerdem haben Sie damit angefangen. Sie sind doch nur aus einem Grund hier, nämlich um herauszufinden, ob ich Ihren Ansprüchen an einen gut situierten Ehemann für Ihre Tochter entspreche. Da muss ich Sie allerdings enttäuschen. Ich teile Ihre Ansichten über Ehe, Kinder, Familie und Frauen nicht einmal ansatzweise. Deshalb ist es wohl fruchtlos, ganz so, wie Caroline es mir prophezeit hat, mich weiter mit Ihnen darüber zu unterhalten.«

Zustimmend nickte Eugen. »So ist das dann wohl. Aber das Wohnmobil bringen Sie mir doch trotzdem in Schuss, oder? Ich hab's Svantje versprochen.«

Caroline fasste sich mit einem unterdrückten Stöhnen an den Kopf und erschrak, als neben ihr plötzlich Fiete Harmsen auftauchte.

»Eine ganz schön harte Nuss, Ihr Vater, was?« Er stieß sie leicht mit dem Ellbogen an. »Arme Deern. Da haben Sie ja was am Hals. Ist Ihre Mutter auch so?«

Verlegen blickte Caroline zu Boden. »So ähnlich, ja.«

»Dass es so was heute überhaupt noch gibt!«

»Häufiger als Sie denken.« Seufzend zog Caroline den Kopf zwischen die Schultern. »Papa hat einen Bruder und eine Schwester, die in Amerika leben, in einem Kaff in Iowa. Christs Kiss.«

»Wie bitte?« Fiete starrte sie an.

»Der Ort heißt wirklich so. Und die Einwohner halten sich alle für von Christus geküsst. Dagegen sind meine Eltern noch ein Ausbund an Fortschrittlichkeit.«

»Der Junge ist ganz schön für Sie in die Bresche gesprungen.«

»Ich weiß.« Was sie nicht wusste, war, wie sie darauf reagieren sollte. »Ich hätte nicht lauschen dürfen.«

»Tja ... Zumindest wissen Sie jetzt, was er denkt.« Fiete zwinkerte ihr zu. »Falls Sie darüber im Zweifel gewesen sein sollten, weil er ja früher als ganz böser Schwerenöter galt und als, wie sagt man? Macho?« Er lachte leise. »Was man für Ruhm und Geld nicht alles tut. Gut, dass er noch mal die Kurve gekriegt hat.«

»Ja.« Caroline biss sich auf die Unterlippe. »Ich meine, nein – ich war nicht im Zweifel darüber.« Obwohl Henning immer noch das Wohnmobil inspizierte und ihr Vater dabei zusah, straffte sie entschlossen die Schultern und ging auf ihn zu. Ihr Puls beschleunigte sich, und bei jedem Schritt verstärkte sich das Flattern in ihrer Magengrube.

»Caroline!« Überrascht ging Henning ihr einen Schritt entgegen. »Wo kommst du denn her? Ich habe gerade mit deinem ...«

Sie ließ ihn nicht aussprechen, sondern griff in sein Poloshirt mit dem Porsche-Emblem und dem kleinen Namensschild auf der linken Brust, zog ihn zu sich heran und presste ihren Mund auf seinen. Prompt machte ihr Herz einen riesigen Satz. Sie verweilte einige Sekunden so, die Augen weit geöffnet, den Blick mit dem seinen verhakt. Dann trat sie wieder einen Schritt zurück und versuchte, sich zu fangen.

Henning sah sie sekundenlang unverwandt an, dann lächelte er. »Wofür war das denn?« Er warf einen kurzen Blick auf ihren Vater, der unweit von ihnen dastand und alles aufmerksam beobachtete.

»Das war ... Danke.« Sie hob die Schultern. »Und eine Entschuldigung, weil ich gelauscht habe.«

Er hob den Kopf. »Gerade eben?«

»Aber doch hauptsächlich ein Dankeschön, weil ... du es versucht hast.«

»Versucht?«

»Ich hatte dich ja gewarnt. Es ist sinnlos.« Sie blickte zu ihrem Vater hinüber, dann wieder in Hennings Augen. Diese leuchtend blauen, funkelnden, wunderschönen Augen, die es ihr so unsagbar schwermachten, ihnen zu widerstehen. Ihm zu widerstehen. »Für den Versuch aber gebe ich dir eindeutig Note eins.«

»Note eins?« Er grinste.

»Ja. Mit Sternchen.«

Sie rang nach Atem, als er sie unvermittelt wieder fest an sich zog. »Auf das Sternchen verzichte ich, wenn ich noch mal einen hiervon kriegen kann.« Er berührte sachte mit seinen Lippen die ihren. »Du weißt schon, das Belohnungssystem.« Seine Stimme war nur noch ein Raunen, das an ihrem Mund vibrierte.

»Positive Konditionierung?« Sie gluckste.

»Ganz genau.« Schon lag sein Mund wieder auf ihrem, diesmal mit mehr Nachdruck.

Sie erwiderte den Kuss, der diesmal viel tiefer und intensiver ausfiel. Ihr Puls geriet außer Kontrolle, in ihr kribbelte es wie verrückt, und ganz tief in ihrer Magengrube verwandelte sich das allgegenwärtige Flattern in ein heißes, verheißungsvolles Brennen. Hitze stieg zwischen ihnen auf, diesmal jedoch gepaart mit einer ungewohnten, beinahe beängstigenden Zärtlichkeit. Henning zog sie fest in seine Arme; sie schlang ihre Arme um seinen Hals und vergaß für eine Weile völlig, wo sie sich befand. Die Zeit schien stillzustehen, die Welt hatte aufgehört zu existieren. Es gab nur noch Caroline und Henning. Henning und Caroline.

Fietes Stimme drang wie durch ein dickes Wattepolster zu ihr durch.

»Jetzt habt ihr den guten Mann aber erfolgreich vertrieben.«

Atemlos und einigermaßen durcheinander löste Caroline sich eine Winzigkeit von Henning. »Papa ist weg?«

Fiete lachte scheppernd. »Hat zu mir gesagt, er meldet sich noch mal bei Henning wegen der Materialkosten und einem Vorschuss. Du sollst ihm einen Kostenvoranschlag mit Zeitrahmen zusammenstellen.« Er ließ einen Schlüsselbund von seinem Zeigefinger baumeln. »Die sind auch für dich, Junge.«

»Hm.« Henning nahm den Schlüsselbund an sich, ohne Caroline loszulassen. »Seltsamer Mann, dein Vater. Du hast nicht zu viel versprochen. Jetzt bin ich auf deine Mutter gespannt.«

Caroline lächelte nur kläglich. »Sie ist die weibliche Version von ihm und nur um die Kanten herum ein bisschen weicher.«

Sinnierend nickte Henning vor sich hin, dann gab er ihr einen Kuss auf die Nase. »Er liebt dich.«

»Ich weiß. Das tun sie beide.«

»Und du liebst sie.«

»Natürlich. Sie sind meine Eltern.«

»Dieser Fakt für sich ist noch kein konkreter Grund für Liebe.« Er küsste sie auf die Lippen. »Das geht tiefer.«

Sie war sich nicht sicher, ob er noch immer von ihren Eltern sprach, entschloss sich aber, es anzunehmen. »Sie meinen es gut.«

»Aber sie verstehen dich nicht.«

»Das werden sie vielleicht nie tun.«

Zärtlich strich er ihr mit dem Daumen über die Wange. »Wir sehen uns heute Abend?«

Sie nickte. »Ja. Heute Abend.« Sie erschrak, als sie hinter

Henning auf der anderen Straßenseite Inga auf sich zukommen sah. »Ach du Sch…iete!«

»Was ist?« Überrascht drehte Henning sich um. »Oh. Hallo, Inga.«

»Hallo, Henning.« Ingas Blick war auf Caroline gerichtet. »Kann ich mal mit dir reden?« Ohne auf eine Antwort zu warten, zog sie Caroline am Arm ein paar Schritte mit sich. Dabei zupfte sie ständig an ihrem schulterlangen blonden Haar herum, als wolle sie es in Ordnung bringen. Sie trug jetzt Jeans, weiße Sneakers und eine hellblaue geblümte Tunika mit weiten Trompetenärmeln, doch der Anblick ihres fast nackten Körpers stand Caroline noch immer vor Augen und machte sie verlegen.

»Was du da vorhin gesehen hast …«

Caroline schauderte unwillkürlich. So schnell würde sie diese Sache wohl nicht vergessen. »Hör zu, Inga …«

»Ich werde es Max sagen«, unterbrach Inga sie hastig. »Ganz bald. Wirklich. Noch dieses Wochenende. Ich weiß nur noch nicht, wie.«

Darauf wusste Caroline nichts zu erwidern.

»Es ging alles so … schnell. Ich hatte das nicht erwartet.«

»Du betrügst Max!« Carolines Stimme schwankte leicht. »Seit wann schon?«

Inga hob die Schultern. »Eine Weile. Ich wollte das alles nicht, aber …«

»Das ist doch Quatsch«, mischte Henning sich ungefragt ein. »Wenn du es nicht gewollt hättest, dann hättest du es nicht getan.«

»Henning, ich … äh …« Erschrocken sah Inga ihn an. »Hast du ihm davon erzählt, Caro?«

»Nein.« Henning bedachte sie mit einem ernsten Blick. »Ich habe dich neulich mit Helge vor seinem Haus gesehen. Sehr diskret scheint ihr eure Affäre ja nicht zu gestalten. Oder wolltet ihr ertappt werden?«

Inga wurde rot. »Bitte sagt Max nichts. Ich mache das selbst. Helge und ich ... Wir ... Das ist was Ernstes.«

Stirnrunzelnd musterte Caroline sie. »Bist du dir da sicher? Helge ist fünfzehn oder sechzehn Jahre älter als du ... und er hatte noch nie was Ernstes mit einer Frau.«

»Mit mir schon.« Nun schob Inga regelrecht trotzig das Kinn vor und wirkte damit weniger wie achtundzwanzig als vielmehr wie eine beleidigte Dreizehnjährige. »Also anfangs war es schon eigentlich nur ein kleiner Spaß.«

»Du nennst es einen Spaß, deinen Ehemann zu betrügen?« Entgeistert starrte Caroline sie an. »Wer bist du eigentlich? Ich dachte, ich kenne dich.«

»Jetzt ist es aber Liebe geworden«, fuhr Inga unbeirrt fort. »Und nein, ich bin eben nicht die doofe, brave Inga, für die mich immer alle gehalten haben. Ich bin viel mehr.«

»Ja, was denn alles? Wenn du in deiner Ehe unglücklich bist, warum redest du dann nicht mit deinem Mann darüber, anstatt ihn zu betrügen? Soweit ich weiß, ist Max vollkommen ahnungslos.« Henning maß sie mit spöttischem Blick. »Ich nehme an, Caroline hat euch heute in flagranti ertappt.«

Wieder schoss Röte in Ingas Wangen.

Henning nickte nur. »Und wenn sie das nicht getan hätte, würdest du Max dann auch so schnell die Wahrheit sagen wollen?«

Inga starrte ihn erbost an, drehte sich auf dem Absatz um und stürmte von dannen.

»Das war eine eindeutige Antwort«, bummelte Fiete.

Caroline und Henning drehten sich überrascht zu ihm um, er hatte sich ihnen genähert, ohne dass sie es bemerkt hatten.

Er zuckte mit den Achseln. »Hab die zwei neulich rein zufällig abends auf meiner Joggingrunde bei der Piratenbucht gesehen. Waren beide ein bisschen – wie soll ich sagen? – zerzaust. Ich konnte mir also vorstellen, was die zwei dort getrieben haben.«

Caroline schauderte. »In der Piratenbucht?«

Henning seufzte. »Plötzlich habe ich gar keine Lust mehr, mit dir dort … Du weißt schon.«

»Henning!« Erschrocken sah sie ihn an.

Fiete lachte wieder sein schepperndes Lachen. »Was ist jetzt eigentlich, arbeiten wir heute noch was, oder war das jetzt ein verfrühter Feierabend?«

19. Kapitel

»Na los, Duke, du darfst auch mit.« Caroline hastete zur Garderobe, um die Hundeleine vom Haken zu nehmen.

Wohin denn? Wir waren doch erst spazieren, wenn auch ziemlich kurz. Aber das ist mir egal. Der Tag war ganz schön aufregend, und ich bin jetzt ziemlich müde und wollte eigentlich ein Nickerchen machen. Duke erhob sich schwerfällig von seinem Liegeplatz im Wohnzimmer und tappte gähnend in den kleinen Flur.

»Wir gehen essen«, erklärte Caroline und legte ihm das Geschirr an. »Mit Henning. In der *Seemöwe*. Das ist ein schickes Restaurant, also musst du dich wie ein perfekt braver Hund benehmen.«

Bei Hennings Namen wedelte Duke erfreut mit der Rute. *Echt, wir gehen zu Henning? Das ist toll! Und perfekt brav bin ich doch immer, oder etwa nicht? Zumindest gebe ich mir Mühe.*

»Ich muss nur noch mal kurz gucken ...« Sie hastete ins Bad und warf zum mindestens zehnten Mal einen Blick in den Spiegel, um ihr dezentes Make-up zu überprüfen und sich zu versichern, dass ihre Hochsteckfrisur noch immer so aussah, wie sie sollte. Zweimal im Verlauf der letzten Dreiviertelstunde war sie schon kurz davor gewesen, die Haarnadeln wieder herauszuziehen und ihre Haare einfach offen zu tragen. Warum machte sie sich bloß so verrückt? Wenn sie Henning nicht so gefiel, wie sie normalerweise aussah, konnte er ihr den Buckel runterrutschen!

Stöhnend rannte sie in ihr Schlafzimmer und drehte sich vor dem großen Spiegel an der Tür des Kleiderschranks. Sie hatte sich für ein meerblaues Sommerkleid mit schmalen Trägern und leicht schwingendem, nicht ganz knielangem Rock entschieden. Darüber trug sie ein kurzes cremeweißes Jäckchen mit dreiviertellangen Ärmeln und an den Füßen flache Sandalen in der gleichen Farbe. Sogar eine dazu passende kleine Abendtasche besaß sie. Sie hatte sich unlängst von Ella und Hannah zu diesem Ensemble überreden lassen, als sie gemeinsam auf Einkaufstour gewesen waren. Sie trug sehr selten Kleider. Nicht, weil sie sie nicht mochte, sondern weil sie sie unpraktisch fand. Es gab meistens keine Taschen oder nur viel zu kleine, sodass sie auf eine Handtasche angewiesen war. Lästig! Aber für ein romantisches Date in der *Seemöwe* war dies wahrscheinlich das passende Outfit.

Romantisch! Allein das Wort verursachte ihr schon wieder Herzklopfen und einen kribbeligen Stich in der Magengrube. Sie war wirklich nicht mehr zu retten.

»Also los, wir gehen noch mal rüber zur Wiese, nur zur Sicherheit, bevor Henning uns abholt.« Sie hatte vorgeschlagen, sich einfach mit ihm vor der *Seemöwe* zu treffen, doch er hatte darauf bestanden, sie abzuholen, ganz klassisch. In dieser Hinsicht sei er doch ein bisschen altmodisch – und ein Gentleman.

Mit Duke an ihrer Seite eilte sie die Stufen zur Haustür hinab, öffnete sie und erschrak, als just in diesem Moment die Sirene auf dem etwa einen Kilometer entfernten Feuerwehrhaus losheulte. Da der Wind aus dieser Richtung kam, war der Heulton besonders gut zu hören.

Waaah? Hilfe, was ist das denn? Duke stieß ein Fiepen aus und machte mehrere Schritte rückwärts. Dann drehte er sich abrupt um und raste die Stufen zu Carolines Wohnung wieder hinauf. *Rette sich, wer kann! Da ist was ganz fürchterlich Lautes draußen. Oh, nee, wie das in den Ohren schrillt! Ich will rein!* Er bellte wie verrückt und kratzte an der Wohnungstür. *Lass mich rein, ich muss mich in Sicherheit bringen!*

»Duke! Oje, warte doch mal!« Caroline rannte ebenfalls die Stufen wieder hinauf. »Stopp, Duke, du zerkratzt ja die ganze Tür.« Sie versuchte, den Rottweiler am Geschirr zurückzuziehen, doch er gebärdete sich wie wild, jaulte und bellte. Schon öffnete sich die Tür der Nachbarwohnung, und der alte Herr Krusemann streckte die Nase heraus.

»Was ist denn das für ein Lärm? Ist der Hund durchgedreht, oder was?«

»Entschuldigen Sie bitte. Duke hat sich vor der Sirene erschreckt.« Hektisch wühlte sie in ihrem Täschchen nach dem Wohnungsschlüssel. »Laute Geräusche machen ihm Angst.« Endlich hatte sie den Schlüssel gefunden und schloss die Tür auf. Duke raste wie ein Blitz nach drinnen.

»Der große Hund hat Angst vor der Sirene?« Herr Krusemann tippte sich an den Kopf. »Wo gibt es denn so was?«

»Bei Duke.« Sie seufzte. »Entschuldigen Sie mich, ich muss nach ihm sehen.«

»Wenn Sie mit so einem großen Hund nicht fertigwerden, sollten Sie sich keinen anschaffen, junge Frau!«, rief Krusemann ihr hinterher.

Sie achtete nicht weiter auf ihn, sondern warf die Wohnungstür hinter sich ins Schloss. »Duke, wo steckst du denn?«

Na, hier, in Sicherheit. Hoffe ich zumindest. Das Geheul hat zumindest jetzt wieder aufgehört. Muss ja ein fürchterliches Ungeheuer sein, das so laut werden kann.

Suchend sah Caroline sich in ihrer Zweizimmerwohnung um. In der Küche war Duke nicht, im Wohnzimmer und im Bad ebenfalls nicht. Im Schlafzimmer sah sie ihn jedoch genauso wenig. »Duke? Wo steckst du denn?«

Hier. Ich komme aber nicht raus, ehe ich mir nicht ganz sicher bin, dass keine Gefahr mehr droht.

Erst blieb alles still, doch dann vernahm Caroline ein leises Fiepen und Hecheln und ging daraufhin in die Knie. »Bist du etwa da drunter?« Sie hätte beinahe gelacht, als sie den schwarzbraunen Hund mit der kläglichen Miene unter dem Bett erblickte. »Tatsächlich. Du liebe Zeit, ist es nicht fürchterlich eng da unten?«

Ja, schon, jetzt, wo du es sagst. Ich habe mir den Kopf gestoßen und kann auch nur ganz platt auf dem Bauch liegen. Aber immer noch besser als heulende Ungeheuer draußen!

»Komm da lieber wieder raus, Duke. Es ist doch gar nichts passiert. Das war nur die Feuerwehrsirene.« Die bedeutete, dass ihr Date wohl ausfallen musste. Henning war schon kurz nach seiner Rückkehr nach Lichterhaven der Freiwilligen Feuerwehr beigetreten und hatte auch schon einige Kurse absolviert. Demnach war er jetzt ganz sicher auf dem Weg zum Einsatz.

»So ein Mist!« Sie zuckte zusammen, weil sie laut gesprochen hatte. Doch erst jetzt, da es wohl ausfiel, wurde ihr bewusst, wie sehr sie sich auf das Date gefreut hatte. Seufzend wandte sie sich wieder Duke zu. »Komm schon, Süßer. Ich habe auch einen Kauknochen für dich.«

Mir egal. Ich habe doch jetzt keinen Hunger! Und Appetit schon mal gar nicht. Mein Herz hämmert, und ich bin total durch den Wind. Duke winselte ein wenig. *Außerdem stecke ich, glaube ich, hier fest.*

Caroline erhob sich, eilte in die Küche und holte einen von Dukes Lieblingskauknochen. »Hier, schau mal. Willst du den haben?« Sie wedelte ein wenig mit dem Knochen vor der Bettkante herum.

Nö. Oder ... vielleicht schon, aber ich kann hier nicht raus.

»Ach, komm schon. Die Sirene ist doch längst wieder aus.« Noch während sie sprach, vernahm sie aus der Ferne die Martinshörner der Lichterhavener Feuerwehr-Autos. Offenbar rückten sie mit der kompletten Flotte aus. Das bedeutete, es war ein größeres Unglück geschehen. Sie schauderte unwillkürlich, konzentrierte sich dann aber bewusst auf Duke. »Hey, du kleiner Angsthase. Es ist wirklich alles okay. Du kannst wieder rauskommen. Und mmh, guck nur mal! Dieser wahnsinnig leckere Kauknochen wartet hier auf dich.« Wieder kniete sie sich vor das Bett und warf einen Blick auf den Hund.

Duke zappelte ein wenig, schnaufte, blieb aber, wo er war. *Tut mir leid, ich kann nicht.*

»Oh Mann, steckst du etwa fest?« Zwischen Lachen und Seufzen hin- und hergerissen, richtete Caroline sich wieder auf. »Das hat uns gerade noch gefehlt. Was mache ich denn jetzt?«

Keine Ahnung. Duke fiepte. *Aber ehrlich gesagt will ich jetzt doch hier raus. Diese Enge hier macht mir Angst.*

Caroline erschrak, als Duke unter dem Bett zu rumoren begann. »He, he, nicht so wild! Warte mal.« Sie fasste unter die Bettkante und versuchte, das Bett anzuheben. Sie schaffte es auch, jedoch nur ein winziges bisschen. Ächzend ließ sie wieder los. »Schiet, ist das schwer. Das geht schon mal nicht.«

Ich will hier raus! Hilfe! Duke winselte. *Und jetzt habe ich mir schon wieder den Kopf gestoßen.*

Caroline starrte ihr Bett für einige Sekunden ratlos an. Schließlich schob sie das ganze Bettzeug auf die rechte Seite und wuchtete die Matratze auf der linken Seite hoch. Umständlich verfrachtete sie sie ebenfalls auf die rechte Betthälfte. Danach hob sie den Lattenrost an und stellte ihn hochkant.

Ein verblüffter Duke blickte zu ihr auf. *Wie jetzt, was ist das denn? Ein Ausgang? Oh, gut!* Er stand auf, schüttelte sich und sprang über den Bettrahmen. *Okay, ja, so ist es viel besser. Wo ist mein Kauknochen?* Er tappte zu Caroline und schnüffelte an ihr herum.

Sie lachte erleichtert. »Jaja, Moment. Ich muss erst mein Bett wieder zusammenbauen.«

Nee, musst du gar nicht. Ich will mein Leckerchen!

Sie kicherte, als Duke an ihr hochsprang. »Hey, das ist unfair. Okay, okay, du hast gewonnen.« Sie legte den Lattenrost zurück an seinen Platz und wühlte unter der Matratze, bis sie inmitten ihres Bettzeugs den Knochen gefunden hatte. »Hier, bitte sehr, du Verrückter.« Sie gab Duke den Leckerbissen, der umgehend damit in Richtung Wohnzimmer abzog.

Na bitte, geht doch. Hm, den verspeise ich jetzt irgendwo, wo man nicht feststecken kann.

»Uff.« Stöhnend wuchtete Caroline die Matratze wieder zurück und ordnete Kissen und Decke. »Was für ein Chaos.« Als sie sich umdrehte, fiel ihr Blick in den großen Spiegel. »Tja, das war es wohl mit dem schick Ausgehen.« Sie überlegte, ob sie sich umziehen sollte, verwarf den Gedanken aber, als sie ein Piepsen vernahm, das eindeutig von ihrem Smartphone kam.

Sie eilte in den Flur. Wohin hatte sie ihre Tasche gelegt, als sie Dukes Verfolgung aufgenommen hatte? Sie fand sie schließlich auf dem kleinen Küchentisch. Rasch zog sie das Handy hervor und rief die Textnachrichten-App auf. Henning hatte ihr geschrieben.

Henning: Feuerwehr-Einsatz auf der Autobahn. Unfall mit zwei Lkw. Tut mir sehr leid. Ich melde mich bei dir, sobald ich kann. Bleib mir treu, holde Maid!

Sie gluckste. Er konnte es einfach nicht lassen.

Caroline: Nee, Seemann, ich segle jetzt in den nächsten Hafen und suche mir ein anderes Date! Pass auf dich auf.

Sie konnte sehen, dass er die Nachricht abrief, doch er antwortete nicht darauf. Natürlich nicht. Er hatte jetzt Wichtigeres zu tun. Zum ersten Mal konnte sie so richtig nachvollziehen, wie es Ella immer erging, wenn Jörn zu einem Einsatz gerufen wurde. Er war immerhin der Wehrführer der Lichterhavener Feuerwehrtruppe. Ein eigenartiges Gefühl, stellte Caroline fest. Leichte Aufregung, gepaart mit Sorge. Hoffentlich gab es keine Verletzten oder Schlimmeres. Einsätze auf dem Abschnitt der Autobahn, der zum Einzugsgebiet der Freiwilligen Feuerwehr Lichterhaven gehörte, waren keine Seltenheit. Zum Glück waren es fast immer nur Fahrzeugschäden ohne Verletzte. Aber man konnte ja nie wissen.

Ansonsten erstreckte sich die Arbeit der hiesigen Feuerwehr mehr auf Hilfeleistungen bei Unwettern und Sturmfluten. Vollgelaufene Keller und mit Sandsäcken abzusichernde Häuser und Straßenzüge, speziell in der Nähe des Hafens, kamen weit häufiger vor als Brände. Tatsächlich war das Feuer, das einen Teil der Magnusson-Villa stark beschädigt hatte, das erste seit vielen Jahren gewesen. Entsprechend lange war es Gesprächsthema Nummer eins gewesen, zumindest bis Ellas spektakulärer Auftritt auf der Bühne während des Stadtfestes letztes Jahr, bei dem sie Jörn ihre Liebe gestanden hatte, ihm den Rang abgelaufen hatte.

Interessant war die Villa erst wieder geworden, als sich herumgesprochen hatte, dass Henning sie zu renovieren und dort einzuziehen gedachte.

Caroline nahm ihr Handy mit ins Wohnzimmer und warf sich auf die beigefarbene Couch. Wenn es eine Sturmflutwarnung gab, half die halbe Stadt mit, alles sicher zu machen. Die *Foodsisters* wie auch einige weitere Gastronomiebetriebe sorgten dann für Getränke und etwas zu essen für die fleißigen Helferinnen und Helfer.

Das war heute natürlich keine Option. Auf der Autobahn ließ sich wohl eher kein Imbissstand aufbauen.

Ihr Handy piepste erneut.

Ella: Alles klar bei dir? Das Date fällt wohl aus. Tut mir leid für dich. Auf der Autobahn sind zwei Lkw verunfallt. Mehr weiß ich leider auch nicht. Könnte aber länger dauern.

Caroline: Hab's schon gehört. Duke ist ausgeflippt, als die Sirene ging. Er hat sich unter dem Bett versteckt. Ich musste es auseinandernehmen, um ihn zu befreien.

Sie setzte ein paar passende Emojis dazu.

Ella: Ach du liebes bisschen! Geht es ihm gut?

Caroline: Ich glaube schon. Er macht sich gerade über einen Kauknochen her.

Ella: Gut. Der Ärmste! Barnabas mag solchen Lärm auch nicht. Hat Henning sich schon gemeldet?

Caroline: Ja, ganz kurz per Textnachricht.

Ella: Echt blöd, dass ausgerechnet euer erstes richtiges Date ausfällt. Bei uns war es ja ähnlich. Nimm es vielleicht als gutes Omen.

Caroline: Was macht man denn in so einer Situation? Ich hocke hier aufgebrezelt und weiß nicht, was ich jetzt tun soll.

Ella schickte mehrere Lach- und Herzchenemojis.

Ella: Da hilft nur ein guter Film auf Netflix. Ich suche auch gerade nach einem. Das lenkt mich ganz gut ab, sonst mache ich mir zu viele Gedanken.

Caroline: Gute Idee. Wird schon alles gut gehen.

Ella: Ja, wird es. Bis später, Schatz!

Ein Kuss-Emoji folgte.

Caroline schickte ebenfalls eines an die Freundin. Noch während sie auf Senden tippte, traf eine Nachricht von Hannah ein, die ebenfalls ihr Bedauern über das ausgefallene Date zum Ausdruck brachte. Nachdem Caroline auch ihr von Dukes Ausflug unters Bett berichtet hatte, schaltete sie den Fernseher ein und suchte sich eine Action-Komödie aus dem Netflix-Angebot heraus. Sie streifte die Sandalen ab, zog die Füße auf die Couch und versuchte zu vergessen, wie der Abend eigentlich hätte verlaufen können.

***

Das Klingeln ihres Handys ließ sie hochschrecken. Der Film war vorbei, und auf dem Fernsehbildschirm wechselten sich die Werbeanzeigen für weitere Filme und Serien ab. Sie musste wohl eingenickt sein. Etwas desorientiert tastete sie nach dem Smartphone auf dem Couchtisch, war aber gleich hellwach, als sie den Namen des Anrufers auf dem Display sah. Rasch nahm sie das Gespräch an. »Henning? Ist alles okay?«

»Hallo, Caroline. Ja, so weit alles gut. Na ja, sieht man mal von der Sauerei ab, die hier herrscht. Auf der Autobahn sind zwei riesige Transporter mit Gülle ineinandergefahren. Wahrscheinlich hatte einer der Fahrer einen Herzinfarkt. Er wurde ins Krankenhaus gebracht. Also eigentlich alle beide Fahrer, denn der andere war schwer verletzt. Einer der Transporter hat Feuer gefangen, der andere ist ausgelaufen. Vierundzwanzigtausend Liter feinste Schweinegülle auf der

Fahrbahn. Wir mussten die Autobahn in beiden Richtungen sperren.«

»Ach du liebe Zeit!« Caroline schauderte. »Das ist ja ekelhaft.«

»Das kannst du laut sagen. Es heißt zwar, dass noch niemand erstunken ist, aber wir sind hier kurz davor. Anfangs war der Einsatz nur für die Atemschutzträger möglich. Allmählich haben wir die Brühe mit Wasser so weit verdünnt, dass es nicht mehr gesundheitsgefährdend ist, sich hier aufzuhalten. Wir werden wohl noch eine Weile beschäftigt sein.«

»Und warum rufst du an?« Caroline stockte. »Ich meine, darfst du das überhaupt mitten in einem Einsatz?«

»Ich bediene hier gerade ein Standrohr, da habe ich eine Hand frei. Ich wollte dich eigentlich um etwas bitten. Wenn es für dich okay ist.«

Caroline setzte sich auf. »Klar, sicher, worum geht es denn?«

»Meine Einsatzklamotten stinken zum Himmel. Damit kann ich mich nicht ins Auto setzen. Ich kann zwar im Feuerwehrhaus duschen, habe aber leider gerade keine Sachen zum Wechseln dort. Könntest du zu mir rübergehen und ein paar frische Sachen holen und zum Feuerwehrhaus bringen? Zwei Mädels von der Jugendfeuerwehr sind dort und halten die Stellung und den Funkkontakt zu uns. Du kommst also problemlos rein. Ein Haustürschlüssel hängt in der Außenlampe auf der Terrasse neben der großen Glastür.«

»Äh … okay.« Caroline erhob sich. »Sicher, das kann ich machen.«

»Danke.« Henning klang erleichtert. Im Hintergrund waren Rufe und vereinzelt sogar Gelächter zu vernehmen. »Die Bande wird allmählich albern. Anders ist dieser bestialische Gestank nicht zu ertragen.« Er hielt inne. »Am besten bringst du auch noch ein paar Müllsäcke mit, in die ich die

Einsatzklamotten einwickeln kann, damit sie auf dem Weg zur Waschmaschine nicht alles vollstinken.« Ein trockenes Lachen folgte. »Du findest welche in der Küche in der Schublade ganz unten links an der Kochinsel. – Ja, schon gut, ich komme. Caro, ich muss auflegen. Bis später.« Es klickte, als er die Verbindung beendete.

Caroline rappelte sich auf und schlüpfte in ihre Sandalen. »Dann mal los. Duke, komm, wir müssen noch mal los.«

20. Kapitel

Henning fühlte sich erschöpft und hungrig, als er sein Auto in der Garage abstellte. Nicht müde, dazu war der Einsatz nicht anstrengend genug gewesen und er zu sehr an lange, harte Trainingstage gewöhnt. Doch der unsägliche Gestank hatte ihm Kopfschmerzen verursacht, die erst jetzt allmählich nachließen. Da er schon seit dem Mittag nichts gegessen hatte, waren seine Batterien entsprechend leer. Dass die Außenbeleuchtung an der Haustür eingeschaltet war, nahm er erst so richtig wahr, als er die Garage verließ. Hatte Caroline vergessen, sie auszuschalten? Unwahrscheinlich, denn als sie seine Sachen geholt hatte, war es noch hell gewesen. Laut den beiden jungen Feuerwehrfrauen, die sie eingelassen hatten, war Caroline um kurz nach neun dort gewesen.

Bei genauem Hinsehen bemerkte er, dass auch in der Küche Licht brannte sowie offenbar auch im angrenzenden Wohn- und Esszimmer. Was ging hier vor?

Neugierig schloss er die Haustür auf und wurde umgehend von himmlischen Düften begrüßt. Irgendetwas war hier gebacken und gebraten worden. Er ließ die Müllsäcke mit seinen Einsatzklamotten und den Stiefeln einfach draußen auf den Stufen liegen, trat ein und warf die Tür achtlos hinter sich ins Schloss. »Hallo?« Sein Weg führte ihn geradewegs in die Küche, wo er Caroline an der Kochinsel stehen und Steaks in einer gusseisernen Pfanne wenden sah. Sein Herz machte einen geradezu unanständigen Satz und schien sich gleich darauf in seinem gesamten Brustkorb ausweiten zu wollen. »Du kochst.« Mehr fiel seinem überwältigten Gehirn nicht ein.

Caroline sah von der Pfanne auf und lächelte. »Du kommst genau richtig. Lisa hat mir Bescheid gegeben, als du dich auf den Weg vom Feuerwehrhaus hierher gemacht hast, sodass ich die Steaks entsprechend in die Pfanne werfen konnte.«

»Du hast für mich gekocht.« Verdammt, was war denn mit ihm los? Fiel ihm nichts anderes ein? »Und gebacken.« Oh Mann, es wurde nicht besser, doch sein Blick wurde wie magnetisch von dem erleuchteten Backofen schräg hinter Caroline angezogen, dessen Inhalt verdächtig nach Brötchen aussah und zusammen mit den Steaks gerade seine Geruchsnerven verwöhnte, nachdem sie in den vergangenen Stunden sprichwörtlich gefoltert worden waren. »Steaks und Brötchen.«

Caroline nickte und gab die Steaks auf zwei Teller. »Biscuits, um genau zu sein. Backpulverbrötchen. Für einen Hefeteig war nicht genügend Zeit. Und im Kühlschrank steht ein Kartoffelsalat. Das Rezept habe ich von Hannah, und inzwischen gelingt er mir beinahe so gut wie ihr. Das Geheimnis liegt in ... Hey!« Sie schnappte nach Luft, als er mit wenigen Schritten bei ihr war und sie mit einem Ruck an sich zog. »Ich muss noch ...«

»Ich liebe dich.« Shit. Hatte er das wirklich gesagt? Einfach so? In seiner Küche? Er küsste sie, bevor sie etwas sagen konnte. Es war die Wahrheit, warum also nicht genau hier und jetzt? Als er sich wieder von ihr löste, begegnete ihm ihr skeptischer Blick.

»Weil ich für dich gekocht habe?« Er konnte erkennen, dass sie versuchte, ruhig und unbeteiligt zu wirken, doch an ihrer heftig pochenden Halsschlagader, an der leichten Röte auf ihren Wangen und ganz besonders an ihrem Blick – erschrocken, verblüfft und ein wenig ängstlich – war abzulesen, was sie wirklich empfand.

Er lächelte, die Arme weiterhin fest um ihre Hüften geschlungen. »So abgedroschen es auch klingen mag, aber: ja. Bei Männern geht die Liebe nun mal durch den Magen.«

Sie schluckte sichtlich nervös. »Und wenn ich nicht kochen oder backen könnte?«

Grinsend küsste er sie auf den Mundwinkel. »Dann müsste ich das übernehmen und dich wegen mindestens tausend anderer Gründe lieben, die ich dir gerne bei Gelegenheit aufzählen werde.«

»Du kannst kochen?« Ihre Stimme klang nun eindeutig etwas dünn und angestrengt, so als wäre sie noch nicht gänzlich bereit, den Inhalt seiner Worte als das anzunehmen, was sie waren.

»Mit Hannahs Künsten traue ich mich nicht zu konkurrieren, aber ein einigermaßen schmack- und nahrhaftes Mahl kriege ich hin. Meine Mutter hat es mir beigebracht, als ich noch ein Junge war, weil sie der Ansicht ist, dass das meinen Wert auf dem Heiratsmarkt eklatant in die Höhe treibt.«

»Heiratsmarkt?« Caroline krächzte nur noch.

Lachend ließ er sie nun doch wieder los, um ihr Raum zum Atmen zu geben, und trug die beiden Teller zu dem großen Esstisch mit acht Stühlen aus dunklem Nussbaumholz. »Sie meinte damals, sie müsse vorsorgen, weil man ja nicht wissen könne, ob meine Obsession mit dem Kartfahren jemals zu etwas führen würde. Außerdem hat sie sich immer geärgert, dass mein Vater sogar Wasser anbrennen lassen konnte. So etwas wollte sie einer potenziellen Schwiegertochter nicht zumuten.« Bei der Erinnerung grinste er wieder. »Eine Zeit lang hat Paps sogar mitgemacht, weil er die Hoffnung hegte, doch noch zu einem Meisterkoch zu mutieren.«

Caroline hatte den Backofen abgeschaltet, nahm die Biscuits mit einer Grillzange heraus und legte sie in einen Brotkorb. Sie schien sich nach der kurzen Zeit bereits sehr gut in seiner Küche auszukennen. »Es hat nicht funktioniert?«

»Es war ein Desaster.« Er holte die Schüssel mit dem Kartoffelsalat aus dem Kühlschrank und trug sie zum Tisch. »Mama hat ihn schließlich entnervt aus der Küche ausgesperrt.«

»Ich habe nur alkoholfreies Bier gefunden.« Caroline war ebenfalls an den Kühlschrank getreten und entnahm ihm zwei Flaschen. »Ist das okay? Ich finde, Bier passt am besten zu Steaks und Kartoffelsalat.« Sie stellte die Flaschen auf den Tisch und legte ein Päckchen Butter daneben.

»Kaltes Bier ist perfekt.« Er entnahm einer Schublade am Sideboard neben dem Esstisch einen Flaschenöffner und schritt zur Tat. »Ich habe immer nur null Komma null im Haus, damit ich jederzeit noch fahren kann. Alte Gewohnheit. Außerdem liegt mir nur wenig daran, meine fünf Sinne dem Suff und anschließenden Kater auszusetzen. Früher habe ich mehr Alkohol getrunken, bis mir aufging, dass er nie wirklich zu meinem Wohlbefinden beigetragen hat.«

»Mit dem Alter kam die Weisheit?« Caroline setzte sich an den Tisch.

»Ja, gewissermaßen.« Auch er ließ sich ihr schräg gegenüber nieder und ergriff ihre Hand. »Danke.«

Sie lächelte leicht. »Keine Ursache.«

»Oh doch, und wie! Ich hatte mir schon den Kopf zerbrochen, woher ich so spät noch was Anständiges zu essen bekommen könnte. Du bist meine Rettung.« Plötzlich fiel ihm etwas auf. »Wo ist eigentlich Duke?«

»Ach herrje!« Erschrocken sprang Caroline auf. »Das hätte ich beinahe vergessen. Er ist im Keller.«

»Warum denn das?«

»Er hatte sich eingesaut.« Sie hastete aus dem Zimmer. »Iss schon mal, sonst wird dein Steak kalt. Ich sehe nach Duke.« Schon klappte die Kellertür. Hin- und hergerissen zwischen Hunger und Neugier wechselte sein Blick ein paarmal zwischen der Zimmertür und seinem Teller. Ehe er zu einem Entschluss kommen konnte, hörte er Caroline schon wieder zurückkehren.

Duke schoss noch vor ihr wie eine riesige lebendige Kanonenkugel ins Zimmer.

Hab ich doch richtig gehört. Henning ist da. Juhu! Wau, meine ich. Wie freue ich mich, dich zu sehen. Heftig wedelnd zappelte der Rottweiler neben Hennings Stuhl herum und krabbelte ihm schließlich sogar auf den Schoß. *Hallo, hallo! Was hast du denn da auf dem Teller? Steak? Lecker!*

»Nichts da, das ist meins.« Lachend schob Henning den begeisterten Hund wieder von seinem Schoß. »Na, du Trampeltier? Was muss ich da hören, du hast dich eingesaut?« Er sah zu Caroline hinüber, die sich wieder hingesetzt hatte. »Wie und wo hat er das denn geschafft?«

Sie musterte Duke mit grimmigem Blick. »In dem riesigen Loch in deinem Garten. Anscheinend liebt er es zu buddeln. Dann ist er in den kleinen Seerosenteich gesprungen.«

»Duke?« Ungläubig starrte er erst sie, dann den Hund an. »Ich dachte, er sei wasserscheu.«

»Nicht bei so kleinen Tümpeln, wie es scheint.«

Nee, wirklich nicht. Der Teich ist genau richtig. Nicht so gruselig wie dieses riesige Gewässer, das ihr Nordsee nennt. Man kann drin stehen und muss nicht schwimmen. Und ja, ich buddele für mein Leben gerne. Am liebsten, wenn ich dabei einen Knochen oder ein Spielzeug vergraben kann. Es geht aber auch ohne ganz gut.

Caroline verdrehte die Augen. »Ich konnte gar nicht so schnell schauen, wie er nach dem Bad im Teich wieder in dem Erdloch war. Danach sah er aus wie ein Lehmmonster.«

Henning prustete. »Das Erdloch wird mal ein Naturpool.« Verschwörerisch senkte er die Stimme und beugte sich zu Duke hinab. »Das wird aber noch ein Weilchen dauern, weil die Firma, die den Pool bauen soll, erst im August Zeit hat. Bis dahin bleibt das Buddelparadies erhalten.«

Wau, toll! Das probiere ich gerne noch öfter aus. Begeistert wedelte Duke mit seinem Schwanz und setzte sich ganz dicht neben Hennings Stuhl.

»Tja, dann darfst aber zukünftig du das Lehmmonster in einen haustauglichen Hund zurückverwandeln.« Caroline warf ihm einen bezeichnenden Blick zu. »Ich musste ihn duschen. Zum Glück hat er sich das gefallen lassen. Unten in der Dusche neben deinem Fitnessraum. Ich hatte schon Angst, ich schaffe es nicht mehr rechtzeitig, die Steaks zu braten, weil ich auch noch das Bad reinigen musste. Zum Glück hat Lisa erst angerufen, als ich damit fertig war.«

Henning hatte sich endlich dem Steak und dem Kartoffelsalat zugewandt und stieß ein genießerisches Seufzen aus. »Lecker!« Rasch nahm er sich ein Biscuit und brach es in der Mitte durch, um es mit Butter zu bestreichen. »Du hättest das nicht zu tun brauchen. Ich kann mein Bad auch selbst putzen.«

»Aber ich ... wir ... Duke hat es schmutzig gemacht«, protestierte sie. »Ich konnte es doch nicht einfach so lassen.«

»Es war ja auch mein Erdloch, das ihn zum Buddeln animiert hat. Und mein Teich.«

Jahaa, beides ist supertoll. Darf ich da wirklich noch mal rein?

»Ja, aber ...« Energisch schüttelte sie den Kopf. »Das geht doch nicht. Auch wenn Duke nicht richtig mein Hund ist, bin ich doch trotzdem dafür verantwortlich, wenn er etwas verschmutzt.«

»Und als die Person, die ebenfalls irgendwie für ihn verantwortlich ist, versichere ich dir, dass es in Ordnung gewesen wäre. Wie gesagt, ich kann mit einem Wischmopp und einem Putzlappen umgehen und sollte mich wohl auch daran gewöhnen, wenn ich mir so ein Lehmmonster, wie du es nennst, zulegen möchte.«

»Ja, hm …« Auf Carolines Gesicht erschien ein verlegener Ausdruck. »Wir haben uns noch gar nicht darüber unterhalten, was wir mit Duke machen. Ich habe ihn noch bis morgen, und danach sollst du ihn für ein paar Tage nehmen.«

Henning antwortete nicht sofort darauf, sondern aß schweigend einige Bissen. »Vielleicht ist der Zeitpunkt, sich darüber Gedanken zu machen, einfach noch nicht gekommen. Lassen wir es doch erst einmal noch so, wie es ist, und wechseln uns ab. Christina hat bestimmt nichts dagegen. Ich bin mir sicher, wir finden die richtige Lösung.«

»Glaubst du?« Nachdenklich blickte Caroline zu Duke, der sich mittlerweile hingelegt hatte, ihrer Unterhaltung jedoch aufmerksam zu folgen schien. Vielleicht hoffte er aber auch nur, dass ein Stück Steak für ihn abfiel. »Wenn wir noch lange so weitermachen, gewöhnt er sich doch an uns beide.«

Henning wischte mit einem zweiten Biscuit einen Rest Fleischsaft auf und schob es sich in den Mund. Erst als er es hinuntergeschluckt hatte, antwortete er: »Was wäre so schlimm daran? Ich würde mich auch gerne an euch beide gewöhnen.« Er ergriff ihre Hand. »Und an uns beide.«

Ihre Finger zuckten leicht. »Geht das alles nicht ein bisschen schnell?«

Schmunzelnd nahm er einen Schluck Bier. »Nicht für mich. Immerhin träume ich schon eine lange Zeit davon. Wenn du willst, kannst du ganz bestimmt schnell aufholen.«

»Und was dann?« Sie wirkte ein wenig atemlos, als sie ebenfalls ihre Bierflasche an die Lippen hob.

»Das sehen wir, wenn es so weit ist.« Er musterte sie aufmerksam. »Was macht dir Sorgen?«

»Ich weiß es nicht. Es wäre alles einfacher, wenn du der blöde Macho auf dem ewigen Egotrip wärst, für den ich dich all die Jahre gehalten habe.«

Ein warmes Gefühl stieg wellenartig in ihm auf. »Dann hast du deine Meinung über mich also inzwischen geändert?«

Sie zuckte mit den Achseln. »Du machst es mir verdammt schwer, es nicht zu tun.«

»Gut.« Grinsend erhob er sich und zog sie mit sich hoch. »Ich habe noch ein paar Tricks auf Lager, die die Sache vorantreiben könnten.«

»Was für Tricks?« Argwöhnisch sah sie zu ihm auf.

»Vielleicht sollte ich es besser Fähigkeiten nennen.« Er zog sie an sich. »Oder Talente.«

»Spricht da doch wieder das übergroße Ego aus dir?«

Ganz sachte ließ er seinen Mund von ihrem Mundwinkel über ihre Wange bis zu der Stelle direkt unter ihrem Ohr wandern und spürte, wie sie erschauerte. »Warum probieren wir es nicht aus, und du sagst mir hinterher, was zutrifft?«

Sie sog hörbar die Luft ein, als er an der zarten Haut direkt an ihrer Halsschlagader zu knabbern begann. »Hinterher?«

Er zog eine Spur bis in ihre Halsbeuge, dann suchte er ihren Blick. »Bleib heute Nacht hier bei mir.«

Sie schluckte, schien das Für und Wider abzuwägen. »Gibt es nicht diese Regel, dass man beim ersten Date noch keinen Sex haben sollte? Weil das, na ja, liederlich wäre?«

»Liederlich?« Erneut erforschte er ihre Wange, ihr Ohr, ihren Hals mit den Lippen und spürte, wie er auf sie zu reagieren begann. »Wer behauptet das?«

»Ich … weiß nicht.« Ihr Atem ging unstet. »Alle …«

»Alle?«

»Frauenzeitschriften. Das steht in jedem Magazin, das etwas auf sich hält. Sogar Ella hat sich an diese Regel gehalten, als sie noch … du weißt schon, solo war. Ich glaube, so was Ähnliches steht schon in der Bibel.«

Lachen stieg in ihm auf. »Pfeif drauf. Unser Leben, unsere Regeln.« Er hielt inne und suchte erneut ihren Blick. »Es sei denn, du möchtest wirklich nicht. Dann werde ich mich gedulden.«

Ein leichtes, ungewohnt unsicheres Lächeln erschien auf ihren Lippen. »Ich glaube, die größte Sorge bereitet mir, dass ich das hier tatsächlich will.«

Ihm wurde unnatürlich warm, doch er blieb äußerlich ganz ruhig. »Was soll daran besorgniserregend sein? Du bist mir halt einfach verfallen.« Er grinste breit. »Mit Haut und Haar.«

Empört stieß sie ihn vor die Brust. »Da, siehst du? Wie schwach muss ich sein, um auf so was reinzufallen?«

Lachend umfasste er mit der rechten Hand ihre Wange. »Du siehst das falsch.«

»Ah ja?«

»Ja. Vielleicht bist du auch so stark, dass du trotz meiner offensichtlichen Fehler bereit bist, dich auf das Abenteuer einzulassen.«

Nach kurzem Zögern lächelte sie erneut. »Abenteuerlich wird es allemal, da hast du recht. Obwohl ich jetzt nicht sagen würde, dass du so sehr viele Fehler hast.«

»Ach nein?« Beiläufig tastete er nach dem Reißverschluss ihres Kleides und begann, ihn herabzuziehen. »Mir war, als hättest du mal etwas ganz anderes behauptet.«

»Ich weiß.« Sie erschauerte wieder leicht, als er seine Finger unter den Stoff schob. Ihre Haut fühlte sich seidig glatt und warm an. »Inzwischen glaube ich, es ist bei dir eher so wie bei dem alten Wohnmobil.«

»Was?« Verblüfft hielt er inne.

»Es hat über die Jahre einige Macken bekommen.« Nun tastete auch sie sich an seinem grauen T-Shirt entlang, zog es aus dem Bund seiner Jeans und begann, seine Haut an Rücken und Seiten zu streicheln.

Sein Blut erhitzte sich noch mehr, und er wurde hart. »Macken habe ich?«

»Ja, so einige.« Bedächtig schob sie sein T-Shirt hoch, bis er es sich rasch über den Kopf zog und achtlos zu Boden warf.

Hey, was soll das denn? Frechheit, mir einfach dieses Stoffding auf den Kopf zu werfen. Also echt. Ich glaube, ich suche mir einen anderen Schlafplatz. Einen ungehaltenen Laut ausstoßend marschierte Duke hinüber in das mit Nussbaum-Möbeln im Kolonialstil eingerichtete Wohnzimmer und sprang demonstrativ auf einen der riesigen dunkelbraunen Ledersessel. *So, das ist ab sofort mein Platz. Und wehe, ihr kommt hierrüber und bewerft mich noch mal mit Kleidungsstücken!*

Henning und Caroline folgten mit amüsierten Blicken dem sichtlich genervten Rottweiler.

»Tut mir leid. Darf er überhaupt auf den Sessel?« Schon wollte Caroline Duke folgen, doch Henning hielt sie fest. »Jetzt ist es eh zu spät. Lass ihn. Außerdem möchte ich das mit den Macken gerne noch ein wenig erörtern.« Erneut begann er, zärtlich die nackte Haut an ihrem Rücken zu streicheln.

»Ja, also …« Sie sog den Atem ein. »Bei dem Wohnmobil kannst du doch die Macken auch ausbessern, oder nicht?«

»Sicher.« Er nickte ernst. »Wenn ich es geschickt anstelle, sieht es hinterher wie neu aus, mit modernem Interieur.« Noch während er sprach, begriff er, worauf sie hinauswollte. »So etwas geht aber nur, wenn Motor und Karosserie, der Kern, wenn du so willst, noch so weit intakt sind, um diese Ausbesserungsarbeiten auszuhalten und überhaupt erst zu rechtfertigen.«

»Ja.« Sie erwiderte seinen Blick mit ernster Miene. »Andernfalls hätte es wohl keinen Sinn.«

Mit einem sanften Ruck zog er sie wieder an sich. »Du hältst meinen Kern also für erhaltenswert.«

»Ich denke, schon.« Sie gluckste, als er sie mit Schwung auf die Arme hob und in Richtung Treppe zum Obergeschoss trug: »Deine Karosserie übrigens auch.«

***

Ein wildes Kribbeln und Brennen breitete sich tief in ihrer Mitte aus, als Henning sie scheinbar mühelos die Treppe hinauftrug und nur Augenblicke später mit dem Fuß die Tür zu seinem Schlafzimmer aufschob. Dicht vor dem großen Boxspringbett mit dem hellgrau gepolsterten Kopfende stellte er sie auf die Füße.

»Um noch mal auf meine Talente zurückzukommen ...« Während er sprach, schob er ihr die breiten Träger ihres Kleides von den Schultern, sodass es mit einem leisen Rascheln zu Boden glitt. Sie spürte seine Fingerspitzen, die federleicht über die Haut an ihrem Rücken, an ihren Seiten und Armen glitten und eine heiße Spur, gefolgt von einer Gänsehaut, hinterließen.

Vorsichtig berührte sie mit den Handflächen seinen breiten, muskulösen Brustkorb. Ein wenig ärgerte sie sich über ihre Unsicherheit. Die wenigen Männer, mit denen sie im Lauf der Jahre zusammen gewesen war, ließen sich problemlos an einer Hand abzählen, und keiner von ihnen war mit Henning zu vergleichen. Geschweige denn die irritierend intensiven Empfindungen, die allein seine Berührungen in ihr auslösten. War er wirklich so ... gut? Oder lag es an etwas anderem?

»Du bist schön.« Mit dem Zeigefinger strich er am Rand ihres hellblauen BHs entlang.

Bei dieser schlichten Aussage zuckte sie beinahe zusammen. Halb überrascht, halb skeptisch musterte sie ihn und versuchte herauszufinden, ob er es ernst meinte.

Er beugte sich vor, bis sein Mund den ihren beinahe

berührten. »Das ist kein Trick und kein Spruch, sondern die Wahrheit. Behaupte jetzt nicht, dass das noch nie ein Mann zu dir gesagt hat. Die sind doch nicht alle blind!«

Beinahe hätte sie gelacht. »Nein, also, doch, also nein, nicht blind, aber ... aus deinem Mund klingt es anders.«

»Wie anders?«

Sie hob verlegen die Schultern. »Du hast weit mehr Vergleichsmaterial als die meisten anderen Männer, die ich kenne ... oder gekannt habe.«

Energisch zog er sie an sich, sodass sie nicht nur die harten Muskeln seines Oberkörpers zu spüren bekam, sondern auch seine Erektion, die sich unmissverständlich unter dem Stoff seiner Jeans abzeichnete. »Das ist schmeichelhaft und beleidigend zugleich. Ich käme niemals auf die Idee, Frauen miteinander zu vergleichen, weil jede von ihnen einzigartig ist.« Zärtlich strich er ihr eine kleine Haarsträhne hinters Ohr und sah sie dabei so ernst und eindringlich an, dass sie für einen Moment das Gefühl hatte, die einzige Frau auf dem Planeten zu sein. Oder doch zumindest die einzige Frau für ihn. Jemals. Verdammt, er war wirklich gut!

»Was für Zweifel tummeln sich immer noch hier oben drin?« Federleicht strich er mit dem Zeigefinger über ihre Schläfe. »Du bist schön, du bist sexy, und du bist mein.« In seinen Augen blitzte es schalkhaft.

Großer Gott, was sollte sie nur mit ihm anfangen? Sie konnte sich ein Kichern nicht verkneifen. »Du bist ein Spinner, weißt du das?«

»Kann schon sein, aber wenn du mich lässt, bin ich liebend gerne ganz ausschließlich dein Spinner.« Er tastete nach dem Verschluss ihres BHs, und nur Sekunden später landete auch dieses Kleidungsstück auf dem Fußboden. »Ich könnte jetzt noch einen Spruch darüber bringen, wie gerne ich dich vernaschen würde, falls es der Sache dienlich ist.«

Nun lachte sie wirklich. »Nein, ist es nicht.« Doch, war

es eindeutig, vor allem gepaart mit diesem treuherzigen Blick, den er ihr schenkte. Er sah ihr eindeutig an, was sie wirklich dachte. Ein, zwei Atemzüge lang sahen sie einander nur an, schweigend, intensiv. Dann trafen ihre Lippen zu einem leidenschaftlichen Kuss aufeinander. Sie öffnete den Mund ein wenig, suchte nach seiner Zunge, fand sie, verspürte elektrisierende Stiche in der Magengrube und ein sehnsüchtiges Pulsieren tief in ihrer Mitte. Ihre Hände verselbstständigten sich, streichelten, tasteten, forschten, ebenso wie seine.

Hitze stieg in ihr hoch, gleichzeitig folgte seinen Berührungen auf ihrer Haut ein wohliger Schauer. Sie hantierte an seinem Gürtel herum, bis sie ihn endlich geöffnet hatte, dann folgten die Knöpfe seiner Jeans. Er half ihr, indem er Schuhe und Socken abstreifte und sich der Hose entledigte. Als er sich wieder aufrichtete, hatte sie ihre Sandalen ebenfalls ausgezogen und drängte sich wieder an ihn. Durch den dünnen Stoff seiner grauen Shorts spürte sie seine Erregung noch deutlicher. Prompt verstärkte sich das Pulsieren in ihrer Mitte ... und ihre Unsicherheit verflüchtigte sich.

Energisch schob sie ihn zum Bett, drängte ihn darauf und schob sich über ihn. Mit seinen Händen glitt er über ihre Seiten nach unten und umfing ihren Po.

Sein Becken drängte sich gegen ihres, als sie links und rechts von ihm mit den Knien Halt suchte und ihn erneut leidenschaftlich küsste. Das Pulsieren verwandelte sich in ein ungeduldiges Pochen. »Jetzt!«, dachte sie. Doch Henning schien sich mehr Zeit lassen zu wollen, denn er schob sie sanft zur Seite, drehte sich mit ihr, bis er halb auf, halb neben ihr lag, und begann, ihren Oberkörper zu erforschen. Sie bekam eine Gänsehaut, als sie seine Zunge in verschlungenen Pfaden über ihr Dekolletee, ihre Brüste, ihre Rippen und ihren Bauch streichen spürte.

Sie tastete mit einer Hand nach seiner Schulter, die andere

vergrub sie in seinem dichten blonden Haar und spürte, wie er erschauerte. Als sie leicht mit den Fingernägeln über seine Kopfhaut und den Nacken kratzte, entrang sich ihm ein unterdrücktes Stöhnen. Er schob ihr den Slip über die Hüften und warf ihn gleich darauf achtlos beiseite.

Sachte, zärtlich, strich er mit den Fingerspitzen über die Innenseite ihrer Schenkel, bis sie sich ihm bereitwillig öffnete. Sie sog scharf den Atem ein, als er begann, sie mit Zunge und Fingerspitze zu verwöhnen. Lust schoss durch sie hindurch und verwandelte das Pulsieren und Pochen in ein beinahe unerträgliches Brennen. Als sie nach unten sah, unfähig, ein Wort zu sprechen, begegnete sie seinem dunklen, von Leidenschaft verhangenem Blick.

Er stellte ihr eine Frage, ohne auch nur einen Ton von sich zu geben, und sie antwortete mit einem fast unmerklichen Nicken. Suchend sah sie sich um.

***

Hennings Herz schlug schnell und wild gegen seine Rippen. In seinem Unterleib pochte es unmissverständlich. Gerne hätte er die Sache ein wenig hinausgezögert, doch seine Erregung hatte bereits jetzt ein Level angenommen, das es ihm schwermachte, noch einen klaren Gedanken zu fassen. Ihm wurde fast schmerzlich bewusst, dass sich gerade einer seiner größten Träume erfüllte. Trotzdem, oder gerade deswegen, war er nicht fähig, noch länger zu warten. Als er in Carolines Blick ihr Einverständnis las, rollte er sich rasch zur Seite, riss die Schublade des Nachtschränkchens auf und zog das nagelneue Päckchen Kondome hervor, das er erst kürzlich unter den wissenden Blicken der Kassiererin in der Drogerie gekauft hatte.

So schnell es ging, streifte er seine Shorts ab und eines der Präservative über, dann wandte er sich wieder der wundervollen Frau zu, die ihn die ganze Zeit nicht aus den Augen gelassen hatte. Er rückte wieder so nah an sie heran, dass er halb auf, halb neben ihr lag, und küsste sie. Sogleich begannen ihre Zungen einen erregenden, trägen und doch wilden Tanz. Suchend tastete er sich wieder der Hitze zwischen ihren Schenkeln entgegen und verspürte einen harten, quälenden Stich, als er sie feucht und für ihn bereit vorfand.

Sie stöhnte leise, und ihr Becken zuckte erst und begann schließlich, in dem Rhythmus zu kreisen, den er ihr vorgab, indem er ihre empfindsame Knospe beharrlich reizte. Ihr Atem ging immer flacher, stoßweise, ebenso wie der seine. Schließlich konnte er nicht mehr widerstehen, schob sich auf sie und zwischen ihre Schenkel, die sie ihm bereitwillig öffnete. Er fand ihre Mitte und verharrte dort kurz, bis sie ihn fragend ansah.

Er lächelte, küsste sie, spürte dem Gefühl der Vorfreude nach, dass sich mit dem gierigen Pochen in seiner Lendengegend mischte. »Bereit?«

Ihre Augen weiteten sich für einen Moment überrascht, doch dann nickte sie ebenfalls mit einem Lächeln. Er verschloss ihre Lippen mit seinen und schob sich so weit in sie hinein, wie es nur ging, füllte sie gänzlich aus, schloss für einen Moment die Augen, um all der überwältigenden, lustvollen Erfindungen Herr zu werden, die die Vereinigung in ihm auslöste. Drei seltsame Worte formten sich in seinem Kopf: *Das ist es.* Nichts anderes konnte er denken. Nichts anderes fühlen. Als er die Augen wieder öffnete, sah er an dem Blick in ihren Augen, dass sie seine Gedanken und Gefühle lesen konnte – und dass es auch die ihren waren.

Ein heißer Stich durchfuhr sein Herz. Er suchte erneut ihren Mund, ihre Zunge, begriff erst, dass er still und tief mit ihr verbunden verharrt hatte, als sie sich unter ihm fordernd zu bewegen begann.

Lust brodelte in ihm, kochte über, und er begann, erst langsam und innig, bald aber schon fordernd und hart, in sie zu stoßen.

✳✳✳

Ein seltsamer Schwindel erfasste Caroline und vermischte sich mit der sich steigernden Lust, als sie Henning in sich spürte, seinem Rhythmus folgte und sich zum ersten Mal, seit sie denken konnte, vollkommen fallen ließ und ausschließlich ihren Instinkten die Führung übergab. Sie rollten ein wenig auf dem Bett hin und her, bis sie rittlings auf ihm saß und ihn erneut tief in sich aufnahm. Er zog sie zu sich hinab, küsste sie, vergrub sein Gesicht in ihrer Halsbeuge, während sie nun den Rhythmus vorgab und alle zehn Finger in seinen Haaren vergrub.

Er stieß ein hilfloses, verzweifeltes Stöhnen aus, saugte sich direkt über ihrer Halsschlagader fest und kam ihr bei jeder gierigen Bewegung ihres Beckens entgegen. Als er ihr Gesäß packte und knetete, wurde ihre Lust noch gesteigert. Der Schwindel verstärkte sich, in ihrem Inneren zogen sich sämtliche Muskeln zusammen. Dann verlor sie auch noch den letzten Rest an Kontrolle und ergab sich den schockartigen Lustwellen, die sie ergriffen.

Henning drängte weiter, immer wieder hart und tief in sie, begierig, außer Kontrolle, bis sich auch er mit einem lauten Keuchen dem befreienden Orgasmus ergab.

Sie sank auf seine Brust, konnte das wilde Pochen seines Herzens spüren. Es schien im Gleichklang mit dem ihren zu sein. »Henning …« Sie fand kaum ihre Stimme, geschweige denn die richtigen Worte.

»Ich weiß.« Er umschlang sie fest mit seinen Armen und brachte seinen Mund ganz nah an ihr Ohr, sodass seine raue Stimme an ihrer Ohrmuschel vibrierte. »Das war alles, was ich mir gewünscht habe«, raunte er. »Und noch viel mehr.«

Ihr Herz zuckte in ihrer Brust. Sie konnte nicht behaupten, dass sie sich das hier je gewünscht hätte, zumindest nicht bis vor Kurzem, aber er hatte recht, es war mehr, als sie erwartet hatte. Inniger, vertrauter und zugleich aufregender. Seltsame Gefühle strudelten in ihr.

»Ich liebe dich, Caroline.« Nun suchte er ihren Blick doch wieder. »Ich weiß nicht, ob du schon bereit bist, das von mir zu hören, aber ich will es auch nicht vor dir verheimlichen. Nur für den Fall …«

Sie verlor sich in seinem Blick – und fand sich auf unerklärliche Weise zugleich in ihm wieder. »Ich glaube, ich liebe dich auch, obwohl ich mir beim besten Willen nicht erklären kann, wie das passieren konnte.«

In seinen strahlend blauen Augen schien sprichwörtlich die Sonne aufzugehen. Zugleich trat der für ihn typische schalkhafte Ausdruck in seinen Blick. »Du glaubst, du liebst mich? Ganz plötzlich? Weißt du eigentlich, dass sich das ziemlich sexistisch anhört, nach allem, was wir hier gerade miteinander angestellt haben?«

Erschrocken starrte sie ihn an. »Nein! So war das nicht … Es ist nicht nur wegen … Ich meinte doch …«

Er lachte vergnügt auf. »Ach, Schatz, du bist ein viel zu leichtes Opfer. Das üben wir lieber noch mal.«

Irritiert hielt sie inne, dann kniff sie ihn empört in die Seite. »Das war gemein. Und … üben?«

»Na ja, wenn du mir meine Macken austreiben willst, werde ich im Gegenzug mit dir üben, sie so richtig liebzugewinnen.«

Mit einem Glucksen rutschte sie von ihm herunter und an seine Seite, wo er sie gleich wieder fest und warm mit seinen Armen umfing. »Das ist paradox.«

»Nein, ausgleichende Gerechtigkeit.« Grinsend entledigte

er sich des Kondoms, trug es ins angrenzende Bad, wo sie den Deckel des Abfalleimers klappen hörte. Nur wenige Augenblicke später war er wieder bei ihr, nah, warm, zärtlich. Sein Mund suchte ihren, neckend. »Wenn du noch etwas Zeit hast, würde ich mich überreden lassen, noch andere Dinge in die Übungsliste aufzunehmen.« Spielerisch umkreiste er mit dem Zeigefinger ihren Bauchnabel. »Was meinst du? Bleibst du heute Nacht bei mir?«

Sie lächelte leicht, spürte den wohligen Erfindungen nach, die seine bloße Nähe in ihr auslösten. *Das ist es*, dachte sie. Einfach so. Aus heiterem Himmel. Gottes Wege waren wohl tatsächlich unergründlich. »Ich habe eine Tasche mit Sachen zum Wechseln im Flur abgestellt.«

Verblüfft hob er den Kopf. »Du hattest das geplant? Und wolltest mich verführen? Ich hätte gleich stutzig werden müssen. Dieses Kleid ist der Killer für jede männliche Selbstbeherrschung.«

»Nein. Das hatte ich für das Date in der *Seemöwe* an. Ich wollte nicht …« Sie kniff die Augen zusammen. »Haha, sehr witzig. Ich dachte nur, es wäre besser, auf alles vorbereitet zu sein. Kondome habe ich auch gekauft. Nur für den Fall der Fälle.«

Henning lachte auf. »Sag bloß. In der Drogerie?«

Sie runzelte die Stirn. »Wo sonst?«

»Wer saß an der Kasse?«

»Carmen, wie immer, warum?« Sie stockte. »Oh, oh.«

»Genau wie bei mir.« Henning grinste breit. »Carmen ist, soweit ich weiß, eine der besten Freundinnen von Elke und Liselotte Dennersen – und Francesca. Die sitzt wahrscheinlich gerade bei sich zu Hause und feiert ihren sechsten Sinn.«

»Und morgen sind wir Stadtgespräch.« Auch in ihr stieg ein Lachen auf. »Na gut, so soll es wohl sein.«

21. Kapitel

Vier Wochen später

Am Ende war sie nicht nur über Nacht geblieben, sondern hatte mit Duke zusammen fast ihre gesamte Freizeit mit und bei Henning verbracht. Das hätte sie vielleicht als besorgniserregend einschätzen müssen, wenn sie nicht so unfassbar gut miteinander harmoniert hätten. Er vereinnahmte ihre Gedanken und, ja, ihr Herz, aber nicht ihr Leben. Das fand sie bemerkenswert. Forderungen stellte er nicht an sie und erwartete auch nichts, gab dafür aber umso mehr. Er interessierte sich für alles, was sie tat oder dachte, gab aber nie ungefragt Ratschläge. Er konnte tatsächlich ganz passabel kochen, sodass sie sich in dieser Hinsicht mittlerweile abwechselten; er war ein verdammt guter Liebhaber und – was sie unglaublich dekadent, aber auch erleichternd fand – beschäftigte eine kleine Crew von Angestellten, die stundenweise ins Haus kamen, um die lästigsten Hausarbeiten wie Putzen, Waschen und Bügeln zu erledigen. Mit anderen Worten: Sie schwebte seit Wochen wie auf Wolken, und das, obwohl sie sich nach wie vor durchaus als mit beiden Beinen fest auf dem Boden der Tatsachen verankert fühlte. Sie war verliebt. Ziemlich heftig, ziemlich ernsthaft, und wenn es nach Henning ging, das wusste sie, sollte sich dies auf unabsehbare Zeit nicht mehr ändern.

Fast war alles zu schön, um wahr zu sein, denn mit Maik Zenglers Unterstützung hatten die *Foodsisters* inzwischen auch einen bombensicheren und für alle Beteiligten zukunftsträchtigen Vertrag mit Henning aufgesetzt, der sie in die Lage versetzen würde, innerhalb des kommenden Jahres die Idee mit dem Eventhaus wahr werden zu lassen.

Zu schön, um wahr zu sein? Zum ersten Mal in ihrem Leben schob Caroline solche Zweifel bewusst von sich. Was konnte schlimmstenfalls passieren? Dass sie glücklich wurde? Sie fand den Gedanken, Henning zukünftig an ihrer Seite zu wissen, weit weniger abwegig als noch vor zwei Monaten. Wie das alles so schnell hatte passieren können, wusste sie zwar beim besten Willen nicht, und auch nicht, wie es ausgerechnet Henning Magnusson geschafft hatte, sich in ihrem Herzen einzunisten, aber wahrscheinlich hatte Ella recht. Man musste stets auf das Unerwartete gefasst sein, insbesondere in der Liebe.

»Du bist ja so schweigsam. Stimmt etwas nicht?« Hennings besorgte Stimme riss Caroline aus ihren Gedanken und brachte sie ins Hier und Jetzt zurück. Es war später Samstagabend, der erste Tag des alljährlichen Stadtfestes mit dem traditionellen Umzug, bei dem sich alle Vereine, Organisationen, Schulen, Kindergärten und auch viele Geschäfte beteiligten, lag hinter ihnen. Die *Foodsisters* hatten wie immer mit einem Handwagen teilgenommen, von dem aus sie neben Flyern auch kleine Kostproben ihres Könnens wie Gebäck, Fingerfood und winzige Blumengestecke verteilt hatten.

Henning war auf dem Wagen der Feuerwehr mitgefahren, der bereits im letzten Jahr beim Jubiläum zum Einsatz gekommen und dieses Jahr mit Ellas Hilfe optisch an das aktuelle Thema des Festes – Lichterhaven in den 1920er Jahren – angepasst worden war. Er trug auch noch immer seine Feuerwehrhose und dazu ein dunkelblaues Poloshirt mit dem Emblem und Namen der Freiwilligen Feuerwehr Lichterhaven.

Nach dem Umzug hatten sie mit Ella, Jörn, Hannah und

vielen Freunden und Bekannten auf dem Marktplatz gefeiert, wo auch der Jahrmarkt mit seinen Schaugeschäften und Buden stattfand. Duke hatten sie nicht mitgenommen. Er hatte den Nachmittag in Hennings Haus verbracht, denn eine derart laute Veranstaltung mit Hunderten, wenn nicht gar Tausenden von Menschen würde für den Rottweiler ganz sicher nur Stress bedeuten.

Inzwischen hatten sie ihn abgeholt, um mit ihm auf dem Deichweg entlangzuwandern. Da sie sich ein gutes Stück von der Lichterhavener Innenstadt entfernt hatten, konnten sie hier ein bisschen Ruhe genießen und Duke frei laufen lassen.

»Entschuldige bitte.« Versonnen blickte Caroline aufs Wasser hinaus, das sich langsam, aber sicher seinem Höchststand näherte. Schließlich blieb sie an einer der Deichtreppen stehen. »Ich habe nur gerade darüber nachgedacht, wie verrückt das Leben manchmal spielt und dass ich mit all dem, also vor allem mit uns, so nie gerechnet hätte.« Sie sah ihn von der Seite an. »Hättest du jemals gedacht, dass wir einmal genau hier stehen würden? Als Paar?«

Henning lächelte, zögerte, runzelte kurz die Stirn, dann wurde er überraschend ernst. »Gedacht ist vielleicht das falsche Wort dafür. Geträumt, gehofft. Aber es hätte auch schiefgehen können.«

Nun wandte sie sich ihm ganz zu. »Was meinst du?«

Wieder entstanden kurz ein paar Furchen auf seiner Stirn. »Ich bin mir nicht sicher, ob es klug ist, dir das hier und jetzt zu gestehen …«

»Gestehen?« Alarmiert merkte sie auf. Ihr Herz begann, ängstlich zu pochen.

Henning ergriff ihre Hand und führte sie die Stufen hinunter, über den Weg zwischen den Liegewiesen bis zur Ufermauer. Duke folgte ihnen frohgemut.

Nanu, wohin gehen wir denn jetzt? So nah ans Wasser? Es ist doch schon fast dunkel. Das ist ein bisschen unheimlich, aber solange Henning und Caroline bei mir sind, habe ich keine Angst. Oder fast keine. Ich vertraue ihnen einfach, dass sie nichts Gefährliches vorhaben.

»Möchtest du dich setzen?« Henning deutete auf die Ufermauer.

Caroline blickte misstrauisch zwischen der Sitzgelegenheit und Henning hin und her. »Muss ich mich setzen?«

»Na ja.« Er lächelte etwas schief. »Im Sitzen kannst du mich nicht so leicht erwürgen.«

Ihr wurde ganz mulmig zumute. »Was hast du getan?«

»Nichts ... Schlimmes. Das hoffe ich zumindest. Aber ich kenne dich inzwischen gut genug, um zu wissen, was dich wütend machen könnte.«

»Aha.« Ihr Herz wollte sich gar nicht mehr beruhigen. »Spuck's schon aus.«

»Okay, also ...« Er ergriff ihre Hand. »Das mit Duke ...«

»Mit Duke?«, echote sie. Damit hatte sie nicht gerechnet.

»Ja, dass ich ihn adoptieren will.«

»Hast du es dir etwa anders überlegt?«

»Nein, auf gar keinen Fall.« Da Duke sich dicht zu ihnen gesetzt hatte, streichelte Henning ihm sanft über den Kopf. »Ich möchte ihn ganz unbedingt adoptieren, genau wie du. Es ist nur ... Also ... Es gibt da etwas, das du besser wissen solltest.«

Sie schluckte. »Und was?«

Henning trat einen Schritt auf sie zu und ergriff auch noch ihre andere Hand. »Ich muss dir etwas erzählen. Es war so etwa vor drei Monaten. Da kamen Akbay und Francesca zu mir in die Werkstatt, weil ihr Wagen zur Inspektion musste und sie wissen wollten, ob sich das noch lohnt oder ob sie vielleicht lieber in einen Neuwagen investieren sollten.«

»Akbay und Francesca?« Sie versuchte, eine Verbindung zu Duke herzustellen, doch es gelang ihr nicht. Dafür fiel ihr etwas anderes ein. »Die beiden haben sich einen neuen

Mercedes GLB gekauft. Francesca hat neulich mal gesagt, sie sei noch nie so gern Auto gefahren wie seit dieser Anschaffung, auch wenn der Wagen teuflisch viel Geld gekostet habe.«

»Genau.« Henning nickte. »Es ist übrigens kein ganz neuer, sondern ein Jahreswagen. Neu sind die Dinger wirklich ein bisschen zu teuer.«

»Sagt der Multimillionär.«

»Sagt ein vernünftiger Mann, der weiß, dass kaum jemand einen Goldesel zu Hause hat. Außerdem würde ich auch keine teuren Autos fahren, wenn Porsche sie mir nicht immer wieder zu Sonderkonditionen beinahe schenken würde, nur damit ich einmal im Jahr ein paar Interviews für sie gebe und bezeuge, dass die Wagen zur Spitzenklasse dessen gehören, was die Automobilwelt zu bieten hat. Aber wir kommen vom Thema ab.«

»Na gut.« Sie warf einen Blick auf ihre Hände, die nach wie vor fest in seinen lagen. »Die beiden waren also bei dir, und du hast ihnen geraten, den alten Wagen zu verschrotten.«

»So ungefähr.« Er nickte. »Und weil wir gerade so angenehm geplaudert haben, dachte ich, es wäre eine gute Gelegenheit, Francesca mal zu fragen, wie sie damals auf den Gedanken gekommen ist, uns, also dich und mich, zu verkuppeln. Ich war ja, wie du inzwischen weißt, genauso wenig davon begeistert wie du, wenn auch aus anderen Gründen.«

»Das hast du sie gefragt?« Erstaunt sah Caroline ihn an. »Und was hat sie darauf geantwortet?«

»Sie sagte, sie habe einfach so ein Bauchgefühl gehabt, als sie uns zum ersten Mal zusammen in einem Raum gesehen hat. Also im *Alibaba*. Keine Ahnung, wann genau das gewesen sein soll. Ist ja schon eine Ewigkeit her, und wir waren alle während der Schulzeit ziemlich oft dort.«

»Sie hatte ein Bauchgefühl?« Typisch Francesca, dachte

sie. Rette sich, wer kann, wenn Francesca Hayderoglu ein Bauchgefühl hat!

»Sie sagte, und ich zitiere: *Ich habe dich gesehen, ich habe Caroline gesehen, und da wusste ich es.*«

Ein seltsamer Schauer rieselte Caroline den Rücken hinab.

»Und was hat das mit Duke zu tun? Ich meine …« Sie runzelte die Stirn. »Hast du …?«

»Ja.« Er drückte ihre Hände. »Ich habe mich hauptsächlich deshalb für Duke interessiert, weil ich zufällig mitbekommen habe, dass du ihn haben wolltest.«

Sie versuchte, diese Information zu verarbeiten. »Du hast zufällig davon gehört?«

»Ja, nun, es war ja nicht so, dass wir zu dem Zeitpunkt viel Kontakt miteinander gehabt hätten. Christina hat es Luisa erzählt, und Ben natürlich auch. Ben hat es wiederum Lars erzählt, und die beiden unabhängig voneinander Jörn, von dem wiederum ich es habe.«

»Großer Gott.« Gleichermaßen erheitert wie verzweifelt blickte sie zum dunkler werdenden Himmel hinauf, an dem sich bereits die ersten Sterne zeigten. »Da soll noch mal jemand behaupten, Männer würden nicht tratschen.«

»Wer hat das jemals behauptet?« Er grinste schief. »Männer lieben Tratsch genauso wie Frauen.«

»Du hast also Christina auf Duke angesprochen, weil du mich …«

»Weil ich dachte, die Gelegenheit sei günstig, um herauszufinden, ob an Francescas Bauchgefühl etwas dran sein könnte. Immerhin hat sie sich in solchen Dingen noch nie geirrt. Ihre Trefferquote liegt bei unglaublichen einhundert Prozent. Deshalb wollte ich es so unbedingt ausprobieren.« Seinen Worten folgte ein zerknirschter Gesichtsausdruck. »Ich weiß, dass du solche Winkelzüge hasst, vor allen Dingen, wenn sie von mir kommen. Ich kann nur hoffen, dass du mir das …«

»Halt die Klappe.« Lachend stellte sie sich auf die Zehenspitzen und küsste ihn. Dann trat sie rasch wieder einen Schritt zurück und weidete sich an seinem verdatterten Gesichtsausdruck. Um ihm den Gefallen zu tun, setzte sie nun eine strenge Miene auf. »Also darf ich mich tatsächlich bei Francesca dafür bedanken, dass du den Mut gefasst hast, den ersten Schritt zu machen? Und ich habe dich immer für einen Macho gehalten, dem solche Dinge einfach in den Schoß fallen.«

Sanft zog er sie wieder zu sich heran. »Nicht, wenn es sich um so wichtige Angelegenheiten handelt wie die Frau, die ich liebe. Da nehme ich jeden Ratschlag an – oder auch ein Bauchgefühl.«

Eine Welle warmer Gefühle durchflutete sie. »Ich liebe dich auch und …« Ihr Blick fiel auf einen Punkt ein Stück von ihnen entfernt, ebenfalls an der Ufermauer. »Oh. O mein Gott, sieh mal! Sind das nicht Ella und Jörn?« Sie deutete auf die zwei Gestalten, die dicht beieinander am Wasser standen. Sie konnte in der hereinbrechenden Dunkelheit nicht alles erkennen, doch genug, damit ihr Herz einen wilden Satz machte.

»Oha.« Henning hatte sich umgedreht und die beiden ebenfalls entdeckt. »Was machen die zwei denn da?«

Caroline schnürte sich vor Rührung regelrecht die Kehle zu. »Heute ist der Tag. Heute vor einem Jahr haben die beiden beschlossen, sich dort, genau an der Stelle, zu treffen, damit Jörn Ella einen Heiratsantrag machen kann.«

»Na, dann würde ich aus der Umarmung und dem Kuss schließen, dass sie Ja gesagt hat.« Henning legte ihr einen Arm um die Schultern. »Komm, tun wir so, als wären wir nicht hier. Noch haben sie uns nicht entdeckt. Diesen Moment sollen sie ganz für sich haben.«

»Ja, du hast recht.« Sie schluckte gegen die aufsteigenden Freudentränen an. »Ella wird heiraten!«

Henning lachte. »Jörn schon auch. Den Termin sollten sie so planen, dass bis dahin euer Eventhaus fertig ist. Was wäre eine bessere Werbung als die Hochzeit der beiden als Einstand?«

»Was du immer für Ideen hast!« Kichernd knuffte sie ihn in die Seite.

»Ich denke bloß praktisch«, verteidigte er sich.

Inzwischen waren sie mit Duke ein gutes Stück weiter gegangen, sodass Jörn und Ella sie auch weiterhin nicht bemerken würden. »Praktisch, ja?« Sie musterte ihn eingehend. »So wie bei mir und Duke? Da hast du es ja auch so eingefädelt, dass du Frau und Hund auf einen Schlag bekommst. Clever, Herr Magnusson, wirklich clever.«

Henning hüstelte. »Es bestand die Möglichkeit, dass ich damit auf ganzer Linie scheitere.«

»Bei Francescas hundertprozentiger Trefferquote?« Lächelnd kuschelte sie sich an ihn. »Danke übrigens, dass du heute Nachmittag nach dem Umzug und der Feier auf dem Marktplatz noch so heldenhaft den Kaffee-und-Kuchen-Termin bei meinen Eltern durchgestanden hast. Meine Mutter hat dich ja regelrecht vergewohltätigt.«

»Und dein Vater rechnet jetzt schon die Mitgift aus, oder was?« Henning gab ihr einen Kuss auf die Schläfe. »Die beiden sind wirklich gewöhnungsbedürftig, auch wenn sie es noch so gut meinen.« Es folgte noch ein Kuss, diesmal auf ihren Mundwinkel. »Aber wir müssen uns davon ja nicht beeinflussen lassen. Unser Leben, unsere Regeln. Solange wir uns einig sind, dass wir uns nicht beirren lassen, selbst wenn das, was wir entscheiden, den beiden gefallen könnte.«

Sie grinste. »Ich fürchte, das wird sich früher oder später nicht vermeiden lassen.«

»So?« Er zog sie in seine Arme und tastete mit Blicken ihr Gesicht ab. »Wie darf ich das verstehen?«

»Wie einen Vorschlag.« Mit einem Mal pochte ihr Herz

wild gegen die Rippen. »Was hältst du davon, wenn wir es genauso machen wie Jörn und Ella? Wir treffen uns genau in einem Jahr wieder hier und ...«

»Und du machst mir einen Heiratsantrag?« In seinen Augen funkelte es amüsiert.

Verdutzt hielt sie inne. »Äh, also ... oder du mir.«

Lachend schlang er seine Arme um sie. »Erwischt! Ein ganz klein wenig altmodisch ist sogar Caroline Maierbach. Aber mir soll es recht sein. Da der Vorschlag von dir gekommen ist, bin ich aus jeglicher Machonummer raus und mit allem einverstanden.«

Er küsste sie, warm, innig, bis ihr ganz schwindelig wurde. Nach einer Weile lächelte sie gegen seine Lippen. »Was hättest du eigentlich gemacht, wenn es keinen Duke gegeben hätte?«

Wie? Was? Wovon reden die beiden denn da? Warum sollte es mich nicht geben? Ich bin doch hier.

»Gute Frage.« Er strich ihr liebevoll mit den Fingerspitzen über die Wange und warf dabei Duke einen nachdenklichen Blick zu. »Dann wäre alles vermutlich ein bisschen kniffliger geworden. Aber ich hätte schon einen Weg gefunden, dich darauf aufmerksam zu machen, dass ich der perfekte Mann für dich bin. Ganz bestimmt.«

Sie lachte. »Da ist es wieder, das übergroße Magnusson-Ego. Da bin ich ja froh, dass du nur Duke für deine Zwecke benutzt hast. Wer weiß, was dir sonst eingefallen wäre, um mich zu ärgern.«

»Stimmt.« Wieder küsste er sie zärtlich. »Glücklicherweise waren wir nur eine Fellnase vom Glück entfernt.«

Also dem kann ich aus tiefster Hundeseele nur vollkommen zustimmen. Wuff!

Zum Buch:

Henning Magnusson – schon als Jugendliche hat sein machohaftes Verhalten
sie regelmäßig auf die Palme gebracht. Nie und nimmer hätte sie sich in jemanden wie ihn verliebt. Im Übrigen hätte ein Mauerblümchen, wie sie es damals
war, ganz sicher nicht in sein Beuteschema gepasst, schließlich wechselt der
berühmte Formel-1-Rennfahrer die vollbusigen Anhängsel an seiner Seite wie
Socken. Seit einem Jahr ist er jetzt zurück in ihrer Heimat Lichterhaven und
läuft ihr ständig über den Weg. Als er dann auch noch ebenfalls in der Lichterhavener Hundeschule auftaucht und genau wie sie Interesse an dem schüchternen Rottweiler Duke zeigt, ist Caroline doch gezwungen, sich mit ihm aus-
einanderzusetzen. Ohne es zu wollen, muss sie feststellen, dass vielleicht nicht
immer alles so ist, wie es auf den ersten Blick scheint. Doch es fällt ihr schwer,
ihre Vorurteile über Bord zu werfen und einmal einfach nur zu vertrauen.

Zur Autorin:

Seit Petra Schier 2003 ihr Fernstudium in Geschichte und Literatur abschloss,
arbeitet sie als freie Autorin. Neben ihren zauberhaften Liebesromanen mit
Hund schreibt sie auch historische Romane. Sie lebt heute mit ihrem Mann
und einem Deutschen Schäferhund in einem kleinen Ort in der Eifel.

Lieferbare Titel:

Körbchen mit Meerblick
Vier Pfoten am Strand
Strandkörbchen und Wellenfunkeln
Die Liebe gibt Pfötchen
Vier Pfoten im Sommerwind